CINQUE ANNI DOPO

MARIE FORCE

Cinque anni dopo
Di: Marie Force
Pubblicato da HTJB, Inc.
Copyright 2018. HTJB, Inc.
Copertina di Kristina Brinton
Layout dell'e-book: E-book Formatting Fairies
ISBN: 978-1952793264

marieforce.com

Il modo migliore per restare in contatto è iscriversi alla mia newsletter. Andate su *marieforce.com* e iscrivetevi nella casella in alto dello schermo dove si richiede il vostro nome e la vostra e-mail. Se non ricevete mie notizie regolarmente, controllate il vostro filtro antispam e impostate la vostra e-mail per farvi inviare i miei messaggi in modo da non perdere mai un nuovo libro, la possibilità di vincere grandi premi o una mia presentazione nella vostra zona.

Seguitemi su Amazon per ricevere le notifiche delle nuove uscite non appena saranno disponibili.

PROLOGO

AVA

Tra tanti posti ci siamo incontrati in un locale squallido e sperduto, il preferito dai militari della vicina base della Marina di San Diego. Ci sono andata con una compagna di scuola che era interessata a uno dei militari. Non c'ero mai stata prima di quella sera e non ci sarei più tornata. John stava festeggiando la promozione di uno dei suoi commilitoni. Mi ha urtata mentre uscivo dal bagno delle signore e ha impedito che cadessi afferrandomi per le braccia.

Proprio come nei film, i nostri occhi si sono incontrati e ho avvertito un brivido lungo la schiena, con quel tipo di consapevolezza istantanea di cui avevo soltanto letto, ma che non avevo mai provato personalmente.

"Mi dispiace tanto," ha detto, splendido e fiero nella sua tuta mimetica.

Ho notato l'oro sul colletto, la barbetta incolta di qualche giorno sulla sua mascella e il nome WEST in grassetto nero sul petto. Gli occhi color blu elettrico intenso m'impedivano di distogliere lo sguardo, anche quando ero di nuovo in piedi.

"Stai bene?" mi ha chiesto.

Rendendomi conto che lo stavo fissando, ho sbattuto gli occhi e ho interrotto a malincuore la connessione. "Io… Sì sto bene. Ti ringrazio per avermi salvata."

E poi ha sorriso e quel senso di formicolio si è fatto sentire di nuovo.

"Sono John."

Gli ho stretto la mano che mi porgeva. "Ava."

Tenendo la presa sulla mia mano, ha inclinato la testa. "Vieni qua spesso?"

"Mai," ho risposto, ridendo. "Sono un'esordiente."

"Che cosa ne pensi finora?"

"Non ne ero molto colpita fino a una trentina di secondi fa."

Si è appoggiato contro il muro, come se avesse tutto il tempo del mondo da dedicare a me. "Veramente? E cosa è successo trenta secondi fa?"

Ho pensato di ritirare la mano, ma non l'ho fatto. "Un uomo in uniforme mi ha salvata da una tragedia."

"L'uomo in uniforme è il motivo per cui avevi bisogno di essere salvata, perché non stava guardando dove andava. Il minimo che può fare è offrirti da bere."

"Non potrei rifiutare." Ero fiera delle mie risposte spiritose e ho avuto la sensazione che lui potesse più che tenere testa al mio umorismo. Dall'altra parte della sala affollata, ho notato la mia amica che parlava con il ragazzo che era venuta a trovare e si è meravigliata quando mi ha vista con John. Mi ha fatto strada fino al bar, appoggiando la sua mano sulla parte bassa della mia schiena e ha chiesto a uno dei ragazzi di cedermi il suo sgabello.

"Sì, signore." L'uomo più giovane si è inchinato galantemente verso di me, ha preso la sua birra e se n'è andato.

"La gente fa sempre quello che dici?"

"Se sanno cosa è bene per loro." Il suo sorriso canzonatorio ha impedito al commento di essere troppo presuntuoso. "Che cosa prendi?"

Decidendo di disprezzare per una volta il pericolo, ho chiesto un cosmopolitan.

"O si fanno le cose in grande o si lascia stare," ha detto, ammirato.

"Questo è il mio motto." Stavo sparando un mucchio di stronzate. Mi chiedevo se potesse dire che ero solo chiacchiere o cosa avrebbe pensato di me se avesse saputo che di solito seguo il mio lato prudente e non quello selvaggio. Mi domandavo se avrebbe capito che avevo appena l'età per bere. Avevo compiuto ventuno anni solo sei mesi prima.

Quando ci hanno servito la birra e il cosmopolitan, ha fatto un brindisi. "Ai nuovi amici."

Ho toccato la sua bottiglia con il mio bicchiere. "Ai nuovi amici."

"Allora, da dove vieni, Ava?"

"Da New York."

"Mi era sembrato di avvertire l'accento di New York nella tua voce."

Ho sbattuto le ciglia. "Quindi quattro anni all'Università della California di San Diego non mi hanno ripulita da quest'accento?"

Ridendo, ha risposto, "A malapena. Conosco dei ragazzi di New York. Uno di loro è di Staten Island, che è più o meno New York. Riconosco quell'accento quando lo sento."

"Vengo da Purchase, a nord della città. E tu?"

"Vengo da tutte le parti del mondo. Il mio vecchio è un generale in pensione. Dimmi un posto ed io ci ho vissuto."

"Dove vivi?"

"Proprio qui." Mi ha rivolto quello sguardo intenso e sono diventata stupida. Non riuscivo a vedere altro che lui. Per quanto ne sapevo, potevamo essere da soli nel bar affollato. A differenza della mia amica, che amava gli uomini in uniforme, io non mi eccitavo mai quando ne vedevo uno. Fino a quel momento. Fino a John. "Vuoi andartene da qui?"

Ho ingoiato a fatica. Non era da me uscire da un bar con un uomo appena conosciuto. "Per andare dove?"

"In un posto dove possiamo parlare."

"Di che cosa vuoi parlare?"

Si è chinato in modo che le sue labbra fossero vicine al mio orecchio. "Di tutto. Voglio conoscere tutto quello che c'è da sapere su di te."

È così che iniziata la nostra storia. Abbiamo vissuto intensamente dal primo secondo che ci siamo incontrati fino all'ultima volta che ci siamo visti, cinque anni fa. Non posso credere che siano trascorsi cinque anni da quando ho guardato quegli incredibili occhi blu o mi sono svegliata con lui sul cuscino accanto a me o ho sentito la sua voce nel mio orecchio, che sussurrava parole che resteranno per sempre scolpite nel mio cuore, mentre facevamo l'amore.

La cosa peggiore è che non ho idea di dove si trovi. Non so se è vivo o se è morto, se è tenuto prigioniero o se sta vivendo la sua vita da qualche altra parte con qualcun'altra. Non lo so e il non sapere è la cosa più difficile che abbia mai affrontato.

Oggi lo amo come non l'ho mai amato. Niente, neanche il tempo trascorso, potrà mai cambiare quel semplice evento della mia vita. Abbiamo vissuto insieme due anni bellissimi, magnifici, chiusi nella nostra piccola bolla. Non ha mai conosciuto la mia famiglia, né io ho mai incontrato la sua. Non avevamo degli amici di coppia. Non abbiamo mai parlato del futuro. Non ne avevamo bisogno. Il nostro futuro era stato già deciso quella prima sera e si sarebbe sistemato tutto a tempo debito. Questo era quello che, ingenuamente e sinceramente, credevo.

Ora, con il senno di poi, mi rendo conto che la bolla era una sua strategia. Mi ha dato tutto quello che aveva da offrirmi, compresa la promessa di non promettermi nulla per il domani.

Oggi, cinque anni fa, abbiamo visto l'orrore in diretta televisiva. Una nave da crociera statunitense è stata fatta saltare in aria da attentatori suicidi. Quattromila vite spente in un batter d'occhio. Il nostro mondo è cambiato ancora una volta per sempre, il nostro Paese, per l'ennesima volta, ha dichiarato guerra ai terroristi. Dopo l'11 settembre pensavamo di aver visto tutto. Ci sbagliavamo.

"Devo andare," ha detto, afferrando il borsone che teneva sempre pronto nell'armadio dell'ingresso. La chiamava la sua "borsa da viaggio". Non ci avevo pensato.

"Dove vai?"

"Non lo so."

"Quando torni?"

"Non so neanche questo." Teneva il mio volto tra le mani e mi fissava, come se cercasse di memorizzare ogni mio tratto. "Ti amo. E ti amerò per sempre." Poi mi ha baciata con la passione di sempre ed è uscito dalla porta come un lampo.

Non l'ho più visto.

Non sono sua moglie, né la sua fidanzata, quindi nessuno mi ha comunicato dove si trovava. E tre mesi dopo che se n'è andato, quando ho trovato un modo per accedere all'interno della sua base, cercando disperatamente delle informazioni, non mi hanno potuto dire nulla. Ho cercato di rintracciare i suoi genitori e le altre persone di cui mi aveva parlato, ma era come se non esistessero. Non ho trovato traccia di un generale in pensione di nome West nel corpo dei Marines, nell'esercito o nell'aeronautica.

Inoltre, una ricerca esaustiva d'informazioni sul John West che conoscevo non mi ha portato da nessuna parte. Niente scuole superiori, niente college, niente servizio militare, niente di niente.

A volte mi domando se ho solo sognato i due anni che abbiamo trascorso insieme, facendo cose banali come fare la spesa, cucinare, guardare la TV e dormire insieme dopo le lunghe giornate di lavoro. E poi mi ricordo della stupenda passione, del piacere ardente, del desiderio che ci ha rapiti fin dal primo momento e so di non aver sognato. Non ho sognato noi due. Eravamo reali e lui era tutto per me.

Seduta sul pavimento del nostro appartamento, circondata dalle scatole, mi prendo qualche minuto, prima che arrivino i traslocatori, per memorizzare ogni dettaglio del luogo in cui abbiamo vissuto insieme. Ho impacchettato le sue cose con le mie e mi sto trasferendo a casa dei miei genitori a New York. Oggi era la scadenza che mi ero prefissata. Gli ho concesso cinque anni e non posso più andare oltre. Non posso restare in questa casa tra le nostre cose, aspettando qualcosa che non accadrà mai.

È finita. È ora che io vada avanti. Probabilmente è trascorso molto tempo, se devo essere onesta con me stessa. E anche se so che è la mossa giusta al momento giusto, questo non significa che il mio cuore non stia andando nuovamente in frantumi, mentre smantello il posto dove eravamo noi.

Mia sorella si sposerà il mese prossimo. Le ho promesso che sarei tornata a casa in tempo per tenerle la mano durante i festeggiamenti. Ad eccezione dei viaggi ogni tanto a casa per le vacanze e altre occasioni, non sono più partita da dieci anni. Non assomiglio affatto alla ragazza che a diciotto anni se n'è andata di casa per studiare in un college lontano, alla ricerca dell'indipendenza dalla sua famiglia invadente.

Ho portato a termine tutti i miei obiettivi, finendo l'università, trovando un lavoro decente e innamorandomi dell'uomo dei miei sogni. Ho scoperto che cosa succede quando i sogni si avverano e quanto è doloroso quando ti esplodono in faccia.

È tempo di fissare nuovi obiettivi, di ricominciare da capo, di iniziare una vita di cui John non sia il centro. Sarà bello tornare con le persone che mi amano e che si preoccupano per me, anche se a volte tendono a essere soffocanti. Questo mi sembra abbastanza bello dopo anni di solitudine e di dolore.

Il citofono suona per farmi sapere che i traslocatori sono arrivati. Mi rialzo da terra e indurisco il mio cuore in vista della giornata che mi aspetta. Posso farcela, ne ho passate di peggiori e sopravvivrò a tutto ciò, così come sono sopravvissuta a tutto il resto. Nonostante la mia determinazione, i miei occhi si riempiono di lacrime quando premo il pulsante che apre la porta ai traslocatori.

Non ci mettono molto a sistemare le mie cose sul loro camion. Tengo con me le cose che non possono essere sostituite: le foto preziose, i suoi regali, i vestiti che ha lasciato. Dopo aver dato un'ultima occhiata veloce all'appartamento, metto quelle scatole nella mia auto, restituisco le chiavi all'agenzia immobiliare e mi dirigo verso est, sentendomi come se stessi lasciando tutto ciò che per me è sempre stato importante.

È come se lo stessi perdendo di nuovo, piango per tutto il viaggio attraverso il deserto della California del sud fino all'Arizona. Rivivo ogni minuto che ricordo, ogni conversazione, ogni momento speciale. Penso a com'è stato fare l'amore con lui e mi chiedo come potrò mai farlo con qualcuno che non sia lui. Forse non lo farò. Forse una parte della mia vita è finita con lui e, anche se ora ho solo ventotto anni, mi va bene questa possibilità. Una volta che hai provato la perfezione, è difficile immaginare di accontentarsi di qualcosa di meno.

Le lacrime finalmente finiscono di scorrere da qualche parte nel nord dell'Arizona, ma il dolore dentro di me… mi accompagna fino a New York, dove farò del mio meglio per raccogliere i pezzi della mia vita distrutta e rimetterli insieme, creando una nuova versione di me stessa.

Dopotutto, ho altra scelta?

CAPITOLO UNO

AVA

Mia sorella Camille non ama le mezze misure, soprattutto per il matrimonio. È una di quelle ragazze che odierei tanto, se non fosse la mia amata sorella. Tre anni più piccola di me, quando è arrivata al mio liceo, è stata nominata rappresentante di classe, capitana della squadra delle cheerleader, prima della classe e reginetta del ballo. Sono sicura che gli insegnanti che avevano incontrato prima me, si siano chiesti come gli stessi geni avessero potuto produrre due sorelle così diverse. Per quale motivo pensate che mi sia trasferita così lontano da casa per andare all'università e poi ci sia rimasta? Almeno a San Diego nessuno mi paragonava alla mia sorellina rockstar.

Qualche settimana fa si è laureata alla Scuola di legge di Yale, naturalmente è stata la prima del suo corso di laurea, e ha frequentato la *Law Review*, ha ricevuto offerte da tutti i grandi studi legali del paese e ha sfoggiato al dito un diamante da tre carati, regalatole dal figlio del governatore di New York.

Come ho già detto, non ama le mezze misure. Così eccomi qui al Waldorf Astoria di New York, in piedi, accanto a mia sorella, mentre sposa Robert James Tilden III con una cerimonia sontuosa. Vi ho già detto che è anche dannatamente bella? Beh, lo è, e mai come oggi. È raggiante di felicità, di eccitazione e di una gioia sfrenata che mi ricorda amaramente tutto ciò che ho perso.

Passatemi lo champagne.

Se c'è stato mai un momento per ubriacarsi senza freni, questo è quello giusto. Rob ha prenotato delle camere per ogni invitato in modo che nessuno debba guidare. Ho intenzione di sfruttare al meglio la generosità del mio nuovo cognato, inclusa la colazione in camera.

Camille afferra il mio braccio mentre ci dirigiamo dalla terrazza panoramica, dove la coppia felice si è scambiata i voti nuziali, verso la sala da ballo dove si terrà il ricevimento. "Aiutami a fare la pipì," sussurra.

La seguo fino al bagno, dove un'addetta ci saluta e si congratula con la sposa.

"Grazie mille," risponde Camille alla donna, rivolgendole un sorriso cordiale.

"Usi il bagno per i disabili," le suggerisce l'addetta. "È più spazioso."

"Buona idea," dico, mentre entriamo nell'ampio locale dove Camille mi spiega come tenerle il vestito. Lo tiro su come meglio posso e lo tengo al sicuro, mentre lei aleggia sul water e fa quello che deve fare.

"Questo non faceva parte della descrizione dei compiti della mia damigella d'onore."

Ride. "Mi dispiace, ma le sorelle servono a questo. Ed io sono *così* felice che tu sia qui."

"Anch'io." E lo dico sinceramente. "Amo vederti così felice."

"Sono felice, ma lo sarò ancora di più domani. Sono pronta a farmi una vacanza dopo aver organizzato un matrimonio durante l'ultimo anno di legge. Se non mi ha ucciso tutto questo, niente lo farà. Due settimane di sabbia, sole, sesso e alcol. Ben vengano!"

Il mio cuore soffre per l'invidia, mi sento piccola e meschina. Cosa non darei per trascorrere due settimane ai tropici con John. Cosa non darei per sapere semplicemente che è vivo. Mi scrollo di dosso questi pensieri. Non è il momento di affogare nel passato. Oggi è il giorno di

Camille e di Rob e ho intenzione di mantenere la mia attenzione su di lei.

Si alza in piedi e si getta tra le mie braccia. "Ti voglio tanto bene, Ava. Sono così felice che tu sia tornata a casa, nel posto cui appartieni."

Cercando di soffocare le lacrime, restituisco il suo abbraccio. "Ti voglio bene anch'io." È bello essere a casa. Che io sia tornata o no nel posto cui appartengo, è discutibile. Non ho più idea di quale sia il mio posto, ma lo scoprirò. "Oggi non vorrei essere da nessun'altra parte se non con te." Questo è certamente vero.

Dopo essersi lavata le mani al lavandino all'interno del bagno, mi prende sottobraccio per uscire dalla toilette, mentre l'inserviente ci osserva divertita. "Diamo inizio alla festa."

Ci mettiamo in fila fuori dalla sala da ballo e sono in coppia con Eric, il testimone e fratello di Rob. Mia sorella ha sposato un uomo con un patrimonio genetico decisamente fantastico. I Tilden non sono solo ricchi e di successo, ma sono anche incredibilmente belli. Rob è nato da parto trigemino, avendo condiviso il grembo materno con Eric e la sorella Amalia, chiamata Amy. Rob e Amy assomigliano al padre, con i capelli e gli occhi scuri, mentre Eric ha preso dalla madre, bionda e con gli occhi castani. Nonostante la loro diversa colorazione, vi è una certa somiglianza tra loro tre e la sorella minore, Julianne, una peperina bionda che ci ha fatto ridere per tutto il fine settimana.

Ho amato i Tilden dal primo istante e capisco perché mia sorella si sia buttata su Rob, che stravede per lei fino alla nausea. Chiuderò un occhio poiché è il loro weekend nuziale, ma le parole *prendetevi una stanza* mi sono venute in mente spesso durante i festeggiamenti.

"Per l'amor di Dio," mormora Eric, mentre aspettiamo di essere presentati. "Risparmiatelo per la luna di miele."

Mi volto per vedere Rob e Camille impegnati a baciarsi di nuovo appassionatamente e ridere dell'espressione di disgusto sul bel volto di Eric. "Non possono farne a meno."

"Ho bisogno di bere qualcosa. È permesso bere alle feste di matrimonio, vero?"

"Dio mio, spero di sì."

"Tocca a voi," dice l'organizzatrice del matrimonio, una donna vivace di nome Mimì. Dopo che sono stati presentati Julianne e Nate, il cugino di Rob.

"Pronta?" chiede Eric, allungando il suo braccio verso di me.

Infilo la mano nell'incavo del suo gomito. "Pronta."

"Vi prego di unirvi a me nel dare il benvenuto al nostro testimone, il fratello dello sposo, Eric Tilden, e alla nostra damigella d'onore, la sorella della sposa, Ava Lucas." Il DJ scandisce ogni sillaba del mio nome, facendomi diventare Avaaaaaa Luuuuucasssss.

Facciamo il nostro ingresso tra gli applausi fragorosi dei quasi cinquecento ospiti presenti nella sala da ballo. Ammetto di essere intimidita dalla folla e dai rumori e mi stringo un po' di più a Eric.

Come se potesse avvertire la mia tensione, Eric copre la mia mano sul suo braccio con la sua mano libera e questo gesto mi conforta un po'.

Ci mettiamo in piedi a lato dell'enorme pista da ballo con il resto degli invitati.

"E ora, diamo il benvenuto ai nostri sposi, Rob e Camille Tilden!"

L'applauso è assordante mentre la coppia raggiante si fa strada nella sala, fermandosi per abbracciare e baciare gli amici e i parenti. Sono dannatamente felici da due anni, da quando si sono incontrati a una raccolta fondi organizzata per il padre di Rob, quando Camille stava finendo il suo primo anno di legge. Rob gestiva la campagna del padre e ora gestisce il suo ufficio di New York.

"Possiamo bere, ora?" mi sussurra Eric all'orecchio in modo che lo possa sentire solo io.

"Sto contando i minuti." Lo guardo e mi accorgo che il suo sguardo è concentrato su di me e non sugli sposi. Il profumo raffinato e penetrante della sua acqua di colonia mi avvolge e mi fa venire voglia di avvicinarmi a lui. Lui è, mi rendo conto in un momento di disperazione, l'uomo cui mi sono più avvicinata da quando John mi ha dato il bacio d'addio ed è scomparso dalla mia vita.

Tremo, anche se la stanza non è fredda. Semmai fa troppo caldo.

"Stai bene?" mi chiede Eric.

Annuisco, ma mi fa male il cuore. Cosa non darei per avere l'uomo che amo con me oggi, per festeggiare il matrimonio di mia sorella, per incontrare la mia famiglia, per ballare tutta la notte con lui. Anche in mezzo a tanta felicità e gioia, il dolore mi travolge.

"È un po' nauseante, non è vero?" chiede Eric, mentre mi fa volteggiare sulla pista da ballo quando tutti sono invitati a unirsi agli sposi che ballano "The Best Is Yet to Come" di Frank Sinatra.

"Che cosa?"

"Come sono perfetti insieme." Fa un cenno con il mento, indicando Rob e Camille che sono così presi l'uno dall'altra, che per loro potrebbero anche non esistere le centinaia di invitati nella stanza.

"Non è nauseante. Sono perfetti l'uno per l'altra."

Si allontana leggermente per fissarmi con un luccichio malizioso negli occhi. "Non pensi che sia *un po' nauseante* che due persone possano essere così belle *e* di successo?"

Non ammetterò mai di aver avuto anch'io alcuni di questi pensieri. "No, certo che no. È mia sorella. Sono molto orgogliosa di lei e sono felice per lei."

"Uh-huh. Va bene. Se lo dici tu."

Perché sta cercando di tendermi una trappola? "Lo dico io."

"Non pensi che sia un *po' ingiusto* che abbiano tutto – un bell'aspetto, intelligenza, vero amore, ottimi lavori *e* un appartamento favoloso? Quanto vuoi scommettere che avranno dei figli brutti?"

È un'affermazione così offensiva che non riesco a trattenere la risata nervosa che mi scoppia dal petto.

"Ah-ha! Lo sapevo! Sei del tutto convinta che i loro figli saranno brutti."

"Non è vero! Non parlare in questo modo. È tuo fratello. Si presuppone che tu gli voglia bene."

"Gli voglio bene, ma a volte ho voglia di prenderlo a pugni. Gli riesce tutto *così* facilmente. Non ha mai dovuto lavorare un solo istante nella sua vita."

"E tu invece?"

"Ho dovuto lavorare sodo per ottenere tutto quello che ho. E lo faccio ancora."

"Di che cosa ti occupi?"

"Passo gli anni a fare ricerche su una singola azienda per il fondo per cui lavoro, per poi essere messo da parte quando la consegno al team addetto all'acquisizione. Poi devo trovare un'altra azienda, passare anni a lavorare su quella proposta sperando di non essere messo da parte di nuovo. Io sono uno su quattro per tre anni."

"Suona piuttosto…"

"Deprimente?"

"Lo è?"

"Può esserlo. È una grande seccatura investire tutto quel tempo e quegli sforzi solo per essere scartato in commissione." Si avvicina un po' di più, più di quanto qualsiasi uomo abbia fatto da quando John se n'è andato. "Ti svelerò un piccolo segreto. Quelle aziende su cui passo tutto quel tempo a fare ricerche…"

Annuisco, incuriosita dal suo segreto.

"Ho investito personalmente in ognuna di esse e hanno dato risultati *spettacolari*."

"Allora non è stato tempo perso."

"Niente affatto." Mi osserva come se stesse facendo un inventario dei miei lineamenti e mi ricordo che John ha fatto la stessa cosa la sera che ci siamo incontrati – e anche il giorno in cui è uscito dalla mia vita. Il ricordo mi colpisce come un pugno allo stomaco, togliendomi il fiato dai polmoni. "Sei molto carina, ma ovviamente lo sai."

La ragazza più bella che abbia mai incontrato. La voce sexy e profonda di John mi torna in mente e mi riporta nella camera da letto che avevamo dipinto di grigio chiaro, il letto che avevamo scelto insieme, le lenzuola aggrovigliate intorno ai nostri corpi mentre facevamo l'amore in modo passionale, sussurrando parole dolci che non ho mai dimenticato.

"Ava? Stai bene?"

La voce di Eric mi fa sussultare, risucchiandomi dai ricordi in cui vorrei crogiolarmi. Tornano meno frequentemente del solito e vivo nella paura di perderli per sempre a un certo punto.

"Ava?"

Lo guardo, imbarazzata, mi accorgo che ha smesso di muoversi e mi sta fissando preoccupato.

"Mi… Mi dispiace."

"Non volevo turbarti."

"Non lo hai fatto."

Il resto degli invitati, inclusi lo sposo e la sposa, ci sta guardando chiedendosi perché non balliamo come dovremmo fare.

"Andiamo a bere qualcosa," dice Erik.

"Ma il ballo…"

"Al diavolo il ballo." Mi prende per mano e mi accompagna a uno dei cinque bar posizionati strategicamente attorno all'enorme sala da ballo. "Che preferisci?"

"Solo acqua con ghiaccio, grazie."

Ordina l'acqua per me e del bourbon per lui. "Andiamo a prendere un po' d'aria."

Beviamo i nostri drink su una terrazza, dove la brezza calda di giugno ci regala un po' di sollievo dopo la soffocante sala da ballo.

"Ho fatto una cazzata dicendo che sei carina?"

"No, certo che no." Sono mortificata per quello che è successo. Proprio quando penso che stia riguadagnando terreno, un ricordo di John sembra dimostrarmi il contrario. A volte penso di non aver fatto tanto strada dal giorno in cui se n'è andato.

"Beh, tanto per la cronaca, *sei* molto carina. Più che carina, veramente. Bellissima ti si addice meglio. Questo è stato il mio primo pensiero quando ti ho incontrata alle prove."

"Grazie." Sta flirtando con me e sono così fuori allenamento che non ho idea di cosa rispondere.

"Sei sicura di stare bene?"

"Ora sto meglio. Faceva caldo là dentro."

"Già. Camille ha detto che sei appena tornata a New York da San Diego. Che cosa hai fatto laggiù?"

Mi sono innamorata dell'uomo più straordinario che è scomparso dalla mia vita cinque anni fa. "Ho… ho lavorato nelle pubbliche relazioni."

"Veramente? Julianne lavora nelle pubbliche relazioni. Conosce tutti. Scommetto che può aiutarti a trovare un nuovo lavoro. Sempre se ne stai cercando uno."

"Sì, grazie, sarebbe fantastico. Ho cercato in tutta la città ma ho la sensazione che qui è più importante *chi* conosci rispetto a quello che conosci. Il mio obiettivo è vivere e lavorare in città per andare via il prima possibile da casa dei miei genitori a Purchase. Dopo un mese qui, ho già capito che sono stata via troppo a lungo per tornare a vivere a casa. I miei genitori sono adorabili e hanno buone intenzioni, ma mi trattano come se avessi dodici anni e non ventotto e sono talmente ferita che è facile lasciare che si prendano cura di me all'infinito.

"Ti sistemeremo."

Lo dice con la facile confidenza di un uomo con delle conoscenze. Come figlio del governatore, probabilmente ne ha molte, e non mi dispiace approfittare di chi conosce la sua famiglia per far ripartire la mia vita a New York.

Dopo qualche minuto fuori, raggiungiamo di nuovo la festa. Siamo seduti insieme al tavolo d'onore, dove ci godiamo un pasto delizioso a base di filetto e gamberi. Eric m'intrattiene con storie esilaranti sulla crescita dei Tilden e su come i loro genitori abbiano dovuto evitare gli scherzi tra fratelli per paura che bruciassero la casa.

Nonostante la stanza affollata e la baldoria che ci circonda, per certi versi mi sento come se fossimo a un appuntamento da soli. Mi rivolge tutta la sua attenzione, tranne quando qualcuno si avvicina per salutarlo. Poi mi presenta come la sorella di Camille, Ava, e mi rende partecipe alla conversazione. È affascinante e divertente e bello e non so se è lui o lo champagne che mi ha leggermente abbagliato, ma qualunque cosa sia, mi sto divertendo più di quanto non mi diverta da anni.

Mimi, la wedding planner, si avvicina dopo cena con un microfono senza fili e lo porge a Eric. "Tocca a te."

"Oh merda," mi dice. "Ho dimenticato che devo fare un discorso. Che cosa devo dire?"

"*Sul serio?*"

"No," risponde, ridacchiando della mia espressione inorridita. "Ci penso io."

Si alza in piedi e si schiarisce la voce al microfono. "Potrei avere la vostra attenzione, per favore?" quando la stanza diventa silenziosa, continua: "Questa è la parte del programma in cui si suppone che il testimone umili lo sposo con storie imbarazzanti che fanno chiedere alla sposa cosa diavolo stesse pensando quando ha sposato un simile idiota."

Le risate si diffondono nella grande sala mentre Rob lo osserva.

"Sfortunatamente per me e per il resto di voi, Rob non fa cose imbarazzanti. Lo so… Non è giusto ed è in qualche modo sbagliato che qualcuno possa vivere fino a trentadue anni senza avere alle spalle una storia davvero imbarazzante. Ma questo è il nostro Rob. Concentrato, brillante e, nonostante una sorprendente mancanza di difetti, divertente da frequentare. E, a detta di tutti, ha trovato in Camille, qualcuno che è proprio come lui." Serio, continua: "Rob, stiamo insieme da molto tempo."

Altre risate seguono quest'affermazione.

"E anche se sei più grande di me di cinque minuti, sei stato un fantastico fratello maggiore e il mio migliore amico. Ti voglio bene e, in nome di tutti i presenti, auguro a te e a Camille, il meglio. Congratulazioni."

Rob si alza in piedi per abbracciare il fratello, mentre tutti gli invitati presenti applaudono.

Vederli insieme mi emoziona, il che è strano perché non avevo mai incontrato nessuno dei due prima di due giorni fa. Eppure, il loro affetto evidente l'uno per l'altro, e il numero di bicchieri di champagne che ho bevuto, l'hanno reso un dolce momento.

"Tocca a te," dice Eric, passandomi il microfono.

Prendo il microfono dalla sua mano, mi alzo in piedi vacillando un po' e maledicendo lo champagne.

La mano di Eric sulla mia schiena mi sostiene. Gli sorrido, in segno di riconoscenza. "A differenza di Rob," dico nel microfono, "Camille ha vissuto dei momenti imbarazzanti."

Mia sorella geme, ride e le cade il volto tra le mani, mentre il marito la abbraccia.

"Le è venuta la grande idea di tagliarsi i capelli cortissimi appena prima di iniziare le scuole medie. È stata una decisione infelice. È stata anche la ragazza che è uscita dal bagno di un ristorante con una scia di carta igienica attaccata al piede."

"No!" grida Camille. "Non dovevi parlare della *carta igienica* il giorno del mio matrimonio!"

"È tutto quello che ho!" rispondo. "Come tuo marito, sei troppo dannatamente perfetta e ovviamente vi abbinate perfettamente l'uno all'altra. Possiamo solo sperare che i sei figli che siete sicuri di avere saranno dei grandi talenti come i loro genitori."

"*Nessuno* avrà sei figli," risponde Camille, facendo impazzire tutti.

"Voglio solo dire che sei una sorella e un'amica meravigliosa. Ti voglio bene e auguro a te e a Rob una vita intera colma della stessa gioia e della stessa felicità che state provando oggi."

"Ben detto." Eric solleva il bicchiere per gli sposi che si concedono l'ennesimo bacio appassionato.

"E," continuo prima di cedere il microfono, "in nome di tutti gli invitati, vorrei aggiungere un'altra cosa…Prendetevi una stanza. *Per favore*, prendetevi una stanza."

Il commento, alimentato dallo champagne, è accolto da un applauso sfrenato da parte degli altri invitati.

"Ne ho già presa una," risponde Rob con un sorriso malizioso quando il putiferio si placa. "La useremo più tardi."

"*Stai zitto*, Rob!" grida Camille, colpendolo al petto.

E questo fa scattare altri baci.

"Beviamo," dice Eric, in piedi. "Abbiamo bisogno di bere qualcosa."

"Portami con te. Per favore, portami con te."

"D'accordo."

CAPITOLO DUE

AVA

Sono ubriaca fradicia. Questa è l'unica spiegazione del motivo per il quale sto ballando un lento con Eric e mi aggrappo a lui, come se fosse l'ultima scialuppa di salvataggio sul *Titanic*. Se c'è un lato positivo nell'essere completamente ubriaca è che sono troppo occupata a ridere e a ballare e a fare baldoria per pensare a qualcosa di diverso dall'enorme mal di testa che avrò domani.

Avrei dovuto iniziare a bere anni fa.

Eric stringe la sua presa su di me ed io sprofondo nel suo caldo abbraccio. Si è tolto la giacca del suo smoking qualche ora fa e ho scoperto che è uno di quei ragazzi che profuma di buono anche quando è sudato per aver ballato. Mi piace il suo odore e il modo in cui i suoi muscoli si muovono sotto il tessuto sottile della sua camicia e il modo in cui sembra rendersi conto che, se mi lascia andare, atterrerò come in una pozzanghera sul pavimento. Così non mi lascia.

Non so esattamente quando mi rendo conto del fatto che è sodo e che le sue mani si muovono sulla mia schiena con una sorta di famigliarità che non mi scoraggia, come invece sarebbe accaduto prima di aver trascorso una giornata deliziosa con lui.

La sua presenza mi conforta. Oggi mi sono sentita sicura di lasciarmi andare perché sapevo che sarebbe stato lì a prendermi se fossi inciampata, il che è pazzesco poiché l'ho incontrato solo due giorni fa. Ma so già che posso fidarmi di lui, e, lasciarmi andare mi fa sentire così bene. Domani tornerò alla fredda realtà ma stasera tutto è possibile.

"Eric…"

"Hmm?"

"Penso che sia meglio che io vada a dormire."

"Non ancora."

"C'è una buona possibilità che io svenga."

Senza lasciar perdere la presa su di me, si sistema e prende il comando. Anche se, il modo in cui riesce ancora a stare in piedi dopo aver bevuto tanto quanto ha fatto, è un mistero che non ha bisogno di essere risolto in questo momento. "Va bene, allora. Andiamocene da qui."

Non ho idea di come faccia, ma Eric riesce a portarmi fuori con il minimo sforzo dalla sala da pranzo e dentro un ascensore. Rob e Camille sono andati via da più di un'ora, quindi non c'è stato bisogno che li salutassi e nessuno ha prestato molta attenzione al fatto che siamo andati via insieme.

Almeno spero che non l'abbiano fatto…

Mi sostiene in un angolo dell'ascensore e scoppio a ridere. "Tutto bene?"

"Tutto bene per ora." Farfuglio a stento. È peggio di quanto pensassi. Ti prego, Dio mio, non farmi vomitare.

Eric veglia su di me fino a quando l'ascensore suona indicando che siamo arrivati al trentesimo piano.

All'improvviso il mio cervello prende vita. "La mia borsa!"

"L'ho presa io," dice, mostrandola sotto il suo braccio.

"Mi hai salvato la vita."

Risponde facendo l'occhiolino, "Sempre felice di poter aiutare una fanciulla in difficoltà." Mi prende tra le sue braccia, di nuovo con poche storie da parte mia, e mi accompagna lungo il corridoio.

È affascinante, bello e divertente. Se fossi capace di provare interesse per un altro uomo, avrebbe le mie attenzioni. Ma non ne sono capace. Riesco a malapena a camminare da sola, per questo mi sta portando in braccio.

"Puoi prendere la chiave?"

"Uh-huh." Sembra che io abbia solo pollici come dita, mentre apro la borsa e tiro fuori la chiave dalla tasca interna, dove l'ho nascosta in precedenza.

Fuori dalla mia porta, mi mette giù ma non mi lascia andare. Prende la chiave, apre la porta e mi prende di nuovo in braccio per portarmi dentro la stanza e mettermi sul letto.

Appena appoggio la testa sui cuscini, la stanza inizia a girare a vuoto. Mi alzo velocemente, troppo velocemente, e mi sento invasa da un'ondata di nausea. Dio mio, perché ho bevuto così tanto?

"Stai per sentirti male?"

"Spero proprio di no."

"A volte è meglio."

"Non bevo mai."

"Lo immaginavo. Non c'è voluto molto per farti ubriacare."

Mi domando se mi stia prendendo in giro, ma, quando lo osservo, vedo solo attenzione e preoccupazione. Poi si china per aiutarmi a togliere i tacchi da otto centimetri. Si alza e recupera una maglietta che ho buttato prima sul letto. "Vuoi cambiarti? Ti aiuto e prometto di non guardare."

Poiché il vestito è stretto, mi piacerebbe toglierlo, anche se non sono sicura che manterrà la promessa di non guardare. "Sì, per favore." Gli volto le spalle, affronto un altro disgustoso giramento della stanza e aspetto che apra la cerniera del vestito. Lotto per entrare nella maglietta prima di prendergli la mano per alzarmi e togliermi il vestito. "Devo fare la pipì." Vado barcollando in bagno, riesco a fare la pipì e a lavarmi i denti senza cadere. Sento Eric parlare nell'altra stanza ma non riesco a capire cosa stia dicendo.

Esco dal bagno e torno a letto. Mentre mi appollaio sul bordo del materasso, vorrei che la stanza smettesse di girare.

Eric viene e si siede accanto a me.

"Stavi parlando con qualcuno?"

"Stavo ordinando una cura per quello che ti affligge. Sarà qui a momenti."

"Una cura suona davvero bene."

Mi dà una spintarella sulla spalla. "Resta vicino a me, ragazza. Ti rimetterò in sesto."

Perché è qui e perché ne ho bisogno, appoggio la testa sulla sua spalla, confortata dalla sua presenza, dalla sua disponibilità e dalla sua propensione ad aiutarmi. È passato così tanto tempo da quando ho potuto appoggiarmi a qualcuno e, mentre mi appoggio a lui, mi rendo conto di quanto mi sia mancato farlo.

Poi lo rende ancora migliore mettendo il suo braccio intorno a me.

Mi lascio andare al suo calore, alla sua forza e al suo profumo attraente. Mi assopisco e mi riprendo quando suona il campanello. La mia stanza d'albergo ha un campanello. Lo trovo eccessivamente divertente.

"Se vado ad aprire, cadrai?"

"No."

"Va bene, ecco…" mi libera piano piano, assicurandosi che io sia stabile prima di alzarsi per andare alla porta.

Lo sento scambiare qualche parola con il fattorino delle consegne, mentre un profumo appetitoso riempie la stanza.

Eric ritorna portando con sé una piccola scatola con della pizza, un sacchetto marrone e due bottiglie di acqua e mette tutto sulla scrivania. Si avvicina al letto, sistema i cuscini dietro di me, in modo che io possa stare seduta dritta, e mi aiuta a sistemarmi. Poi mi porta una fetta di pizza su un piatto di carta e apre una delle bottiglie d'acqua. "Posso presentarti la cura collaudata a base di pizza?"

Prendo un morso della pizza al formaggio più buona che abbia mai mangiato in vita mia. Non so se è perché la pizza è così buona o se è solo perché sto morendo di fame, ma, qualunque sia il motivo, divoro quel primo pezzo e ne chiedo un altro.

"Ti senti meglio?" chiede.

"Molto meglio."

"La cura della pizza funziona sempre. Il pane agisce come una spugna e assorbe l'alcol."

"Dove hai imparato questa cura?"

"Facevo parte di una confraternita al college," risponde, facendo l'occhiolino e sfoderando quel sorriso affascinante che mi ha rivolto spesso durante la nostra giornata insieme. "È lì che ho imparato tutte le lezioni più importanti della vita."

Scoppio in una risata nasale poco elegante. "Sono sicura che le lezioni siano state memorabili."

"Lo sono state veramente." Dal sacchetto di carta marrone, prende un flacone di aspirine e me ne dà due in mano. "Prendile e bevi tutta l'acqua."

Seguo le sue indicazioni e mi metto a sedere sui cuscini, guardandolo mentre mangia il resto della pizza e trangugia l'altra bottiglia d'acqua.

"Grazie." Gli sono grata per la sua cura e per la sua compagnia.

"È stato un piacere." Si pulisce il viso con il tovagliolo e viene a stendersi sul letto accanto a me. Quello che solo stamattina sarebbe stato inimmaginabile, ora è confortante e intrigante…Le maniche della sua camicia da smoking sono state arrotolate ore fa rivelando degli avambracci forti con peli biondo oro. "Hai un aspetto migliore."

"Mi *sento* molto meglio. Mi dispiace essere difficile da gestire."

La sua risata trasforma il suo viso da bello a sconvolgente. "E *questo* lo chiami difficile da gestire? Tesoro, non sapresti cosa vuol dire essere difficile da gestire neanche se ci provassi."

Sono scossa sia dal complimento sia dall'appellativo affettuoso. "Comunque… Non volevi trascorrere la prima notte di nozze di tuo fratello a occuparti di un'ubriacona maldestra."

Allunga la mano sul materasso verso la mia. "Il giorno delle nozze di mio fratello è stato uno dei giorni più belli dopo tanto, tanto tempo."

Stringo la sua mano. "Anche per me." È stato il giorno più bello degli ultimi cinque anni e questo grazie a lui.

"Voglio rivederti, Ava. Ti andrebbe bene?"

Andrebbe bene? Sono pronta a iniziare qualcosa di nuovo con qual-

cuno che non sia John? Come posso iniziare qualcosa di nuovo,
quando non ho ancora idea di cosa ne sia stato dell'uomo che amo?
Sono disposta a rischiare un'altra delusione d'amore o starei meglio da
sola?

"Wow," continua sospirando. "Non mi aspettavo che fosse una
domanda complicata."

"Non lo era. Non lo è. È solo che…"

"C'è qualcun altro?"

C'è? Non lo so e provo un forte senso di rabbia nei confronti di
John per avermi fatto questo. Come ha potuto lasciarmi in questo stato
di sofferenza? Come ha potuto lasciare che m'innamorassi così profondamente di lui, sapendo che avrebbe potuto lasciarmi in questo modo?
"No, non c'è nessun altro."

"Allora…" Quel sorriso è irresistibile e sono sicura che lui lo
sappia.

"Mi piacerebbe rivederti." Non ho idea di cosa voglio da lui, ma
oggi mi sono divertita. Ho bisogno di divertirmi di più nella mia vita
ed Eric Tilden potrebbe essere proprio quello di cui ho bisogno per
iniziare la mia nuova vita a New York.

Non ricordo di essermi addormentata con Eric, ma è ancora qui
quando mi sveglio la mattina dopo, sentendomi sorprendentemente ben
riposata e rigenerata grazie alla sua cura miracolosa. Si è avvicinato a
me durante il sonno e ha allungato il braccio sulla mia vita, il che significa che non posso muovermi senza disturbarlo.

Dorme vestito sopra le coperte, un perfetto gentiluomo, quando
avrebbe potuto essere un tipico ragazzo e approfittare del mio stato di
ubriachezza. Il fatto che non ci abbia nemmeno provato, gli ha fatto
guadagnare dei punti. Osservo da vicino il suo bel viso, notando le
rughe sottili che gli si formano intorno agli occhi quando ride, i baffi
dorati, la mascella forte e le labbra che si muovono in modo adorabile,
come se stesse parlando con qualcuno mentre dorme.

Un confratello, tra l'altro . È tutto quello che posso fare per non

ridere. La maggior parte dei ragazzi della confraternita che ho conosciuto al college non erano persone con cui avrei voluto trascorrere del
tempo. Le mie amiche ne frequentavano alcuni ed erano all'altezza
della loro reputazione. Cerco di non stereotipare le persone, ma la
maggior parte dei confratelli che ho conosciuto in vita mia non avrebbe
dato da mangiare la pizza a una ragazza per farla sentire meglio.

Eric ha dei capelli meravigliosi, quelli che non hanno bisogno di un
prodotto per farti sembrare appena uscito da un servizio fotografico.
Mi chiedo se sono morbidi o ruvidi e mi allungo per toccarli.

I suoi occhi si aprono e sussulto. Mi fissa per un momento lungo e
intenso poi la sua espressione si ammorbidisce quando sorride. "Ti ho
beccato," dice con tono malizioso e la voce roca dal sonno.

Sento il mio volto diventare rosso per l'imbarazzo. "Hai dei bei
capelli."

Fa roteare una ciocca dei miei capelli attorno a un suo dito. "Anche
tu. Sei tutta bella."

"Sei sempre così affascinante come prima cosa il mattino?"

"Faccio alcuni dei miei lavori migliori come prima cosa il
mattino."

È pericolosamente attraente. Mi fa desiderare cose che pensavo non
avrei mai più voluto. In una giornata spettacolare, mi ha mostrato
quanto io sia stata sola. Sono stanca di essere sola e triste. Sono stanca
di piangere per un uomo che è stato via così a lungo, come se non fosse
mai esistito. Mi piace Eric e mi sento come se fossi importante per lui.

Tenendomi ancora per mano, mi chiede, "Ricordi di aver detto che
ti piacerebbe rivedermi?"

"Sì." Non so se sono capace di andare avanti con qualcun altro, ma
mi sono divertita con lui e mi piace come mi sento quando stiamo
insieme, è come se qualcuno mi coprisse le spalle. Mi è mancato
tutto ciò.

Il suo sorriso mi ricorda un bambino il giorno di Natale che ha
appena ricevuto tutto quello che ha chiesto da Babbo Natale. "Oggi i
miei genitori organizzano un brunch per la famiglia. Vuoi venire con
me? Ci saranno Camille e Rob, e anche Amy e Jules, così conoscerai
un po' di gente."

"Non gli dispiacerà avere un ospite inatteso?"

Bacia il dorso della mia mano. "Affatto."

QUANDO ENTRIAMO NELLA STANZA IN CUI SI TIENE IL BRUNCH, Camille mi afferra per il braccio e mi conduce in un angolo. "Dimmi la verità. Hai fatto sesso con Eric ieri sera?"

Cerco di divincolarmi dalla sua presa stretta con il mio braccio libero. "No. Non ho fatto sesso con lui."

"Amy l'ha visto uscire dalla tua stanza stamattina e l'ha detto a Jules che l'ha riferito a Rob. Benvenuta nella famiglia Tilden, dove nulla può rimanere a lungo segreto."

Sono mortificata di essere stata oggetto di pettegolezzi in famiglia. "Mi sono un po' ubriacata e lui è rimasto per assicurarsi che stessi bene. Tutto qua." È tutto quello che deve sapere, comunque.

Mi rivolge quello sguardo furtivo che le servirà quando eserciterà come avvocato. "Rob dice che Eric è preso da te."

"Va bene…" Dove vuole arrivare con questo discorso?

"Anche tu sei presa da lui?"

"Siamo stati bene ieri e mi ha aiutato quando mi sono ubriacata. Non c'è bisogno di farne un dramma come i bambini delle scuole medie."

"Non è mia intenzione farlo. Ma ci sono cose di lui…cose che dovresti sapere. Se ti piace…"

"Quali cose?"

Camille fa un cenno alla suocera che sta gesticolando per presentarle qualcuno. "Ora non posso parlare. Più tardi." Se ne va per occuparsi della sua nuova famiglia, lasciandomi a chiedermi quali "cose" deve dirmi di Eric.

Lui sta con suo fratello e altri uomini, belli e ben vestiti. Quando il suo sguardo incrocia il mio, sorride e mi fa cenno di raggiungerli. Attraverso la stanza per andare a mettermi in piedi vicino a lui che mi mette la mano sulla schiena e mi fa appoggiare un po' più vicino al suo corpo. "Questa è la sorella di Camille, Ava. Ava, già conosci mio cugino Nate, e questi sono i suoi fratelli Tyler e Justin."

Stringo le loro mani. "Piacere di conoscervi. Che tipo di parentela c'è fra di voi?"

"I nostri padri sono fratelli," dice Eric.

Alla fine mi siedo con Eric e sei dei suoi cugini. Vengo a sapere che suo padre ha sei fratelli, ognuno dei quali ha almeno due figli maschi. Il patrimonio genetico dei Tilden è stato gentile con gli uomini della sua famiglia. Eric, l'unico biondo, spicca tra i suoi cugini dai capelli scuri, che condividono il suo fascino e il suo senso dell'umorismo. Mi divertono molto, anche se continuo a chiedermi cosa mi dirà Camille più tardi.

Il braccio di Eric è dietro la mia sedia, come se dicesse ai cugini che io sono off-limits. Non so bene come mi sento, ma mi diverto troppo a sottilizzare dove si trovi il suo braccio. La signora Tilden viene a salutarmi e si concentra sulla posizione del braccio del figlio.

"Ava," dice, "Sono così felice che tu sia riuscita a unirti a noi."

"La ringrazio per aver accettato la mia presenza all'ultimo momento."

"Nessun problema. Gli amici di Eric sono nostri amici."

"Vacci piano, mamma." Non perde mai il sorriso affabile che fa parte di lui, anche se il suo sguardo s'indurisce leggermente.

La signora Tilden gli stringe la spalla. "È bello vederti sorridere di nuovo, tesoro." Continua prima che lui possa rispondere, ma questo scambio mi lascia altre domande.

"La zia Sarah Beth sembra piuttosto *speranzosa*," dice Jack, un altro cugino di Eric.

"Zia Sarah Beth deve imparare a farsi gli affari suoi," risponde Eric in un modo così brusco che mi spaventa.

"Vacci piano, Skippy," dice Tyler. "Adesso che Rob è sposato, l'attenzione si sposta su di te e su Amy. Dovevi aspettartelo."

Eric si volta verso di me. "Andiamo via."

Poiché sono arrivata con lui, stringo la mano che mi tende e lo seguo, notando l'espressione sbalordita di Camille, mentre cammino più veloce per stargli dietro. Continua a scendere le due rampe di scale, dirigendosi verso la porta principale. Una volta fuori si ferma, respira profondamente e mi guarda.

"Vuoi dirmi che cosa è successo là dentro?"

"Mia madre. Mi fa impazzire."

"Vuoi camminare un po'?" Ho lasciato la valigia al facchino prima del brunch e posso tornare a prenderla più tardi. Ho in programma di prendere il treno per tornare a Purchase questo pomeriggio.

"Vorrei camminare."

CAPITOLO TRE

AVA

Passeggiamo lungo Park Avenue, poi verso Central Park, oltrepassando la pista di pattinaggio di Wollman e percorrendo sentieri tortuosi e frondosi che mi fanno quasi dimenticare di stare nel bel mezzo di una delle città più grandi del mondo. "È così bello," dico, rompendo un lungo silenzio.

L'aria si riempie del profumo dei fiori e dell'erba appena tagliata e degli hot-dog, un pensiero che mi fa sorridere.

"Che cosa c'è di così divertente?"

"Come tutta questa città profumi di hot-dog."

Ride insieme a me. "Sì, suppongo di sì. Visto che non abbiamo mangiato, ne vuoi uno?"

"Un hot-dog a colazione?"

"Perché no? Pensalo come un rimedio per la sbornia, nel vero senso della parola."

Ci rido sopra. "Certo, in effetti, suona bene."

"Torno subito."

Mentre mi siedo su una panchina, Eric va a prendere gli hot-dog per entrambi e un paio di bottiglie ghiacciate di Coca. "Senape," gli dico quando indica i condimenti.

Si siede accanto a me, mi porge l'hot-dog e la coca e mangiamo in silenzio.

"Questo potrebbe essere il miglior hot-dog che abbia mai mangiato," gli dico.

"Gli hot-dog di strada sono i migliori. Non ne mangio uno da anni."

"Anch'io."

Mi passa un tovagliolo che utilizzo per pulirmi la senape dalle labbra e penso ancora una volta quanto sia rilassante stare con lui. Mi sembra di conoscerlo da più di due giorni.

"Sono stato fidanzato," dice, rompendo un lungo silenzio.

Non so se dovrei dire qualcosa o lasciarlo parlare. Prima che io possa decidere, lui continua.

"Ha fatto ghosting." Mi osserva per valutare la mia reazione. "Sai cosa significa?"

Scuoto la testa. Non conosco questo termine.

"Ha chiuso la nostra relazione senza dirmelo. Ha lasciato il lavoro, è andata via dal suo appartamento ed è praticamente uscita dalla nostra vita insieme senza dirmi una sola parola."

Non riesco a trattenere il sussulto che esce dalle mie labbra. Probabilmente pensa che io stia esprimendo lo shock per quello che gli è stato fatto, ma ciò che mi sconvolge veramente è quanto la sua situazione sia simile alla mia.

"Hai mai scoperto dove è andata?"

Fa un cenno con la testa. "Amy e Jules le hanno dato la caccia, l'hanno affrontata, le hanno fatto ammettere di aver incontrato un altro e di non sapere come gestire me o la nostra famiglia o tutte le aspettative che derivano dall'essere la "fidanzata di un Tilden"." Virgoletta con le dita queste ultime quattro parole mentre parla. "Le hanno chiesto di restituire l'anello di fidanzamento da settantacinquemila dollari che le avevo regalato e le hanno fatto pagare il matrimonio annullato."

"Mi dispiace tanto che ti sia capitato tutto ciò." L'hot-dog si posa come un mattone nel mio stomaco. Dovrei dirgli che mi è successa una cosa simile, ma John non si è dileguato come un fantasma. È stato chiamato in servizio dal nostro paese. Per quanto ne so, potrebbe essere morto. Non è la stessa cosa.

"Grazie."

"La amavi?"

"La amavo molto. E quando è sparita dalla faccia della terra, sono impazzito cercando di trovarla, pensando che le fosse successo qualcosa di terribile. Le persone la coprivano, anche quelli che avevo considerato degli amici. Dicevano di non sapere dove fosse. Ho chiamato la polizia di New York, mi sono reso ridicolo cercando una donna che voleva uscire dalla nostra relazione così tanto da fingere la propria scomparsa. Sai che tipo di pianificazione ci vuole per sparire nell'era dei social media?"

Ingoio a forza. L'emozione scorre dentro di me, mi fa sentire debole e malata. Dovrei dirgli che lo capisco, che comprendo quanto sia doloroso perdere qualcuno che ami con poche o senza spiegazioni. Ma non ho raccontato a nessuno quello che mi è successo e probabilmente dovrei dirlo prima a mia sorella e poi al suo nuovo cognato.

Il pensiero di raccontarlo a qualcuno, di doverlo rivivere mi fa venire le vertigini, la nausea e il sudore.

Naturalmente Eric se ne accorge perché mi osserva con attenzione. "Stai bene?"

"Sì, certo." Capisco il coraggio di cui ha avuto bisogno per condividere con me il suo passato doloroso. Ma io non ci riesco. Mi scrollo di dosso la mia reazione emotiva per potermi concentrare su di lui. "Cos'è successo poco fa con tua madre?"

"Ogni volta che mi vede *parlare* tanto con una donna, si emoziona, pensando che sarà quella giusta e mi salverà da me stesso." Mi regala un sorriso svogliato. "Non potevo sottoporti a ciò ed io stesso non ero dell'umore giusto, dopo aver trascorso ieri una splendida giornata. È stata la prima giornata veramente bella da quando è successo tutto ed è solo merito tuo."

"È stata una bella giornata anche per me."

"Sono contento. Se prometto di tenere mia madre e le sue aspettative lontane, lontane da te, pensi ancora che potresti essere convinta a rivedermi?"

Sorrido, perché è così adorabile e affascinante. Ed è fragile, proprio come me. "Potrei essere convinta."

CAMILLE

Mi avvicino al mio nuovo marito, sollevando il bracciolo del sedile di prima classe che ci divide. Dopo aver atteso così tanto tempo per arrivare a questo giorno, voglio che nulla s'intrometta tra me e Rob. Ci sono stati dei momenti, nell'ultimo anno degli studi di legge e di organizzazione del matrimonio, mentre ero a New Haven e lui in città, in cui ho dubitato della mia salute mentale. Ma la giornata di ieri è valsa tutti i sacrifici e le notti insonni. È stato il giorno più bello della mia vita.

Rob appoggia la testa al sedile tenendo gli occhi chiusi e serrando la sua mano alla mia.

Siamo esausti dopo la migliore delle notti insonni. Abbiamo festeggiato fino a tardi con i nostri ospiti e poi siamo andati di sopra nella nostra suite e abbiamo fatto buon uso del letto matrimoniale. Volendo che la nostra prima notte di nozze fosse speciale, un mese fa ho suggerito a Rob di smettere di fare sesso. Rob il represso si è scatenato, non che mi lamenti.

So esattamente chi ho sposato e, selvaggio o meno, è l'uomo giusto per me. Su questo non ho mai avuto dubbi dal giorno in cui ci siamo incontrati due anni fa alla raccolta fondi per suo padre. Da allora siamo sempre stati insieme.

Abbiamo delle ambizioni, grandi ambizioni, progetti che non abbiamo condiviso con nessuno, tranne che con suo padre che ha giurato di aiutarci ad arrivare dove vogliamo. Bob Tilden capisce l'ambizione. Lo ha condotto fino ad Albany, ma, a differenza di suo figlio, Bob non sembra avere aspirazioni più grandi per se stesso. Le ha certamente per il più grande dei suoi quattro figli. Ieri è stato molto più di un matrimonio. È stata una specie di fusione tra due famiglie newyorkesi che affondano le proprie radici nella *Mayflower*.

Come me, Rob è stato educato a credere che tutto sia possibile e noi abbiamo intenzione di cavalcare l'onda della possibilità per quanto possiamo. Abbiamo un piano dodicennale che prevede che si candidi entro i prossimi due anni e le ruote inizieranno a girare in quella direzione al nostro ritorno dalle Hawaii.

Inizierò la mia carriera come consigliera generale di un'organizzazione che fornisce aiuti ai bambini in difficoltà.

Nel perseguire il nostro obiettivo, ho rifiutato grandi offerte da parte di studi legali molto importanti. Rob mi ha detto che ogni mossa che faremo sarà esaminata in seguito, quindi siamo determinati a fare in modo che ogni mossa conti, a partire dal lavoro che ho accettato come miglior laureata in legge a Yale.

"Avresti potuto fare di meglio," ha detto mio padre, il suo disappunto era evidente.

Sì, avrei potuto fare molto meglio, ma Rob sta pagando i miei prestiti per la scuola di legge come regalo di nozze. La sua famiglia ha i soldi. Molti soldi. Dato che non abbiamo bisogno di lavorare per avere uno stipendio, lavoreremo per raggiungere l'obiettivo.

"Che ne pensi di Eric e Ava?" chiede Rob con un timbro di voce burbero che indica i postumi di una sbornia.

"Lo so! Quanto sarebbe bello?"

Apre gli occhi e mi fissa. "Non gli farà del male, vero?"

"Ava? È un agnellino. Non farebbe del male a una mosca."

"Dal poco tempo che ho passato con lei, sembra molto dolce."

"Sì, è molto dolce. Quello che vedi è quello che avrai con lei. Non preoccuparti." Anche se Ava ha tre anni più di me, spesso mi sento come la sorella maggiore. Laddove Ava è tranquilla e riservata, io sono estroversa e determinata. La gente ha spesso scherzato sul fatto che abbiamo lo stesso padre e le battute hanno ferito Ava più di una volta.

Odio questa cosa perché amo mia sorella, anche se ho faticato a mantenere un rapporto con lei quando era a San Diego. Ora che è tornata a New York, spero che possiamo stare più vicine di quanto non lo siamo state in passato.

"Sono preoccupato per Eric," dice Rob. "Dopo tutto quello che è successo con quella stronza di Brittany, non può sopportare un'altra delusione."

"Sei troppo precipitoso, parli già come se fossero una coppia. Ieri hanno trascorso un po' di tempo insieme, però erano in coppia. Potrebbe essere solo questo."

"Non dimenticare che Eric ha trascorso la notte nella sua stanza."

"Perché Ava era ubriaca e lui si è preso cura di lei. Mia sorella mi ha detto che non è successo nulla ed io le credo. Deve essere accaduto qualcosa quando viveva a San Diego. Non so bene cosa però."

"Come fai a saperlo?"

"È diversa. Più tranquilla, ancora più riservata, il che significa qualcosa. Ho cercato di convincerla a parlarmi della sua vita laggiù ma non l'ha mai fatto."

"Tieni d'occhio la situazione con Eric, va bene? Non potrei sopportare di vederlo affrontare un'atra tragedia come con Brittany."

"La terrò d'occhio ma Ava non è una stronza e non si comporterebbe *mai* come Brittany. Non devi preoccuparti di niente. Inoltre, quanto sarebbe divertente se tuo fratello e mia sorella si mettessero insieme?"

"Molto divertente."

Un assistente di volo viene a offrirci da bere. Rob ordina un Bloody Mary.

"Sembra buono. Ne porti due, per favore."

"Torno subito," risponde l'assistente di volo.

"Un cicchetto post-sbornia, amore mio?" gli chiedo.

"Spero che funzioni. Mi sento un cadavere che cammina."

"Due settimane alle Hawaii sistemeranno tutto."

Rob porta le nostre mani unite alle labbra. "Questa è la parte che non vedevo l'ora di fare."

"Anch'io. Il matrimonio è stato fantastico, ma la luna di miele…"

Si avvicina per baciarmi. "Sarà epica."

CAPITOLO QUATTRO

AVA

Eric non ha perso tempo e ha chiesto a Julianne di aiutarmi a cercare un lavoro. Una settimana dopo il matrimonio, ho già fatto quattro colloqui con le migliori aziende di pubbliche relazioni della città, due dei quali li ho ottenuti da sola e due grazie al suo aiuto. L'ultimo, il colloquio più promettente che ho fatto da sola, mi è piaciuto di più perché uno dei soci, Miles Ferguson, ha perso la sua fidanzata sulla *Star of the High Seas*.

Semmai, questo dovrebbe farmi venire voglia di non lavorarci, ma sono attratta da questo posto essendo la masochista che sono diventata negli ultimi cinque anni. Sono sicura che, se otterrò il lavoro, avrò poco a che fare con Miles, ma il legame, per quanto fugace, rende il suo studio molto più interessante per me.

Sì, lo so…È una follia, ma ecco qua. Ho rinunciato a cercare di dare un senso a come funziona il mio cervello nella mia realtà post-John.

Mando un messaggio a Eric per ringraziarlo di nuovo per il suo aiuto e gli chiedo se posso offrirgli da bere mentre sono in città.

Risponde subito. *Felice di aiutarti e vorrei incontrarti di nuovo. Dove vuoi andare?*

Non ho idea. Dimmelo tu.

Suggerisce un locale di tendenza nel Distretto Finanziario e ci mettiamo d'accordo per incontrarci tra un'ora, quando avrà finito di lavorare.

Con un po' di tempo da ammazzare prima di dover andare in centro, mi nascondo da Bloomingdale per dare un'occhiata a una grossa svendita di abiti. Sono felicissima quando ne trovo due che normalmente non potrei permettermi, uno rosso e l'altro nero. Chiedo alla commessa di impacchettarli e di non appenderli così posso portarli a casa in treno senza problemi.

Sto finendo di pagare quando sul bavero della commessa noto la spilla che indica che ha perso qualcuno sulla *Star of the High Seas*. Proprio nel bel mezzo di una giornata piuttosto bella, è un ricordo che mi toglie l'aria dai polmoni e mi fa venire le lacrime agli occhi, la reazione involontaria come il dolore al petto. "Mi dispiace per la sua perdita," dico, quando riesco a parlare di nuovo.

La commessa allunga la mano per toccare la spilla, accarezzandola con amore. "I miei genitori," dice dolcemente. Immagino che abbia all'incirca la mia età. Mi si spezza il cuore per lei.

Con gli occhi pieni di lacrime, si dà da fare per piegare e insacchettare i miei nuovi vestiti.

Vorrei chiederle se sta bene, se è seguita da un gruppo di sostegno, se ha perso chi amava. Voglio sapere chi sono i suoi genitori. Sono sicura di aver letto la loro storia. Ho letto ogni parola pubblicata su quella tremenda tragedia. Non faccio domande mentre prendo il sacchetto. "Grazie."

"Buona giornata."

"Anche a lei."

L'incontro mi scuote e mi ricorda perché John è dovuto partire. È stato per persone come la commessa e i suoi genitori. Nei primi mesi, le spille commemorative sono state prodotte e vendute dal gruppo dei sopravvissuti della famiglia, che ha raccolto fondi per un monumento commemorativo alle vittime che deve essere ancora costruito. Le lotte intestine del gruppo su come le vittime debbano essere ricordate ha rallentato i lavori. Ho letto ogni parola anche su questa vicenda.

Fin dall'inizio, ho fatto il punto per rimanere aggiornata sulle indagini, sulla guerra dichiarata contro il gruppo terroristico di Al Khad che rivendicava la responsabilità e sul gruppo di sopravvissuti che lottava per affrontare una perdita sconcertante. Continuo a cercare su Internet ogni giorno notizie sulla guerra, sperando di intravedere o di trovare un indizio o qualcosa che mi dica cosa ne è stato di John. Ma non ho mai trovato nulla. Neanche una singola cosa.

Il mio entusiasmo per i vestiti è sparito da tempo, mentre cammino a fatica fino all'angolo per chiamare un taxi. Ora vorrei non aver fatto piani con Eric. Voglio solo andare a casa. Tuttavia, non posso scaricarlo dopo tutto quello che ha fatto per aiutarmi, così do al tassista l'indirizzo del locale e cerco di indossare una maschera. Si potrebbe dire che ormai sono un'esperta nel fingere di stare bene, quando non è affatto vero.

A volte, mi chiedo se starò mai più bene o se ci sarà sempre una nuvola che pende sulla mia vita, un asterisco accanto al mio nome. Mi chiedo anche se ci sono altre persone come me là fuori, da qualche parte, che non hanno idea di cosa ne sia stato degli uomini e delle donne che amano. A differenza delle famiglie delle vittime, non esiste un gruppo di cui io possa far parte. Ho percorso questo viaggio da sola e continuerò a farlo, non m'importa dove mi condurrà.

Con la fronte appoggiata contro il finestrino del taxi, osservo la città che sfila davanti a me come un lampo di luci, vetri, pietre e persone. Tante persone. Perché una di loro non può essere l'uomo che amo?

Le lacrime scendono lungo le mie guance, facendomi sentire debole e impotente, come mi sono sentita per tanto tempo dopo la sua partenza. Non piango più per lui come una volta, e quando piango tanto, di solito mi aspetto un paio di giorni difficili.

Mentre ci avviciniamo all'incrocio che Eric mi ha detto di cercare, tento di ricompormi, di asciugare le lacrime, di sistemare il trucco, di indossare la maschera. Mi spazzolo i capelli e mi metto il rossetto, sperando di sembrare allegra e vivace. Posso fingere per qualche ora, fino a quando non sarò di nuovo sola con i miei ricordi e il mio dolore.

Trascinando dietro di me il sacchetto con gli abiti acquistati poco prima, entro nel bar affollato. Facendomi strada attraverso la folla di festaioli, noto legno e ottone lucidato, specchi e sgabelli da bar rivestiti di velluto. Scruto i volti dei giovani, attraenti, ambiziosi professionisti, ma non riesco a scorgere Eric tra di loro. Sto per voltarmi e andarmene, quando delle mani si appoggiano sulle mie spalle e il profumo famigliare della sua colonia mi avvolge.

"Eccomi qui." La sua voce è confortante e famigliare. Mi prende il sacchetto dalle mani e mi fa strada verso l'angolo posteriore, che è semideserto. A quanto pare, nessuno vuole stare qui dietro, preferiscono vedere ed essere visti.

"Mi sembra di aver appena superato una prova di resistenza," gli dico, mentre ci sediamo a un tavolo.

Il suo sorriso gli illumina il volto.

Avevo dimenticato quanto fosse bello. L'abito blu che indossa gli sta benissimo come se fosse stato tagliato solo per lui, cosa che probabilmente è vera. È l'immagine del successo emergente e sono felice di vederlo. Più felice di quanto mi aspettassi.

"Hai superato il test dell'happy-hour di Wall Street."

"È una cosa importante?"

"Potrebbe essere uno sport olimpico. In questi luoghi vengono conclusi molti affari."

"Si rimorchia molto, vorrai dire."

"Anche quello," dice con il sorriso disteso che ricordo dal matrimonio. Nonostante la delusione d'amore che ha sofferto per mano della sua ex, ha ancora voglia di sorridere, di scherzare e di apprezzare i momenti più leggeri della vita. Ammiro che sappia essere spensierato. Per i primi due anni dopo che John se n'è andato, non ho sorriso né riso di nulla.

"Che cosa posso portarvi?" chiede un cameriere esausto, mettendo sul tavolo una ciotola di Chex Mix.

"Per me del bourbon e…?" Eric mi fa un cenno con la fronte.

"Un cosmopolitan, per favore." Perché no? Non devo guidare. Poi sento la voce caratteristica di John: *Chi non risica, non rosica.* Vorrei poter dire a lui e a quella voce sexy di lasciarmi in pace.

"Il colloquio è andato bene?" chiede Eric, tuffandosi nella ciotola di Chex Mix.

"Molto bene. Se mi fanno un'offerta, penso che andrò da loro. Stanno lavorando su dei progetti divertenti."

"Tipo cosa?" chiede, mostrando un reale interesse.

Gli faccio un resoconto dei clienti famosi che lo studio rappresenta, dalle panetterie ai ristoranti a cinque stelle, agli attori e alle attrici di Broadway, uno dei comici più celebri del paese, uno chef famoso che è diventato tale partecipando a un concorso di cucina che ha avuto ottimi risultati l'estate scorsa.

"È come un "chi è chi" della cultura pop," dice Eric.

"Lo so! Quanto sarebbe divertente?" È il tipo di lavoro in cui potrei buttarmi, ed è quello di cui ho bisogno. "Inoltre lo stipendio è abbastanza decente da poter vivere in città, se riesco a trovare una coinquilina."

Schiocca le dita. "A proposito di questo…" prende un pezzo di carta da una tasca interna della sua giacca e me lo porge.

Srotola un volantino di una ragazza che sta cercando una coinquilina per il suo appartamento a Tribeca.

"L'ho visto sulla bacheca a lavoro e l'ho preso per te."

"Si presuppone che tu prenda solo una delle linguette in basso e non tutto il foglio."

"Se non lo avessi preso, il posto sarebbe già stato preso. Dovresti chiamarla."

"Ma non ho ancora avuto il lavoro."

"Lo avrai presto." Fa un cenno al pezzo di carta. "Avanti. Saremmo vicini di casa."

Mi piace l'idea di vivere vicino a lui, a questo nuovo amico che è stato così gentile con me nel poco tempo che l'ho conosciuto.

"Pronto?"

"Ehm, salve. Chiamo per l'appartamento. È ancora disponibile?"

"Sì. Qualche stronzo ha preso il mio volantino a lavoro, quindi non ho ricevuto nessuna chiamata."

È tutto quello che posso fare per non perderlo, ridendo le dico. "Oh, beh, il mio amico ha scattato una foto e me l'ha inviata."

Gli occhi di Eric si muovono con una malizia che mi fa sorridere. "Può dirmi qualcosa di più?"

La donna descrive un appartamento di due camere da letto con un bagno in comune, il soggiorno e la cucina. "Non è niente di speciale ma abbiamo un ascensore e un portiere *e*, nel palazzo, sono presenti anche una palestra e una lavanderia." Mi dice di chiamarsi Skylar, è un avvocato che lavora da un anno nella compagnia di Eric e la sua ex coinquilina si è trasferita dal suo fidanzato, lasciandola nei guai.

Mi chiede di cosa mi occupo. Le dico che sto cercando lavoro, ma che sto per averne uno, e dopo un po' di tira e molla amichevole, mi chiede: "T'interessa?"

"Lo prendo." Forse sono impulsiva, ma è bello andare avanti, soprattutto dopo la battuta d'arresto che ho sofferto prima. Inoltre, ho un po' di soldi da parte, almeno abbastanza per tre mesi di affitto. Se non avrò un lavoro al termine dei tre mesi, avrò problemi più grandi del fatto di non poter pagare l'affitto.

"Oh, è fantastico. Ero preoccupata di dover pagare l'affitto da sola."

Spero di non aver commesso un grande errore nell'occupare l'appartamento prima di trovare un lavoro o anche solo di vedere il posto, ma ho un buon presentimento in merito a ciò. Ultimamente le buone sensazioni sono state poche nella mia vita, quindi sto correndo con questa.

"Sono in affitto quindi puoi inviarmi un assegno per il primo mese di affitto e trasferirti quando vuoi. Fammi sapere quando. Ti farò avere le chiavi e lo pulirò con l'amministratore."

La ringrazio, ci salutiamo e chiudo la telefonata.

Eric solleva il suo bicchiere. "Benvenuta nel vicinato."

Tocco il suo bicchiere con il mio. Nei dieci minuti che abbiamo trascorso insieme, mi ha fatto sentire di nuovo meglio. Potrei abituarmi a questo, un pensiero che mi spaventa, ma mi eccita al tempo stesso. "Grazie."

"Mi piace vederti sorridere. Sei ancora più bella quando sorridi."

Mi piace il modo disinvolto e affascinante con cui flirta con me, anche se il mio buon senso mi avverte di procedere con cautela.

"Com'è andata la tua giornata?" gli chiedo.

"In verità molto bene. Ho presentato un nuovo cliente al comitato per le acquisizioni e mi è sembrato che fosse molto più interessato del solito."

"Quando lo saprai?"

"Tra qualche giorno."

"L'attesa deve essere una *tortura*."

"Cerco di non agitarmi troppo. Vengo pagato sia che assumano o meno il cliente.". Afferra un'altra manciata di Chex Mix. "Questo mi aiuta a mantenere la prospettiva."

"Comunque, deve essere bello ottenere una vittoria."

"Sarebbe molto bello." Si china verso di me, così vicino che sento il suo respiro sfiorarmi la guancia.

Mi viene la pelle d'oca.

"Se vinco, festeggerai con me?"

Gli lancio uno sguardo divertito. "Dipende da cosa comporta questo festeggiamento."

"Cenare, ballare, bere. Un posto elegante con candele e tovaglioli di stoffa."

Sono completamente affascinata da lui e mi ritrovo a fare il tifo per una vittoria così possiamo festeggiare insieme. "Sembra una bella cosa."

"*Tu* sei davvero bella." Mi sistema i capelli dietro l'orecchio e, per un breve e terrorizzante secondo, penso che potrebbe baciarmi.

Ma non lo fa.

E quando si allontana, provo delle emozioni tra il rimpianto e il sollievo. È in questo momento che mi rendo conto che Eric Tilden rappresenta una minaccia per il cuore che ho ricucito e devo stare molto attenta a ciò che lo riguarda.

"Sto morendo di fame," annuncia, quando finisce la ciotola di Chex. "Vuoi venire a cena con me?"

Avevo programmato di andare a casa e di fare la mia solita rassegna notturna sui siti dei notiziari alla ricerca di qualsiasi indizio di John. Ma trascorrere più tempo con Eric è molto più affascinante di quell'orribile compito. "Mi piacerebbe molto."

CAPITOLO CINQUE

AVA

Due settimane dopo, Eric, Rob, Camille, Amy e Jules mi aiutano a traslocare nel mio nuovo appartamento a Tribeca. Ho ottenuto il lavoro che volevo e lunedì inizio a lavorare alla FergusonMain. Non potendo portare la mia auto in città, mi accompagnano i miei genitori con le cose che ho portato a casa da San Diego. Nascondo le scatole preziose contenenti gli oggetti di John nell'armadio della mia camera e cerco di dimenticarmene.

Se Eric è curioso dopo che ho insistito per portarle dentro da sola, non lo dice.

Skylar ha già i mobili del soggiorno, così decido di tenere per ora in un magazzino, le mie cose di San Diego, compreso il letto che ho condiviso con John, e di comprare un letto nuovo per la mia stanza. Nuova casa, nuovi inizi, nuovo letto. Se mi si spezza un po' il cuore al pensiero di ricominciare da capo senza di lui, metto quei sentimenti in una scatola dentro il mio cuore e la sigillo, così posso continuare ad andare avanti piuttosto che soffermarmi sul passato doloroso.

Quando ho spacchettato tutto e mi sono sistemata, i miei genitori tornano a Purchase e Camille suggerisce di andare a cena e a bere qualcosa. Invito anche Skylar a unirsi a noi. Nelle ultime settimane ho avuto modo di conoscerla tramite messaggi e ho imparato che è concentrata sul suo lavoro al punto di non distrarsi mai. E stasera non fa eccezione.

"Vorrei poter venire con voi," risponde, guardando Eric con un interesse appena celato che m'irrita per ragioni che non oso esplorare da vicino. A quanto pare, non si sono mai incontrati nello studio dove lavorano entrambi. Lei è alta e appariscente, con capelli e occhi scuri. "Lunedì ho una presentazione molto importante per la quale non sono assolutamente preparata. Ho bisogno di ogni minuto di questo fine settimana. Ma voi divertitevi."

Ci salutiamo e scendiamo le scale fino in strada, facendo più rumore di quanto probabilmente dovremmo. I Tilden sono un gruppo chiassoso e mia sorella si adatta perfettamente a loro. Lei e Rob sono abbronzati e felici dopo la luna di miele alle Hawaii e non riescono a tenere le mani a posto l'uno con l'altra per più di qualche minuto.

Eric ed io camminiamo dietro Camille e Rob. Eric mi dà un colpetto sulla spalla e fa un cenno con la testa per attirare la mia attenzione sulla mano di Rob sul sedere di sua moglie e fa roteare gli occhi con un'espressione drammatica. *Prendete una stanza*, mormora.

Mi copro la bocca per non ridere ad alta voce e lo colpisco alle costole. "Smettila."

"Non ci riesco." Eric sta volando alto dopo che il comitato per le acquisizioni dello studio ha approvato la sua ultima raccomandazione. Camille mi ha detto che guadagna un bonus sostanzioso per ogni raccomandazione andata a buon fine. Non mi ha detto nulla al riguardo, nelle settimane successive alla nostra cena insieme, abbiamo parlato tramite messaggio quasi tutti i giorni.

Ho imparato che è spiritoso e divertente via messaggio così come lo è di persona e mi sono trovata a non vedere l'ora di sentirlo. Apprezzo che mi abbia continuato a cercare ostinatamente dopo il nostro memorabile weekend insieme. Piuttosto, ha permesso che tra di noi nascesse una piacevole amicizia, un messaggio alla volta. Ho cercato di non leggere troppo nelle battute maliziose o nel tempo che passa a scrivermi, ma mi piace sapere che dietro quei messaggi c'è un uomo che conosce anche il dolore profondo.

Per quanto non augurerei mai una cosa del genere a nessuno, questo ci mette in una sorta di parità di condizioni, anche se lui non sa cosa mi è successo e non lo saprà mai, a patto che non sia io a dirlo. Una parte di me si sente come se fossi ingiusta nei suoi confronti, soprattutto dopo che mi ha raccontato di Brittany. Ma sono abituata a non parlare di John e preferisco così.

All'inizio della nostra relazione, John mi ha detto che, data la natura delicata del suo lavoro, sarebbe stato meglio se non avessi parlato di noi con nessuno. Ho accettato volentieri la cosa perché mi piaceva molto vivere con lui dentro quella sorta di bolla. Tenevo lontana la mia famiglia andando a casa qualche volta all'anno, così non sentivano il bisogno di venire a trovarmi e non parlavo di lui con nessuno.

Con il senno di poi e dopo una miriade di ricerche sulla vita degli ufficiali delle Forze Armate, mi rendo conto che probabilmente faceva parte di un'unità che non prevedeva che intrecciasse relazioni affettive, ed è per questo motivo che ha chiesto la mia discrezione. Questo è solo un altro motivo per essere infuriata con lui e con la ragnatela in cui mi ha attirato, sapendo che era possibile che dovesse sparire dalla mia vita, forse per sempre. Vorrei poterlo odiare per questo. Renderebbe tutto molto più facile. Ma non lo odio. Al contrario.

Eric mi scuote dai miei pensieri. "Dove sei andata?"

Alzo lo sguardo e mi rendo conto che abbiamo camminato per dieci isolati dal mio appartamento. "Da nessuna parte. Sono qui."

"Va tutto bene?"

"Certo." Ogni pezzo della mia vita sta andando al suo posto. Posso essere solo che entusiasta del mio nuovo appartamento, del mio nuovo lavoro e dei miei nuovi amici, tutti obiettivi che ho raggiunto da quando ho lasciato San Diego. Ma sto imparando che, anche se mi sono lasciata alle spalle la mia vecchia vita, ho portato John con me. Non c'è modo di lasciarlo indietro, per quanto vorrei poterlo fare.

"A volte sembri così triste, Ava," dice Eric a bassa voce per non essere ascoltato da nessuno se non da me. "Vorrei sapere perché."

La sua osservazione acuta mi scuote. "Io…"

"Va tutto bene." Mi mette il braccio intorno alle spalle. "Non devi dare spiegazioni a nessuno, tanto meno a me."

Lo apprezzo più di quanto lui possa sapere e quando mette il braccio intorno al mio braccio, mentre camminiamo verso Times Square, non cerco di scrollarmelo di dosso. Perché dovrei, quando mi piace così tanto stargli vicino?

Come sempre, Times Square è un bagno di folla e ci separiamo per un attimo dagli altri. Cerco di riconoscerli tra la folla, quando il mio sguardo è attratto da uno striscione con i titoli del giorno. A caratteri color rosso vivo, leggo: "David Dawkins, che ha perso la figlia e il genero sulla *Star of the High Seas*, e un gruppo di famigliari, intentano una causa contro il governo federale e contro l'ex Consigliere per la Sicurezza Nazionale Kent Hartley e diversi altri ex funzionari del governo, sostenendo che hanno ignorato una minaccia terroristica nelle settimane precedenti l'attacco."

Mi fermo per continuare a leggere. "Dawkins, il portavoce del gruppo dei famigliari della SHS, afferma che la causa è una class action che cerca risposte per conto degli oltre quindicimila parenti, colpiti dall'attacco terroristico alla nave da crociera, che ha provocato la morte di quattromila persone.

Ho letto di Dawkins. Tre giorni prima che la nave fosse attaccata, ha accompagnato all'altare la sua unica figlia. Fin dall'inizio, la sua storia e quella di tanti altri membri della famiglia mi ha toccato profondamente e da allora è rimasta con me.

"Ava?"

Guardo Eric e lo metto a fuoco. Non posso credere di aver dimenticato dove mi trovo e con chi sono, visto che la notizia di Dawkins mi riporta indietro nel tempo al primo giorno dell'incubo.

"Stai bene?" la fronte di Eric si corruga, mostrando la sua preoccupazione mentre prende nota di ciò che sto fissando. "Che cosa diceva?"

Mi sforzo di mettere da parte le mie emozioni e cerco di dare una risposta che sembri un dato di fatto. "Dawkins e le altre famiglie della *Star of the High Seas* stanno presentando una class action contro il governo e diversi ex funzionari federali."

"Oh, dannazione. Su quali basi?"

"Sono anni che sostengono che il governo abbia ignorato una credibile minaccia terroristica nelle settimane precedenti l'attacco. Stanno dando la caccia a persone che all'epoca potessero sapere qualcosa."

Il respiro profondo di Eric dice tutto. "Conoscevi qualcuno sulla nave?"

Scuoto la testa. "Non importa. Sono ossessionata da questa vicenda, da quando è successo."

"Il mio compagno di stanza del college ha perso suo cognato e sua cognata. È stato orribile per la loro famiglia."

"Sono state colpite tante persone. Quando eravamo piccole, i miei genitori ci portavano sempre in crociera. E ora…"

"Non metteresti piede su una nave da crociera neanche se fosse una questione di vita o di morte." Afferma senza mezzi termini.

"Giusto."

"Neanche io. Sono stata in crociera solo una volta, anni fa, con i miei nonni. Mi sono sentita relegato e ho provato un senso di nausea tutto il viaggio. Non sono più voluto andare."

Dico a me stessa che non conta come bugia, perché quello che gli ho detto è la verità. Da piccoli andavamo in crociera tutti gli anni. Mia madre è un'agente di viaggio e un tempo era specializzata in vacanze in crociera e riceveva sempre degli omaggi dalle varie compagnie. La sua attività è stata stroncata dall'attentato e negli ultimi anni ha rivolto la sua attenzione verso i pacchetti vacanza europei e asiatici.

Eric non ha bisogno di sapere che ho ben altri motivi per essere devastata dalla tragedia della *Star of the High Seas*.

Mette di nuovo il braccio intorno al mio braccio e navighiamo tra la folla di Times Square. Suppongo che sappia dove stiamo andando, così lascio che mi faccia strada. Mi stupisce che, non importa cosa io faccia o dove vada , il dolore e la tristezza mi trovino ancora. Questa volta è bastato vedere il nome di Dawkins e la notizia della causa per interrompere quella che era stata un'altra bella giornata.

Sarà sempre così? Non c'è modo di sfuggirgli, qualunque cosa faccia? A volte mi sento come se fossi dentro una gabbia dorata mentre conduco la mia vita bella, tranquilla e sicura, ma sono circondata da sbarre che tengono il dolore intrappolato con me. È sempre lì, non importa cosa io stia facendo, con chi stia o quanto disperatamente desideri lasciarmi il passato alle spalle per andare avanti verso il futuro.

John mi diceva tutti i giorni che mi amava di più di ogni altra cosa. Se mi amava davvero, come ha potuto farmi questo? Le lacrime mi fanno bruciare gli occhi e devo essere forte con tutta me stessa per combattere il sovraccarico delle emozioni. Ho finito di piangere per lui.

"Vuoi ancora andare?" chiede Eric, in sintonia con le mie emozioni.

Forzo un sorriso e stringo la mano intorno al suo braccio. "Certo. Sto festeggiando un nuovo appartamento, un nuovo lavoro e la tua vittoria al lavoro."

"Sai," dice timidamente, "Spero veramente che diventeremo ottimi amici e gli amici ci sono sempre l'uno per l'altro nella buona e nella cattiva sorte. Mi dispiacerebbe sapere che tu stia soffrendo per qualcosa e che tu pensassi di non poter contare sul tuo buon amico Eric."

In cinque lunghi anni di solitudine, non sono mai stata così tentata di sfogarmi con qualcuno come in questo momento con lui. Ma qualcosa mi ferma… sono così abituata a tenere John per me, e il fratello di Eric ha sposato mia sorella. Se Eric ne parlasse con Rob… in pochi minuti, tutta la mia famiglia sarebbe coinvolta e non posso permettere che accada.

"Lo apprezzo più di quanto tu possa pensare."

"L'offerta vale per sempre."

"Sei un bravo ragazzo, Eric Tilden."

"Grazie," risponde, abbozzando un sorriso. "Ho avuto modo di chiedermi se sono così bravo come penso di essere."

Arriviamo a destinazione, un bar ristorante moderno e un po' funky con voto A e un nome che non riesco a pronunciare.

Lo fermo prima di entrare mettendo la mia mano sul suo braccio. "Non permetterle di farti questo. Non lo merita."

"No, non lo merita." Mi tiene la porta e mi fa il gesto di entrare prima di lui. "Andiamo a bere qualcosa."

. . .

Qualche ora dopo, Eric ed io torniamo a Tribeca, ridendo e cantando stonati e comportandoci come sciocchi. Ancora una volta, mi domando perché non mi sia convertita all'alcol molto tempo fa, perché mi dà una tregua temporanea dai miei problemi. Stasera mi sono divertita tanto. Mi sono sentita di nuovo normale, come al matrimonio, questo è dovuto in gran parte a Eric e alle sue attenzioni premurose nei miei confronti.

Tutte quelle attenzioni non sono passate inosservate agli altri. Il fratello e le sorelle di Eric sono cautamente ottimisti su quello che vedono accadere tra di noi, mentre Camille è come un toro in un negozio di porcellane, e mi mette nell'angolo del bagno delle donne per chiedermi se Eric ed io ci frequentiamo ufficialmente. Ho dovuto deluderla e spiegarle che siamo solo amici, ma ho capito che non ci ha creduto completamente.

"Gli piaci," ha detto. "E tanto."

"Anche lui mi piace."

"Quindiiiii..."

"Mi faresti un grande piacere? Lasciateci stare, per favore. Se deve succedere qualcosa, succederà. Se tutti ci state addosso, me lo renderete meno interessante."

"Non capisco perché tu debba essere così riservata e taciturna su tutto." Tre vodka tonic le hanno sciolto la lingua. "So che ti è successo qualcosa a San Diego ma non ne parli mai, neanche con me. Questo mi fa male, Ava."

"Sono una persona riservata. Lo sono sempre stata e non è mia intenzione fare del male né a te né a nessun altro."

"Allora, per cosa stavate litigando tu e Camille?" chiede Eric, mentre camminiamo a braccetto sulla strada di casa. Sembra sapere dove stiamo andando, il che è un bene perché io non ne sono capace.

Sorpresa dalla domanda, rispondo, "Non stavamo litigando."

"Sembrava così e Rob ha anche detto qualcosa. Voi ragazze siete tornate dal bagno ed era evidente che c'era della tensione tra di voi."

"Sinceramente, mi stava assillando su di te e le ho detto di darci un taglio."

"Ahhh, mi domandavo se lo avesse fatto, perché anche suo marito mi è stato addosso mentre eravate in bagno. Amy e Jules gli hanno detto di farsi da parte e di lasciarmi in pace."

"In pratica è quello che ho detto a Camille e lei non l'ha presa bene."

"Le loro intenzioni sono buone."

"Lo so. Sono sicura che per loro sia emozionante che ci siamo incontrati al loro matrimonio e che siamo diventati amici, ma devono fare un passo indietro e lasciarci spazio per respirare." Non appena pronuncio questa parole, inciampo su una crepa del marciapiede.

Eric m'impedisce di cadere avvolgendomi tra le sue braccia e tirandomi a sé.

Sollevo lo sguardo mentre lui mi fissa con un'attenzione e una preoccupazione tali che vorrei crogiolarmici dentro. È così dannatamente dolce.

"Stai bene?"

"Uh-huh. Mi dispiace."

"A me no."

Per un attimo penso che stia per baciarmi. Trattengo il respiro, non sicura di volerlo. Ma il tempo passa. Si schiarisce la gola e stringe un braccio attorno a me, guidandomi verso casa. Almeno credo che sia lì che stiamo andando.

Pochi isolati dopo, intravedo il mio palazzo. In fondo alle scale, mi volto verso di lui. "Grazie per avermi accompagnata a casa."

"Il piacere è stato mio. Starai bene o hai bisogno della cura speciale a base di pizza?"

"Sono completamente sazia." Abbiamo mangiato del sushi e dei deliziosi piatti asiatici.

"Esci con me stasera."

Per un attimo sono confusa, ma poi mi rendo conto che sono le due del mattino passate.

"Solo noi due." Mi sistema una ciocca di capelli dietro l'orecchio e mi accarezza la guancia. Il suo tocco mi fa venire la pelle d'oca. "Mi avevi promesso di festeggiare se avessi ottenuto una vittoria al lavoro, quindi tecnicamente sei in debito con me."

"Mi stai definendo come un cavillo tecnico?" chiedo, scherzando.

"Qualunque cosa serva per farti uscire con me." Non c'è nulla di canzonatorio nello sguardo intenso che mi rivolge.

"Ho promesso di aiutarti a festeggiare."

"Sì, lo hai fatto. Stasera, allora?"

"A che ora?"

"Alle otto?"

"Va bene. Che cosa dovrei indossare?"

"Vestiti bene."

"Va bene."

Si china e mi bacia la guancia. "Aspetto che entri."

Mentre salgo le scale, sono senza fiato dalla carezza delle sue labbra contro il mio viso. Saluto il portiere mentre mi fa entrare.

Quando mi volto, Eric mi saluta dal marciapiede.

Nell'ascensore, sono stordita dall'alcol e non vedo l'ora di rivederlo. È passato così tanto tempo da quando avevo qualcosa da aspettarmi e ora ci sono così tante cose nuove: il mio nuovo lavoro, la mia nuova città, i miei nuovi amici. Un nuovo amico, in particolare…

In casa mi muovo silenziosamente per non disturbare Skylar. Uso il bagno, vado in camera mia e chiudo la porta. Prendo il telefono per inviare un messaggio a Camille.

Scusa se prima ho fatto la stronza. So che sei solo curiosa, e va bene, ma ci lasci un po' di spazio per favore? Se avrò qualcosa da dirti, lo farò. Quando posso.

È tardi e per ora non leggerà il messaggio. Sono sicura che risponderà appena lo leggerà. Di solito non lasciamo che le stronzate inaspriscano le cose tra di noi e voglio starle più accanto ora che viviamo vicine per la prima volta dopo dieci anni.

A letto, scorro i miei feed di Twitter e sussulto vedendo un titolo dell'Associated Press: una squadra dei SEAL vittima di un'imboscata in Pakistan. Clicco sul link e divoro ogni parola della storia, che include la terribile notizia che sono stati uccisi due soldati statunitensi in servizio attivo. Il mio cuore sprofonda e sono piena di tristezza sapendo che due famiglie riceveranno presto una terribile notizia. Ci vorranno dalle dieci alle dodici ore, se non di più, prima che i loro nomi e le loro foto siano resi noti al pubblico dopo che le loro famiglie saranno state informate. Lo so perché ho dovuto sopportare quest'attesa per cinque lunghi anni, ogni volta che ho letto che un militare americano è morto all'estero.

So che farei meglio a evitare le notizie e ho cercato mille volte in passato di smettere di setacciare ossessivamente i titoli dei giornali. Il massimo che ho sopportato è stato un giorno intero prima di tornare a farlo , guardando, navigando, leggendo, divorando avidamente tutto quello che riguarda lo sforzo continuo di abbattere Mohammad Al Khad, l'inafferrabile mente dietro l'attacco, e la sua organizzazione terroristica.

Conosco più cose io sulle Forze Speciali e sulle Operazioni Speciali degli Stati Uniti di quante ne saprà mai la maggior parte dei civili. Ho effettuato ricerche approfondite sui Navy SEAL, sui Berretti Verdi dell'Esercito, sui Ranger e sui Night Stalker . Ho scoperto un numero impressionante di unità cui John avrebbe potuto essere collegato, ma ho ristretto il campo ai Marines o alla Marina, in quanto entrambi hanno unità di stanza a San Diego. So che è un po' incredibile che io non sappia in quale corpo fosse o che non me lo abbia mai detto, ma non abbiamo mai parlato del suo lavoro. E per mai, intendo *mai*. L'unica volta che l'ho visto in uniforme è stata la sera in cui ci siamo incontrati e i dettagli della divisa che indossava quella sera sono diventati confusi con il passare degli anni. Non so se fosse un'uniforme della Marina o del Corpo dei Marines.

Con il senno di poi ho capito che quella era solo un'altra sua tattica. Meno ne sapevo e meglio era per lui. Per me andava bene, perché non mi piaceva pensare alla possibilità che dovesse dispiegarsi per più di una settimana o due qua e là, cosa che è accaduta spesso durante i nostri due anni insieme.

Le mie ricerche mi hanno fornito anche degli indizi sui gruppi all'interno dell'esercito, così segreti che non ci sono informazioni su di loro letteralmente da nessuna parte, il che mi fa pensare che John fosse coinvolto. Non ho modo di sapere se è ancora vivo o se è legato a una di queste unità top secret. Molto tempo fa, ho dovuto accettare il fatto che potrei non saperlo mai con certezza. Dopo anni di ricerche su internet, sui siti del Pentagono e su altri siti militari, non ho mai avuto il minimo indizio di come si chiamino questi gruppi, per non parlare di come trovare un militare che potrebbe essere legato a uno di loro.

Ho imparato che i militari sono molto fedeli alla propria unità e che se John fosse stato un Marine, avrebbe potuto avere un tatuaggio o un adesivo che riportava il motto *Semper fidelis* sul suo camion. Ma non aveva nessuno dei due. Ho sentito il motto *Semper fidelis* solo molto tempo dopo che se n'era andato. Biasimo me stessa per non aver prestato attenzione, ma biasimo soprattutto lui per avermi lasciata in questo limbo. E, mentre passo la notte insonne, in attesa che il Pentagono identifichi gli ultimi militari caduti, porto l'incubo con me e non riuscirò mai a sfuggirgli completamente.

CAPITOLO SEI

AVA

Mi sveglio per il telefono che vibra sotto il mio viso. Mi sono addormentata sopra le coperte e l'aria condizionata mi fa rabbrividire. Tirando su una coperta, prendo il telefono e leggo un messaggio di Camille, come risposta al mio di ieri sera.

Va tutto bene. Rob è preoccupato per Eric perché sembra che tu gli piaccia molto, ne ha passate tante...

Non dovrei incoraggiare quest'amicizia o flirt o qualsiasi cosa sia con Eric. Camille ha ragione, dopo quello che ha passato con la sua ex, l'ultima cosa di cui ha bisogno è essere coinvolto con me, quando la mia vita è solo un gran casino. A parte il fatto che stare con lui è facile e divertente, e il suo evidente interesse per me mi fa sentire speciale dopo essere stata sola per così tanto tempo. Lui mi piace. Mi piace *molto*.

Fissando il soffitto, rifletto sul tempo che ho passato con Eric e a come mi fa ridere. Ricordo il modo in cui si è preso cura di me quando ho bevuto troppo al matrimonio ed è rimasto con me, rischiando i pettegolezzi della sua famiglia, per essere sicuro che stessi bene durante la notte. Dopo aver visto come sua madre ha reagito alla nostra presenza al brunch, ho apprezzo di più il sacrificio che ha fatto per trascorrere quella notte con me.

Dovrei mandargli un messaggio e dirgli che stasera non posso uscire con lui, che non sarebbe giusto che io gli permettessi di frequentare qualcuno incasinato come me. Ma, man mano che passa il giorno, non gli invio mai quel messaggio. Voglio vederlo. Voglio sentirmi come mi sento quando sono con lui. Mi piacciono le attenzioni che mi rivolge, il modo in cui mi ascolta quando parlo e come mi guarda. Forse è sbagliato permettere che questo accada, ma sono così stanca di essere sola. Eric mi fa sentire di nuovo viva e, che Dio mi aiuti, non ho la forza di voltargli le spalle.

Durante quella giornata straziante, decido che potrebbe essere finalmente il momento di cercare una terapeuta per affrontare tutto quello che è successo. Non l'ho fatto prima d'ora perché era troppo doloroso pensarci, figuriamoci parlarne con una sconosciuta. Ma ieri sera ho capito che l'unica cosa che è cambiata, da quando ho lasciato San Diego, è il mio indirizzo. Se voglio davvero avere la possibilità di avere una nuova vita, ho bisogno di aiuto.

Mentre sistemo i capelli, osservo il riflesso della donna che mi fissa. I suoi occhi sono sconvolti, le sue sopracciglia aggrottate e la sua bocca tesa per la tensione del dolore che ha subito a caro prezzo. Sarebbe stato più facile, lo so, se John fosse stato ucciso. Almeno così avrei avuto delle risposte. Ma questo infinito purgatorio ha aggiunto sul mio volto degli anni che non c'erano quando l'ho incontrato.

Accettare che non posso continuare a farcela da sola è un sollievo travolgente. Domani cercherò di trovare qualcuno che possa aiutarmi a fare quel primo passo verso la vera guarigione. La attendo da troppo tempo. Stasera, però, ho un appuntamento con un uomo divertente, bello e dolce e metterò da parte il dolore e la disperazione e mi permetterò di godermi il tempo con lui.

Mi sono certamente guadagnata il diritto di divertirmi di nuovo.

ERIC

MI PIACE PIÙ DI QUANTO DOVREBBE , SOPRATTUTTO ALLA LUCE DELLA mia storia recente con le donne – o dovrei dire con *una* donna in particolare. Ava è esitante, un po' nervosa e profondamente turbata da qualcosa che non ha condiviso con me. Ho dovuto resistere alla tentazione di chiedere a Camille se sa cosa è successo a sua sorella. Sospetto che Camille sia stata così assorta nel terminare la scuola di legge e nell'organizzare il matrimonio da non essersi accorta che sua sorella è turbata.

Ma io l'ho notato. Il giorno in cui ci siamo incontrati per un drink dopo il lavoro? Aveva pianto. Ha detto che era a causa dell'allergia, ma l'allergia non lascia una persona con un aspetto devastato come quello che aveva quando ci siamo incontrati in quel bar.

Sono sempre stato un tipo perspicace. Vedo cose che gli altri non vedono. A volte mi chiedo se ho sbagliato mestiere. Avrei dovuto fare il cronista di un notiziario televisivo che gira il mondo. Come un astuto osservatore delle persone e più che un osservatore casuale della razza umana, penso che sarei bravo in questo. Ma sono troppo casalingo per viaggiare come avrei dovuto per quella carriera. Mi piace stare vicino ai miei amici e alla mia famiglia – la maggior parte di loro, in ogni caso – e la mia attuale carriera mi tiene vicino alla mia famiglia e ai miei amici.

La prima volta che *ho incontrato* Ava, ho visto il dolore che cerca di tenere nascosto agli altri. Tanto valeva che s'illuminasse con neon lampeggianti. Questa ragazza sta soffrendo. Naturalmente, essendo il masochista che sono per quanto riguarda le donne, la sua sofferenza ha suscitato la mia curiosità. Il fatto che sia semplicemente stupenda non fa male a nessuno, ma questo è un fatto quasi secondario rispetto al mio desiderio di sapere cosa le è successo.

Ho ficcato un po' il naso in giro con Rob e Camille, quando sono tornati a casa dalla luna di miele. Camminando sulla linea di confine tra il mostrare troppo interesse e il cercare di scoprire qualcosa di più su di lei, quando ho cenato da loro, ho cercato di parlarne casualmente con loro, Amy e Jules.

Mentre indosso un completo grigio per la mia serata con Ava, ripenso a quella cena con i miei fratelli, prima che Ava si trasferisse in città dalla casa dei suoi genitori a Purchase.

Camille ha creato l'occasione favorevole quando ha detto che Ava ed io sembravamo andare d'accordo al matrimonio.

"Certo," ho detto. "Ci siamo divertiti molto." Non le ho detto che messaggio con lei abitualmente da dopo il matrimonio, perché non sono affari di nessuno, se non suoi e miei.

"La *adoro*," ha detto Jules davanti al sushi e alle bevande stravaganti in un posto al centro della città raccomandato da Amy. "Una ragazza *così* divertente."

Alla nostra sorella più giovane piacciono tutte, letteralmente tutte, le persone del mondo. Non ha mai avuto un nemico o incontrato nessuno con cui non volesse fare amicizia, dai senzatetto per strada ai clienti milionari. Jules ha il cuore più gentile che abbia mai conosciuto, e per questo motivo il resto di noi si preoccupa all'infinito della sua sicurezza. Fortunatamente, insieme alla sua compassione, c'è una sana dose di furbizia – e lo spray al peperoncino che le ha comprato Rob e che lei ha attaccato al suo portachiavi – che ci impedisce di perdere il sonno per lei.

"Pensi che la rivedrai?" ha chiesto Rob con indifferenza.

Una parola su mio fratello "maggiore" – non fa niente con indifferenza, quindi non c'è niente di *disinvolto* nella sua domanda.

"Certo che la rivedrò," gli ho risposto. "Sua sorella ha sposato mio fratello. Mi aspetto di vederla spesso."

Rob mi ha guardato aggrottando le ciglia. La maggior parte delle persone non vede attraverso di lui, ma i suoi fratelli lo fanno sempre.

"Lascialo in pace, Rob," ha detto Amy, sorseggiando da un bicchiere di Martini troppo pieno. "L'ultima cosa di cui ha bisogno è che tutti gli facciano il terzo grado perché si è divertito al vostro matrimonio."

"Grazie, Amy." Ho alzato il mio boccale di birra per ringraziarla. Mi avevano preso in giro per aver ordinato una birra, quando gli altri avevano ordinato un giro di cocktail costosi. Avevo delle cose da fare il giorno dopo e la birra non mi fa sentire di merda dopo una notte fuori. Adoro il bourbon ma io e la birra siamo *vecchi* amici. "Qual è la sua storia, comunque?" ho chiesto a Camille. Con lo stesso tono disinvolto, solo che la mia domanda è stata molto più efficace della sua perché Camille ha abboccato all'amo.

"Sono sicura che ti abbia raccontato che ha vissuto a San Diego da quando è partita per il college e che si è trasferita a casa de nostri genitori solo di recente. Spera che sia una cosa temporanea perché i miei genitori sono molto contenti di avere uno di noi a casa. Le stanno dando un *po'* troppe attenzioni e dopo dieci anni da sola la faranno impazzire."

Nessuna di queste informazioni mi era nuova. Me l'ha detto Ava stessa.

"Nessun fidanzato serio?" ha chiesto Amy, rivolgendomi uno sguardo consapevole negli occhi.

Ho apprezzato che mi abbia risparmiato la fatica di dover decidere se ero disposto a fare questa domanda.

"Non che io sappia, ma Ava è molto riservata. Non ha mai parlato molto della sua vita laggiù ed io ero troppo occupata con la facoltà di legge per curiosare. So solo che vuole trovare un lavoro e un appartamento in città."

"Ho fatto un po' di pressione con i miei contatti per lei," ha detto Jules. "Troverà presto qualcosa."

"Grazie," ha detto Camille. "Mi piacerebbe che vivesse vicino a noi."

Lo voglio anch'io, ma non ho condiviso questo pensiero con loro. Ho imparato a non scoprire le mie carte alla mia famiglia troppo coinvolta. Non sono riuscito a farlo con Brittany. Ero così pazzo di lei che volevo che tutto il mondo lo sapesse. Pensate a Tom Cruise sul divano di Oprah dopo aver conosciuto Katie Holmes. Così ero io con Brit. Dopo aver aspettato per tutta la mia vita la *persona giusta*, mi sono dato da fare come un pazzo sotto steroidi.

Mesi dopo la rottura disastrosa, mi manca ancora e mi odio tantissimo per questo motivo. Più di ogni altra cosa mi manca la *sensazione* che mi faceva sentire più in alto di quanto non sia mai stato in vita mia. Ma ho imparato che, quando raggiungi la vetta, la caduta è molto più straziante.

In trentadue anni, non avevo mai provato il dolore e la delusione a differenza di quando mi ha lasciato o dovrei dire dopo che *è sparita come un fantasma*. Ancora oggi non riesco a capire come qualcuno possa fare una cosa del genere alla persona che dice di amare. Mi sconvolge la mente. E quando penso al modo in cui ho dato di matto cercando di trovarla, chiamando la polizia e mettendo in allarme tutti quelli che conoscevamo… rabbrividisco mentre un senso di nausea mi fa domandare se mi ammalerò di nuovo. Da quando mi ha lasciato, ho vomitato più di quanto abbia fatto in tutta la mia vita prima di lei.

Solo dopo che Amy e Jules l'hanno rintracciata e mi hanno riferito la verità, sono caduto nel baratro profondo della disperazione. Prima di allora, avevo avuto una speranza cui aggrapparmi. Sicuramente doveva esserci una spiegazione che avesse un senso. L'avevo immaginata in un ospedale che soffriva per una ferita alla testa che le aveva offuscato la memoria, quale altro motivo poteva esserci per non ricevere nessuna notizia dalla donna che amavo?

Si è scoperto che c'era un motivo, e, dopo averlo sentito dalle mie sorelle e provando un profondo dolore, sono sparito dalla circolazione per un mese intero. Non sono andato al lavoro e non ho mai lasciato il mio appartamento. Mi sono rifiutato di parlare con i miei fratelli, i miei amici, i miei genitori… L'unica persona che volevo non mi voleva più. Cos'altro dovevo sapere? Per fortuna i miei datori di lavoro apprezzano i miei contributi, quindi non ho perso il lavoro, ma anche se fosse successo, non mi sarebbe importato. Ero caduto in basso più di quanto non lo sia mai stato, e, niente di così banale come perdere il lavoro, mi avrebbe potuto far cadere ancora più in basso.

Non sono più uscito con una donna da otto mesi, da quando c'è stata la rottura. Non volevo farlo, fino a quando ho incontrato Ava al matrimonio. Da allora, mi ritrovo a pensare a lei molto spesso, il che è un piacevole sollievo. Più penso a lei, meno tempo ho per soffermarmi su Brittany e sul casino che ha portato nella mia vita un tempo incantata. Sistemando la mia giacca grigia sopra la camicia bianca che ho indossato senza cravatta, cerco di prepararmi mentalmente per il mio primo e vero appuntamento dopo la peggiore rottura della storia moderna. Con la sorella di Ava che ha sposato mio fratello, la posta in gioco è troppo alta per rischiare di fare un passo con lei per cui non sono ancora pronto. Sono pronto per questo, altrimenti non gliel'avrei chiesto. Avrei voluto incontrare Ava prima che Brittany mi facesse del male. Penso che ad Ava sarebbe piaciuto il tipo che era Eric Tilden prima che Brittany Kerns lo rovinasse.

Il nuovo Eric Tilden è cauto, disincantato e cinico. Questo Eric non si metterà più nella posizione di essere schiacciato da una donna. I giorni dei salti sul divano sono finiti per questo ragazzo. Strano, non mi manca il sesso, e ne ho fatto molto, prima di Brittany e con lei. Da quando mi ha lasciato, ho perso interesse. È come se il desiderio sessuale si fosse appassito e fosse morto insieme al mio cuore. Brittany mi ha spezzato in più di un modo.

Mi sono tamponato un po' di acqua di colonia, qualcosa che non avevo mai indossato prima, perché mi sono liberato di tutto ciò che mi ricordava Brittany: i vestiti, l'acqua di colonia, le canzoni e il letto che ho condiviso con lei. Ho distrutto ogni foto di lei e di noi due insieme. Ho buttato i vestiti che ha lasciato a casa mia – anche i jeans da cinquecento dollari che custodiva come un tesoro – e ho distrutto il giradischi, che mi aveva regalato per il nostro primo Natale insieme, in mille pezzi prima di buttarlo nello scarico della spazzatura del mio palazzo. Non volevo che restasse qualcosa di lei nella mia vita, e sono riuscito a liberarmi di lei da casa mia. Se solo potessi fare lo stesso con i miei ricordi.

Vorrei inventare un dispositivo in grado di liberare il cervello dalle cose che non si vogliono o non si devono più ricordare. Non sarebbe già qualcosa? Un modo per pulire il disco rigido e riavviare il sistema interno. Arruolatemi. Offrirei volentieri il mio cervello per sviluppare una cosa del genere, soprattutto se questo significasse non pensare più a Brittany per il resto della mia vita.

"Stasera non pensiamo a lei," ricordo a me stesso. "Stasera è dedicata ad Ava, Brittany per noi è morta." *Continua a ripeterlo, vecchio mio. Continua a ripeterlo finché non riesci a togliertela dal cervello nello stesso modo in cui te ne sei liberato nella tua casa.*

Prendo il portafoglio, il telefono e le chiavi dal bancone della cucina e vado a prendere Ava, deciso a guardare avanti e non indietro.

Voglio conoscerla meglio. Voglio che si fidi di me per qualsiasi cosa la tormenti, ma questo non può succedere da un giorno all'altro. Se non l'ha mai raccontato a sua sorella, cosa mi fa pensare che lo dirà a me?

Forse non lo farà, ma questo non significa che non cercherò di conoscerla meglio. Ho la sensazione che ne valga la pena.

Se qualcuno mi avesse chiesto prima del matrimonio di mio fratello, che tra l'altro temevo, se fossi stato pronto per uscire di nuovo con una donna, avrei detto di no. Non m'interessava nulla che avesse a che fare con le donne o con gli appuntamenti. Infatti, prima del matrimonio, avrei potuto rispondere che avrei preferito una vasectomia senza antidolorifici piuttosto che uscire con una donna e sarebbe stata la verità. Ma poi ho incontrato Ava e, all'improvviso, sono stato di nuovo affascinato da una donna.

Non che io voglia buttarmi in un'altra relazione. Neanche un po'. Mi piace Ava e mi piace trascorrere del tempo con lei. Questo è tutto, mi ripeto mentre percorro il breve tratto che separa le nostre case. È un passatempo. Qualcosa da fare. Una nuova amica da conoscere.

Un'altra cosa che mi piace quando trascorro del tempo con Ava è che lei non conosce Brittany, non mi ha conosciuto quando stavo con lei e non mi guarda con simpatia o empatia o pietà come fanno tutte le altre persone della mia vita. Sono stanco di stare dalla parte di chi è oggetto delle buone intenzioni di tutti. Anche le persone con cui lavoro, i miei *colleghi* del cazzo, per l'amor di Dio, sanno cosa mi è successo, e lo odio. Ma questo è quello che succede quando si resta lontano dal posto di lavoro per un mese senza dire nulla. I capi scoprono che la tua fidanzata si è dileguata come un fantasma e a tutti dispiace tremendamente per te.

È il momento di riscrivere la storia, ma di procedere con la massima cautela.

Quando arrivo a casa di Ava, le mando un messaggio.

Scendo subito, risponde.

Il portiere mi fa entrare quando gli dico che sono qui per vedere Ava. Qualche minuto dopo esce dall'ascensore, con un paio di tacchi altissimi e uno di quei vestiti sexy e aderenti che fasciano i fianchi. Mostra delle gambe chilometriche dalla pelle bianca e vellutata e i suoi capelli ramati le cadono sulle spalle con delle onde. I suoi occhi castani dorati hanno un aspetto fumé grazie al trucco applicato ad arte. Stasera sembra un po' meno tormentata rispetto ai nostri incontri precedenti. Sono ipnotizzato da lei che mi sorride.

Porca puttana, è stupenda, e, per un momento, mentre la guardo venire verso di me, non riesco a parlare né a muovermi.

"Ciao," dice, sembrando senza fiato. "Stai bene?"

"Sei… Wow. Bellissima."

"Grazie."

Allungo una mano verso di lei che la stringe, i nostri occhi s'incontrano in un momento carico di consapevolezza.

Mi guarda. "Dove andiamo?"

"A Brooklyn."

"Oh, fico. Che cosa c'è lì?"

"Vieni e te lo mostro." La conduco fuori dalla porta che il portiere ci tiene e scendiamo le scale, muovendoci lentamente perché lei porta i tacchi. Arrivati in strada, chiamo un taxi, la aiuto a entrare e, quando mi sistemo accanto a lei, dico all'autista l'indirizzo della nostra destinazione.

I miei occhi sono attratti dalle sue gambe sexy e mi ricordo che non mi è permesso toccarle. Ma per la prima volta, dopo tanto tempo, vorrei farlo. Lo voglio davvero, davvero tanto.

CAPITOLO SETTE

AVA

Seduta sul sedile posteriore di un taxi con Eric accanto a me, sento le farfalle nello stomaco. Stasera c'è qualcosa di diverso, dal modo in cui mi ha guardata quando sono uscita dall'ascensore a come mi ha tenuto la mano e mi ha aiutato a salire sul taxi. Le battute piacevoli sono sparite, sostituite da quel tipo di aspettativa nervosa che non ho più provato dalla notte in cui ho incontrato John.

Eric è così sexy con il suo completo grigio e ha un profumo delizioso. Voglio avvicinarmi per capire meglio il profumo che indossa.

Non sono mai stata nervosa in sua presenza prima d'ora, ma ora lo sono. Non ho motivo di avere paura di lui, non fisicamente, comunque. Non è mai stato altro che un perfetto gentiluomo nei miei confronti, dalla notte in cui ci siamo incontrati quando ha dormito dall'altra parte del mio letto per essere lì se avessi avuto bisogno di lui. Non c'è niente di meglio di una notte platonica nello stesso letto, specialmente quando ero ubriaca e vulnerabile.

Mi è piaciuto il modo in cui mi ha tenuto la mano e mi ha aiutato a salire sul taxi.

Mi piace il completo che indossa e il modo in cui avvolge il suo corpo magro ma muscoloso.

Mi piace il modo in cui mi ha guardato quando mi ha visto camminare verso di lui e mi meraviglio di come tutto tra di noi è sembrato cambiare in quei primi secondi.

Sono innervosita dall'insolito silenzio che c'è tra di noi. Anche quando ci siamo appena conosciuti, abbiamo sempre avuto molto di parlare. Il silenzio non è imbarazzante, ma carico del peso dell'attesa. Cerco di ricordare l'ultima volta in cui ho davvero aspettato qualcosa ed è stato prima che John se ne andasse. Ogni sera non vedevo l'ora di tornare a casa da lui dopo il lavoro, soprattutto il venerdì, quando avevamo un intero fine settimana da trascorrere insieme.

Non voglio pensare a lui quando Eric è seduto abbastanza vicino da poterlo toccare, non che lo faccia. Ma potrei e sono abbastanza sicura che il mio tocco sarebbe gradito.

"Stai bene?" gli chiedo, più che altro per rompere il silenzio.

"Sto benissimo. E tu??"

Annuisco, sorridendo. "Sono eccitata all'idea di uscire stasera."

"Sono eccitato di uscire con *te* stasera." Allunga la mano sul piccolo pezzo di sedile che ci separa e mi prende la mano.

Mentre il respiro si blocca nella mia gola, intreccio le dita intorno alla sua mano. Il suo sguardo incontra il mio e posso dire, dal modo in cui mi guarda, che sta provando le mie stesse emozioni. Questa serata in compagnia di un amico ha assunto un nuovo significato, e come è potuto succedere nel giro di un attimo?

Il taxi sfreccia nel traffico, suonando il clacson, fermandosi, ripartendo e sterzando per evitare un incidente all'ultimo secondo.

"Mi sembra di stare in un videogioco."

Eric ride. "Questa è la vita di New York. E perché non indossiamo mai le cinture di sicurezza nei taxi se guidano in questo modo?"

"Gli autisti più sicuri del mondo." Dice il tassista con un forte accento newyorkese che ci fa scoppiare a ridere.

Ondeggiamo verso sinistra ed io afferro la maniglia dello sportello con la mano libera. L'autista si lascia scappare una serie d'imprecazioni e si sdraia sul clacson. Mi piace ogni secondo. Anche con la mia vita in pericolo, mi sento viva come non mi sentivo da anni. Attraversiamo il ponte di Brooklyn, prendiamo un'uscita che ci conduce sul lungomare e accostiamo al River Café, situato accanto al ponte.

Eric dà i soldi all'autista, mi aiuta a scendere dal taxi e mi mette un braccio attorno alla vita, mentre entriamo in una sala da pranzo accogliente ed elegante. Il nostro tavolo è rivolto dall'altra parte dell'East River, verso Manhattan.

"È favoloso," gli dico, quando ci mettiamo seduti.

"Ho sentito grandi cose su questo posto e ho sempre voluto venire qua."

Mi piace sapere che non è mai stato qui prima, che non è un posto in cui è venuto con la sua ex. Non che penso che mi porterebbe in un posto dove è andato con lei, ma sono contenta lo stesso che possiamo condividere questa nuova esperienza tra di noi.

"Ho dovuto chiedere un favore a un mio amico per avere un tavolo con un breve preavviso. Un ragazzo con cui sono andato al college è amico del direttore generale."

"Beh, grazie per aver chiesto un favore per me."

"Cosa ti andrebbe?"

Parliamo del menu e ci accontentiamo d'insalate per cominciare, oltre al salmone per me e all'halibut per lui. Poi diamo un'occhiata alla carta delle bevande.

"Mmm, *il Buio e Tempesta* sembra buono," dice. "Mi chiedo se lo possono fare con il bourbon invece che con il rum."

"Non ti piace il rum?"

"Una volta mi sono sentito male con il rum." Fa una smorfia. "Mai più."

"Come me con il gin. Mai più. Avrei dovuto aggiungere lo champagne alla mia lista "mai più" se non fosse stato per la tua cura d'emergenza a base di pizza."

"Sono contento di essere riuscito a salvare il tuo rapporto con lo champagne."

Il cameriere dice che possono fare il cocktail *Buio e Tempesta* con il bourbon, così ognuno di noi ne ordina uno e, quando torna con i nostri drink, Eric ordina la cena per entrambi. Lo fa così bene che non mi viene mai in mente di dirgli che potrei ordinare da sola.

"Secondo te a cosa assomiglia *Buio e Tempesta*?" chiede.

Bevo un sorso della bevanda servita in un bicchiere ghiacciato. "Ha un sapore interessante."

"Birra allo zenzero."

"Ah, ecco cos'è. Mi piace." Il bourbon mi lascia una sensazione di calore dentro di me man mano che scende.

Eric appoggia i gomiti sul tavolo e mi presta tutta la sua attenzione. "Raccontami di più di te."

Il suo interesse nei miei confronti è un interessante cambio di programma. La maggior parte degli uomini con cui sono uscita erano molto più interessati a parlare all'infinito di loro stessi. L'unico altro ragazzo che ho incontrato e che si sia interessato veramente a me… *No, non pensiamo a lui stasera.* "Conosci gran parte della mia storia. Durante un'infanzia abbastanza normale a Purchase, ho suonato il flauto nella banda del liceo e l'ottavino nel concerto bandistico. Ho fatto atletica e corsa campestre e sono stata rappresentante del consiglio studentesco."

"Corri ancora?"

"Non proprio. Però devo tornare in palestra."

"Che cosa ti ha fatto prendere la decisione di frequentare un college così lontano da casa?"

"Volevo scoprire un'altra parte del paese e avevo bisogno di un po' d'indipendenza. I miei genitori sono meravigliosi e li adoro, ma mi stanno addosso. Avvertivo un senso di claustrofobia sotto il peso della preoccupazione dei miei genitori e sapevo che, se non fossi andata lontano, avrei potuto finire per lasciare che fossero loro a prendere tutte le decisioni al mio posto."

"Che cosa hanno detto del fatto che saresti andata a San Diego?"

"Mia madre ha preso degli ansiolitici e mio padre mi ha comprato lo spray al peperoncino."

Ride e il suono caldo e intenso della sua risata è come il bourbon che scivola dentro di me.

"Capisci meglio il motivo per cui volevo finire la scuola?"

"Hai dipinto un quadro piuttosto vivido."

"San Diego era perfetta, troppo lontana perché loro potessero fare un salto quando volevano e aveva un'atmosfera piacevole e rilassata che mi permetteva di mimetizzarmi e di fare le mie cose passando inosservata."

"Ti piace? Passare inosservata?"

Annuisco. "È quello che voglio. Non sono estroversa o socievole come mia sorella o preoccupata di stare al passo con i vicini come lo sono i miei genitori. Odio stare al centro dell'attenzione. Il matrimonio che ha organizzato mia sorella?"

"Cosa?"

Arriccio il labbro. "Non vorrei mai una cosa pubblica come quella. Mi verrebbe l'orticaria al solo pensiero."

"È buffo come due fratelli possano essere così diversi, vero?"

"Me ne meraviglio dal giorno in cui è nata mia sorella. È sempre stata esattamente com'è adesso e la adoro. Non fraintendermi."

"Posso dirti che la ami quando state insieme."

"Siamo solo molto diverse."

"Sei mai stata sul punto di sposarti?" chiede, mentre ci servono le insalate.

La domanda tocca un nervo scoperto e sono grata di rivolgere la mia attenzione all'insalata in modo che non se ne accorga. "Non proprio," rispondo sinceramente. John ed io non abbiamo mai parlato di matrimonio. All'epoca pensavo che fossimo troppo occupati a goderci il momento per parlare del futuro, ma col senno di poi mi rendo conto che anche questo era premeditato da parte sua.

"Sicuramente a San Diego i ragazzi ti venivano dietro."

"Alcuni. Di tanto in tanto." È difficile mangiare quando hai un nodo in gola grande come un pompelmo.

"Nulla di serio?"

"Uno." Bevo un sorso del mio drink e combatto l'ondata di panico che, se avessi possibilità di scelta, mi farebbe fuggire da questa conversazione. "Lui è la mia Brittany."

"Ah, ho capito. Non dire altro."

Gli rivolgo un piccolo sorriso in segno di apprezzamento per la sua disponibilità a lasciar perdere. Spero di riuscire a parlare di John con un terapeuta, ma non con nessun altro. Che senso avrebbe? È successo, è finita e devo andare avanti.

"A volte la vita può essere bastarda," dice Eric, con un'espressione triste sul suo bel viso.

"È vero."

Tiene in mano il bicchiere per fare un brindisi. "Al voltare pagina."

Sfioro il suo bicchiere con il mio. "Al voltare pagina."

DOPO UNA CENA DELIZIOSA, CONDIVIDIAMO UN DOLCE CHIAMATO Chocolate Brooklyn Bridge. Ne mangio qualche boccone e poi spingo il piatto più vicino a lui. "Tutto tuo. Ho finito."

"Ti stai tirando indietro?"

"Se mangio un altro boccone, potrei esplodere."

"Beh, non possiamo permetterlo, quindi ne prendo uno per la squadra e finisco questo."

"La squadra ti ringrazia."

Questa è stata la serata più rilassante e divertente che ho passato da anni, ed è grazie a lui e al suo fascino rilassato, alle sue storie divertenti e al suo senso dell'umorismo. Non riesco a immaginare come una donna possa trattarlo come ha fatto la sua ex fidanzata.

"Che c'è?" chiede, cogliendomi di sorpresa mentre lo guardo.

"Nulla." Il mio viso avvampa per l'imbarazzo.

"Oh, andiamo. A che cosa stai pensando?"

"Non voglio riportare alla luce vecchie ferite durante questa bella serata."

Mette giù la forchetta e si pulisce la bocca con il tovagliolo di stoffa. "Va tutto bene. Puoi parlare di tutto con me."

"Mi chiedo solo come abbia potuto trattarti in quel modo, sei un bravo ragazzo, Eric. Veramente un bravo ragazzo. Come ha fatto a non accorgersene?"

"Non ne ho idea. Sono stato buono con lei. L'ho trattata bene." Alza le spalle. "Chi lo sa?"

Prima di pensare troppo alle possibili implicazioni, allungo la mano sul tavolo e la appoggio sulla sua. "Mi dispiace che ti abbia fatto questo, e voglio che tu sappia…"

Gira la mano in modo che i palmi delle nostre mani si tocchino e avvolge le sue dita attorno alla mia mano. "Che cosa vuoi farmi sapere?"

Ingoio a forza. "Che capisco, meglio della maggior parte delle persone, come ci si sente a essere abbandonati come lei ha abbandonato te."

Inclina leggermente la testa, guardandomi con un nuovo apprezzamento. "Tu?"

Annuisco ma non dico altro. Non posso. Ho già detto più di quanto avrei voluto.

"Che cosa ne pensi del jazz?" mi domanda, sorprendendomi per aver cambiato argomento.

"In generale, o come religione?"

Il suo viso s'illumina quando sorride. Gli dà un bell'aspetto. "Voglio dire…Bere un drink dopo cena in un locale jazz andrebbe bene per te?"

"Assolutamente sì."

Chiede il conto e usa una carta American Express nera per pagarlo.

"La prossima volta offro io," gli dico.

"Sono entusiasta di sentire che ci sarà una prossima volta." Mi fa strada verso l'uscita tenendo la sua mano sulla mia schiena. Con il suo telefono chiama un Uber e usciamo in una bella serata serena per aspettare il nostro passaggio. "Amo le notti come questa quando non c'è umidità."

"Mi ricorda San Diego. Lì il clima era incantevole."

Tiene con naturalezza il suo braccio sulla mia vita mentre siamo fuori dal ristorante. "Dovremmo andarci insieme qualche volta. Mi piacerebbe vederla attraverso i tuoi occhi."

"Sarebbe bello," rispondo, ma non voglio andarci con lui. Quello era il mio posto con John.

Non sono sicura che sia il bourbon che me lo fa fare, ma mi lascio andare per un po' tra le braccia di Eric, abbastanza da farmi avvicinare ancora di più a lui. Poi sento le sue labbra sfiorarmi i capelli. La superficie della mia pelle formicola diventandone consapevole e il desiderio, il primo che provo da anni, mi fa venire voglia di dimenarmi. In qualche modo riesco a restare immobile anche quando il mio corpo si risveglia da un lungo e buio inverno di disperazione.

Arriva la macchina ed Eric mi tiene lo sportello, aspetta che mi sistemi e poi lo chiude per andare dall'altra parte. Quando entra, si avvicina a me. "Torna dov'eri."

Scivolo sul sedile e lui avvolge il suo braccio attorno a me. "Dimmi qualcosa…"

"Certo." Spero di poter essere sincera con lui, perché se lo merita.

"C'è stato qualcuno dopo la storia importante?"

"No."

"Da quanto tempo?"

"Cinque anni."

Tutto il suo fiato sembra lasciarlo in un solo e lungo sospiro. "Ah, Ava… Dio."

I miei occhi si riempiono di lacrime ed io li chiudo, decisa a combattere la tempesta emotiva che ormai sto combattendo da anni. "E tu? Qualcuna dopo di lei?"

"No."

Non diciamo più niente durante il viaggio attraverso il ponte verso Manhattan, ma il peso di quanto ci siamo detti pende pesantemente tra di noi nell'aria. C'è così tanto in gioco per entrambi. E con i nostri fratelli sposati, il potenziale di un'altra catastrofe non mi sfugge.

La macchina arriva a Columbus Circle. Eric mi tiene per mano nell'ascensore fino al quinto piano del Dizzy's Club Coca-Cola. Scambia qualche parola che non riesco a sentire con il tizio che sta alla porta. L'uomo annuisce e indica con la testa un tavolo ad angolo.

Eric paga l'ingresso e gli stringe la mano, dandogli una mancia. Al tavolo, mi tiene la sedia, fino a quando non mi sono seduta, e poi si siede accanto a me. "Siamo arrivati giusto in tempo per lo spettacolo delle undici e trenta. Guarda il palco. Fico, vero?"

Dietro il palco c'è lo skyline di New York. "Che cosa stiamo guardando?"

"Columbus Circle e Central Park."

"È stupendo."

"Una delle viste migliori della città e anche la musica è eccellente."

"Non vedo l'ora."

Al nostro tavolo è seduta un'altra coppia formata da John e Carlene. Si chiama John. Proprio così. Per fortuna non assomiglia affatto al mio John. Sono abbastanza simpatici, ma Eric è concentrato sempre su di me.

Ordiniamo un altro giro di *Buio e Tempesta* con bourbon e ci rilassiamo per goderci la band Mardi Gras che sale sul palco alle undici e mezza esatte. Sono elettrizzanti e chiassosi. Così rumorosi che Eric fa scivolare la sua sedia più vicino alla mia e mette un braccio intorno a me per poterci sentire. Non parliamo molto, ma la sua mano sul mio braccio divide la mia attenzione tra la musica e lui. Poi le sue dita iniziano a muoversi, scivolando lentamente dalla spalla al gomito e poi di nuovo verso l'alto.

Mi sfiora a malapena, ma questo non diminuisce l'effetto di essere coinvolta da quel momento con lui e quella discreta carezza mi fa capire quanto mi sia mancato essere toccata da un uomo. Sono stata così presa dal dolore di perdere la persona che amavo di più al mondo che non ho riflettuto molto sugli aspetti secondari della sua perdita. Chi ha tempo di pensare al sesso quando non si ha idea se l'uomo che si ama è vivo o morto o se non tornerà mai più?

Con Eric seduto così vicino a me e il suo tocco che fa scoppiare fuochi d'artificio dentro di me, la donna che è in me si sta risvegliando a cose che non ho voluto per anni. Anche se non sono sicura di essere pronta per una nuova relazione e per tutto ciò che ne consegue, non riesco a fermare qualcosa che mi fa sentire così dannatamente bene. Guardo lo spettacolo, ascolto la musica e mi crogiolo nelle sensazioni che mi ricordano che sono ancora viva e che sono una donna ancora nel fiore degli anni.

CAPITOLO OTTO

ERIC

Questa serata è stata… Faccio fatica a trovare le parole per descrivere come ci sente a tornare in pista dopo aver vissuto l'inferno per quasi un anno. Voglio ringraziare Ava e voglio baciarla ma, più di ogni altra cosa, non voglio rovinare tutto comportandomi come un pazzo. Amo la musica dal vivo sotto qualsiasi forma e normalmente vengo completamente assorbito dallo spettacolo. Ma con Ava seduta così vicina a me, il profumo fragrante dei suoi capelli che m'inebria i sensi e la sua pelle morbida sotto la punta delle mie dita, sono distratto più che assorbito.

Sto cercando di ricordare il mio piano per mantenere la calma e non farmi coinvolgere troppo, ma non posso negare che qualcosa è cambiato prima nel suo palazzo e penso che anche lei direbbe la stessa cosa.

Voglio andarmene da qui per trascorrere più tempo con lei , ma lo spettacolo non finisce prima dell'una.

"È stato fantastico," esclama Ava in ascensore. "Mi è piaciuto molto."

"Sono contento che ti sia piaciuto."

"A te no?"

"È stato stupendo. Li ho già sentiti suonare prima. Sono sempre fantastici."

Non l'ho più toccata da quando abbiamo lasciato i nostri posti e ora ho quasi paura di sfiorarla. Quello che, fino a poche ore fa, era così facile e naturale, ora può comportare delle implicazioni. Quella bolla in cui siamo stati prima, ora sembra essere scoppiata da quando abbiamo lasciato il locale. Non ho idea di come comportarmi per il resto della serata e questa incertezza mi rende nervoso durante il viaggio in taxi verso Tribeca.

Darei qualsiasi cosa per sapere cosa sta pensando. È rimasta colpita quanto me da questa serata? Che cosa succederà adesso?

Non sono mai stato insicuro con le donne finché Brittany non mi ha dato motivo di dubitare di me stesso e del mio istinto. Questo è solo un altro motivo per odiarla per quello che mi ha fatto, ma non voglio pensare a lei, soprattutto non con Ava seduta a un metro da me e dopo la serata meravigliosa che abbiamo trascorso insieme.

Prima che io sia pronto, il taxi si ferma davanti al palazzo di Ava. Pago l'autista e faccio il giro per aiutarla a scendere dalla macchina. Nell'istante in cui la sua mano stringe la mia, mi sento di nuovo a mio agio, come lo ero al club. Sto ancora pensando a cosa voglio dirle, quando lei solleva lo sguardo verso di me. "Vuoi salire a bere qualcosa?"

"Certo." Cerco di sembrare disinvolto, ma sono sollevato di non dover pensare a come concludere questa serata nel modo giusto. Non ancora, almeno. La seguo in ascensore e poi nel suo appartamento.

"Non so se Skylar sia a casa, quindi dobbiamo fare silenzio."

"Posso stare zitto."

Ava mi sorride e apre la porta dell'appartamento buio. Dopo aver acceso una luce, controlla l'altra camera da letto. "Starà passando un'altra nottata in bianco."

"Meglio lei che io."

"Che cosa succede nella tua azienda che richiede che gli avvocati lavorino tutto il fine settimana?"

"Stanno acquisendo un altro paio di società. Potrebbe trattarsi di questo. Nulla a che fare con me, grazie al cielo. Non passo una notte in bianco dai tempi del college."

"Neanche io. Ho bisogno di dormire. Altrimenti divento una pazza furiosa."

La seguo in cucina. "Non riesco a immaginarti come una pazza furiosa."

"Non mi hai mai vista quando non dormo. Non è uno spettacolo piacevole."

"Riesco a immaginarti solo bella." Arriccio una ciocca dei suoi splendidi capelli intorno al mio dito e, quando sposto lo sguardo dai suoi capelli al suo viso, i nostri occhi si incontrano. "Ava…"

Lei si lecca le labbra. "Sì?"

È passato molto tempo da quando ho chiesto a una donna il permesso di baciarla, ma qualcosa mi dice che devo chiederlo ad Ava prima di fare questo passo. "Andrebbe bene se prima di bere qualcosa ti baciassi?" le tocco la guancia e la accarezzo delicatamente con il pollice.

Lei esita un secondo prima di annuire, ma posso vedere che le costa un po' concedermi il permesso. Procedo con la massima cautela, sfiorando leggermente le sue labbra con le mie e, prima di farlo di nuovo, mi assicuro che lei corrisponda. Mentre stringe i miei polsi con le sue mani, non so se vuole tenermi vicino o respingermi. I suoi occhi sono chiusi, quindi non posso capirlo dal suo sguardo.

"Ava…"

"Hmm?"

"Guardami."

Lei apre gli occhi lentamente e vedo che sono pieni di lacrime e il mio cuore si spezza.

"Tesoro… Non dobbiamo… Se non vuoi."

"Lo voglio. Non fermarti, ti prego." Porta le sue braccia intorno al mio collo e mi attira per baciarmi di nuovo. Questa volta le sue labbra sono socchiuse, mentre mi bacia.

Le sue lacrime mi hanno scosso, ma ho la sensazione che respingere le sue avances farebbe più male che bene, quindi mi lascio trasportare completamente da quel bacio. Lascio scivolare un braccio intorno alla sua vita per stringerla più vicino a me.

La sua lingua sfiora il mio labbro inferiore e, per un secondo, quasi dimentico il proposito di essere prudente con lei, di andarci piano e di lasciare che sia lei a decidere il ritmo. È così dolce, sexy e timida… La combinazione di queste qualità mi attrae tanto dopo essere stato schiacciato da una donna che non ha mai mostrato un momento di timidezza in tutta la sua vita.

Prima che le cose possano andare troppo in là, mi allontano, anche se è l'ultima cosa che vorrei fare. "Domani i miei genitori danno una festa. Vieni con me?"

Sembra distrutta dal cambiamento improvviso. "Sei sicuro di voler rischiare di alimentare le speranze di tua madre?"

"Sono sicuro che tu valga il rischio." La bacio di nuovo. "Sono stato bene, stasera."

"Anch'io. Grazie per la cena e per lo spettacolo."

"Non c'è di che. Passo a prenderti verso mezzogiorno?"

"Come devo vestirmi?"

"È un pranzo informale. Un paio di pantaloncini o qualcosa di comodo. Abbiamo anche una piscina, quindi porta il costume, se vuoi fare una nuotata."

"Sembra divertente."

"Ti lascio dormire un po'." La lascio a malincuore e lei mi accompagna alla porta. "Grazie ancora per la serata."

"Grazie a *te*."

La bacio per l'ultima volta e scendo le scale e il mio passo è più leggero degli ultimi otto mesi. C'è stato un tempo, non molto tempo fa, in cui i baci in cucina avrebbero potuto portare a qualcosa di più in camera. Ma con Ava, quei baci casti sembrano una vittoria per entrambi e, in questo momento, mi godo questo momento di gloria.

AVA

L'HO BACIATO. L'HO BACIATO E NON SONO CROLLATA. MA IL MIO cuore… Si è frantumato in mille pezzi. Mi fa male il petto e provo un senso di nausea. Niente di tutto questo ha a che fare con Eric, che è meraviglioso, dolce e sexy. Lui è tutto quello che si può desiderare in un uomo. Ma non è John.

Dopo la bella serata trascorsa con Eric, odio me stessa per il fatto di pensare a queste cose. Mi odio per averli messi a confronto, per aver baciato Eric quando sono ancora innamorata di John e, soprattutto, odio John per il casino infernale che ha creato nella mia vita permettendo che m'innamorassi di lui, sapendo che avrebbe potuto andarsene, proprio come ha fatto.

Mi levo, lanciandole, le scarpe con i tacchi e afferro il vestito perché voglio toglierlo subito. Vado in bagno, mi strucco e mi lavo i denti.

Non posso farlo. Non posso stare con un altro uomo quando il mio cuore appartiene ancora a John.

Pensavo di poterlo fare e volevo farlo. Lo volevo davvero. Ne ero convinta finché non mi ha baciato. Finché non è diventato tutto reale. Finché non ho ricordato l'ultima volta che un uomo mi ha baciato mentre usciva dalla porta di casa e dalla mia vita.

Scoppio in lacrime, singhiozzando affranta dal dolore, scivolo sul pavimento del bagno e mi raggomitolo, tenendo le braccia intorno alle gambe e la testa sulle ginocchia. Non ho idea di quanto sia rimasta lì, ma sono ancora in quella posizione quando Skylar torna a casa e mi trova.

"Ava?" si mette sul pavimento accanto a me e appoggia una mano sul mio braccio. "Stai male?"

Sono mortificata di essere stata sorpresa in queste condizioni dalla mia nuova coinquilina. Mi asciugo le lacrime dal viso e mi costringo a guardarla. "Sto…" sto per dirle che sto bene, ma non è così. Sono esausta. Ma lei ha lavorato tutto il giorno e tutta la notte e, l'ultima cosa di cui ha bisogno, è una coinquilina, che conosce a malapena, che ha una crisi di nervi nel suo bagno.

"Che cosa posso fare?" chiede.

Scuoto la testa. Nessuno può aiutarmi.

Si siede accanto a me, poggiando la spalla contro la mia, facendomi capire che è disposta ad aspettarmi. La sua compassione scatena un'altra ondata di disperazione.

"Ti ha fatto male qualcuno?" chiede Skylar con tono gentile.

"No. Niente del genere." Devo controllare online se il Pentagono ha identificato i soldati uccisi. Non sono riuscita a farlo perché ero troppo occupata a baciare Eric.

"So che ci conosciamo da poco, ma sono una buona ascoltatrice. Lo dicono tutte le mie amiche."

Non so bene perché lei o perché adesso, ma le parole iniziano a uscire. Le racconto tutto. Non so se sto facendo l'errore più grande della mia vita, confidandomi con lei o se posso fidarmi che non lo dirà a nessuno, ma non me ne preoccupo. Il *sollievo* di poter parlare final-mente con *qualcuno* è così travolgente che mi lascia esausta dopo la tempesta di parole che le scateno addosso.

"Ava… Oh, mio Dio, tesoro." A un certo punto, durante la filip-pica, mi abbraccia. "Perché mai hai sopportato una cosa del genere completamente da sola?"

"Non lo so. È successo e basta." I miei occhi sono così gonfi a causa del pianto che potrei non essere più in grado di mostrare la mia faccia in pubblico per giorni.

"Che cosa è successo stasera?"

"Sono uscita con Eric, il ragazzo che lavora nel tuo studio."

"È successo qualcosa? Lui ha fatto qualcosa?"

"No, niente del genere." Mi asciugo le lacrime sul viso. "Lui è meraviglioso e siamo stati benissimo. E poi, quando siamo tornati a casa… Mi ha chiesto se poteva baciarmi ed io ho detto di sì."

"E dopo ti sei sentita in colpa," dice lei.

"Sì."

"Ava… Non hai fatto niente di male baciando Eric o godendoti la serata con lui. Lo sai, vero?"

"Se è vero, perché sto così male?"

Skylar rimane in silenzio per molto tempo e poi inizia a parlare. "Ho perso la mia sorellina in un incidente stradale quando ero alla scuola di legge. La sua perdita mi ha quasi distrutto. Ho dovuto abbandonare la scuola per un semestre e, per un po', ho pensato che non avrei mai potuto tornare alla vita che avevo prima di perderla."

"Mi dispiace tanto," sussurro.

"Grazie. È stata la cosa peggiore che mi sia mai capitata. Il dolore era semplicemente…straziante. Sarei voluta morire anch'io. Sarebbe stato più facile piuttosto di vivere senza di lei."

Conosco quella sensazione. La conosco fin troppo bene. "Come hai fatto a sopravvivere?"

"Un giorno alla volta e molta terapia per affrontare quel dolore. Mi ha salvato la vita."

"Stavo pensando che devo trovare una buona terapeuta e rimettere in sesto la mia vita. Più di cinque anni è un tempo piuttosto lungo per vivere così."

"Posso fissarti un appuntamento con la mia. La vedo ancora ogni tanto, e riceve i pazienti subito, anche nei fine settimana. Afferma che il dolore non ha orari fissi e nemmeno lei. Vuoi che le mandi un messaggio?"

"Lo apprezzerei molto ma non è un po' tardi?"

Skylar prende il telefono dalla tasca posteriore e invia un messaggio. "Ha un telefono cui risponde indipendentemente dall'ora."

Sono seduta abbastanza vicino a lei per vedere cosa scrive: *Ho un'amica che ha bisogno di ciò che tu sai fare meglio. Quando potresti infilarla tra un appuntamento e l'altro? Prima è, meglio è.*

La risposta arriva quasi subito. *Domattina alle nove, va bene?*

"Domattina?" chiedo, incredula.

"Te l'ho detto. Non perde tempo quando la gente ha bisogno di lei. Le confermo l'appuntamento?"

"Sì, per favore."

Va bene, domattina alle nove. Si chiama Ava Lucas. Ti ringrazio molto.

Qualsiasi cosa per te. Dille che non vedo l'ora di conoscerla.

Sarà fatto.

"Tutto a posto. Si chiama Jessica Trudeau. Ti mando un messaggio con il suo indirizzo."

"Grazie mille, Skylar. Mi dispiace tanto che tu abbia dovuto assistere a questa scena."

"Non mi dispiace affatto. Sono felice di esserti stata di aiuto e sono onorata di essere la prima persona a cui tu l'abbia raccontato." Appoggia la testa al lavandino. "So quanto possa essere difficile condividere questo genere di cose con qualcuno, specialmente quando forse stai iniziando una nuova relazione. Quando mia sorella è morta, avevo un fidanzato che ha resistito solo un anno. Probabilmente è rimasto circa nove mesi in più di quanto avrebbe dovuto. Ci ha provato ma non c'era nulla che potesse fare e dopo un po' si è arreso e se n'è andato. Non ho ancora avuto una relazione così importante da poter raccontare a un nuovo ragazzo di mia sorella."

Le rispondo, sospirando. "Non sono sicura del perché non lo abbia mai raccontato a nessuno. Forse perché lui voleva che la cosa restasse tra di noi quando stavamo insieme, il che, con il senno di poi, avrebbe dovuto essere un segnale che dovevo stare attenta. Ma che ne sapevo io? Avevo ventuno anni ed ero follemente innamorata per la prima volta nella mia vita. Se mi avesse chiesto di buttarmi senza paracadute, lo avrei fatto perché me lo aveva chiesto lui."

"Inoltre, mi hai detto che sei andata a vivere lontano per frequentare l'università per mettere un po' di distanza tra te e la tua famiglia."

"Già… e loro sarebbero piombati a casa e avrebbero cercato di sistemare tutto al posto mio, e non volevo neanche questo."

Skylar gira la testa verso di me. "Ricorda questo: tu non devi dare a nessuno una spiegazione su *come* hai scelto di affrontare la cosa. Chiunque abbia da ridire su come l'hai gestita, non ha mai affrontato niente del genere e dovrebbe tenere chiusa la sua boccaccia."

"Penso che potrei volerti bene."

La sua risata risuona nel piccolo bagno. "Questa è una buona notizia, perché mi aspettavo di odiarti dopo che ti sei presentata qui con tutti i figli del governatore al seguito."

"È la nuova famiglia di mia sorella e sono davvero simpatici."

Mi dà una gomitata. "Soprattutto il fratello, eh?"

Penso a Eric e alla serata che abbiamo trascorso insieme e sorrido. "Sì, soprattutto lui. È stato così gentile con me dal giorno in cui ci siamo conosciuti, quando mi sono ubriacata al matrimonio di mia sorella e lui si è preso cura di me." Le racconto del suo rimedio a base di pizza e di come mi ha salvato. "E ha rischiato di avere tutta la sua famiglia alle calcagna rimanendo nella mia stanza, nel caso avessi avuto bisogno di lui durante la notte." La aggiorno su quello che è successo con la sua ex e sul perché è stato importante per lui farsi avanti con me in quel modo.

"Sai, ho sentito che si era preso un congedo all'inizio dell'anno, ma non ne ho mai scoperto il motivo. Povero ragazzo. Chi potrebbe fare questo a qualcuno che si suppone si ami?"

"Non ne ho idea, ma a causa di ciò, sono ancora più preoccupata di farmi coinvolgere da lui se non sono davvero pronta a fare quel passo."

"Jessica ti aiuterà a capire. È la migliore."

"Sono così sollevata di averlo raccontato a qualcuno e di avere un piano per cercare di sentirmi meglio su tutto. Non potrò mai ringraziarti abbastanza."

"Sono felice di poterti aiutare. Che ne dici di uscire dal bagno?"

Ridendo, lascio che mi aiuti ad alzarmi e poi la abbraccio.

Lei contraccambia e mi dà una pacca sulla schiena. "Cerca di dormire un po'."

"Anche tu."

"Stasera ho terminato tutto il lavoro da fare così domani potrò dormire fino a tardi."

"Buonanotte."

"Buonanotte, Ava."

Vado nella mia stanza, chiudo la porta e mi metto a letto. Sto per prendere il telefono per vedere se ci sono notizie dal Pentagono, ma mi fermo. Non ne posso più per stasera e domani arriverà presto e potrò scoprire se lui è tra le vittime.

CAPITOLO NOVE

AVA

Dormo sorprendentemente bene e mi sveglio alle otto quando suona la sveglia. Rimango a letto per qualche minuto pensando a tutto quello che è successo ieri. Ho parlato con qualcuno di John e non è successo niente di terribile. Anzi, sono successe delle cose positive, tra cui l'appuntamento con una terapeuta e una nuova amica. Skylar è stata fantastica: mi ha dato supporto, è stata comprensiva e disponibile. Quando riflettevo sulla possibilità di raccontare a qualcuno di John e di quello che era successo a San Diego, ho sempre immaginato che lo avrei detto a Camille e ai miei amici prima di farlo con qualcun altro.

Parlare con Skylar è stato molto più facile che con loro. Su questo non c'è dubbio. Oltre a condividere il mio dolore, avrei dovuto affrontare il loro quando avrebbero saputo cosa era successo con John. Avrebbero voluto sapere perché non li avevo resi partecipi di quel momento e questo avrebbe reso tutto più difficile per me.

Mi alzo e vado direttamente a prepararmi una tazza di caffè che porto con me in bagno; faccio la doccia e mi asciugo i capelli. Esco dall'appartamento avendo tutto il tempo necessario per raggiungere l'indirizzo sulla Third Avenue che mi ha dato Skylar. Nel taxi, mi aspetto di sentirmi nervosa o inquieta, ma non provo nulla di ciò. Mi sto ancora godendo il sollievo di aver condiviso la mia storia con qualcuno e di aver trovato una terapeuta che può aiutarmi a creare il mio futuro.

È passato molto tempo da quando ho avuto così tanti pensieri positivi su cui concentrarmi. Spero che Jessica possa aiutarmi a orientarmi nella mia nuova vita in modo che possa lasciare quella vecchia nel passato cui appartiene.

L'ufficio di Jessica si trova in un edificio con la facciata di mattoni, ed è proprio come me l'ha descritto Skylar. A livello stradale c'è una rosticceria da cui fuoriescono dei profumi che mi fanno venire l'acquolina in bocca. Mi fermerò a dare un'occhiata più da vicino a quello che hanno dopo il mio appuntamento. Premo il pulsante accanto al nome di Jessica e lei mi apre. È al terzo piano e, quando raggiungo il pianerottolo, mi sta già aspettando.

Noto subito che è molto più giovane di quanto mi aspettassi. Ha i capelli biondi e ricci, lunghi fino alle spalle e indossa degli occhiali allungati leopardati che la fanno sembrare intelligente e alla moda allo stesso tempo. Indossa un top nero su un paio di jeans e delle scarpe nere con la zeppa.

Mi porge la mano. "Tu devi essere Ava."

Le stringo la mano. "Sono io. È un piacere conoscerti e grazie per avermi ricevuto di sabato."

"Nessun problema. Il dolore non conosce orari e nemmeno io." Mi fa entrare in una stanza molto accogliente con delle poltrone morbide e grandi e molti cuscini. Le pareti sono di colore arancione scuro e i quadri appesi riproducono delle immagini rilassanti di spiagge. "Caffè? Tè? Acqua? Che cosa ti posso portare?"

"Un caffè va benissimo."

"Come lo prendi?"

"Solo panna, per favore."

"Perfetto." Risponde, indicando una cartellina sul tavolino. "Se potessi compilare i soliti moduli, così sistemiamo le scartoffie."

Compilo i moduli e inserisco il numero della mia carta di credito poiché la mia nuova assicurazione del lavoro non entrerà in vigore prima di un altro mese.

Portando due tazze fumanti, si siede davanti a me e appoggia il mio caffè sul tavolo che ci divide. Tenendo la sua tazza con entrambe le mani, si accomoda sulla sua poltroncina, sistemando le gambe sotto di sé. "Parlami un po' di te e poi io ti racconterò di me. Partiamo da qui."

Il suo atteggiamento disinvolto mi mette subito a mio agio e cerco di riassumere ciò che mi ha portato da lei nel minor numero di parole possibili. "Nei cinque anni da quando se n'è andato, non ho parlato con nessuno di lui fino a ieri sera, quando Skylar è tornata a casa e mi ha trovata a pezzi dopo il mio primo vero appuntamento con un altro uomo."

Jessica sussulta. "È un tempo terribilmente lungo per affrontare da soli un evento così traumatico."

"Con il senno di poi, penso di aver seguito il suo esempio di quando stavamo insieme. "Teniamolo per noi" diceva sempre. Ora so che probabilmente era perché, a causa del suo lavoro, non doveva essere coinvolto con nessuno, ma all'epoca non lo capivo."

"Prima di analizzare questo argomento, voglio parlarti di me, se per te va bene."

"Certo."

"Come te, ho avuto un'infanzia piuttosto idilliaca. Quando ero ancora alla scuola di specializzazione, ho sposato il fidanzato dei tempi del liceo. Abbiamo avuto il nostro primo figlio due settimane dopo che avevo terminato il mio master. Si chiamava Liam."

Provo un senso di terrore che diventa più forte quando continua a parlare.

"Aveva nove mesi quando ha contratto la meningite. L'abbiamo perso tre giorni dopo."

"Mi dispiace tanto." Queste parole mi sembrano incredibilmente inadeguate, ma non so cos'altro dire.

"Ti ringrazio. Te lo racconto perché voglio che tu sappia che capisco cosa ti abbia portato qui. La morte di Liam, dodici anni fa, ha cambiato completamente la mia vita e ho deciso di specializzarmi nella consulenza sull'elaborazione del lutto perché volevo aiutare chi stava passando quello che ho vissuto io quando ho perso mio figlio. Un tera-peuta mi ha rimesso in sesto e, durante questo processo, ho trovato la mia vocazione professionale.”

Avrei così tante domande da porle. Voglio sapere se ha altri figli e se lei e suo marito sono rimasti insieme. Non porta la fede ma questo non significa nulla. Non mi sento a mio agio a porle delle domande ma sono sicura che Skylar lo sa. Aspetterò e glielo chiederò dopo.

“Parleremo molto di John e di quello che è successo cinque anni fa a San Diego. Ma prima voglio parlare di Eric e di quello che sta succe-dendo adesso a New York, va bene?”

Annuisco, incuriosita dal suo approccio, ma sono disposta a seguirla.

“Raccontami cosa è successo ieri sera.”

Le racconto della serata trascorsa con Eric, dei baci che ci siamo scambiati in cucina e che mi hanno fatto sentire in colpa.

“Quando lui ti ha chiesto se poteva baciarti, ti sei sentita in colpa quando gli hai dato il permesso?”

Ci rifletto un attimo. “No, mi sono sentita in colpa quando se ne è andato.”

“Quindi, ti è piaciuto baciarlo?”

“Sì, mi è piaciuto ogni istante trascorso con lui. Si è comportato da buon amico il giorno in cui ci siamo conosciuti e, da allora, lo è stato sempre. Ieri sera abbiamo trascorso insieme una bella serata.”

Si sistema sulla poltrona e mi osserva con attenzione. “Stai soffrendo perché la tua relazione con John non si è chiusa. Se avesse rotto con te prima di partire o, Dio non voglia, fosse stato ucciso, allora la vostra relazione sarebbe stata chiusa. Ma quando se ne è andato, ti ha detto che ti amava ed è uscito dalla tua vita, lasciandoti in questa sorta di limbo che ti ha impedito di andare avanti. Sei d’accordo?”

“Assolutamente sì. Ed è per questo motivo che ho iniziato a provare rabbia nei suoi confronti.”

“Hai iniziato a provare rabbia verso di lui solo di recente?” chiede lei. Incredula. “La maggior parte delle persone si sarebbe infuriata molto prima.”

“Lo amavo tantissimo.”

"Lo so."

"E mi ha lasciato per servire il nostro paese, per dare la caccia ai terroristi che hanno attaccato la nave da crociera. È difficile odiare qualcuno che sta cercando di rendere giustizia a così tante persone."

"Almeno tu pensi che sia quello che lui stia facendo. In realtà non lo sai per certo, giusto?"

"No," rispondo, sospirando, "Non so niente con certezza."

"Se John entrasse ora in questa stanza, che cosa vorresti dirgli?"

"Oh, accidenti!" rido nervosa. "Non saprei da dove cominciare."

"Assecondami. Viene a farsi una passeggiata qua, torna come se non se ne fosse mai andato. Qual è la prima cosa che ti viene in mente?"

"Probabilmente sarei troppo occupata ad abbracciarlo e a baciarlo per dire qualcosa."

"Quale sarebbe il tuo primo impulso? Abbracciarlo e baciarlo? Non vorresti chiedergli perché ti ha fatto questo se ti amava così tanto come diceva?"

Ci rifletto un attimo. "Sì, questo sarebbe il mio primo impulso: abbracciarlo e baciarlo."

"Devo farti i complimenti. Se fossi al tuo posto, probabilmente lo pugnalerei."

"Stavamo così bene insieme. Tanto, tanto bene. La nostra relazione era la cosa più perfetta della mia vita."

"Tranne per il fatto che ti ha tenuto nascoste delle cose, natural-mente, come il fatto che sarebbe potuto partire, forse per anni, senza dirti una parola."

"Forse non sapeva che poteva succedere. Voglio dire, chi si aspet-tava che dei terroristi avrebbero fatto saltare in aria una nave da crociera?"

Jessica fa scendere le gambe che teneva sotto di sé e si china in avanti, appoggiando i gomiti sulle ginocchia e rivolgendomi un'espres-sione intensa. "*Lui* lo sapeva, o qualcosa del genere, Ava. Si è adde-strato per anni per affrontare uno scenario simile e *sapeva*, ogni minuto che ha trascorso con te, che era possibile che avrebbe dovuto lasciarti in quel modo."

"Tu… tu non lo sai con certezza."

"Sì, lo so e lo sai anche tu. Un militare non sparisce nel nulla per *cinque* anni. Non succede. A meno che non faccia parte di un'unità che è stata creata apposta per quel tipo di missione."

"Io… io penso che forse non è una riflessione corretta."

"Perché non ti piace quello che sto affermando sull'uomo che ami?"

Dio, è così schietta! "In parte."

"È la verità e penso che sarà molto importante, se vuoi andare avanti, che tu accetti che quello che ti ha fatto non merita rispetto. Non è quello che un uomo fa alla donna che ama."

Sono così ferita da quello che sta dicendo e arrabbiata nei confronti di John che le lacrime mi scendono sulle guance. Non faccio niente per contrastarle, perché sono bloccata al mio posto.

Mi porge un fazzoletto, costringendomi a reagire, a prenderlo e ad asciugarmi il viso.

"Non sto dicendo queste cose per ferirti, Ava. Le sto dicendo perché hai bisogno di sentirle. Lo hai eretto su un piedistallo che non gli spetta."

"Anche se ha trascorso gli ultimi cinque anni a sacrificare la propria vita al servizio del nostro paese?"

"Se è quello che ha fatto, allora tutti noi abbiamo un enorme debito di gratitudine nei suoi confronti, ma questo non cambia il fatto che quello che ha fatto *a te* è stata una stronzata."

"È così che hai affrontato la perdita di tuo figlio? Hai trovato qualcuno da incolpare?"

"Non c'era nessuno da incolpare. Non sappiamo come o dove abbia contratto il virus e i medici hanno fatto tutto il possibile per cercare di salvarlo."

"Mi dispiace. Non avrei dovuto dirlo."

"Non c'è problema, puoi chiedermi come ho affrontato il mio dolore. Sono felice di poter condividere qualsiasi cosa possa aiutarti ad affrontare il tuo."

"Non riesco a trovare in me il coraggio di incolparlo quando stava facendo solo il suo lavoro."

"Mi sembra giusto, ma voglio che tu rifletta veramente sul concetto di *intenzioni*. Quali erano le sue nei tuoi confronti quando si è messo con te? Ha dato vita a questa relazione sapendo che c'era la possibilità di doverti lasciare in questa sorta di purgatorio per *anni*? Sapeva che sarebbe potuto succedere e l'ha fatto lo stesso?"

Non conosco le risposte a queste domande, quindi non rispondo.

"E i suoi amici e la sua famiglia? Che cosa dicono del modo in cui è scomparso?"

"Io… io non ho mai incontrato nessuno di loro. Ce ne stavamo per conto nostro. Ci piaceva."

"Piaceva a entrambi o solo a *lui*?"

"A entrambi. Avevamo ciò di cui avevamo bisogno l'uno nell'altro."

"Quindi non solo ti ha tenuto nascosto che avrebbe potuto lasciarti da un momento all'altro, ma ti ha tenuta isolata in modo che tu non avessi un supporto nel caso in cui fosse effettivamente accaduto ciò che sapeva sarebbe potuto succedere. Giusto?"

"Non è andata così." Mi tampono gli occhi, che mi fanno male. Erano anni che non crollavo come negli ultimi due giorni.

"E com'è andata, allora?"

"Eravamo felici. *Io* ero felice."

"Eri anche giovane e ingenua ed eri lontana dalla tua casa e dalla tua famiglia. Questo ti rendeva la ragazza perfetta per un uomo che forse non doveva avere una relazione importante."

"Questo non mi aiuta. Non sono venuta qua per smontare il carattere dell'uomo che amo."

"Perché sei venuta?"

"Perché! Sono stanca di sentirmi bloccata. Voglio andare avanti con la mia vita, ma non so come."

"Sto cercando di mostrarti come fare, Ava. Devi lasciarlo andare, veramente, o resterai sempre bloccata. Quello che ti ha chiesto è più di quanto qualsiasi uomo abbia il diritto di chiedere a una donna, indipendentemente da quanto lui ti abbia amato o di quanto tu abbia amato lui. È stato ingiusto da parte sua permetterti di innamorarti di lui. Se riesci a trovare un modo per accettare questo, penso che riuscirai a sbloccarti."

Prendo un altro fazzoletto dalla scatola sul tavolo e asciugo altre lacrime. "Hai avuto altri figli?"

"Tre."

"Ti ha aiutato?"

"Sì. Nessuno può prendere il posto di Liam, ma i suoi fratellini e la sua sorellina hanno riempito i nostri cuori e la nostra casa di amore, di luce e di risate. Mi danno un motivo per alzarmi la mattina e ne abbiamo tutti veramente bisogno."

Sono felice che abbia altri figli e l'uso della parola *nostra* mi fa sperare che sia riuscita a mantenere intatto il suo matrimonio.

"Parliamo un altro po' di Eric."

"Che cosa vuoi sapere?"

"Hai detto che ti piace e che è stato molto buono con te, giusto?"

Annuendo, rispondo, "Fin dall'inizio."

"E ti senti in colpa perché sei attratta da lui?"

"Sì."

"Perché?"

La fisso. "Vuoi veramente che te lo spieghi?"

"Sinceramente sì, perché francamente non capisco per quale motivo al mondo tu debba sentirti in colpa."

"Mi sento in colpa," rispondo a denti stretti, "perché sono ancora innamorata di John."

"Che ti ha lasciata cinque anni fa e, da allora, non si è fatto più sentire, giusto?"

"Forse non può farlo. Per quanto ne so, potrebbe essere già morto!"

"Sì, potrebbe essere morto. Esaminiamo i vari scenari, va bene? A. È morto e non ha preso alcun provvedimento per assicurarsi che tu fossi avvisata della sua morte. B. Sta scegliendo di non avere contatti con te per ragioni note solo a lui. C. È da qualche parte nel mondo dove non può mettersi in contatto con te. D. Fa parte di un'operazione in cui il contatto con il mondo esterno potrebbe compromettere la missione per la quale si è addestrato molto prima di conoscerti. Mi sono persa qualcosa?"

"No," mormoro, infuriata con lei e con lui.

"Ava."

La guardo e vedo solo preoccupazione e compassione nel modo in cui mi guarda.

"Se tu lo avessi raccontato anni fa a un amico o a un tuo famigliare, avrebbero detto le stesse cose che ti sto dicendo io adesso. Chiunque tenga a te sarebbe furioso per quello che ti ha fatto passare."

Mi asciugo di nuovo le lacrime che continuano a scendere anche se mi chiedo come possa averne ancora.

"Vuoi rivedere Eric?"

Annuisco.

"Allora dovresti farlo. Devi fare tutto il necessario per essere felice e sentirti meglio. Se lui ti rende felice, fallo. A John non devi dedicare altro tempo, oltre ai cinque anni che già gli hai concesso. Non ti ha sposato o chiesto di farlo né ti ha chiesto di aspettarlo o qualsiasi cosa ti potesse legare a lui in un modo che ti faccia sentire in colpa se vuoi andare avanti con qualcun altro. Mi hai sentito, Ava?"

"Sì," sussurro.

Dopo una lunga pausa, dice, "Come ti senti?"

"Devastata." È la prima parola che mi viene in mente.

"Potrebbe essere una buona cosa."

"*In che modo* potrebbe essere una buona cosa?"

"Sei devastata perché ti sto costringendo ad affrontare la verità di quello che John ti ha fatto e continua a farti dopo tutti questi anni. Ti sto dicendo che è ora di lasciarlo andare e di andare avanti con qualcuno che è qui, ora, ed è interessato a te."

"Devo parlargli di John?"

"Vuoi farlo?"

"Sento che dovrei perché mi ha raccontato quello che è successo con la sua ex, ma non vorrei che lo riferisse a suo fratello che è sposato con mia sorella. Non voglio coinvolgere la mia famiglia in questa storia."

"Da come lo hai descritto, sembra un tipo onesto. Prima chiedigli di essere discreto. Se gli dici che è importante che non condivida con suo fratello quello che gli racconterai e ti assicuri che non lo farà, allora dovrebbe andare tutto bene."

"Dovrebbe…"

"Qual è la cosa peggiore che potrebbe succedere se tua sorella e i tuoi genitori lo scoprissero?"

"Mi starebbero addosso, ronzandomi intorno, preoccupandosi e…" rabbrividisco al pensiero.

"E questo durerebbe un paio di giorni , al massimo una settimana, e poi andrebbero avanti quando vedranno che è quello che tu stai facendo." Si piega in avanti. "Se vuoi che Eric sappia di John, *diglielo*, Ava. Diglielo e falla finita. E ricorda, per quanto sia stato grande per te questo problema, non lo sarà per lui o per chiunque altro. Ognuno deve affrontare i propri problemi."

Vedo all'orologio alle sue spalle che sono quasi le undici. Non posso credere che sono qui da quasi due ore. Il tempo vola quando la tua anima viene messa a nudo ed esaminata.

"Se, dopo oggi, vorrai parlarmi di nuovo, sarei felice di fissare un altro appuntamento. Abbiamo fatto grandi progressi, ma ci vuole tempo e molto lavoro per andare davvero avanti."

Non mi è piaciuto molto di quello che ha detto, ma non posso negare che abbia compreso alcuni concetti importanti. "Va benissimo un altro appuntamento."

"Eccellente."

Visto che questa settimana inizio il mio nuovo lavoro, fissiamo un appuntamento per giovedì prossimo alle sette di sera. Poi mi alzo in piedi, anche se le mie gambe sembrano di gelatina, e le porgo la mano.

"Voglio abbracciarti," dice. "Va bene?"

"Certo."

Fa il giro del tavolo e mi abbraccia. "Ammiro la tua forza, la tua lealtà, il tuo coraggio e la tua forza d'animo," dice "Ti sei guadagnata il diritto di essere felice da sola, con Eric o con qualsiasi altro uomo se lui non è quello giusto per te."

Le sue parole gentili fanno spuntare altre lacrime nei miei occhi. "È stato difficile ascoltare parte di quello che è stato detto, ma apprezzo il tuo tempo e la tua prospettiva."

Mi porge il suo biglietto da visita. "Qui c'è il mio numero di cellulare. Sono qui tutte le volte che avrai bisogno di me."

"Ti ringrazio tanto."

"Faccio il tifo per te, Ava."

La lascio, rivolgendole un timido sorriso, e mi dirigo verso la porta. Scendo le scale ed esco nella calda giornata estiva, respirando profondamente un po' d'aria fresca. Non riesco a immaginare quanto debba essere rossa e gonfia la mia faccia. Prendo gli occhiali da sole nella borsa e li indosso, sperando di nascondere parte di quel massacro. La rosticceria che emanava un profumo così buono quando sono arrivata, adesso mi fa venire la nausea, così la oltrepasso e, arrivata all'angolo della strada, chiamo un taxi.

Quando salgo in macchina, il mio cellulare vibra avvisandomi che è arrivato un messaggio di Skylar. *Mi hanno chiamato da lavoro—grrrrr. Volevo solo sapere com'era andata con Jess.*

È stata stupenda e molto, molto schietta.

LOL! È così la mia ragazza. Dice le cose come stanno.

Già. Ha detto molte cose che avevo bisogno di sentire. Sto ancora elaborando tutto. Mi dispiace che ti abbiano chiamato al lavoro.

Solo per qualche ora. Ci vediamo dopo.

Grazie ancora per tutto. Non ho parole per dirti cosa significhi per me…

Quando vuoi. xo

CAPITOLO DIECI

AVA

Sono state le dodici ore più traumatiche degli ultimi anni, eppure mi sento stranamente…calma. Decisa. Sollevata. L'ho detto a qualcuno. L'ho detto a *due* persone e non è successo niente di male. Anzi, ne è uscito qualcosa di buono. Sento di aver trovato una nuova amica in Skylar, e il suo consiglio di rivolgermi a Jessica era proprio quello di cui avevo bisogno, anche se è stato difficile ascoltare gran parte di quello che ha detto.

Sono anche determinata a essere onesta con Eric. Merita di sapere la verità sul mio passato prima di andare oltre in qualsiasi cosa stia accadendo tra di noi.

Quando arrivo a casa, vado subito al congelatore e preparo un impacco di ghiaccio da mettere sugli occhi, sperando di riparare parte del danno prima dell'arrivo di Eric. Mi sdraio sul divano, con il ghiaccio sugli occhi e rifletto su ciò che ha detto Jessica. Cerco di adattarlo all'immagine di John che ho custodito dentro di me per tutto questo tempo.

Per quanto lo voglia, non posso negare che abbia ragione al cento per cento su John. Ho sempre saputo, inconsciamente, che quello che lui ha fatto è stato tutt'altro che eroico.

Poco tempo dopo, arriva un messaggio di Eric. *Sto uscendo dal garage e sto venendo da te. Non vedo l'ora di vederti.*

Vengo percorsa da un brivido di eccitazione. Anch'io non vedo l'ora di incontrarlo. Mi alzo dal divano, butto l'impacco di ghiaccio nel lavandino della cucina e mi dirigo verso il bagno per riparare il danno con un po' di correttore. I miei occhi sono ancora arrossati ma non così gonfi come prima. Se qualcuno mi domanda qualcosa, posso usare l'allergia come scusa per il rossore e ringrazio il cielo per gli occhiali da sole che coprono un mondo di dolore.

Metto velocemente il mio costume da bagno, la crema solare, un copricostume e una giacca di jeans in una borsa da spiaggia prima di indossare un paio di pantaloncini e un top bianco. Sto infilando i piedi nelle infradito di pelle, quando il portiere mi chiama per avvisarmi che Eric è arrivato. "Scendo subito."

Oggi non sono dell'umore giusto per trascorrere una festa in famiglia, soprattutto con la famiglia di qualcun altro. Ma indosserò una maschera per il bene di Eric e poi, dopo, gli chiederò se possiamo parlare. Gli racconterò di John e del perché è così complicato per me iniziare qualcosa di nuovo con lui. È complicato anche per lui, quindi abbiamo questo che ci accomuna, ma Jessica mi ha aiutato a capire che non sarebbe giusto andare avanti con lui senza dargli tutte le informazioni di cui ha bisogno per capire a cosa va incontro.

Mentre sistemo la borsa sulle spalle, chiudo la porta e mi dirigo verso l'ascensore, e mi ricordo che non ho più controllato se il Pentagono ha rivelato i nomi dei soldati morti.

ERIC

Oggi c'è qualcosa di diverso. All'inizio non riesco a capirlo, ma è silenziosa. Non che sia una chiacchierona, ma il suo silenzio è inquietante. Spero che si rilassi nel corso della giornata, ma mi chiedo se si stia pentendo di quello che è successo ieri sera. Spero proprio di no, perché oggi mi sono svegliato sentendomi meglio rispetto agli ultimi mesi.

Non solo mi sono divertito tanto con lei ieri sera, ma oggi posso guidare la mia Mercedes AMG GT. Pago una tariffa mensile ridicola per tenerla in garage in città e ogni possibilità di guidarla è la benvenuta.

Sarebbe stato più semplice prendere la Metro North ma, mentre guido nel traffico intenso per uscire dalla città sull'Henry Hudson Parkway, sono contento di non aver scelto ciò che era più facile. Mi piace vivere in città, la maggior parte del tempo, ma mi manca guidare. Ho il tettuccio aperto per far entrare la fresca brezza estiva.

"È davvero una bella macchina," dice Ava, rompendo il lungo silenzio.

"Grazie. L'ho comprata con l'assegno bonus che ho ricevuto con la mia prima presentazione." Mi immetto sulla Sawmill River Parkway in direzione nord, verso casa. Sono andato via da lì da quindici anni ma Croton-on-Hudson sarà sempre casa mia e dei miei fratelli.

Infatti, Rob e Camille hanno acquistato di recente un appartamento in fondo alla strada dove siamo cresciuti, così hanno un posto dove scappare quando hanno bisogno di prendersi una pausa dalla città. Sessantacinque chilometri dividono il mio appartamento dalla casa in cui siamo cresciuti, ma quei chilometri potrebbero essere anche seicento per quanto sono diversi i due posti.

Dopo un altro lungo silenzio, le rivolgo uno sguardo. Sono ancora una volta colpito dalla sua bellezza. Il sole coglie i riflessi rossi dei suoi capelli, e la sua pelle ha assunto un colorito roseo. I suoi occhi sono nascosti dagli occhiali da sole e noto che sta stringendo il manico della borsa da spiaggia che ha portato con sé come se temesse che qualcuno possa portargliela via.

Dopo un altro lungo silenzio, non ce la faccio più. Devo sapere cosa le sta succedendo. "Stai bene?"

Mi guarda ma non dice nulla mentre sembra lottare con qualcosa. "Possiamo parlare più tardi? Quando torniamo in città?"

Mi si contrae lo stomaco. Non di nuovo. Sapevo che era un errore baciarla ieri sera. Fin dall'inizio, ho percepito in lei una fragilità che mi ha fatto procedere con cautela mentre l'amicizia si trasformava in qualcosa di più, almeno per me.

"Di quello che mi è successo cinque anni fa," dice. "Voglio dirtelo."

Se da un lato sono sollevato dal fatto che, a quanto pare, non voglia dirmi che la nostra relazione, di qualunque tipo sia, è finita, dall'altro non sono sicuro di voler aspettare delle ore per sentire quello che ha da dire. "Non dobbiamo andare per forza a casa dei miei genitori. Possiamo tornare indietro, se non te la senti."

Appoggia una mano sul mio braccio. "Non c'è fretta."

Urgh. La pazienza non è mai stata la mia qualità migliore e dover resistere un giorno intero, potrebbe semplicemente uccidermi. "È successo qualcosa?" le chiedo. La curiosità mi sta già uccidendo.

"Sì," dice dolcemente. "Sei arrivato tu."

Non ho idea di cosa rispondere. "Ava…"

Fa scivolare la sua mano lungo il mio braccio fino a stringere la mia mano che è appoggiata sulla mia gamba. "Non è nulla di male. In effetti, è un bene che io voglia parlarne. Non c'è niente di cui preoccuparsi. Te lo prometto."

"Se lo dici tu."

"Sei carino, quando non fai come vuoi tu."

Il commento scherzoso mi fa ridere e mi fa sperare che non stia per dirmi il motivo per il quale non possiamo continuare questa relazione che ci fa stare così dannatamente bene. Mi conforta anche il fatto che continua a stringere la mia mano.

"Sei preoccupato per quello che dirà tua madre quando ti presenterai con me?"

"Non particolarmente."

"Eri così sconvolto l'ultima volta …"

"Probabilmente ho reagito in un modo un po' eccessivo. È solo che a volte è così dannatamente prevedibile. Nel momento in cui noi tre abbiamo compiuto trent'anni, era tutta presa per farci sposare e avere dei nipoti, come se, improvvisamente, ci restasse poco tempo se non ci fossimo dati una mossa. Una parte di me pensa che sia questo il motivo per cui sono stato così eccessivo quando ho incontrato Brittany. Ho fatto il suo gioco. Certamente."

"Eri felice con lei. E questo non aveva niente a che fare con tua madre."

"*Lei* era felice con Brittany. Ha iniziato a pianificare il matrimonio il primo mese che stavamo insieme. Non voglio che faccia stronzate con te. Se dice qualcosa d'inappropriato, sentiti libera di dirle di pensare agli affari suoi."

"Non lo dirò a tua madre."

"Allora dimmelo e glielo dirò io. Non voglio che tu ti senta pressata da lei o da chiunque altro."

"Non preoccuparti per me. Posso prendermi cura di me stessa."

"Non voglio che tu debba prenderti cura di te stessa quando sei con me o con la mia famiglia."

"È molto dolce da parte tua preoccuparti, ma mi prendo cura di me stessa da molto tempo."

"E se volessi prendermi cura di te in determinate situazioni, come quando mia madre vuole affondare i suoi artigli su di te?"

Lei ride e la tensione che si era accumulata nel mio petto per fortuna si attenua un po'. Quella sensazione mi ricorda fin troppo i giorni disperati che ho trascorso a cercare Brittany, senza sapere che mi aveva lasciato.

Ava mi stringe la mano. "Perché sei diventato teso?"

Non voglio ammettere che stavo pensando a Brittany. "Ero solo preoccupato che mia madre ti potesse allontanare da me."

"Non mi lascerò trascinare facilmente. Non hai nulla di cui preoccuparti."

Le sue rassicurazioni mi confortano, ma oggi non abbasserò la guardia davanti alla mia famiglia. L'ultima cosa che voglio, ora che finalmente sto tornando in carreggiata, è che Ava si senta sotto pressione per qualcosa per cui non è pronta. So già che dovrò andarci piano con lei, e se la lentezza non funziona per mia madre o chiunque altro, peccato.

AVA

AMO ASSOLUTAMENTE IL VILLAGGIO DI CROTON-ON-HUDSON-MAI
sull'Hudson, come mi dice Eric quando entriamo in macchina nella
pittoresca cittadina. "I tuoi genitori non vivono ad Albany" chiedo.

"Solo durante la settimana. Tornano a casa nei fine settimana."

La casa dei Tilden è un "cottage" sul fiume in stile Shaker ed Eric
mi dice che ha venti stanze. Nonostante le dimensioni, la casa ha
un'aria confortevole e vissuta ed è decorata in stile marinaro. Riceviamo un caloroso benvenuto dal governatore e dalla signora Tilden,
entrambi vestiti in modo casual e occupati in cucina quando arriviamo.

"Ava!" La signora Tilden fa cadere il coltello rumorosamente sul
piano di pietra. Pulendosi le mani su un asciugamano, fa il giro dell'i-
sola e mi abbraccia come se fossimo vecchie amiche. "È così bello
rivederti! Non sapevo che saresti venuta, ma sono così felice che tu
l'abbia fatto. Stanno arrivando anche i tuoi genitori."

"Respira un attimo, mamma," dice Eric, districandomi per poterla
abbracciare e alzando gli occhi al cielo.

Una parola sulla mamma di Eric. È *stupefacente*. Questa è l'unica
parola che mi viene in mente per descriverla. È giovane e in forma, con
un caschetto biondo che le cade proprio sotto la mascella. Non si
direbbe che ha quattro figli, tre dei quali hanno trent'anni. Tra tutti i
suoi figli, Eric e Jules sono quelli che le assomigliano di più. È il tipo
di donna che intimidisce anche la più sicura delle donne, ed io non
faccio eccezione.

"Sono così contenta di avere oggi tutti a casa," dice, tenendo un
braccio attorno a Eric.

"Che cosa posso fare per aiutare?" le chiedo.

"Oh, niente. Bob ed io abbiamo tutto sotto controllo. Andate fuori e
godetevi la giornata. Eric, papà ha sistemato le moto d'acqua, se vuoi
portare Ava a fare un giro prima di mangiare."

"La nostra parte dell'Hudson è quella pulita," dice Eric, sorridendo.
"Vuoi fare un giro?"

"Certo, sembra divertente."

"Mostrale dove può cambiarsi nella cabina in piscina, Eric" dice la signora Tilden prima di tornare a tagliare i cetrioli.

Trovo curioso che, a parte i saluti, il governatore non dica nulla.

"Tuo padre è sempre così taciturno?" chiedo a Eric quando siamo fuori sull'enorme terrazza che si affaccia sull'Hudson. I posti a sedere disposti ad arte mi ricordano un catalogo Frontgate, così come la moquette esterna, i cuscini e il braciere di rame.

"Riesce a malapena a dire una parola quando mia madre se ne va." Mi accompagna intorno a una piscina interrata fino a un edificio più piccolo con le tegole. "Puoi cambiarti qui e lasciare la tua roba."

Lui indossa pantaloncini da surf e una maglietta, quindi non ha bisogno di cambiarsi.

"Farò in un attimo."

"Fai con calma."

Indosso il bikini e il copricostume che ho portato e mi spalmo la crema solare, così non sarò rosso fuoco entro la fine della giornata. Raccolgo i miei capelli in una coda di cavallo e ci metto sopra un berretto da baseball degli Yankees.

Trovo Eric seduto con i piedi in piscina mentre mi aspetta.

"Pronta."

Si gira a guardarmi. "Oh no. *No, no, no.*"

"Cosa?" chiedo, allarmata.

"*Yankees?* No. Proprio no. Tifiamo i Mets."

"Ehm, tuo padre è il governatore di tutta New York, compresa la parte degli Yankees..."

"No, ha chiesto loro di non votarlo."

"Stai zitto," dico, ridendo. "Non l'ha fatto."

Si alza e si mette davanti a me. "Sapevo che doveva esserci qualcosa in te che non era perfetto."

Il mio viso si riscalda per l'imbarazzo e avverto il formicolio di desiderio cui mi sto abituando quando lui è nei paraggi.

Mi tira il cappello, mi guarda imbronciato e poi mi prende la mano per condurmi al molo dove è legata una splendida barca a vela di legno. Scendiamo una rampa fino a un molo galleggiante, dove sono legate due moto d'acqua accanto a un gommone con un motore fuoribordo.

Eric si toglie la maglietta, regalandomi la vista del suo petto muscoloso rivestito da peli dorati. Mi porge un giubbotto di salvataggio e sale su una delle moto d'acqua.

Mi tolgo il copricostume e indosso il giubbotto.

"Devi tenerti forte per non cadere," dice, sorridendo con malizia.

"Sei d'accordo con tua madre per farti mettere le mani addosso?"

"Difficilmente, ma se il risultato sono le tue mani su di me, mi sta bene."

Rido molto quando sono con lui, anche se il mio cuore è pesante e oppresso dalle cose che devo dirgli più tardi. Cercando di essere in qualche modo aggraziata, prendo la mano che mi offre, salgo sulla moto d'acqua e lascio che lui m'indichi dove mettere le mani: sotto il bordo inferiore del suo giubbotto di salvataggio sull'addome, che s'increspa sotto i palmi delle mie mani.

"Sei pronta?" chiede, voltandosi verso di me.

"Sì."

"Non mollare la presa."

"Non ci penso nemmeno."

Ridendo, accende la moto d'acqua, la slega dal molo e accelera nel fiume. La corsa è emozionante. Perdo ogni senso del tempo mentre voliamo sull'acqua, saltando le onde delle altre barche e divertendoci tanto. È la cosa più divertente che abbia fatto da anni, e migliora quando Rob e Camille ci raggiungono sull'altra moto d'acqua e corriamo uno accanto all'altro.

Eric salta un'onda ed io urlo mentre saliamo in aria. Atterriamo con un enorme spruzzo di acqua fredda.

"Questo," dice Eric, "è stato fantastico."

"Oh, mio Dio! Mi sono quasi fatta la pipì addosso!" Dimentico che questa è una nuova relazione quando le parole volano attraverso il mio filtro.

Eric continua a ridere. "Sono contento che tu sia riuscita a trattenerla."

"A malapena."

Rob lancia un muro d'acqua verso di noi, e quando riusciamo a vedere di nuovo, lui e Camille stanno ridendo istericamente.

"Bastardi," grida Eric. "Questa è la guerra."

Non sono sicura di come mi senta a far parte di una guerra di moto d'acqua, ma non vengo consultata prima che Eric parta all'inseguimento di suo fratello.

Arriviamo al molo qualche tempo dopo, bagnati fradici e stanchi per il troppo ridere. Eric lega la moto d'acqua e scende, allungando la mano per aiutarmi. Mentre afferro la sua mano tesa, mi rendo conto che non penso a John da ore, e sicuramente deve essere un record. È bello avere qualcos'altro - e qualcun altro - a cui pensare.

Eric mi aiuta a togliere il giubbotto di salvataggio e mi guarda a lungo in bikini. Chinandosi per non essere sentito da Rob e Camille, che sono arrivati subito dopo di noi, dice, "Molto, molto bella." Si china per recuperare il copricostume che ho lasciato sul molo e me lo porge.

Sbalordita dal suo complimento e dal suo sguardo carico di desiderio, m'infilo il copricostume e lo precedo sulla rampa che porta al molo.

Ancora una volta, la mia attenzione è catturata dall'elegante barca a vela di legno. "È una barca stupenda." È tutta dipinta di bianco con laccature scintillanti e le vele e le loro coperture sono color mirtillo rosso.

"La *Sarah Beth*—l'orgoglio e la gioia di mio padre. È il nome di mia madre. L'ha restaurata lui stesso quando si sono sposati e l'ha tenuta con cura."

"Da bambina andavo in barca a vela con mio nonno."

"Quindi sai come si fa?"

"Non lo faccio da anni, ma se è come andare in bicicletta, allora sì, lo so fare."

"È qualcosa che non si dimentica mai una volta che si sa come fare. Adoro andare in barca a vela. Forse più tardi possiamo uscire."

"Non sono sicura di volermi fidare di te dopo l'incidente con la moto d'acqua."

Ridendo, mette un braccio intorno a me. "È così che lo chiamiamo?"

"È stato o non è stato un incidente?"

"Per me è stato solo un altro giorno sull'Hudson. Per te..."

"Un incidente in cui mi sono quasi fatta la pipì addosso davanti a questo nuovo ragazzo carino che sto frequentando"

Mi tira più vicino a sé e mi bacia la tempia. "Più tardi?"

Lo allontano con il gomito. "Se tua madre sta guardando questa scena, la riempi di speranza."

Mi lascia così improvvisamente che quasi inciampo. Solo le sue braccia intorno a me m'impediscono di cadere.

"L'hai fatto apposta!"

"Non puoi provarlo."

Oh, mi piace. Mi piace davvero tanto. Mi piace il modo in cui mi sento quando sono con lui: speranzosa, felice e ottimista. E poi mi ricordo di quello che devo dirgli, e soffro al pensiero che lui dica che è troppo da sopportare. Chi potrebbe biasimarlo? È la mia vita, ed è troppo anche per me.

CAPITOLO UNDICI

AVA

Rob e Camille ci seguono sul pontile e raggiungiamo Amy, Jules, i loro e i miei genitori sulla terrazza.

Camille si siede accanto a me su una poltrona di vimini. "Sembri piuttosto intima con mio cognato."

"Lo sono?" Sono volutamente vaga, perché so che la farà impazzire.

"Sai che lo sei. Dirò solo che è bello vedervi entrambi felici e contenti."

"Awww." Appoggio la testa sulla sua spalla. "La mia sorellina sta crescendo?"

"Nah, non succederà mai. Sono ancora curiosa da morire, ma Rob mi ha detto che devo lasciarvi in pace."

"Ringrazio Dio che ci sia lui. Ora è il mio cognato preferito."

"Molto divertente."

Nostra madre si alza dal suo posto, dall'altra parte della terrazza, e viene a sedersi accanto a noi. "Mi piace vedere le mie ragazze di nuovo insieme." È minuta e ha i miei stessi colori. Camille ha i suoi occhi a mandorla.

"È bello essere di nuovo insieme," dico.

"Vi vedete spesso in città?"

"Tutte le volte che possiamo, "risponde Camille.

"Lunedì inizio a lavorare, quindi sono di nuovo molto impegnata."

"Anch'io," dice Camille. "I festeggiamenti finiscono ufficialmente mercoledì, quando inizio il mio nuovo lavoro e le lezioni per preparare l'esame di abilitazione." Arriccia il naso in segno di disgusto.

"Papà ed io siamo orgogliosi di entrambe perché avete trovato un ottimo lavoro e ne siete felici."

"Grazie, mamma," dico io.

"Sai già chi saranno i tuoi clienti?" mi chiede Camille.

"Non ancora, ma ne saprò di più lunedì. Non vedo l'ora di darci dentro e di essere di nuovo impegnata. "Essere freneticamente occupata al lavoro è stata la mia salvezza dopo che John se n'è andato, ma non lo dico a mia madre e a mia sorella.

"Non voglio impicciarmi, ma tu sembri molto vicina a Eric," dice mia madre, chinandosi per non farsi sentire. "Lo hai visto dopo il matrimonio?"

"Ogni tanto. Mia sorella è sposata con suo fratello."

"Lo so, stupida. Mi stavo solo chiedendo se forse c'è qualcosa di più del fatto che tua sorella è sposata con suo fratello."

"Siamo amici."

"Onestamente, Ava," dice mia madre. "A volte spingi il tuo bisogno di privacy un po' troppo oltre."

La fisso stupita dal fatto che lo dica ad alta voce, anche se so che lo pensa da anni. Ma dato che questo non è né il momento né il luogo per discutere di limiti con mia madre, mi trattengo dal risponderle di farsi gli affari suoi. "Quando ci sarà qualcosa da dire, sarai tra i primi a saperlo. Per ora, siamo amici."

"Lasciala in pace, mamma," dice Camille. "Ha il diritto di avere la sua privacy come tutti noi."

"Non ho mai detto il contrario. Mi avete frainteso. Tutte e due. Voglio solo che tu sia felice, Ava. Questo è tutto."

"Sto bene. Va tutto bene. Non c'è bisogno di preoccuparsi per me."

"Carol," dice Sarah Beth a mia madre. "Vieni a vedere le foto del matrimonio." Sarah Beth porta il suo iPad sulla parte in ombra della terrazza.

Mia madre si alza e va a sedersi accanto a lei.

"Grazie," dico a Camille.

"Nessun problema. Pensavo davvero quello che le ho detto, ma ho ancora la sensazione che ci siano delle cose con cui stai lottando. Se hai bisogno di un'amica, io ci sarò sempre per te."

Guardo mia sorella con uno sguardo completamente nuovo. È cresciuta molto negli anni che abbiamo passato separate, e voglio starle vicino ora che siamo adulte. "C'è qualcosa di cui vorrei parlarti. Quando sarà il momento giusto."

"Sarò qui ogni volta che avrai bisogno di me."

"Significa molto per me. Grazie."

Camille è sempre stata la mia sorellina adorata, ma, sedute insieme sulla terrazza dei suoi suoceri, mi sento come se fossimo appena diventate amiche oltre che sorelle. Le racconterò di John, ma non prima di aver avuto la possibilità di parlarne con Eric. È strano per me pensare che prima di ieri sera non avevo parlato di lui con nessuno, e che, entro la fine della giornata, lo sapranno tre persone, e presto lo dirò anche a Camille.

Sono sollevata di non dover più portare il mio fardello da sola. Posso solo sperare che ciò che devo dirgli non faccia uscire Eric dalla mia vita.

POSSO DIRE CHE STO IMPAZZENDO MENTRE CERCO DI SUPERARE QUESTA giornata informale con la sua famiglia. Dopo aver mangiato gli hamburger che suo padre ha cucinato sul barbecue ed essermi goduta un pranzo rilassante, Amy e Jules vogliono giocare a pallavolo, ma Eric rifiuta.

"Ehi, papà," dice Eric, "ti dispiacerebbe se Ava ed io andassimo a fare un giro in barca?"

"Certo che no. Fate pure."

"Grazie."

"Voglio venire anche io," dice Rob.

"Non questa volta."

"Eric, speravo di trascorrere un po' di tempo in famiglia," dice sua madre, sembrando ansiosa.

"Non ci metteremo molto. Ava?" Mi porge la mano e non sembra preoccuparsi del fatto che tutti ci stiano guardando.

Gli prendo la mano e mi lascio condurre dalla terrazza, attraverso il cortile, fino al molo. "Bel modo di essere discreto. Per uno che non vuole che tutti si facciano gli affari suoi, hai appena fatto una bella dichiarazione."

"Non mi interessa."

"Va bene, allora."

Sale sulla barca e mi raggiunge, sorprendendomi quando mi prende in braccio e mi lascia sul ponte. "Non voglio essere brusco, ma sto diventando un po' matto chiedendomi di cosa vuoi parlarmi. Questo era il modo migliore che mi è venuto in mente per passare un po' di tempo da solo con te in questo momento."

Sono completamente affascinata. Come potrei non esserlo? "Beh, perché non l'hai detto?" Chiedo mentre metto una mano sul suo petto e lo guardo.

Ha gli occhiali da sole sulla testa, così posso vedere i suoi occhi e il lampo di desiderio nei miei confronti. "Ti stai divertendo a confondermi?"

"Per niente. Non era mia intenzione. Mi dispiace di averti fatto questo."

Proprio lì, all'aperto, con tutti che probabilmente ci guardano, mi bacia. È un bacio sfuggente che ha un forte impatto e mi fa desiderare qualcosa di più.

"Trattieni quel pensiero," dice. "Mettiti comoda, mentre preparo la barca."

"Ti posso aiutare?"

"Sembra una buona idea."

Lavorando insieme, togliamo la copertura della vela, prepariamo la randa, sleghiamo la barra e prepariamo il fiocco. Quando siamo pronti, Eric mi chiede di togliere la cima di prua, mentre lui si occupa dello spring e delle cime di poppa. Guardo affascinata come la corrente trascina la barca nel canale, ed è allora che Eric rilascia la cima di poppa e alza la randa e il fiocco.

Quando stiamo navigando, lo raggiungo nella cabina di comando, sedendomi di fronte a lui. "Tutto bene, capitano."

"L'ho dovuto fare centinaia di volte, prima che mio padre mi permettesse di portarla fuori da solo."

Le vele catturano il vento e partiamo, la barca si muove correttamente sull'acqua calma. Dopo un lungo silenzio, Eric dice: "Volevi parlare. Ti ascolto."

Scavo a fondo per trovare la forza d'animo per condividere di nuovo la mia storia. Questa volta, la posta in gioco è molto più alta. Anche se la mia relazione con Eric è nata da poco, ha un vero potenziale. Mi ha dato il miglior motivo possibile per andare avanti, anche se ancora non se ne rende conto.

"Quando vivevo a San Diego, ero innamorata di un uomo di nome John. Era nell'esercito e siamo stati insieme per due anni."

La sua mano è sul timone e il suo sguardo è fisso su di me. "Che cosa è successo?"

"È successa la *Star of the High Seas*."

Ha un sussulto. "Era sulla nave?"

Scuoto la testa. "No, ma è stato dispiegato il giorno dell'attentato, e non l'ho più visto né sentito."

"È successo più di cinque anni fa."

"Credimi, lo so."

"Ava... Dio mio. Per tutto questo tempo... Sei rimasta sola ad aspettare?"

"Più o meno. Mi sono data come termine il quinto anniversario, ed è stato allora che ho deciso che doveva finire. Dovevo lasciar perdere, lasciarlo andare e continuare la mia vita, ed è quello che sto cercando di fare."

"Io... non so cosa dire."

"Capirei se questo fosse troppo per te, specialmente dopo quello che ti è successo."

"Sono sorpreso di non averlo già saputo. La mia famiglia non è nota per il suo riserbo."

"Non lo sa nessuno. Sei la terza persona cui l'ho detto, nelle ultime dodici ore."

"Perché ora?" Non fa in tempo a chiederlo che dice: "Per quello che è successo ieri sera."

"Quella è stata la prima volta dopo di lui, ed è stato... io ero..."

"Puoi venire qua?" Lui mi raggiunge, e io gli prendo la mano per spostarmi al suo lato della barca, dove mi sistema accanto a lui, tenendo il suo braccio intorno a me. "Mi dispiace molto se ho fatto qualcosa che ti ha fatto andare in crisi."

"Non è stata colpa tua. Era destino che accadesse, e in realtà ha causato una sorta di pulizia dell'anima." Gli racconto di essermi sfogata con Skylar e che lei mi ha mandato da Jessica.

"Ti sei sentita meglio dopo averlo detto a qualcuno?"

"Stranamente, sì. Anche se ero distrutta emotivamente."

"Perché ci hai messo così tanto a dirlo a qualcuno?"

"Sono sempre stata una persona molto riservata, e anche John lo era. Ora so che probabilmente si trattava più di segretezza che di riservatezza, ma dopo un po' mi sembrava che fosse passato troppo tempo per coinvolgere la mia famiglia, e la maggior parte dei miei amici a San Diego erano colleghi di lavoro. Un anno è diventato due e due sono diventati cinque, semplicemente, non l'ho detto a nessuno."

"Odio pensare che tu sia stata così sola ad affrontare qualcosa di talmente doloroso per così tanto tempo."

"È stata una mia scelta quella di stare da sola, ma è più facile da gestire ora che ho deciso di condividerlo con alcune persone fidate, tra cui la coinquilina che ho appena conosciuto, che, tra l'altro, è stata fantastica. Devo ringraziare te per avermi messo in contatto con lei."

"Sono contento che lei fosse lì per te quando avevi bisogno di qualcuno, ma avresti potuto chiamarmi. Sarei tornato."

"Lo so, e apprezzo molto che tu sia stato un buon amico per me, ma penso che sia successo nel modo in cui doveva succedere. Skylar mi ha mandato da Jessica, e so già che mi sarà di grande aiuto, anche se alcune delle cose che aveva da dire erano difficili da sentire".

"Tipo?"

"Per prima cosa, ha detto che anche se John è un eroe per aver presumibilmente inseguito le persone che hanno fatto esplodere la nave, non è un eroe per come ha gestito me e la nostra relazione."

"Posso più o meno capire cosa voglia dire. E tu?"

"Credo di sì. Dopo tutto questo tempo in cui l'ho amato e desiderato, è difficile pensare che lui sia meno dell'immagine che ho costruito nella mia mente. Ma lei ha ragione. Ha sbagliato a farsi coinvolgere così tanto da me, sapendo che c'era la possibilità che dovesse lasciarmi, come ha fatto."

"Anche se è difficile incolpare qualcuno che potrebbe essere là fuori a combattere i terroristi."

"E questo è stato il nocciolo del mio dilemma."

Dopo un altro lungo silenzio, mi dice: "Dobbiamo virare di bordo."

Alzo lo sguardo e vedo che siamo molto lontani da dove siamo partiti. Il molo di fronte alla casa dei Tilden è un puntino in lontananza dietro di noi.

Eric gira la barca e ci scambiamo i lati. "Torniamo indietro," dice, alzando il braccio per mettermelo intorno.

Mi sistemo accanto a lui e mi godo la sensazione del sole caldo sul viso e il raro momento di appagamento. Lui lo sa, e mi vuole ancora vicino a sé. Mi sembra una vittoria. "Devi avere delle domande."

"Qualcuna."

"Puoi chiedermi qualsiasi cosa, Eric. Prometto di essere onesta con te."

"Questo significa molto per me, come puoi immaginare."

"Quando mi hai parlato per la prima volta di Brittany, ho capito che c'erano delle somiglianze tra la tua storia e la mia."

"Solo che chi amavi non ha creato un complotto intricato per uscire dalla tua vita."

"Non l'ha fatto? Se ci pensi, è proprio quello che ha fatto. Sapeva, per tutto il tempo che siamo stati insieme, che era altamente probabile che potesse essere chiamato per una missione che lo avrebbe portato via da me a tempo indeterminato, e non me lo ha mai detto. Probabilmente perché non poteva, ma questo non lo rende corretto. Forse le sue ragioni sono più onorevoli di quelle di Brittany, ma il dolore che ha lasciato dietro di sé è abbastanza simile."

"Sì, credo di sì." Dopo un'altra lunga pausa, dice: "Sei pronta per qualcosa di nuovo, Ava?"

"Voglio esserlo." Gli ho promesso la verità, ed è quello che gli do.

"Anche io."

"Beh, per citare una canzone country che mi piaceva, è davvero un bel punto di partenza."

"Sì, lo è. Cosa prevedi adesso?"

"Vorrei passare più tempo con te e vedere come va, ma solo se è quello che vuoi anche tu."

"È quello che voglio."

"Anche dopo tutto quello che ti ho detto?"

"Sì." Mi passa le dita tra i capelli, facendomi formicolare il cuoio capelluto. "Quando stamattina mi sono svegliato, la mia mente era piena di pensieri su di te, su ieri sera e su quanto mi piace trascorrere del tempo insieme. È un sollievo così piacevole pensare a qualcosa di positivo. È un sollievo aver trovato *te*."

"Provo le stesse sensazioni."

"Quasi tutto quello a cui ho pensato da quando ti ho baciato ieri sera, è stato quanto tempo avrei dovuto aspettare prima di poterlo fare di nuovo."

"Cosa che succederà proprio ora?"

"Vuoi dire *proprio ora*?"

Rido del suo stupore infantile, che so essere tutta una recita. È un uomo nel vero senso della parola, "A meno che tu non sia troppo occupato, naturalmente."

"Non sono mai troppo occupato per te." Si china lentamente, tenendo gli occhi aperti e fissi sul mio viso mentre accosta le sue labbra alle mie in una carezza leggera. Ritirandosi, mi studia intensamente per un lungo momento senza fiato prima di tornare a prenderne ancora. Aggancia una gamba alla barra del timone per tenere la barca in rotta e usa entrambe le mani per tenere il mio viso e baciarmi più intensamente.

Non penso ad altro che a lui quando apro la bocca per ricevere la sua lingua e gemo per il desiderio che si risveglia in me.

Come se fosse stato premuto un interruttore, sto improvvisamente desiderando di avere di più. Con tutti i miei sensi all'erta, mi rendo conto di quanto sono stata insensibile per tutto questo tempo fino a quando Eric mi ha baciato e toccato e mi ha fatto sentire di nuovo viva. I nostri baci sono disperati e bisognosi e deliziosamente carnali. Dopo aver condiviso la mia storia con lui, non sono più oppressa dalle cose che ho tenuto per me. Sono libera dal mio passato doloroso. Sono pronta per questo. Sono pronta per *lui*.

"*Dio*, Ava," dice, quando finalmente riprendiamo fiato. Il suo viso è arrossato, il suo sguardo acceso e carico di emozioni. "*Da dove vieni?*"

"Credo che fosse il matrimonio di tuo fratello."

Sorride e mi accarezza la guancia. "Sento un improvviso e urgente bisogno di tornare in città."

"Strano, perché mi sembra di avere lo stesso bisogno urgente."

Il suono che emette è un incrocio tra un gemito tormentato e un ringhio feroce. "Chi diavolo ha avuto la grande idea di *andare in barca a vela*?"

Non riesco a trattenere una risata, guadagnandomi una sua occhiataccia, mentre dirige la barca verso casa.

Tiene il suo braccio intorno a me, ma non parliamo nei quaranta minuti necessari per tornare al molo. Lavorando insieme, ammainiamo le vele, leghiamo la barca e puliamo il più velocemente possibile. Ogni minuto che passa, la tensione tra noi sembra moltiplicarsi.

Mi sento come se avessi bevuto una bottiglia intera di champagne, ma sono completamente lucida quando prendo la sua mano e lascio che mi aiuti a scendere dalla barca. Mi tiene stretta la mano, mentre risaliamo il molo per raggiungere gli altri. Continuo ad aspettare che mi lasci andare prima di arrivare dove tutti possono vedere che siamo mano nella mano, ma non lo fa.

Sono così presa da quello che sta succedendo tra di noi che non mi accorgo subito che c'è qualcosa che non va sulla terrazza.

Eric si ferma un attimo e mi lascia la mano. "Che cosa sta succedendo?"

CAPITOLO DODICI

AVA

Amy si asciuga le lacrime, Jules fissa il pontile e Camille, con l'aria affranta, sostiene Rob, che sembra distrutto. Che diavolo è successo? Non c'è traccia dei miei genitori o di Sarah Beth, ma Bob è seduto con gli altri figli.

"Qualcuno può dirmi cosa diavolo c'è che non va?" dice Eric, quando arriviamo sul ponte.

Voglio scappare via. Qualunque cosa sia, non voglio saperlo. Per la prima volta da tanto tempo, sto bene. Non voglio cancellare questa sensazione. Non voglio sentire cosa stanno per dire.

Amy si alza, si asciuga il viso e viene ad abbracciare Eric.

Lui si irrita. "Che cazzo succede, Amy?"

"Mamma e papà stanno divorziando."

Lui rimane completamente immobile. "Che cosa?"

"Vieni a sederti, figliolo," dice Bob.

"Non voglio sedermi. Voglio che qualcuno mi dica cosa diavolo è successo nelle ultime due ore."

Vorrei abbracciarlo o fare qualcosa per confortarlo, ma sento che non lo gradirebbe, così rimango goffamente accanto a lui, sentendomi come se stessi guardando lentamente un incidente che accade proprio davanti ai miei occhi.

"Ci stavamo divertendo," dice Jules, "ed è arrivato questo tizio. Ha detto che era un amico di mamma e che aveva bisogno che lei andasse con lui. Lui... si è comportato come se avesse qualche diritto a stare qui." Si passa una mano sul viso, scacciando con rabbia le lacrime. "Mamma ha detto che ci ama tutti moltissimo, ma non può più vivere nella menzogna. Lei... se n'è andata con lui."

Oh, mio *Dio*. Non posso credere che stia succedendo. Non dovrei essere qui. Non sono affari miei, ma i miei piedi sono ancorati al loro posto. Non riesco a muovermi, né a respirare, né a fare altro se non soffrire per Eric e per la sua famiglia. Catturo lo sguardo di Camille e vedo che mia sorella è colpita quanto me. L'euforia che ho provato sulla barca mi sembra improvvisamente accaduta giorni fa, quando, invece, l'ho provata solo un'ora fa.

"Va avanti da un po'," dice Bob.

"Tu lo *sapevi*?" Eric fissa il padre.

"Sì."

"Questo è il motivo per cui non ti sei candidato per la rielezione, vero?" chiede Rob con un tono cupo che non gli appartiene affatto. "Non riuscivo a capire perché tu non volessi incontrare il partito per la corsa al Senato o per la campagna per la rielezione. Questo è il motivo."

"Sì," afferma Bob.

"Lascerai che *questo accada*?" chiede Eric a suo padre.

"Che cosa vorresti che facessi?"

La sua tranquilla dignità di fronte alla catastrofe mi tocca profondamente. Vorrei avere il diritto di abbracciarlo. Pover' uomo.

"È per questo che oggi siamo qui?" chiede Eric. "Per poterci sganciare addosso questa bomba?"

"Non avevo idea che sarebbe venuto qua oggi," risponde Bob. "Non avrei mai sottoposto nessuno di voi a un tale spettacolo. Camille e Ava, mi scuso del fatto che voi e i vostri genitori abbiate dovuto assistere a una cosa del genere."

Non sopporto che senta il bisogno di scusarsi con me.

"Ti prego, non preoccuparti per noi," dice Camille. "Mi dispiace molto che ti sia successo tutto questo."

Bob alza le spalle. "Non è la prima volta, ma sarà l'ultima."

"*Cosa*?" Amy piange. "L'ha già fatto *prima*?"

"Diverse volte," dice Bob. "Ma questa volta è diverso, a quanto pare."

Rob si alza così bruscamente che quasi sposta Camille dal suo posto sulla poltrona accanto a lui. "Non ne posso più di sentire queste cose." Le prende la mano e si dirige verso le scale.

Camille si guarda alle spalle e cattura il mio sguardo. Sembra ossessionata, mentre si affretta a seguire il passo di suo marito.

Jules va a sedersi accanto a suo padre. "Perché l'hai sopportato, papà?"

"Perché la amo. L'ho sempre amata."

Jules appoggia la testa sulla spalla del padre.

Eric fa un passo indietro. "Io... devo andare." Si avvia verso le scale e poi sembra ricordarsi che non è venuto da solo. "Ava, per favore. Andiamo."

Sento che dovrei dire qualcosa a Bob, ma cosa potrei dire che abbia importanza per lui? Seguo Eric giù per le scale. "Devo prendere la mia borsa nella cabina in piscina."

"Ti aspetto in macchina." Dice Eric, avviandosi lungo il vialetto.

Cammino velocemente per andare a prendere la mia borsa e raggiungerlo in macchina, così non dovrà rimanere qui più del necessario. Non riesco a immaginare cosa stia provando. Mentre cammino, tiro fuori il telefono dalla borsa e trovo un messaggio di mia madre.

Santo Dio, ha scritto. *Cosa abbiamo visto dai Tilden... Sono felice che eravate in barca. Chiamami quando puoi.*

Nell'istante in cui chiudo la portiera, Eric ingrana la retromarcia e lascia una nuvola di polvere sulla strada sterrata nella fretta di andarsene da lì.

Ho così tante domande. Voglio sapere se avesse idea che il matrimonio dei suoi genitori fosse in crisi o che sua madre fosse una traditrice seriale. Voglio sapere che cosa sta pensando e come posso aiutarlo, ma la tensione in macchina è così forte che riesco a malapena a respirare, figuriamoci a parlare.

La sua presa sul volante gli fa diventare le nocche bianche e la sua mascella batte all'impazzata. Sbatte appena le palpebre mentre si concentra sulla strada, guidando più velocemente di quanto dovrebbe. Non dice una sola parola durante il viaggio di un'ora verso la città. Ci stiamo avvicinando a Tribeca quando non sopporto più questo silenzio.

"Porta la macchina in garage. Non devi stare da solo stasera."

"Non voglio compagnia."

"Mi dispiace. Non ti lascerò affrontare tutto questo da solo."

"Ava…"

"Mi lasceresti sola stasera se fosse successo alla mia famiglia?" Lo conosco già abbastanza bene da essere certa che non mi lascerebbe mai da sola ad affrontare una cosa del genere.

La sua mascella passa da un'espressione impenetrabile all'altra, ma non si mette a discutere. Qualche isolato dopo, fa una serie di curve che ci portano davanti alla porta metallica di un garage. Usa una chiave elettronica per accedere e la porta si apre con un forte rumore. Dentro, scende un paio di livelli e parcheggia in un posto assegnato. Prendiamo le nostre cose, lui chiude la macchina e ci incamminiamo verso una scala che ci porta al livello stradale.

Mi prende la mano e ci dirigiamo nella direzione opposta al mio appartamento.

Ho altre domande, ma mi mordo la lingua e decido di seguirlo. Di qualunque cosa abbia bisogno stanotte, è quello che avrà da me.

Il dolore gli si abbatte addosso con ondate che mi fanno soffrire per lui. Ha provato tanto dolore per una vita, e ora questo. Voglio avvolgere le mie braccia intorno a lui e farlo sentire meglio. Se me lo permette.

ERIC

NON PUÒ ESSERE VERO. SE QUALCUNO MI AVESSE DETTO CHE OGGI sarebbe successo tutto ciò, mi sarei messo a ridere. Mia madre un'adultera. È *ridicolo*. Tranne che... Ci sono stati dei segnali nel corso degli anni che il loro matrimonio non era quello che poteva essere, ma mai nei miei sogni più folli avrei potuto immaginare *una cosa del genere*.

Ava... Non voglio esporla a tutto ciò, specialmente non dopo che oggi abbiamo fatto un così grande passo avanti nella nostra relazione. Quando siamo tornati dall'uscita in barca, tutto quello che volevo era portarla a casa il prima possibile per continuare quello che avevamo iniziato sulla barca. Ma poi ci siamo imbattuti nel disastro che si è abbattuto sulla mia famiglia, e ora... Ora, non so cosa voglio.

Questo mi ricorda fin troppo l'orrore provato dopo l'inganno di Brittany. Sono disgustato, sudato e nauseato. Perché le persone fanno del male a coloro che dicono di amare? Non lo capirò mai. Forse pensare questo mi rende una femminuccia, ma, secondo me, amare qualcuno significa *restare*. Investi del tempo e ci lavori su. Non te ne vai, non tradisci e non pianifichi la tua scomparsa.

Arriviamo al mio palazzo, e tengo la porta perché Ava entri prima di me. Se fosse stato per me, l'avrei accompagnata a casa e poi sarei tornato qui da solo, ma lei non ha voluto. Anche se apprezzo il suo sostegno, preferisco stare da solo con la bottiglia di vodka congelata che mi aspetta nel congelatore.

È la prima volta che viene a casa mia, ma non mi prendo il tempo di mostrargliela. Mi dirigo direttamente verso il congelatore per prendere la bottiglia ghiacciata e versarmene un bel bicchiere per me, e ne bevo la metà prima di offrirne un po' a lei.

Ma Ava rifiuta.

Verso un altro bicchiere. Quando la seconda dose raggiunge il mio corpo, comincio a calmarmi un po'. Mi trattengo dal versarne un altro. Con le mani sul bancone, lascio cadere la testa in avanti, sperando di alleviare un po' della tensione accumulata alla base del collo.

E poi Ava è lì, a massaggiarmi le spalle e a lenire il dolore dentro di me con la dolcezza che la contraddistingue. "Che cosa posso fare?"

"Un altro po' di questo sarebbe bello." Apprezzo che continui a massaggiarmi il collo e le spalle e che non senta il bisogno di riempire il silenzio con inutili banalità come farebbero alcune donne. Come avrebbe fatto Brittany. Non sopportava i lunghi silenzi. La mettevano a disagio. Con il senno di poi, ho capito che la facevano sentire insicura. "Va benissimo ." Poi mi giro verso di lei e mi avvolge tra le sue braccia. Mi aggrappo a lei come a una zattera di salvataggio in un mare in tempesta. "Mi dispiace tanto che tu abbia dovuto assistere a una cosa così tremenda."

"Non scusarti, ti prego. Non potevi sapere che sarebbe successo. Nessuno di voi lo sapeva."

"Ha inscenato tutto questo perché fossimo tutti là ad assistere alla fine spettacolare del suo matrimonio. Devo averla delusa quando me ne sono andato in barca."

"Si è comportata in modo strano quando hai detto che saremmo andati. In quel momento l'ho definita ansiosa."

"Voleva che fossimo tutti lì per vederla andare via, ma non ne capisco il motivo. Che cosa le abbiamo mai fatto per giustificare quel tipo di crudeltà?"

"Se dovessi tirare a indovinare, penso che sia così presa dalla sua fuga meravigliosa che non pensa a nessuno se non a se stessa."

"Questo si addice fedelmente al personaggio." Mi allontano leggermente, quel tanto che basta per guardarla in faccia. "Mi dispiace che i nostri piani siano andati in fumo."

"Ti prego, non scusarti. Non ce n'è bisogno."

"Allora, questa è casa mia," dico, abbozzando un sorriso.

"L'ho immaginato quando hai preso la chiave. È bella. Mi piace."

Piaceva anche a me, prima che passassi del tempo qui con Brittany e lei me la rovinasse. "Grazie." Le prendo la mano e la tiro leggermente. "Vieni a sederti con me." Il loft è un grande open space, con soffitti alti sei metri pieni di tubature e travi industriali. Una camera da letto e un bagno sono nascosti dietro una mezza parete sul lato più lontano. La conduco intorno all'isola della cucina fino al soggiorno, dove una TV a schermo piatto è montata su una parete di mattoni sopra un camino funzionante. Tenendoci ancora per mano, ci sediamo vicini sul divano.

Vorrei più di ogni altra cosa che fossimo passati direttamente dalla barca alla macchina e avessimo saltato il dramma familiare. Voglio ritrovare la magia che ho provato con lei sulla barca, ma la bolla è scoppiata e mi ha lasciato crivellato di schegge emotive così schiaccianti che non posso cominciare ad elaborarle.

"Ne vuoi parlare?" mi chiede.

"Non saprei cosa dire."

"Non avevi idea che avessero dei problemi?"

"Non questo tipo di problemi, ma, in questi giorni, non trascorro molto tempo con loro. Sono sempre stato più vicino a mio padre, ma, da quando è stato eletto, è sempre stato molto impegnato, e io lavoro così tanto... Quando siamo insieme, di solito è una cosa di famiglia. Se ci fosse stata qualcosa che non andava, sarebbe stato difficile notarlo in quelle circostanze".

Analizzo ogni incontro dell'ultimo anno: feste, compleanni, il raro evento politico a cui ho partecipato per mostrare il mio sostegno, il matrimonio...

"Il matrimonio."

"Che cosa?"

"Aspettava che passasse per fare la sua mossa."

"Pensi che lo avesse calcolato?"

"Assolutamente. Amy dice sempre che pianifica tutto fino all'ultima virgola. È la regina dei fogli di calcolo e delle liste di controllo. Non è possibile che sia stato un evento casuale e che non sia stato completamente pensato in anticipo".

"Non capisco perché qualcuno dovrebbe fare questo alle persone che ama."

"No, tu non lo faresti, perché non sei una calcolatrice come lei." Il mio telefono sta esplodendo, e, anche se preferirei ignorarlo, sospetto che i miei fratelli stiano parlando tra di loro di quello che è successo oggi.

Sblocco il telefono e trovo trentasei messaggi non letti nella nostra chat di gruppo. Come previsto, mio fratello e le mie sorelle sono in piena crisi e si stanno chiedendo dove io sia. Sono felice di leggere che Jules e Amy hanno deciso di restare con papà stasera, anche se lui ha insistito dicendo che gli andrebbe bene se andassero via. Rob è su tutte le furie e vuole sapere chi è il tizio. Che differenza fa, vorrei chiedere. Mi trattengo dall'inviare il messaggio e spengo il telefono. Il nuovo incubo sarà ancora lì domattina.

Riporto la mia attenzione su Ava. "Odio che tutto questo abbia ostacolato quella che è stata una giornata piuttosto bella."

"Ci saranno altri giorni fantastici. Non preoccuparti."

Appoggio la testa contro lo schienale del divano e le rivolgo il mio sguardo. "Me lo prometti?" Si è rannicchiata, tenendo le gambe sotto di lei. Mi piace che si sia messa a suo agio a casa mia. "Probabilmente vuoi andare a casa."

"Preferirei restare qui con te."

"Lo vuoi veramente?"

Il suo sguardo non vacilla mai quando annuisce.

"Probabilmente sarò una pessima compagnia."

"Va bene così. A meno che tu non preferisca stare da solo..."

"No." Le copro la mano con la mia. "Preferisco molto di più stare con te che restare da solo. Ho anche uno spazzolino in più, se vuoi."

"È molto carino da parte tua, ma non esco mai da casa senza il mio spazzolino."

"*Mai?*"

"Mai."

"È molto... ossessivo..."

"Ho sempre con me anche il filo interdentale."

"Quando pensi di conoscere una ragazza…"

Ride, e il suono della sua risata è una delle cose più dolci che abbia mai sentito. "Non mi dispiacerebbe prendere in prestito la tua doccia."

"Non l'hai portata con te?"

"Non entra in questa borsa."

Sorridendo alla sua risposta spiritosa, incontro il suo sguardo. Il suo splendido viso sta rapidamente diventando la cosa che preferisco guardare. "Mi dispiace che la nostra giornata sia stata sabotata. Hai condiviso qualcosa di molto importante con me, e dobbiamo parlarne ancora, ma poi è successo questo, e ora..."

"Respira, Eric. Va tutto bene. Mi sono sfogata sulle mie stronzate ieri sera e oggi. Era importante per me che tu lo sapessi, e ora lo sai."

"Significa molto per me che tu l'abbia condiviso con me."

"Ha significato molto per me quando mi hai raccontato di Brittany. Dopo mi sono sentita male per non essere stata in grado di fare lo stesso. Credo che non fossi ancora pronta."

"Non pensarci più. Sono dolorosamente consapevole di quanto sia difficile tirare fuori queste cose in una conversazione casuale". Le bacio il dorso della mano. "Che ne dici di quella doccia che volevi?"

"Fammi strada."

CAPITOLO TREDICI

CAMILLE

Arrivati a casa, Rob è andato direttamente sul divano e, dopo essersi disteso, ha trafficato con una marea di messaggi, presumibilmente delle sue sorelle.

Lo osservo, incerta sul da farsi. Non mi ha rivolto una parola da quando abbiamo lasciato la casa dei suoi genitori. Vado in cucina e mi verso un bicchiere di vino, ne bevo metà e poi ne verso uno per lui. Lo vedo mandare dei messaggi. Almeno sta parlando con qualcuno.

Mi siedo sul tavolinetto e gli porgo il bicchiere di vino.

Si alza e prende il bicchiere, mandandone giù la maggior parte in un unico grande sorso. "Grazie."

"Che cosa posso fare?"

"Niente." Lui continua a rispondere ai messaggi, mentre io continuo a stare seduta, sentendomi stupida e impotente.

Mi alzo, metto il bicchiere nel lavandino e vado a farmi una doccia. Il manuale della nuova moglie non includeva un capitolo su cosa fare quando il matrimonio dei tuoi suoceri implode davanti a te. E quando tuo suocero è il governatore di New York, ci deve essere un capitolo aggiuntivo su come navigare in quella che sarà sicuramente un'enorme sfida di pubbliche relazioni in cima al disastro personale.

Che bei momenti.

Mentre lavo via l'acqua salata e la crema solare, rivivo la scena sulla terrazza. All'inizio, non riuscivo a capire chi fosse il tizio con la camicia azzurra o cosa volesse da noi. E poi, quando i pezzi hanno iniziato ad andare al loro posto, lo shock è rimbalzato tra i membri della famiglia come una freccia avvelenata, cambiando per sempre ogni persona man mano che prendeva consapevolezza di quello che stava accadendo.

Sarah Beth Tilden non è mai stata una persona serena e rassicurante, ma non l'avrei mai creduta capace di essere così insensibile come ha mostrato oggi. L'uomo con cui se n'è andata era più giovane di lei, bello e chiaramente intenzionato a portare via il suo premio, se così si può definire.

Le conseguenze della loro partenza mi hanno ricordato il modo in cui le persone appaiono in TV dopo che un tornado F-5 abbatte la loro casa. E Rob... Dio, è distrutto. Voleva andare a cercare sua madre, ma suo padre lo ha fermato. "Lasciala andare," gli ha detto Bob. "È quello che vuole".

È stato in quel momento che Rob, Amy e Jules si sono resi conto che il padre sapeva della relazione, il che è servito solo a moltiplicare il loro shock.

Rabbrividisco di repulsione. Vedere le persone che amo essere schiacciate da qualcuno che avrebbe dovuto amarle mi ha fatto star male. Quella donna sarà la nonna dei miei figli.

Esco dalla doccia, mi asciugo e indosso un accappatoio. Il mio telefono è pieno di nuovi messaggi di mia madre e di Ava. Leggo prima quello di Ava.

Come sta Rob? Eric è così scioccato. Sto malissimo per lui. Non posso credere che qualcuno possa fare questo alla propria famiglia.

Rob è distrutto. In un certo senso lo capisco... Non si è mai esposto direttamente e ha usato la parola "egoista" per descriverla, ma ho colto delle cose nel corso degli anni. Sei con Eric?

Sì, non volevo che rimanesse da solo.

È bello vedervi insieme. Sembri felice.

Lo sono. O lo ero finché non è successo questo... Mamma mi ha mandato un messaggio. Le hai parlato?

Non ancora. Se ne sono andati poco dopo che è successo tutto. La chiamerò in mattinata.

Fammi sapere quando le avrai parlato.

Lo farò. Spero che riusciate a dormire un po'.

Anche io per voi. xo

Indosso una delle mie camicie da notte sexy e mi metto a letto, chiedendomi se Rob mi raggiungerà o si addormenterà sul divano. Penso di andare a prenderlo ma decido di lasciargli un po' di spazio. Se avrà bisogno di me, sa dove trovarmi.

Lasciando la luce accesa per lui, mi giro verso il suo lato del letto. Anche se mi sento stanca e svuotata, il sonno si rivela inafferrabile. Come influirà il crollo del matrimonio dei Tilden sui piani che Rob ed io abbiamo fatto? La stampa impazzirà per la storia del governatore abbandonato dalla moglie per un altro uomo? Probabilmente... Immaginare i sordidi titoli che potrebbero apparire sul *New York Post* mi disgusta, perché sicuramente Sarah Beth li ha previsti.

A un certo punto devo essermi addormentata. Quando mi sveglio nel cuore della notte, Rob è accanto a me, sveglio, e fissa il soffitto.

"Ciao," dico, accarezzandolo.

Lui mette la mano sulla mia.

"Stai bene?"

"Certo! Mai stato meglio," risponde, con un'amara risata.

Mi avvicino e mi rannicchio vicino a lui. "Vorrei che ci fosse qualcosa da poter dire o fare per aiutarti."

"Lo so, tesoro. Non voglio scaricare tutto su di te."

"Va bene. Puoi farlo." Gli accarezzo il petto nudo, cercando di offrirgli il conforto che posso. "A che cosa stai pensando?"

"Sto pensando a mio padre. Questo lo sminuirà in più modi. Il partito gli è stato addosso per fargli dichiarare la sua intenzione di ottenere un secondo mandato, e lui non è stato disposto nemmeno a incontrarli. Ora so che il motivo era perché sua moglie lo tradisce, e sta cercando di capire come gestire la cosa nel contesto di una campagna per la rielezione.”

“Povero uomo.”

“A quanto pare quel povero uomo ha sopportato questa situazione per molto tempo.”

“Sei arrabbiato con lui?”

“Dio, no. Creerà solo un incubo per noi al lavoro. Non riesco a immaginare i titoli dei giornali.”

“Prima stavo pensando a quello che avrebbe scritto il *Post*.”

Un brivido attraversa il suo corpo e anche il mio. “Sento che sto per sentirmi male.”

“Siediti.” Lo aiuto ad alzarsi e gli massaggio la schiena, mentre fa una serie di respiri profondi.

“Come ha potuto fargli questo? A noi?”

“Me lo sto chiedendo da quando è successo.”

“È come un gigantesco “vaffanculo” a tutta la sua famiglia. Odio il fatto che foste presenti anche tu, Ava e i vostri genitori.”

“Non preoccuparti per noi. Pensiamo solo a te, a tuo padre e ai tuoi fratelli. Nessun giudizio.”

“Mia madre ci ha inviato un messaggio.”

“Che cosa ha scritto?”

“Che le dispiace ma non può più vivere nella menzogna.”

“Irreale.”

Solleva la testa e mi guarda. “Questo potrebbe mandare all’aria tutti i nostri progetti.”

“Perché? Le azioni di tua madre non si riflettono su di te.”

“Certo che sì. Il nome dei Tilden verrà infangato e quando il fango svanirà, la nostra fortuna politica non sarà più così brillante come prima.”

Delusione e disillusione colorano ogni sua parola.

“Qualunque cosa accada, la risolveremo, proprio come abbiamo sempre fatto.”

Appoggia la testa sul mio petto.

Faccio scorrere le dita tra i suoi capelli scuri, desiderando che ci sia qualcosa che io possa dire o fare per farlo sentire meglio, per assicurargli che non andrà così male come pensa. Ma non posso farlo, perché quando la gente scoprirà il modo drammatico in cui sua madre ha scelto di porre fine al suo matrimonio, scoppierà uno scandalo epico.

AVA

MI RACCOLGO I CAPELLI IN UNO CHIGNON ED ENTRO NELLA DOCCIA DI Eric. Ammiro le minuscole piastrelle di vetro che la compongono, così come il piano d'appoggio in ardesia e i lavabi. La sua casa gli si addice. È di classe, alla moda e sofisticata. Usando un detergente per il corpo che ha il suo odore, mi lavo velocemente per tornare da lui.

Gli eventi delle ultime ventiquattro ore mi fanno sentire stranamente lontana dalla realtà che è stata la mia vita negli ultimi cinque anni. La donna nuda nella doccia di Eric Tilden non somiglia affatto a quella che era ieri a quest'ora. Ho fatto un enorme passo avanti nel mio cammino verso una nuova vita e sono orgogliosa dei miei progressi, anche se sono triste per Eric e per la sua famiglia.

Anche se voglio essere solidale con lui, ho bisogno di rimanere concentrata su questo nuovo percorso positivo che ho intrapreso. Essere qui con lui, durante la notte, è un passo enorme per me, e voglio godermelo. Voglio godermi lui, la mia ritrovata libertà e...

Dio, sono un'idiota a pensare a me stessa in un momento come questo. Lui è a pezzi e non si tratta di me stasera. Non può riguardare me.

Ma forse può riguardare *noi*, per fare quel passo avanti insieme. Sono d'accordo con qualsiasi cosa serva per continuare a muoversi nella giusta direzione.

Chiudo l'acqua, mi tolgo l'asciugamano e indosso una maglietta gialla sbiadita di una corsa su strada di 5 chilometri che Eric mi ha dato per dormire. Profuma di ammorbidente e mi arriva alle cosce. Mi spazzolo i capelli, mi lavo i denti e mi prendo un minuto per raccogliere i miei pensieri prima di raggiungerlo in camera.

È seduto sul letto, indossa solo un paio di pantaloncini da ginnastica e fissa il vuoto. Quando esco dal bagno, si alza e viene verso di me. "Vado a fare una doccia veloce anch'io. Mettiti comoda." Mi bacia la guancia e scompare nel bagno.

Mi siedo sul letto e leggo un'e-mail del mio nuovo capo, che mi dà delle anticipazioni per il mio primo giorno, lunedì. Si chiama Trevor e sembra un tipo abbastanza simpatico. Conclude l'e-mail scrivendo: *Abbiamo un progetto eccitante in cui vogliamo coinvolgerti. Ne parleremo più avanti. Non vediamo l'ora di vederti lunedì!*

Gli rispondo per ringraziarlo delle informazioni. *Non vedo l'ora di saperne di più sul progetto. A lunedì!*

Sto pensando di controllare se il Pentagono ha rivelato i nomi dei soldati uccisi, quando Eric esce dal bagno, con i capelli umidi e il viso appena rasato. Il mio sguardo scorre sul suo petto nudo e sul suo addome muscoloso.

Striscia sul letto e atterra accanto a me. "Tutto bene?" chiede, facendo cenno al mio telefono.

"Uh-huh. Sto solo rispondendo a un'e-mail del nuovo capo." Metto il telefono sul comodino e gli presto tutta la mia attenzione. "Come stai?"

"Meglio, perché tu sei qui." Mi sposta i capelli dal viso. "Voglio tornare al punto in cui eravamo sulla barca, prima che andasse tutto a puttane. Possiamo?"

"Posso se tu vuoi."

"Ricordami dove eravamo rimasti," dice, passando il pollice sul mio labbro inferiore e tenendo il suo sguardo fisso sulla mia bocca.

"Penso che fosse qualcosa del genere..." Mi avvicino per baciarlo. "E questo." Lo bacio di nuovo. "Ti sta tornando in mente?"

"Non ancora."

Sorridendo, lo bacio di nuovo, soffermandomi un po' più a lungo questa volta.

"Ava," dice, tuffando la sua mano nei miei capelli per tirarmi a sé. "Sei così dolce e così sexy."

Mentre mi bacia più intensamente, ho un flashback di John che mi dice quasi quelle parole con lo stesso tono disperato. Non voglio pensare a lui mentre Eric mi sta baciando così appassionatamente, ma è lì, nel bel mezzo di tutto.

"Cosa c'è che non va?" chiede, tenendo le sue labbra vicino
alle mie.

"Niente." Lo raggiungo e lo riporto a me, aprendo la mia bocca alla
sua lingua e cercando di perdermi nel momento. Ma non ci riesco, per
quanto mi sforzi.

"Sei tutta tesa, tesoro. Dimmi che cosa c'è che non va."

"Io... non lo so." Lo so, ma non posso dirgli che John mi sta perse-
guitando in questo momento importante con lui.

Accompagna la mia testa sul suo petto e mi accarezza la schiena.
"Rilassati. È tutto a posto. Non deve succedere niente tra noi finché
non lo vuoi".

Lo voglio. Le lacrime riempiono i miei occhi, facendomi infuriare. Non voglio essere questa versione piangente e triste di me stessa.
Sono così stanca di essere triste. "Io ti voglio".

"Anche io ti voglio, ma non ho nessuna fretta. Te lo giuro. Va tutto
bene." La sua mano si muove sulla mia schiena descrivendo dei cerchi
e io comincio a rilassarmi. "Così. Con calma e tranquillità. Abbiamo
tutto il tempo del mondo."

"Dovrei essere io a confortarti stasera, non il contrario."

"Mi stai confortando per il solo fatto di essere qui."

"Eric?"

"Hmm?"

"Voglio solo ringraziarti per essere un così bravo ragazzo. Ti sei
preso cura di me dalla prima volta in cui ci siamo incontrati, e lo
apprezzo più di quanto tu sappia."

"È carino da parte tua dirlo, ma prendermi cura di te è un piacere.
Non puoi immaginare quanto significhi per me andare avanti e passare
questo tempo con te. Non mi interessa cosa facciamo. So solo che mi
sento meglio quando sono con te."

"Anch'io."

"Questo mi basta per stasera."

Decido di farlo bastare anche a me, ma in fondo alla mia mente c'è
sempre la voce di John che mi dice che mi ama, che sono la ragazza
più bella che abbia mai conosciuto. Comincio a odiarlo con tutta me
stessa.

. . .

ERIC ED IO TRASCORRIAMO LA DOMENICA INSIEME. ANDIAMO A FARE IL brunch in un posto nel nostro quartiere dove la gente lo chiama per nome e mi saluta calorosamente. Sembrano felici di vederlo con una donna.

"Sanno di Brittany?" Gli chiedo davanti a un Bloody Mary.

"Tutti sanno di Brittany." Un'espressione di umiliazione accompagna ogni sua parola. "L'ho gestita esattamente al contrario di come tu hai gestito la tua situazione. Tu non lo hai raccontato a nessuno. Io l'ho detto a tutti. Credo di aver continuato a sperare che se lo avessi detto a abbastanza persone, qualcuno mi avrebbe aiutato a dare un senso alla cosa."

"Non si può dare un senso alla crudeltà, Eric, soprattutto quando è mascherata dall'amore."

"Hai ragione, e l'ho compreso da solo negli ultimi otto mesi. Dopo aver capito che non avrebbe mai avuto un senso, ho smesso di parlarne con chiunque volesse ascoltarmi. Ero così patetico. Ora rabbrividisco solo a pensarci."

Gli prendo la mano. "Non eri patetico."

Mi rivolge un sorriso carino. "Come fai a saperlo? Tu non c'eri."

"Ti conosco e posso immaginarti disorientato e ferito, ma non patetico. Sei sopravvissuto. Questo è ciò che conta."

"Mi piace come ti sembro. Voglio essere questo ragazzo forte e resistente che tu pensi che io sia."

"Siamo una coppia di storpi emotivi che stanno imparando a camminare di nuovo."

Lui ride. "È una buona descrizione."

"La via da seguire è un piede davanti all'altro."

"Molto vero."

"Voglio dirti... mi dispiace per quello che è successo ieri sera. Io... non intendo mandare segnali contrastanti."

"Smettila. Non lo hai fatto. Probabilmente ci sarà qualche passo indietro accompagnato da molti passi avanti. Non devi certo scusarti con me. L'ho capito."

"Il giorno dopo il matrimonio, quando mi hai raccontato di Brittany... in quel momento ho pensato che probabilmente ero la persona peggiore a cui potevi essere interessato."

"Perché mai avresti dovuto pensarlo?"

"Per via di quello che allora non avevo raccontato né a te né a nessun altro. Non pensavo che fosse giusto per me farmi coinvolgere da te dopo tutto quello che ti era successo. Avevi bisogno di qualcuno che non si portasse dietro un fardello così pesante. Ma ora..."

"Cosa?" chiede, sembrando leggermente senza fiato mentre mi fissa intensamente.

"Ora vedo che forse siamo perfetti l'uno per l'altra perché capiamo meglio di chiunque altro quello che l'altro ha sopportato."

"Non potrei essere più d'accordo. È confortante sapere che qualcuno lo capisce, anche se vorrei che tu non fossi mai stata ferita così tanto."

"Lo stesso vale per me."

Siamo così presi l'uno dall'altro che veniamo sorpresi dall'arrivo della cameriera con il nostro cibo. Siamo ancora più sorpresi quando Rob, Camille, Amy e Jules entrano nel locale, prendono le sedie dagli altri tavoli e le portano al nostro.

"Ehm, pronto?" Dice Eric. "Qui c'è una festa privata."

"Mi dispiace." Gli occhi di Amy sono cerchiati di rosso, e le occhiaie indicano che ha trascorso una notte difficile. "Se spegni il telefono durante una crisi familiare, corri il rischio di essere braccato."

"Ma che cazzo fai, Eric?" Il tono stizzito di Rob rende Eric teso. "Come puoi sparire in un momento come questo?"

Eric mangia un boccone delle sue uova alla Benedict. "Sono uno stronzo perché scelgo di non essere coinvolto nel crollo del matrimonio dei miei genitori?"

"Nessuno ha detto questo," dice Jules. Anche lei sembra essere stata sveglia tutta la notte. "Ma non puoi abbandonarci così."

Camille si morde il labbro, segno che è nervosa. Tenendo una mano attorno al braccio di Rob, incontra il mio sguardo con una smorfia.

"Sentite, ragazzi," dice Eric, "apprezzo che voi tutti siate turbati. Sto malissimo per papà e glielo dirò quando ne avrò la possibilità. Ma sto appena uscendo dal mio incubo personale. Non ho la forza d'animo per affrontare il loro. Finalmente mi sento di nuovo bene. Non posso essere trascinato di nuovo giù. Mi dispiace se questo mi fa sembrare un idiota insensibile, ma è così che mi sento. Lasciatemi fuori."

"Facile per te dirlo," dice Rob. "Non devi lavorare con lui."

"Nemmeno tu," risponde Eric. "Hai una laurea in legge. Usala da qualche altra parte, se non vuoi avere a che fare con questa catastrofe."

"Non posso allontanarmi da lui adesso," risponde Rob. "Ha bisogno di me e di tutti noi per essere sostenuto. Quando questa storia salterà fuori, la stampa sarà spietata."

"Ha una squadra di persone pagate per occuparsene," dice Eric. "Ho altri problemi a cui pensare."

Rob esplode. "Per l'amor di Dio, Eric! La storia di Brittany è finita quasi un anno fa. Fattene una ragione, va bene?"

Io sussulto e tutti mi guardano. Muovendomi senza pensare, prendo delle banconote dal mio portafoglio, le getto sul tavolo e mi alzo. Dico a Eric: "Andiamo".

CAPITOLO QUATTORDICI

AVA

Eric sembra un robot mentre lascia cadere il suo tovagliolo sul tavolo e prende la mia mano tesa.

"Eric... mi dispiace. Non avrei dovuto dirlo".

Lancio un'occhiata al mio nuovo cognato. "No, non avresti dovuto. È facile fare lo spavaldo quando sei seduto lì felice come un maiale nella merda con la tua nuova moglie al tuo fianco, senza essere mai sopravvissuto a niente di *lontanamente simile* a quello che è successo a lui."

"Mi dispiace," risponde Rob, e io gli credo. "Perdonami, Eric."

"Certo," risponde Eric, con un tono inespressivo.

Mi dirigo verso la porta, trascinandolo dietro di me. Sono così fottutamente furiosa. Una volta fuori dal locale, inizio a camminare. Non ho idea di dove sto andando. Voglio solo portarlo via da lì.

"Calmati, tigre," dice dopo che abbiamo percorso un paio di isolati.

"Non posso credere che ti abbia detto una cosa del genere. È fortunato che non gli abbia dato un pugno."

Eric ride e io smetto di camminare per guardarlo male. "Che cosa c'è di così *divertente*?"

"Tu." Fa scivolare le braccia intorno a me e mi guarda dall'alto in basso.

"Non sono divertente! Sono incazzata. Come ha potuto dire una cosa del genere a..."

Mi bacia per farmi tacere, proprio lì sulla strada dove può vederci chiunque. E stranamente, non mi importa nulla se ci vede qualcuno.

"È mio fratello. Mi dice sempre delle cose stupide. Io gli dico sempre delle stronzate. Non fa niente. Non significa niente per lui."

"Mi dispiace, ma era fuori luogo."

"Sei molto sexy quando mi difendi." Mi bacia il collo e mi fa venire voglia di fare le fusa per le sensazioni che mi attraversano come miele caldo, riscaldandomi dall'interno. "Soprattutto quando affronti il marito di tua sorella."

"Probabilmente mi odierà per questo."

"No, non lo farà. Stava facendo l'idiota e tu glielo hai fatto notare."

"L'ho messo al suo posto, no?"

"Mmm, certo che lo hai fatto."

Mi rendo conto che stiamo camminando di nuovo, questa volta in direzione di casa sua. Tiene un braccio stretto intorno a me e continua ad annusarmi il collo mentre camminiamo attraverso i pedoni sul marciapiede. Nel breve tempo che impieghiamo per tornare al suo palazzo, mi ha praticamente avvinghiato a sé. Dentro il palazzo, mi guida su per le scale, tenendo le sue mani sui miei fianchi e premendo il suo corpo eccitato sulla mia schiena.

Mi viene in mente una corsa a tre gambe che ho fatto una volta con Camille in cui ci siamo mosse come una cosa sola. Eric ed io restiamo così mentre saliamo le scale verso il suo loft al secondo piano. Mi aggira per aprire la porta, mi guida davanti a lui e continua a muoversi finché non siamo nella sua camera dove si trova il letto ancora sfatto dalla sera prima.

Mi giro verso di lui e lui è proprio lì, che mi divora in un bacio profondo e appassionato. Poi cadiamo sul letto in una confusione di braccia, gambe e lingue e desiderio avido. Sono così sopraffatta da lui e dall'euforia del momento che non ho il tempo di pensare a nient'altro che a quello che sta succedendo ora.

Il mio vestito scompare sopra la mia testa. Tiro l'orlo della sua maglietta, cercando di toglierla di torno. Solleva il mio reggiseno per liberare i miei seni e succhia il mio capezzolo nella sua bocca calda, mentre la sua mano scivola nelle mie mutande. Geme, quando incontra il calore viscoso tra le mie gambe. E poi spinge due dita dentro di me, continuando a succhiare il mio capezzolo, e vengo così velocemente che ci scuote entrambi.

Il resto dei nostri vestiti viene buttato da una parte, e sto ancora venendo quando sento lo scricchiolio dell'involucro di un preservativo. Poi lui entra lentamente dentro di me finché non è sicuro che sono con lui. Sono con lui, anche se sono tesa allo stremo, mentre lui spinge più a fondo dentro di me.

"Ava," sussurra, "ti sento così bene".

Mi aggrappo a lui, respiro il suo profumo attraente e avvolgo le mie gambe intorno ai suoi fianchi.

Tiene le sue braccia strette intorno a me mentre si muove dentro di me, baciandomi di continuo e non dandomi mai la possibilità di distrarmi dal presente per rivivere il passato.

È bello, così bello... Sono in fiamme per lui, travolta dal desiderio che pulsa in me come un battito separato che appartiene solo a lui.

Mettendo le mani sotto di me, afferra il mio sedere e aumenta il ritmo senza interrompere un bacio interminabile.

Sono completamente persa per lui e per il bisogno che ha risvegliato in me. Interrompo il bacio quando vengo, gridando.

Lui viene subito dopo di me, spinge con forza e si lascia andare prima di crollare sopra di me. Il suo sudore si mescola al mio, mentre i brividi di piacere mi lasciano senza fiato e spossata. "Stai bene?" chiede subito.

"Sto sorprendentemente bene. Tu?"

"Anche io," dice lui, respirando ancora a fatica. "Più che bene, in realtà. Sto magnificamente bene, in effetti." Solleva la testa e mi fissa. "Ho pensato che la prima volta che l'avrei fatto dopo tutto quello che è successo sarebbe stato..."

"Terribile?" chiedo, sorridendo.

"Sì, ma non lo è stato." Mi bacia. "È stato incredibile, perché tu sei incredibile."

Lo tengo fermo con le mie mani sul suo viso, per baciarlo ancora. Ora che ho iniziato a baciarlo, non voglio fermarmi. I nostri baci passano in pochi secondi da leggeri a passionali.

Lui geme mentre si ritrae dal bacio. "Trattieni questo pensiero per un secondo." Afferrando la base del suo pene per tenere il preservativo, si ritira da me e si alza per andare in bagno. Lo guardo camminare, dando una lunga occhiata al suo sedere nudo e al modo in cui i suoi muscoli si flettono mentre si muove.

Inspiro profondamente, trattengo il fiato ed espiro, aspettando un dolore che non si materializza. Per usare il paragone con il cerotto, toglierlo velocemente tende a fare meno male, e il modo in cui tutto è successo era esattamente quello di cui avevo bisogno. Nessun tempo per pensare. Nessun tempo per rimuginare. Nessun tempo per piangere su ciò che era.

Eric esce dal bagno e torna a letto, raggiungendomi e stringendomi nel suo caldo abbraccio. "Ehilà!".

"Come stai?"

"Sto benissimo, e tu?"

"Molto, molto bene."

"Mmm, mi piace. Molto bene è molto bene." Passa la sua mano su e giù lungo il mio braccio, in un modo che è confortante e eccitante al tempo stesso.

Gli bacio il petto e lui stringe la sua presa su di me. Avevo dimenticato come ci si sente ad essere appagati e per molto tempo ho avuto dei buoni motivi per chiedermi se sarei mai stata di nuovo soddisfatta. Ma poi ho incontrato Eric e un piccolo passo alla volta, mi ha aiutato a portarmi al punto in cui è stato possibile tutto questo. Gli sono incredibilmente grata per essere esattamente chi e cosa mi serve.

"Hai da fare qualcosa oggi?" mi chiede.

"Niente di importante."

"Bene, perché vorrei tenerti qui tutto il giorno e tutta la notte."

"Posso stare tutto il giorno, ma stanotte devo dormire un po'.

Domani inizierò il nuovo lavoro e non posso presentarmi con l'aspetto di qualcosa che è stato trascinato da un gatto."

"Non potresti avere quell'aspetto neanche se ci provassi."

"Bel tentativo, ma stasera vado a casa a dormire nel mio letto, da sola."

"E io che pensavo di piacerti."

"Tu mi piaci. Questo è il problema."

"Non è un problema. Questo, e tu, potreste rivelarvi la cosa migliore che mi sia mai capitata."

Non sarebbe qualcosa?

Mi presento al mio nuovo ufficio in centro alle nove del mattino seguente, non così riposata come speravo di essere. Dopo che Eric mi ha accompagnata a casa, ha finito per passare la notte con me, perché non potevo sopportare di mandarlo via. Sono stanca e dolorante, ma ne è valsa la pena. Che bella giornata abbiamo trascorso insieme e, anche se ho sonno, sono anche eccitata e ansiosa.

La FergusonMain, Inc. è una delle aziende di pubbliche relazioni più famose della città, e sono felice di essere stata assunta grazie alla mia esperienza. Non che avrei detto di no a un lavoro suggeritomi dai Tilden, ma dà più soddisfazione sapere che l'ho ottenuto da sola.

Trevor, l'account executive senior a cui farò riferimento, mi accoglie nella reception e mi accompagna negli uffici che compongono il suo team. Mi presenta agli altri e io cerco di memorizzare i loro nomi mentre lui me li elenca. Tutti sono gentili, amichevoli e accoglienti.

Compilo i documenti delle risorse umane, imposto il mio account di posta elettronica e registro il mio messaggio vocale. Hanno già fatto dei biglietti da visita per me e mi danno dei fascicoli sui loro attuali clienti. Mi ci tuffo subito, e mi sto facendo strada tra i file quando Trevor appare alla mia porta, con un caffè in mano. È alto e bello, indossa un paio di occhiali con una montatura nera e ha un atteggiamento serio. Immagino che abbia circa cinque o sei anni più di me.

Prendo il caffè. "Grazie."

"C'è la panna ma non lo zucchero." Tiene in mano delle confezioni di zucchero e di dolcificante. "Cosa preferisci?"

"Solo panna è perfetto, ma grazie per le opzioni."

Si siede davanti alla mia scrivania. "Come sta andando finora?"

"Sono nel paradiso delle pubbliche relazioni con tutto quello in cui siete coinvolti."

"Non ci si annoia mai da queste parti, questo è certo. Volevo parlarti del progetto speciale di cui ti ho accennato nel fine settimana."

"Certo."

"Come forse già sai, Miles Ferguson, il nostro socio dirigente, ha perso la sua fidanzata e i suoi genitori sulla *Star of the High Seas*."

Come un palloncino colpito da uno spillo, mi sgonfio dall'interno. Spero che la mia disperazione non si veda nell'espressione che cerco di mantenere impassibile. Naturalmente, so di Miles e della sua tragica perdita. Conosco la sua storia a memoria, ma non mi aspettavo di trovarmi di fronte alla sua perdita il mio primo giorno di lavoro. Ero preparata ad avere pochi o nessun contatto con i grandi capi, ma, mentre Trevor continua a parlare, comincio a rendermi conto che sarà vero il contrario. Santo Cielo, per cosa ho firmato?

"Miles è stato molto attivo nell'associazione dei famigliari e ora che hanno intentato una causa contro il governo, stanno cercando di intensificare le loro attività per ottenere una maggiore visibilità per la loro causa. Ed è qui che entriamo in gioco noi." Fa una pausa, si volta e dice: "Ava? Stai bene? Sei diventata pallida. Oh Dio! Non hai perso qualcuno sulla nave, vero?"

Una goccia di sudore mi scivola lungo la schiena e per un breve, terrificante secondo, temo di sentirmi male di fronte al mio nuovo capo.

"Ava?"

Mi rendo conto che sta aspettando che io risponda alla sua domanda. "Non ho perso qualcuno sulla nave, ma ne sono rimasta molto colpita, come tutti."

"Sicuramente. È stato uno dei giorni peggiori della mia vita, e non conoscevo nessuno che sia rimasto ucciso.

"Io... avevo un... un amico... che è stato dispiegato dopo l'attentato. Per quanto ne so, è ancora in servizio o è morto." Le parole escono dalla mia bocca prima che io mi prenda anche solo un secondo per valutare le conseguenze di condividere una cosa del genere con il mio nuovo capo.

"Dio, Ava," dice con la voce che è poco più di un sussurro. "È una follia. Non hai modo di scoprire cosa ne è stato di lui?"

Scuoto la testa perché non mi fido a parlare. Non posso credere che questo stia succedendo il mio primo giorno.

"Ti assegno un altro lavoro."

"No!" L'ultima cosa che voglio è un trattamento speciale. "No," dico di nuovo, questa volta con un tono meno enfatico. "Non c'è bisogno di assegnarmi un altro lavoro. Sarà un privilegio lavorare per l'associazione dei famigliari."

"Sei sicura? Perché va bene dirlo se è qualcosa che non ti fa sentire a tuo agio."

"Va bene, Trevor, ma grazie per avermelo chiesto." Mi rifiuto assolutamente di passare per una vittima il mio primo giorno di lavoro. Non sono una vittima. Non come lo sono Miles e gli altri famigliari.

"Ok, allora. Ti accompagno a conoscere Miles."

"Posso chiedere una cosa?"

"Certo."

"Perché io? Perché qualcuno nuovo per lavorare su un cliente così importante con uno dei soci?"

Il suo viso arrossisce per l'imbarazzo. "Ehm, beh, tu sei l'account executive di rango più basso, quindi ci costa meno farti lavorare su un lavoro pro bono."

"Ah, ok. Capisco."

"Senza offesa o altro."

"Nessuna offesa. Tutti devono iniziare da qualche parte."

"È anche una grande opportunità per te per stupire il grande capo con la tua bravura."

"Nessuna pressione o altro."

"Assolutamente no," risponde, sorridendo.

Smorzando il panico che vuole sopraffarmi, raccolgo il portatile che è sulla mia scrivania e lo seguo lungo una serie di corridoi tortuosi fino agli uffici affiancati di Miles Ferguson e Alexander Main. Da quando dodici anni fa hanno fondato l'azienda, l'hanno trasformata in una delle principali società di pubbliche relazioni e marketing della città, guadagnandosi anche una reputazione per i loro sforzi filantropici.

"Buongiorno, Keith," dice Trevor al giovane seduto alla scrivania fuori dalle due porte chiuse. "Questa è Ava Lucas, la nuova account executive della mia squadra."

Keith si alza per stringermi la mano. "Piacere di conoscerti. Benvenuta a bordo."

"Grazie. È un piacere anche per me."

"Miles vi sta aspettando. Entrate pure."

"Grazie," risponde Trevor.

Seguo Trevor in un grande ufficio con una vista panoramica del fiume Hudson e del New Jersey.

Miles, i cui capelli sono diventati completamente grigi dall'ultima volta che ho visto una sua foto, si alza per fare il giro della scrivania e salutarci. I capelli grigi sono in netto contrasto con il suo viso giovanile. Sul suo bavero, porta la spilla dell'associazione dei famigliari sopravvissuti.

"Miles, ti presento Ava Lucas. Ava, Miles Ferguson."

"Piacere," dice lui. Noto che i suoi occhi emanano quel tipo di tristezza che conosco fin troppo bene. Il mio cuore è con lui. "Benvenuta nella squadra."

"Grazie. Sono entusiasta di essere qui."

"Vieni," dice, indicando un'area con dei divani morbidi. "Accomodati."

Attraversando la stanza, do un'occhiata furtiva alla parete di premi e foto con le celebrità. La sua è stata una carriera illustre. Sul mobile dietro la sua scrivania c'è una sola foto incorniciata di lui con la sua defunta fidanzata, Emerson Phillips.

Quando siamo seduti, Keith entra con un vassoio con caffè e pasticcini.

"Grazie, Keith," dice Miles.

"Sì, grazie," aggiungo io.

"Di niente," risponde Keith, sorridendo mentre ci lascia.

"Serviti pure," dice Miles.

Anche se ho già superato la mia quota giornaliera di caffeina, mi verso una tazza di caffè e aggiungo la panna.

"Allora," dice Miles dopo che lui e Trevor si sono versati il caffè, "Trev ti ha parlato del progetto dei famigliari della *Star of the High Seas*?"

"Sì, e spero sia appropriato dire che mi dispiace per la tua perdita."

"Grazie."

Ho così tante domande. Voglio sapere come sta, se ha trovato un nuovo amore o se è ancora single. Voglio sapere tutto di lui e di Emerson. Ho letto di loro, ma i dettagli sono confusi. Appena posso, mi rinfresco la memoria.

Lo guardo mentre cerca di scrollarsi di dosso il dolore e concentrarsi sul presente. "Hai sentito parlare della causa che il gruppo dei famigliari ha intentato?"

"Sì, l'ho letto." Quel momento a Times Square mi torna in mente con un senso di nausea e lotto per mantenere la calma.

"Nelle prossime settimane e mesi, l'obiettivo è quello di ottenere quanta più pubblicità possibile per la causa. Dawkins, io e altri leader del gruppo dei famigliari prenoteremo ovunque potremo. L'obiettivo è una saturazione di massa per far sì che la gente parli ancora di questo e per raccogliere sostegno per la causa. Speriamo di costringere il governo a riconoscere gli errori commessi che hanno portato al disastro."

Apro il mio portatile e inizio a prendere appunti mentre lui parla delle ragioni dietro la causa, la tempistica, la posta in gioco, l'aggancio per coinvolgere i media e gli altri aspetti del progetto. L'attività mi aiuta a mantenermi concentrata sul presente e a non restare impantanata nel passato.

"Come potete immaginare, a volte sarà un progetto difficile, ma credo anche che sarà molto gratificante per tutte le persone coinvolte. Crediamo di avere un caso schiacciante contro il governo che sarà risolto molto prima del processo. L'ex consigliere per la sicurezza nazionale, Hartley, ha ammesso in interviste passate che hanno fatto una cazzata. Non hanno preso sul serio una minaccia credibile e il risultato, come sapete, è stato devastante".

Miles si sporge in avanti, le braccia sulle ginocchia, la sua espressione seria e intensa. "Questa causa non riguarda i soldi. Vogliamo ritenere queste persone responsabili del loro fallimento nel proteggere quattromila cittadini americani. Vogliamo mettere i funzionari attuali e futuri, incaricati di tenerci al sicuro, a conoscenza del fatto che saranno ritenuti responsabili delle loro azioni - o inazioni - mentre sono in carica." Si siede all'indietro, le sue spalle perdono un po' della loro rigidità. "I loro fallimenti hanno rovinato le nostre vite."

Ingoio il groppo enorme che mi è rimasto in gola. Hanno rovinato anche la mia, non che io possa dirglielo, perché parlare richiederebbe respirare, e questo mi crea problemi. Piuttosto che parlare, mi concentro a prendere numerosi appunti. Farò tutto quello che posso per aiutare lui e gli altri membri dell'associazione dei famigliari ad ottenere sostegno per la loro causa.

Mi porge una pila di fogli. "Queste sono tutte le richieste di interviste che abbiamo ricevuto da quando è stata presentata la causa."

Le passo al setaccio, notando che vi sono tutti i principali network, giornali e siti web, così come le più importanti trasmissioni del mattino, gli spettacoli della sera e persino Ellen De Generes ha richiesto un'intervista. Questo sarà un lavoro enorme. Il tipo di campagna di pubbliche relazioni che avrei potuto solo sognare nel mio vecchio posto di lavoro.

"Ecco il punto..."

Riporto la mia attenzione su Miles, che sembra addolorato.

"Dawkins è un bravo ragazzo, ma a volte può essere una mina vagante. Ho offerto la mia azienda per gestire la pubblicità senza alcun costo per l'associazione dei famigliari in cambio del suo consenso a permettermi di accompagnarlo in tutte le interviste. Quindi tu organizzerai queste interviste per entrambi e poi verrai con noi per gestire la logistica. Supponendo che per te vada bene."

Accompagnare il mio capo al *Today Show, Jimmy Fallon, Ellen*? Umm... "Nessun problema. Quando speravi di iniziare?"

"Il prima possibile. Lascerò il coordinamento a te, ma suggerirei di iniziare localmente e di gestire gli impegni sulla costa ovest in una volta sola."

Non ho mai gestito da sola una campagna mediatica nazionale, ma immagino che, con tutti che chiedono a gran voce di saperne di più su questa storia, non sarà difficile fare in fretta.

Miles mi passa un altro pezzo di carta. "Le informazioni di contatto di Dawkins. Sta aspettando le tue istruzioni."

"Organizzo tutto e mando il programma a te e al signor Dawkins."

"Grazie. So che è un bel po' di lavoro per il tuo primo giorno, ma Trevor mi ha detto che sei più che all'altezza della sfida."

"Assolutamente. Sono onorata di essere stata scelta per aiutare in questo lavoro."

Miles si alza e tende la mano. "Non vedo l'ora di lavorare con te."

Destreggiando il mio portatile, mi alzo e gli stringo la mano. "Altrettanto. Grazie per l'opportunità."

"Se potessi aggiornarmi alla fine della giornata, te ne sarei grato."

"Lo farò."

Trevor ed io lasciamo l'ufficio e torniamo alla nostra sezione. È uno spazio aperto con ogni team raggruppato in cubicoli di vetro. "Gli sei piaciuta."

"Sono felice di sentirlo."

"Ava... voglio essere sicuro che è qualcosa che ti senti in grado di portare avanti, alla luce di ciò che hai detto prima. Qui non si tratta di torture emotive. Non te ne farei una colpa se mi dicessi che non te la senti."

"Apprezzo la tua premura, ma sto bene. Lo giuro."

"Va bene, allora. Ti lascio alle tue cose. Fammi sapere se hai bisogno di qualcosa. La mia porta è sempre aperta."

"Grazie. Vi terrò informati entrambi."

"Perfetto." Passa a parlare con altri del nostro team.

CAPITOLO QUINDICI

AVA

Mi siedo alla mia scrivania e mi fermo un attimo per riprendere fiato. Dall'altra parte dell'ufficio, una donna di uno degli altri team mi guarda male. Che diavolo di problema ha? Ricambio il suo sguardo e mi rifiuto di sbattere le palpebre finché non lo fa lei. Quando torna a concentrarsi sul suo computer, le sue labbra sono bianche di rabbia. Dovrò tenerla d'occhio.

"Che cosa succede?" chiede un giovane ispanico, appoggiandosi alla porta del mio cubicolo.

"La solita follia del primo giorno. Che mi dici di te?"

"Carlos Alvarez, al tuo servizio," dice con un leggero inchino. "La donna che occupava il tuo cubicolo era mia moglie qua a lavoro, e sto facendo un colloquio per sostituirla. Mi chiedevo se tu potessi essere interessata al lavoro."

Sono immediatamente divertita da lui. È un tipo completamente alla moda con i suoi pantaloni attillati color cachi, la camicia aderente e gli occhiali stravaganti. I suoi capelli scuri sono acconciati con un'onda accentuata in cima e rasati ai lati. "Qual è la descrizione del lavoro?"

Entra e si siede sulla sedia. "Resoconto mattutino davanti a un caffè, pranzi regolari, pettegolezzi in ufficio, happy hour del venerdì sera e supporto emotivo per tutti i drammi personali e professionali."

"Che numero di moglie sarei?"

"Due," risponde lui con un'espressione cupa. "Tanya ha divorziato da me dopo cinque anni di matrimonio quando ha ricevuto un'offerta migliore da un'altra azienda. Ha preso il largo e non si è più guardata indietro."

Serro le labbra per non ridere. "Rispondi a una mia domanda, e prenderò in considerazione la tua proposta."

"Qualsiasi cosa per te."

"La biondina dall'altra parte del corridoio... No, non guardare! Altrimenti capirà che sto parlando di lei. Credevo che tu conoscessi i pettegolezzi dell'ufficio."

"Cara, io sono il *capo* dei pettegolezzi in ufficio."

"Perché mi sta fissando?"

Si china in avanti e abbassa notevolmente la voce. "Perché vuole essere lei a guarire il cuore spezzato di Miles, ma non è stata scelta per lavorare al suo progetto."

"Quindi escono insieme?"

Lui sbuffa. "Lei lo vorrebbe. Che io sappia, Miles non è uscito con nessuno da quando Emerson è morta."

Questo mi rende incredibilmente triste per lui.

"Stai alla larga da Catty Caitlyn. È una vipera velenosa."

"Buono a sapersi."

"A proposito del nostro matrimonio lavorativo..."

So già che non desidererei altro che essere la migliore amica di quest'uomo divertente e comico, ma lo farò lavorare per questo. "Considererò un periodo di prova di trenta giorni. Impegnati come si deve, amico mio".

"Oh, si fa come Donkey Kong".

Rido. "Vattene. Devo fare delle interviste al *Today Show* e al *Late Show con Stephen Colbert*."

"Non avevo capito che fossi una stronza che fa nomi e cognomi.

Ora che ho visto il tuo lato cattivo, potrei dover riconsiderare la mia proposta.”

“Oppure potrei offrirti di portarti con me al *Today Show*... Se sei disposto a portare la mia borsa al posto mio, ecco.”

Sorride. “Come prendi il caffè, amore mio?”

“Lungo e con tanta panna”.

Sussulta drammaticamente prima di uscire dal mio cubicolo. “Saremo una coppia perfetta.”

Finora, a parte Catty Caitlyn, amo questo posto. Mi prendo un secondo per mandare un messaggio veloce a Eric.

Indovina a quale progetto sono stata assegnata? La pubblicità della causa dei famigliari della Star of the High Seas. Non riesco a crederci!

Lui risponde dopo pochi secondi. *Oh, dannazione. Sei sicura di doverlo fare?*

Assolutamente no, ma è una grande opportunità, quindi sto cercando di rimanere concentrata su questo.

Dovresti forse chiedere alla strizzacervelli se è una buona idea?

Sì, forse. La chiamerò.

Sembra un buon piano. Non riesco a smettere di pensare a te e al miglior weekend di sempre (senza contare la tragedia dei miei genitori).

Anch'io.

Stasera andiamo a cena insieme per festeggiare il tuo nuovo lavoro?

Certo, ti mando un messaggio quando esco.

Ti aspetto.

Mi lascia felice ed eccitata all'idea di vederlo di nuovo e commossa dalla sua preoccupazione per me. Il sollievo di non dover più portare da sola il mio pesante fardello continua ad essere presente anche giorni dopo averne parlato con tre persone diverse. Mi sento mille volte meglio ora che Eric lo sa, e apprezzo che non sia scappato da me dopo aver sentito quello che è successo con John. Non l'avrei biasimato se lo avesse fatto.

Ma non l'ha fatto, e non importa cosa succederà tra di noi, gliene sarò sempre grata.

ERIC

MI PREOCCUPA IL FATTO CHE AVA SIA STATA ASSEGNATA AL PROGETTO del gruppo dei famigliari proprio quando sta iniziando a mostrare i segni di essere sopravvissuta al suo trauma. Il fine settimana con lei è stato a dir poco beato. Non mi sentivo così bene da…beh, mai… Anche quando le cose erano fantastiche con Brittany, non è mai stato facile come lo è stato con Ava. Non devo pensare prima di parlare con lei o soppesare le potenziali conseguenze se esprimo un'opinione impopolare.

È un cazzo di sollievo essere completamente me stesso con Ava.

E sì, mi rendo conto ora, con il potere del senno di poi, che non sono mai stato completamente me stesso con Brittany, il che sarebbe dovuto essere un'enorme bandiera rossa. È bello pensare che forse ho imparato qualcosa da quel fallimento, il che gli darebbe un significato che è mancato fino ad ora. Se l'incubo con Brittany mi stava portando ad Ava, anche questo gli dà un significato.

Il telefono sulla mia scrivania vibra annunciando una chiamata della mia assistente, Taylor.

Premo il pulsante dell'interfono. "Che succede?"

"Tuo fratello è qui per vederti."

Davvero? Rob non è mai stato nel mio ufficio. "Fallo entrare. Grazie."

Mi alzo mentre Rob entra dalla porta, portando due tazze di caffè e mostrando un'espressione conciliante. Mi porge uno dei caffè. "Vengo in pace per scusarmi profondamente per essere stato un vero e proprio stronzo."

Prendo il caffè. L'ho già perdonato, ma questo non significa che lo lascerò andare facilmente. Che divertimento ci sarebbe? "So che a volte non puoi farci niente."

"È quello che ha detto anche mia moglie." Si mette comodo sul divano vicino alla finestra e appoggia i piedi sul tavolino.

Mi avvicino a lui. "Pensavo che oggi saresti stato a spegnere gli incendi a lavoro."

"L'incendio non è ancora divampato. I media non hanno sentito parlare della rottura coniugale del governatore. Credo che siamo in quella che viene comunemente definita la calma prima della tempesta." Mi guarda. "Sono veramente e sinceramente dispiaciuto per quello che ho detto su Brittany. È stato totalmente fuori luogo e ingiusto."

"Sì, lo è stato, ma non era del tutto falso."

"No?"

Scuoto la testa. "Ho permesso a me stesso di sguazzare in quella fossa troppo a lungo."

"Quello che ha fatto è più che disdicevole, fino a diventare assolutamente crudele. Non meritavi quello che ti ha fatto."

"No, non lo meritavo, ma c'erano dei segnali di avvertimento che ho scelto di ignorare."

"Per favore, non dirmi che ti stai incolpando in qualche modo per quello che ha fatto."

"Assolutamente no. Sto solo sottolineando che c'erano cose che ho scelto di ignorare e che con il senno di poi sono diventate un enorme problema."

"Non sono venuto qua per costringerti a rivivere quell'incubo e mi dispiace se qualcosa che ho detto ha riportato tutto a galla. È l'ultima cazzo di cosa che vorrei farti. Spero che tu lo sappia."

"Lo so. È stata la foga del momento. L'ho superata."

"Capirei se tu volessi risolverla a pugni come avremmo fatto un tempo."

"Nah. In questi giorni faccio un uso migliore delle mie mani che picchiarti a sangue."

"A. Non mi hai mai picchiato una volta. B. Questo significa che stai usando le tue mani su mia cognata?".

"A. Sì, anch'io ti ho picchiato a sangue, e lo sai. E B. Non sono affari tuoi, cazzo."

"Lo sapevo. Ho detto a Camille che vi stavate dando da fare."

Gli sorrido. "Non ci stavamo dando da fare finché mio fratello non ha ferito i miei sentimenti, e lei mi ha offerto conforto."

Si strozza con un sorso di caffè e riesce a malapena a contenerlo prima che vada su tutta la camicia bianca che indossa con un completo gessato blu e una cravatta rossa.

"Quindi, grazie per questo, e se ne fai parola con sua sorella o con chiunque altro, ti pesterò a sangue, e ti farò male. Su questo ci puoi contare."

"Non dirò nulla. Te lo prometto."

Mi fido di Rob, Amy e Jules più di chiunque altro al mondo e gli credo quando dice che non spiffererà i miei segreti.

"Quindi guardaci," dice, "una sorella è sposata con me e l'altra esce con te. Piuttosto divertente se ci pensi."

"E un potenziale campo minato."

"Come ti viene in mente?"

"Sento che la posta in gioco è più alta per me e Ava a causa tua e di Camille."

"Non metterti questa pressione. Siamo felici che voi due vi stiate frequentando. Se non funziona, per qualsiasi motivo, è una cosa che riguarda solo voi due."

"Lo dici ora, ma se dovessi in qualche modo rovinare tutto e ferire tua cognata, questo potrebbe causarti dei problemi con tua moglie."

"Hai intenzione di rovinare tutto o di farle del male?"

"Diavolo, no. Ma sappiamo entrambi come possono andare male queste cose."

"Non vanno sempre male, Eric. Lo sai bene quanto me. Non lasciare che una ragazza rovini il tuo ottimismo. Ava è una persona fantastica. Non è affatto come Brittany. E anche tu sei un bravo ragazzo. Ho detto a mia moglie che sua sorella non potrebbe chiedere di meglio di mio fratello."

"Davvero?"

"Certo che l'ho fatto. Ava è fortunata ad averti e ormai sono sicuro che se ne renda conto."

"Fammi un favore non aggiungere altro alla notevole pressione che già c'è su entrambi facendola diventare qualcosa che non è. Non ancora, comunque."

Lui alza le mani. "Nessuna pressione da parte mia."

"Quali sono le ultime novità su mamma e papà?"

"Non ho sentito una parola da nessuno dei due. Amy ieri sera è stata con papà e ha detto che sta sorprendentemente bene. Pensa che forse lui sapesse già da un po' di tempo che sarebbe successo e non è stato colto alla sprovvista come tutti noi."

"Beato lui."

"Già, vero? Non riesco proprio a capire perché l'abbia fatto in quel modo."

"Forse in passato ha provato senza successo un approccio discreto."

"Forse," concede lui. "Per nessuno di noi è una novità che non fossero del tutto felici."

"Almeno sappiamo perché non è interessato alla rielezione o a cariche più alte."

"Anche quello."

"Quanto sarà brutto quando la stampa lo verrà a sapere?"

"Peggio di così non si può."

AVA

Sto terminando il mio primo giorno di lavoro alla FergusonMain, quando ricevo un messaggio da Camille.

Chiamami è un'emergenza.

Ma che diavolo succede? Il suo numero è il primo nella lista dei preferiti e inoltro la telefonata.

"Grazie a Dio hai ricevuto il mio messaggio."

"Che cosa c'è che non va?"

"Ho appena ricevuto una chiamata da un giornalista del New York Post che vuole sapere se c'è del vero nella voce che mia suocera, la first lady di New York, ha lasciato mio suocero, il governatore, per il maestro di tennis del loro circolo di golf."

"Oh, merda. Come hanno avuto il tuo numero?"

"Non ne ho idea, ma sto impazzendo. Non riesco a contattare Rob e non ho idea di cosa fare."

"Che cosa hai detto al giornalista?"

"Ho riattaccato, ma continua a chiamarmi."

"Rispondi e digli che non sei autorizzata a commentare fatti relativi alla famiglia Tilden o qualsiasi cosa abbia a che fare con il governatore. Tutte le richieste dovranno essere indirizzate all'ufficio del governatore. Devi dire solo questo."

"Ripetimelo. Voglio scriverlo, nel caso mi si blocchi il cervello."

Lo ripeto di nuovo, questa volta più lentamente, in modo che possa scrivere tutto. "È molto importante che tu non ti lasci ingannare e finisca per dire altro."

"Va bene."

"Puoi farcela, Camille. Fai dei respiri profondi."

"Sta chiamando di nuovo."

"Rispondi alla chiamata, digli quello che ti ho detto, poi riattacca e bloccalo." Questo non gli impedirà di chiamare su un altro telefono, ma lo eliminerà da quello su cui sta chiamando ora. "Dopo richiamami."

"Va bene."

La linea cade e metto giù il telefono, desiderando di poter gestire la telefonata per lei.

"Miles e Alex non approvano che rispondiamo a chiamate personali durante l'orario di lavoro." Alzo lo sguardo e trovo Catty Caitlyn in piedi sulla porta del mio cubicolo. Le sue braccia sono incrociate sui suoi seni prosperosi e la sua bocca è chiusa con un piccolo ghigno cattivo.

"Quello era un cliente che aveva bisogno di una consulenza mediatica d'emergenza e non penso che siano affari tuoi."

"Quale cliente ha bisogno di una consulenza d'emergenza? Hai appena iniziato a lavorare qui."

"Non ti piacerebbe saperlo!"

"Sono sicura che Miles vorrebbe saperlo."

"Sarò felice di dirgli che rappresento i membri della famiglia Tilden nei loro rapporti con i media, ma se vuoi dirglielo tu, fai pure."

La sua bocca si apre e altrettanto rapidamente si chiude prima che si giri e se ne vada. Il primo round l'ho vinto io sicuramente, ma ho la sensazione che sarà il primo di molti round con Catty Caitlyn.

Il mio telefono squilla e mi precipito a rispondere alla chiamata di Camille. "Ce l'hai fatta?"

"Tutto fatto. Però mi tremano ancora le mani."

"Devi trovare Rob e farglielo sapere il prima possibile. Se lo sa un giornalista, lo sanno anche gli altri e devono tenersi pronti."

"Adesso lo richiamo. Grazie per avermi aiutata."

"Nessun problema. Mi hai aiutato a vincere un round di aggressività passiva con la stronza del mio ufficio."

"Non ci hai messo molto a farti coinvolgere nella politica dell'ufficio, eh?"

"In mia difesa posso dire che ha iniziato lei."

Camille ride.

"Com'è andata la tua giornata?"

"Molto meno movimentata della tua, finché non ha chiamato il *Post*."

"Recuperiamo più tardi. Vai a chiamare Rob."

"Vado."

Metto giù il telefono e finisco di scrivere il rapporto che ho promesso a Miles per la fine della giornata. Finora ho fissato un appuntamento per lui e per Dawkins al *Today Show, Good Morning America, CBS This Morning* e *Morning Joe*. Ho inviato delle e-mail ad altri trenta importanti media e li aggiungerò al programma man mano che avrò notizie dai vari produttori che prenotano gli ospiti.

Mando l'e-mail a Miles e a Trevor in copia, e poi raccolgo le mie cose. Mentre esco, mi fermo davanti alla porta aperta di Trevor per fargli sapere che me ne sto andando.

"Spero che tu abbia avuto un buon primo giorno," dice.

"Ora do del tu a un produttore del *Today Show*. Penso che si possa definire una buona giornata."

"Eccellente. Questo significa che tornerai domani?"

“Tornerò.”

“Ci vediamo domani, allora.”

Esco dall'ufficio sotto una pioggia battente e decido di prendere un taxi. Durante il tragitto verso casa, invio un messaggio a Jessica, aggiornandola sul progetto di lavoro e chiedendole un parere.

Lei risponde chiamandomi.

“Ciao.”

“Ehi, ho ricevuto il tuo messaggio e vado di corsa, quindi ho pensato di chiamare. Puoi parlare un minuto?”

“Sì, sono in un taxi.”

“Divertente! Anch'io. Allora dimmi di più sul progetto che ti hanno affidato.”

Le racconto di Miles, della fidanzata che ha perso nell'attentato e della gestione delle richieste di pubblicità per il gruppo dei famigliari da quando è stata presentata la causa.

“Sapevi che uno dei soci ha subito una perdita sulla nave quando hai accettato il lavoro?”

“Lo sapevo. Ho detto al mio diretto supervisore, Trevor, che il ragazzo con cui ero coinvolta al momento dell'attacco è stato dispiegato quel giorno e non ho più avuto sue notizie. Si è offerto di esonerarmi dal progetto con Miles, ma gli ho risposto che non volevo. Non volevo un trattamento speciale, specialmente il mio primo giorno.”

“Posso capirlo, ma sei sicura che questo progetto sia salutare per te proprio ora che hai iniziato a fare dei passi avanti così positivi?”

“In un certo senso, è come se contribuissi alla causa aiutando il gruppo dei famigliari, anche se in piccola parte. Ha senso?”

“Sì.”

“Ma non voglio una battuta d'arresto a questo punto. Come hai detto tu, ho iniziato a sentirmi meglio e... le cose con Eric sono andate avanti in modo piuttosto importante.”

“È così?”

“Gli ho detto di John e lui è stato così comprensivo e dolce. Siamo andati a letto insieme nel fine settimana ed è stato fantastico.”

“Sono felice per te, Ava. Questi sono tutti passi molto positivi nella giusta direzione.”

“È bello essere di nuovo ottimista.”

“Ci scommetto.”

“Quindi non pensi che manderò tutto all’aria accettando un progetto che mi colpisce un po’ troppo da vicino?”

“Solo tu puoi deciderlo con certezza. Io prenderei qualche settimana per essere sicura che non ti peggiori le cose. Il tuo capo, Trevor, ti ha offerto una via d’uscita. Se ne hai bisogno, non esitare ad accettarla.”

“Non lo farò. Apprezzo molto il tuo aiuto.”

“Felice di aiutarti in qualsiasi momento. È ancora confermato per giovedì?”

“Certo. Grazie ancora.”

Dopo aver chiuso la telefonata, controllo i miei messaggi e ne vedo uno di Eric. *Sto lasciando l’ufficio. A che punto sei?*

Sono quasi a casa.

Ci vediamo a casa tua?

Va bene.

Ci vediamo tra quindici minuti.

Prendo l’ascensore fino al mio appartamento e vado subito in bagno per lavarmi i capelli e i denti prima del suo arrivo. Mi sto spalmando la lozione profumata sulle mani e sulle braccia quando il portiere citofona per dirmi che Eric è arrivato. Eccitata, lo aspetto sulla porta.

CAPITOLO SEDICI

AVA

Lui esce dall'ascensore e si ferma appena è a un centimetro di distanza da me. "Mmm, la Ava professionale è molto, *molto* sexy." Avvolge la mia vita con il suo braccio e mi solleva da terra entrando nel mio appartamento, chiudendo la porta alle nostre spalle con un calcio. "Skylar…"

"Non è in casa."

"Oh, bene, perché questa cosa potrebbe rivelarsi rumorosa."

Mi aspetto che, una volta dentro, mi metta giù, ma lui si muove con determinazione in direzione della mia camera e chiude con un calcio anche quella porta.

Prendo il suo volto fra le mani e lo bacio, elettrizzata per il fatto di vederlo dopo una lunga giornata separati.

Lui sembra altrettanto felice di vedermi, se la pressione della sua erezione contro la mia pancia vale come indizio.

Ci stiamo ancora baciando quando mi adagia sul letto e si sdraia sopra di me. "Mmm," dice, "ho pensato tutto il giorno alle tue dolci labbra e non sono riuscito a combinare nulla ed è tutta colpa tua."

"Come è colpa mia?" Lo guardo con aria volutamente innocente. "Che cosa ho fatto?"

Sorridendo, mi bacia ancora. "Mi hai fatto davvero, davvero bene."

Colpisco con uno schiaffo la sua spalla. "Non posso credere che tu lo abbia detto!"

Adesso, ridendo, fa sprofondare il suo viso nella curva del mio collo e sembra che voglia inspirarmi. "Adoro stare con te, Ava, e ogni volta che stiamo insieme, semplicemente ti voglio ancora di più."

Mentre faccio scorrere le mie dita tra i suoi capelli biondo scuro, mi rendo conto che ha appena sintetizzato esattamente ciò che io provo con lui.

Solleva la testa per fissarmi. "Dimmi che non sono solo io a sentirmi così."

"Decisamente non sei solo tu."

"Questa è una bella notizia." Tenendo gli occhi aperti, mi bacia dolcemente ed inizia ad armeggiare con il primo bottone della mia camicetta.

I miei seni paiono costretti, rinchiusi all'interno del mio reggiseno, che lui sbottona sui gancetti anteriori con un solo tocco delle sue dita. Il sollievo è immediato ma breve, poiché sposta di lato sia la mia camicia sia il reggiseno per lasciar scorrere la sua lingua sul mio capezzolo. La sensazione è di un cavo elettrico scoperto che passa dal mio capezzolo al clitoride, ed io mi dimeno sotto di lui, in cerca di una dose maggiore di quella sensazione.

"Bello e lento, stavolta," sussurra contro il mio capezzolo, "Voglio assaporare ogni centimetro della tua pelle dolce."

Tiene fede alla sua parola, e quando finalmente entra dentro di me, la stanza ha iniziato a diventare buia. Sono già venuta due volte, e sono sul punto di raggiungere il piacere per la terza volta.

Sono completamente presa da lui. La sua tenerezza abbatte tutte le mie difese e, mentre ci muoviamo insieme, non posso negare che mi sto innamorando di lui. Forse ho iniziato ad innamorarmi il giorno del matrimonio di mia sorella, quando lui si è preso cura di me così bene in una giornata che avrebbe potuto essere straziante per me, ma che non lo è stata grazie a lui.

Lui è leale, affezionato, adorabile e sexy. Conosco la sua famiglia e i suoi segreti, il che significa molto per me. Con Eric, quello che vedi è esattamente ciò che ottieni e, alla luce del mio passato, ci sarebbe molto da dire su questo.

Mi aggrappo a lui mentre si muove dentro di me, le sue labbra morbide sul mio collo.

"Quanto mi piaci, Ava. Così sexy e dolce."

Le sue parole e il calore del suo respiro sul mio collo mi fanno fremere.

Lui aumenta il ritmo, mentre le sue dita affondano nei miei fianchi. Tocca un punto profondo, dentro di me, che scatena l'orgasmo che è andato via via formandosi con ciascuna delle sue intense spinte.

Gemo con forza mentre raggiungo il piacere, e lui stringe la sua presa su di me, gemendo mentre viene anche lui.

Tengo le braccia strette attorno a lui, sotto la giacca del completo che non si è mai tolto, desiderosa di non lasciarlo ancora andare.

Lui cede al mio abbraccio.

"Ava..."

"Lo so. Anch'io."

Si lascia andare ad un profondo sospiro di soddisfazione che mi rende più felice di quanto io sia mai stata da troppo tempo.

"Grazie per essere esattamente ciò di cui ho bisogno." Non avevo intenzione di dirlo ad alta voce, ma le parole escono prima che io possa fermarle.

"Grazie a te, tesoro."

Eric ed io trascorriamo ogni notte insieme, quell'estate, tranne quando sono in viaggio con Miles. L'interesse della stampa per il divorzio dei genitori di Eric è inarrestabile, e piuttosto che cenare con suo padre una settimana sì e una settimana no o altro, facciamo del nostro meglio per restarne fuori. Camille e Rob non sono così fortunati, perché Rob lavora per suo padre ed è costretto ad avere a che fare con lui molto più spesso del resto di noi.

Lo sosteniamo organizzando spesso delle serate fuori e regolarmente delle cene, nel corso delle quali "facciamo quadrato" attorno ai quattro Tilden mentre affrontano la tempesta scatenata dalla loro madre. Vengono continuamente pubblicati dettagli circa l'uomo per il quale lei ha lasciato il padre, che, a quanto pare, ha precedenti penali che risalgono agli anni '80.

Di certo, Sarah Beth resta accanto al suo uomo, che lei dichiara essere "pulito" da una decina d'anni.

Nessuno è sorpreso quando il Governatore Tilden annuncia di non volersi candidare per un secondo mandato.

Mi sento in colpa ad essere così felice, nella mia vita, in un momento in cui un tale caos circonda la famiglia di Eric.

Ma pare che lui la stia prendendo bene e, più tempo trascorriamo insieme, più mi innamoro di lui. Sì, avete capito bene, sono innamorata, e anche lui lo è. Non che ce lo siamo detti, ancora. Non ne abbiamo bisogno. Lo sappiamo entrambi.

Mi sono praticamente trasferita a casa sua, dove abbiamo una privacy totale, nonostante io abbia continuato a coltivare la mia amicizia con Skylar con pranzi regolari e incontri per l'aperitivo. Vedo anche Jessica due volte al mese, come una sorta di verifica periodica per assicurarmi che io mi stia muovendo nella giusta direzione.

Ho ancora momenti di dolore e di disperazione quando penso a John, ma non sono più frequenti come una volta, e non trascorro più diverse ore al giorno setacciando Internet nella speranza di trovare notizie su di lui. Con il senno di poi, mi rendo conto che si trattava di un comportamento veramente malsano.

Oltre alla felicità della mia vita privata, *amo* assolutamente il mio lavoro. Carlos è diventato il mio migliore amico, e anche il mio marito da ufficio, e Miles...È veramente un tesoro di ragazzo. Ho avuto modo di conoscerlo abbastanza bene durante i nostri viaggi nel corso dell'estate, e penso di potermi spingere al punto di dire che siamo diventati amici stretti.

A metà Ottobre, ci troviamo a Los Angeles e stiamo bevendo qualcosa dopo cena nel bar dell'hotel quando mi confida di aver perso la sua fidanzata.

"Sarei dovuto andare con loro," dice, cogliendomi di sorpresa quando mi rendo conto che sta parlando della crociera. In precedenza non ha mai detto granché in merito, ad eccezione dei frammenti che rivela durante le interviste. "Mio padre ha avuto un attacco di cuore, così, all'ultimo minuto, sono volato a casa a Minneapolis e ho pregato Emmie ed i suoi genitori di partire senza di me. Lei voleva venire con me, ma io non volevo che lei si perdesse quel viaggio che non vedeva l'ora di fare."

Non lo avevo sentito parlare di questo, prima. Quei dettagli non erano inclusi nelle storie che erano state scritte su di loro. La mia attenzione è tutta concentrata su di lui, le parole sembrano sgorgare da lui come se, dentro Miles, una diga fosse crollata.

"È buffo, non è vero, che l'attacco di cuore di mio padre mi abbia salvato la vita." Le sue parole, pronunciate sommessamente, trasmettono un mondo di agonia.

"Com'era lei?" So per esperienza che a lui farà piacere che a me importi di *lei*, che io voglia sapere di *lei*.

"Lei era…" Sorride, perso nei suoi ricordi. "Lei stessa era vita. Divertente ed estroversa. Goffa ed elegante al tempo stesso. Atletica ma non competitiva. E bella. Così tanto, tanto adorabile, dentro e fuori."

"Mi sarebbe piaciuto conoscerla."

"Avrebbe fatto piacere anche a me. Tu le saresti piaciuta."

"È carino da parte tua." A volte, ogni tanto, mi chiedo se Miles non sarebbe interessato a me se io non avessi un ragazzo che lui ha incontrato diverse volte. Questo è uno di quei momenti in cui me lo chiedo. Mi dispiace per lui e vorrei poter fare qualcosa per alleviare il suo dolore - senza avventurarmi in un territorio sconveniente. "Voglio dirti qualcosa di me."

"Okay…"

Ormai era da tempo che volevo parlargli di John, e stasera sembra la serata giusta per confidarsi. "Avevo un ragazzo a San Diego. Un ufficiale dell'esercito di nome John West, o almeno credo che il suo nome fosse questo."

Lui aggrotta le sopracciglia. "Non lo sai per certo?"

Scuoto la testa. "Quando si tratta di lui, non so niente per certo."

Gli dico il resto, l'intera squallida storia, e lui ascolta attentamente senza interrompermi.

"Gesù, Ava," dice quando finalmente ho finito. Si appoggia al divanetto e mi fissa. "Non so cosa dire. Mi dispiace che tu abbia dovuto affrontare tutto questo da sola."

"Ho scelto io di farlo da sola. Ancora non ho avuto modo di parlare di lui a mia sorella o ai miei genitori."

"Ancora…"

"Non è niente a paragone di ciò che è successo a te."

"Di sicuro non è vero che non è niente e tu sei l'ultima persona che avrebbe dovuto essere assegnata alla pubblicità del gruppo dei familiari."

Poggio la mano sul suo braccio. "Trevor lo sa e mi ha offerto una via d'uscita che io ho rifiutato. È stato un onore e un privilegio lavorare con te e con gli altri. Mi ha aiutata a guarire, che tu ci creda o no."

"Non riesco ad immaginare come avrebbe potuto essere vivere più di cinque anni senza sapere cosa fosse successo a Emmie. Come si fa a sopportare il fatto di non sapere?"

"È stato insopportabile per molto tempo, ma poi sono arrivata a un punto in cui non potevo più farmene un'ossessione. Ho dovuto accettare che probabilmente non saprò mai cosa ne è stato di lui. Trasferirmi a New York mi ha aiutata. Incontrare Eric mi ha aiutata. Questo lavoro mi ha aiutata. Grazie per il lavoro, comunque."

"Non devi ringraziarmi. Hai fatto un lavoro eccezionale per noi."

"Mi fa piacere sentirlo. Sono così grata per aver ricevuto l'incarico di un progetto tanto importante."

"Non avevo idea del fatto che stavamo assumendo qualcuno così incredibilmente qualificato."

"È un gran bel club di cui far parte, no?"

"Uno di quelli ai quali non mi unirei mai volontariamente, questo è certo."

"Posso chiederti una cosa che non è assolutamente affar mio?"

Lui fa brillare un raro, genuino sorriso da ragazzino che trasforma la sua espressione seria e mi dà un'idea di com'era prima che la tragedia lo colpisse. "Perché fermarti adesso? Vai!"

"Pensi che uscirai mai con qualcuno?"

"Vorrei aver ricevuto un dollaro per ogni volta che qualcuno mi ha fatto questa domanda. Potrei andarmene in pensione ai Caraibi e vivere il resto dei miei giorni nel lusso."

"Non voglio infierire."

Con un cenno della mano cancella il commento. "È una domanda legittima, e dopo cinque anni e mezzo ti verrebbe da pensare che io sia più vicino ad una risposta di quanto lo sia in realtà. Se incontrassi qualcuno che mi interessa, non sarei contrario alla cosa, ma non ho intenzione di iniziare ad andare nei bar per rimorchiare o roba del genere."

"Ho un'amica…" L'idea mi arriva con improvvisa nitidezza. Skylar.

Lui emette un lamento. "Se avessi ricevuto un dollaro per ogni volta che ho sentito queste parole, potrei comprarmi un'isola privata."

"Ma stavolta è diverso, perché la mia amica Skylar è incredibile. La adoreresti. Lei, in realtà, è la mia coinquilina ed è stata la prima persona a cui ho parlato di John. È tornata a casa e mi ha sorpresa nel pieno di un crollo nervoso dopo che Eric mi aveva baciata per la prima volta, e io le ho rivelato tutto. Mi ha organizzato un appuntamento con la terapeuta che è stata un aiuto enorme per me. Skylar...lei riesce a comprendere il dramma di una perdita. La sua sorella minore è rimasta uccisa in un incidente quando Skylar era alla scuola di legge. Questa cosa l'ha sconvolta terribilmente."

"È davvero triste," dice lui, con un'aria sinceramente commossa. "Se pensi che potrebbe piacermi, non sono contrario ad incontrarla. Ma non in un appuntamento al buio. Organizza qualcosa in gruppo così non sarà dannatamente imbarazzante. E assicurati che lei sia al corrente del senso della serata."

"Davvero mi lascerai fare questa cosa?"

Fa spallucce, ma c'è una tale aria indifesa in quel suo gesto che mi tocca il cuore. "Emmie non tornerà, e sto iniziando ad essere piuttosto stanco della mia compagnia. Forse è giunto il momento di mettere i piedi in acque infestate dagli squali."

Batto le mani piena di incontenibile esultanza.

"Sarà così divertente!"

Lui si lagna. "Dio, in che guaio mi sono cacciato?"

Due settimane dopo, Eric e io organizziamo una festa per cena a casa sua. Abbiamo invitato Rob, Camille, Amy, Jules, Miles e Skylar, che ha detto di volerlo incontrare se io pensavo che potesse piacerle. Naturalmente era profondamente colpita dopo aver sentito che lui aveva perso la sua fidanzata nell'attacco alla nave da crociera.

"Non è uscito con nessuno da allora?", ha chiesto.

"No."

"Ah, bene, se non altro non mi stai trascinando in un completo campo minato emotivo o roba del genere."

"Ti ho già detto che è incredibilmente attraente e del tutto represso?"

Lei ha alzato gli occhi al cielo. "Risparmiati i discorsi di convincimento. Incontrerò il tuo capo, ma solo perché mi stai chiedendo di farlo. Però, senza aspettative, d'accordo?"

"Chiaro. Ma penso che ti piacerà veramente."

"Ava! Smettila. Non c'è niente di più imbarazzante a questo mondo di un appuntamento combinato."

"Um, avere la gonna incastrata nella biancheria intima è peggio, o inciampare in un tombino e cadere di faccia sul marciapiede, o …"

"Basta. Lo sto facendo per te, quindi cerca di non farmene pentire."

"Ti prometto che non te ne pentirai."

Adesso che la grande serata si avvicina, sono nervosa per due persone che sono diventate miei amici. Voglio che entrambi siano felici quanto lo sono io con Eric.

A proposito dell'uomo che mi rende tanto felice, sono in piedi nella sua cucina e mi sto occupando delle bruschette che ho preparato come stuzzichini, quando lui fa scivolare le sue braccia attorno a me da dietro, strofinando il volto sul mio collo. È appena uscito dalla doccia ed ha un profumo delizioso.

"Ho l'acquolina alla bocca," dice. "Sembra un ristorantino italiano, qui dentro."

"Temo di aver usato troppo aglio. Se Miles si offre di riportarla a casa, lei non vorrà baciarlo se puzza di aglio."

Eric ride. "Ti sei fatta prendere dal panico per questa serata."

"Lui ha sofferto così tanto. Pensa se si piacciono."

"Sei preparata alla possibilità che tra loro non scatti nulla?"

"No! Non dirlo nemmeno. Voglio che lui impazzisca per lei." Mi mordo il labbro mentre un altro pensiero mi preoccupa.

"Che c'è? Ogni volta che torturi il tuo povero labbro, significa che le tue rotelle stanno girando."

Spingo indietro il mio sedere contro la sua erezione.

"Smettila di comportarti come se mi conoscessi così bene."

"Ti conosco *così* bene, quindi puoi tranquillamente dirmi a cosa stai pensando."

"Sono solo preoccupata dal fatto che Sky assomigli un pochino alla sua fidanzata scomparsa."

Si irrigidisce dietro di me, ma non in un modo positivo. "E stai pensando a questa cosa solo *adesso*?"

"Non sarà un problema," dico con una spavalderia di gran lunga superiore a quella che provo realmente. "È soltanto una lieve somiglianza, e in più Sky è favolosa. Chiunque la adorerebbe."

"Spero tu sappia cosa stai facendo, tesoro."

Mi volto verso di lui e lascio scivolare le mie mani sul suo petto, per poi unirle dietro al suo collo. "Grazie per avermi permesso di usare casa tua, stasera."

"Casa mia è casa tua". Mi bacia. "Lo sai." Mi ha dato le chiavi mesi fa, affinché io potessi andare e venire a mio piacimento.

"Hai detto a Rob e alle tue sorelle di comportarsi normalmente e di non fissarli, giusto?"

"Sì, cara. Eseguo tutti i tuoi ordini come si addice al fidanzato eccezionale che sono."

"Voglio solo che tutto sia perfetto per loro, ma in particolare per lui. È veramente un bravo ragazzo e merita di essere felice di nuovo."

"Se non mi fidassi, sarei preoccupato per via di questo Miles del quale hai una così alta considerazione."

"Non hai nulla di cui preoccuparti, come ben sai. Ho solo...investito su di lui dopo tutto il tempo che abbiamo trascorso insieme."

"Per non parlare delle esperienze simili che avete vissuto."

"Sì, anche."

"Lo capisco, piccola, e so che non c'è niente di cui io debba preoccuparmi. La sua storia è una di quelle che spezza il cuore e sarebbe magnifico se lui trovasse qualcuno di meraviglioso per ricominciare, come è successo a me."

"E a me." Lo bacio e lascio andare un po' di lingua perché se lo merita dopo avermi lasciata impossessare della sua casa per i preparativi per la serata.

"Questo è profondamente ingiusto," dice quando ci separiamo, respirando affannosamente quando il bacio si trasforma in una stretta passionale come accade con la maggior parte dei nostri baci. "Hai intenzione di farmi andare in giro così per tutta la serata?"

Do un'occhiata all'orologio sul forno, vedo che abbiamo trenta minuti prima che i nostri ospiti arrivino e spengo i fornelli sotto le pentole sul piano di cottura. Afferrando la sua mano, lo trascino dietro di me.

"Um, scusa. Cosa sta succedendo qui?"

"Vieni con me e te lo farò vedere."

"Vai avanti, ti seguo."

In salotto, lo spingo sul divano e lui sbatte violentemente, facendomi ridere. Mi inginocchio davanti a lui, sciolgo la sua cinta e tiro attentamente giù la cerniera, muovendomi attorno all'enorme rigonfiamento nei suoi pantaloni.

"*Ava*," dice con un lungo gemito. "Mi stai *uccidendo*."

"Non possiamo farlo adesso, non è vero?" Mi chino per prenderlo nella mia bocca e ce la metto tutta, determinata a farlo finire in meno di cinque minuti per tornare ai fornelli. Ci vogliono solo quattro minuti prima che lui inizi ad ansimare subito dopo una liberazione quasi violenta.

"*Porca puttana*. È stato...Porca puttana."

Do una pacca alla sua gamba, mi sporgo in avanti per baciarlo e mi alzo per sistemarmi il trucco prima che arrivino i nostri ospiti. "Tirati su la cerniera prima di farti beccare con il pisello di fuori, tesoro." Adoro il fatto che le sue mani stiano tremando mentre tira su la cerniera dei suoi pantaloni.

Vado in camera per lavarmi i denti e rimettere il rossetto.

Eric mi raggiunge e mi avvolge con le sue braccia come aveva fatto in cucina. "Sei incredibile, e io ti amo. Non solo perché mi hai fatto il miglior pompino della mia vita, ma perché sei diventata tutto per me e non riesco più ad immaginare la mia vita senza di te al centro di essa."

Le mie gambe vacillano e soltanto le sue braccia strette attorno alla mia vita mi impediscono di scivolare sciogliendomi in una pozza sul pavimento.

"Eric…"

"Non è un problema se tu non sei ancora arrivata a questo punto, ma io ormai mi sento così da un po' ed è diventato quasi doloroso sforzarmi di non dirtelo troppo presto."

Incrocio il suo sguardo nello specchio. "Non è troppo presto, e anche io ti amo. Probabilmente ti ho amato fin dal primo giorno in cui ti ho incontrato e tu mi hai salvato la vita con una fetta di pizza al formaggio."

Il suo sorriso è eccitato e gioioso. La sua felicità è anche la mia. "Mi hai salvato la vita in un milione di modi, ma soprattutto con la tua dolce sincerità. Non hai idea di quanto significhi per me sapere di poter credere ad ogni parola che dici."

"Penso di saperlo."

"Sì, scommetto di sì." Mi gira in maniera tale da vedermi in faccia e mi guarda. "Ti amo, Ava."

"Anch'io ti amo, Eric."

Stavolta sembra più ufficiale, dicendocelo faccia a faccia.

Mi bacia delicatamente e dolcemente. "E il pompino è stato fottutamente *epico*."

Mi fa ridere così tanto che rovino il bacio. Ma va bene così. Ce ne saranno tanti altri dopo ed io non vedo l'ora.

CAPITOLO DICIASSETTE

AVA

Miles e Skylar vanno subito incredibilmente d'accordo, mentre il resto di noi trascorre la serata fingendo di non essere intenti a guardarli. Non l'ho mai visto così vivace e coinvolto e lei sembra piacevolmente sorpresa. Se questa non è un'intesa amorosa in divenire, allora appenderò per sempre al chiodo la mia divisa da organizzatrice di incontri.

È una serata interamente divertente. Tutti adorano la mia lasagna e i Tilden intrattengono come sempre, specialmente ora che un po' di polvere si è posata sulla rottura dei loro genitori. Per un po', allora, mi ero chiesta se sarebbero mai stati di nuovo quel gruppo spensierato e amante del divertimento che erano stati un tempo, ma loro stavano lentamente tornando alla normalità, o a ciò che viene considerato normale di questi tempi.

"Ho pranzato con papà ieri," dice Jules quando ci riuniamo in soggiorno dopo cena con i drink. "Pare stia davvero bene, meglio di come è stato per lungo tempo."

"L'ho pensato anche io, ultimamente," dice Rob.

"Da quando mamma se ne è andata e lui ha annunciato che non si candiderà per la rielezione, pare che si sia liberato di un peso."

"Immagina di sapere per anni che tua moglie ti tradisce e di dover ignorare la cosa mentre hai la responsabilità dell'intero stato di New York," dice Amy, rabbrividendo. "È un miracolo che non abbia avuto un esaurimento nervoso."

"Gli ho parlato degli appuntamenti online", dice Jules.

"Non può farlo!" dice Rob, inorridito. "È il governatore, cavolo!"

"Non per molto tempo ancora."

"Per buona parte di un altro anno," risponde Rob. "Non può stare su quei siti mentre è ancora in carica, Jules. Seriamente."

"Ti ho sentito. Stavo solo dando un'idea per dopo."

Rob si rilassa, ma solo un po'. Ciò che non dice, ma che noi tutti sappiamo, è che il nome della famiglia Tilden ha perso un po' di lustro da quando c'è stato lo scandalo. Pensa che i suoi fratelli non sappiano che lui vuole seguire il padre in politica.

La complicata separazione dei suoi genitori rende il suo percorso ancora più ricco di insidie di quanto non fosse in precedenza. Eric mi ha detto che Rob ha grandi progetti, ma lui non ne parla.

"Papà ha ricevuto una cattiva pubblicità tale da durare per il resto della sua vita. L'ultima cosa di cui abbiamo bisogno è che il *Post* venga a sapere del suo profilo per gli appuntamenti online," rabbrividisce Rob. "Non riesco neppure ad immaginare cosa potrebbero fare… e non voglio farlo."

"Capisco, fratellone," dice Jules. "Forte e chiaro."

"Nulla toglie che non possa provare con gli appuntamenti online una volta che non sarà più in carica," dice Camille.

"Forse incontrerà qualcuno nella vecchia maniera molto prima," propongo io dalla mia postazione accanto a Eric sul divano.

Il suo braccio è attorno a me, e la mia mano è sulla sua gamba. Il calore del suo corpo mi fa stare bene e mi riscalda mentre la temperatura si abbassa all'esterno e rende freddo il loft. A breve dovremo accendere il riscaldamento.

"È un peccato che non ci sia un matrimonio in famiglia a breve. Ho sentito dire che è un ottimo modo per incontrare gente."

Gli altri ridono, mentre Eric stringe la mano sulla mia spalla.

Dal telefono di Rob arriva il ronzio di un messaggio che lo fa mettere seduto con la schiena più dritta. "Cazzo," dice in un tono che mi fa venire i brividi. "Hanno preso Mohammad Al Khad in un raid delle Forze Speciali in Afghanistan."

Amy salta in piedi. "Ci serve la TV. Eric, dov'è il telecomando?"

Miles e Skylar, che erano ancora seduti al tavolo della sala da pranzo molto dopo che il resto di noi se ne era andato in salotto, si uniscono a noi per raccoglierci attorno alla TV per guardare la CNN. Dicono che una squadra scelta delle Forze Speciali degli Stati Uniti si è infiltrata nel complesso, in una zona remota dell'Afghanistan, in cui Al Khad, la sua famiglia e i suoi più stretti collaboratori si stavano nascondendo.

"Il Pentagono riferisce di numerose vittime tra i familiari e i collaboratori di Al Khad," dice la conduttrice, leggendo da un pezzo di carta. In fondo allo schermo, la striscia delle notizie dell'ultim'ora ripete esattamente ciò che la presentatrice sta comunicando. "Non abbiamo ancora informazioni circa eventuali perdite da parte degli Americani."

Sto gelando. Ho talmente tanto freddo che il mio corpo trema incontrollabilmente. Non ho alcun modo per sapere con certezza se John ha partecipato al raid, ma tremo ugualmente.

Eric si sintonizza sulla mia angoscia e mi avvolge con una coperta.

"Che cosa c'è, Ava?" chiede Camille, aggrottando preoccupata le sopracciglia.

Non riesco né a parlare né a pensare. A stento riesco a respirare mentre mi chiedo se sto per sentirmi male.

"A San Diego viveva con un ragazzo che è stato dispiegato il giorno dell'attacco," dice Eric, parlando al posto mio mentre io non riesco a farlo. Sento l'incertezza nel suo tono di voce. Non è sicuro che io voglia che lui riveli questa cosa, ma va bene. Non mi importa se lui dice agli altri qualcosa che io avrei dovuto dire a mia sorella tanto tempo fa. "Non lo ha più visto né sentito da allora."

"Oh mio Dio," dice Camille. "Pensi che...Lui è..."

"Non ha modo di saperlo," dice Skylar.

"Lo sapevi anche tu?" chiede Camille, con il dolore che traspare da lei. "Era una cosa seria?"

"Sì," dice Eric continuando a strofinare il mio braccio. "Lo era."

Camille, che stava in piedi, si siede accanto a Rob, con un'espressione sconcertata. Ha delle domande che, fortunatamente, non pone adesso che io non ho risposte.

Mi rifugio più profondamente nella coperta e osservo la storia che si svolge alla TV. Non conoscono le condizioni dei soldati che hanno fatto irruzione. Non sanno quante persone sono state uccise. Poiché non hanno dettagli, coinvolgono una serie di opinionisti che formulano ipotesi mentre i conduttori rivolgono una domanda ripetitiva dopo l'altra.

"Quanta pianificazione sarebbe prevista in una missione di questo tipo?"

"Potrebbero esserci voluti anni per organizzarla."

Anni per organizzarla…

La conduttrice interrompe con un aggiornamento.

"Stiamo sentendo ora che due membri statunitensi in servizio sono stati uccisi nel raid."

Il mio stomaco si rivolta e corro verso il bagno prima ancora di rendermi conto che mi sto muovendo. La cena, che con tanto amore ho preparato per i nostri amici e la nostra famiglia, torna su, la bile mi punge la gola e mi fa lacrimare gli occhi.

Eric è lì, mi tiene indietro i capelli e mi tranquillizza nel modo in cui lo ha fatto sin dall'inizio.

Il mio tremore è così violento che mi sento come se fossi stata collegata ad un macchinario che fa scuotere il mio corpo.

"Tranquilla, tesoro," dice Eric quando finalmente il vomito si ferma. Mi passa un asciugamano fresco sul volto e mi tiene stretta a sé. "Respira. È tutto ciò che devi fare adesso. Respira e basta."

Chiudo gli occhi e mi concentro sul portare aria ai miei polmoni. È tutto ciò che sono in grado di fare.

Poi arriva anche Camille, che si accovaccia per pettinarmi indietro i capelli incollati alla mia faccia. Com'è possibile che io stia sudando quando mi sento gelata fino alle ossa? "Che cosa posso fare per te?"

Scuoto la testa. Non lo so. Non so niente. John faceva parte del gruppo che ha catturato Al Khad? È questo ciò che ha fatto in tutto questo tempo? È uno dei soldati in servizio che sono morti? Avrò mai delle risposte a queste o ad altre centinaia di domande?

Ricordo che Miles è qui e che probabilmente è più colpito da queste notizie di quanto io abbia il diritto di esserlo. Mi costringo a rimettermi in piedi, mi libero con forza dalla presa di Eric e mi alzo sulle mie gambe tremanti. Mi lavo i denti e mi spazzolo i capelli, con le mani tremanti che rendono difficile la più semplice delle azioni.

Eric è in piedi e mi mette una mano sulla spalla. "Ava, tesoro...Concediti un minuto."

"Devo parlare con Miles." Mentre mi avvio verso la porta, stringo il braccio di Camille e entro nella stanza principale del loft, dove Miles è seduto sul divano, con gli occhi incollati al televisore, mentre Skylar siede appoggiata al bracciolo del divano accanto a lui, con l'aria di non sapere quale sia il suo ruolo qui ora che la notizia di Al Khad ha stravolto la nostra serata.

Mi siedo accanto a Miles e poggio una mano sul suo braccio. "Stai bene?"

"Sono piuttosto stordito, a dir la verità". Mi lancia un'occhiata, con uno sguardo carico di una sofferenza così acuta da suggerirmi che non è affatto stordito.

Lui è il mio capo. Il mio *grande* capo. Ma è anche mio amico. Ecco perché stringo le mani attorno al suo braccio e poggio la testa sulla sua spalla. Anche se ci troviamo in una stanza piena di amici, è come se ci trovassimo su un'isola da soli, sopravvissuti in un mare di persone che non possono immaginare il viaggio che abbiamo condiviso prima ancora di esserci mai incontrati.

"Riporta indietro tutto," mormora Miles.

Annuisco perché lo capisco. Stavamo meglio, e adesso siamo ripiombati nell'incubo che non ci ha mai abbandonati realmente, per quanto abbiamo fatto del nostro meglio per rinchiuderlo nel passato.

"Pensi che lui fosse coinvolto?" chiede.

"Non ne ho idea. Potrei non saperlo mai."

Guardiamo il programma in un silenzio teso per un po' finché

Miles non si schiarisce la gola. "Ho bisogno...Ho bisogno di camminare, di prendere un po' di aria."

"Vuoi che venga con te?" gli chiedo.

"Sto bene." Mi dà un abbraccio con un solo braccio e mi bacia sulla testa. "Grazie per la cena."

Quando si alza, Skylar fa lo stesso.

"Ti dispiace se vengo a camminare con te?" chiede.

Lui esita, ma solo per un secondo. "No, affatto. Sarebbe bello avere compagnia."

Porto loro i cappotti e li abbraccio entrambi mentre Eric sta in piedi accanto a me mentre li vediamo andar via.

"Ci sentiamo domani," dice Miles, uscendo.

"Chiamami prima se ne hai bisogno."

"Lo farò." Stringe la mano di Eric. "Grazie per avermi invitato."

"Quando vuoi."

Skylar mi abbraccia, dice che mi manderà un messaggio più tardi e segue Miles.

Chiudo la porta alle loro spalle e appoggio la fronte su di essa per un intero minuto prima di voltarmi ad affrontare le domande che gli altri di sicuro vorranno farmi.

Eric mette il suo braccio attorno a me.

Mi appoggio a lui mentre attraversiamo la stanza e ci sediamo insieme sul divano.

Nessuno dice nulla, ma so che si aspettano che lo faccia io. Cerco di trovare le parole, ma il mio cervello è vuoto, la mia attenzione è tutta rivolta al dramma che si sta svolgendo in TV.

"Ava è stata con John due anni, prima che lui fosse dispiegato, lo stesso giorno dell'attacco alla nave." Eric mi tiene la mano e parla con un tono sommesso e dolce, mentre gli altri pendono dalle sue parole. "Come ho detto prima, lei non lo ha più visto né sentito."

"Ava," dice Camille sussultando. "Per tutto questo tempo hai sofferto a causa di tutto questo *da sola*?"

"È il modo in cui ha deciso di affrontare la cosa, fino a qualche tempo fa," dice Eric. Il suo tono deciso mette in guardia Camille circa il fatto che lui non apprezzerà se lei mi criticherà. Non adesso, in ogni caso.

Camille dà un'occhiata alla TV. "Pensi che potrebbe essere…"

"Lei non ha modo di saperlo. Potrebbe non saperlo mai per certo."

Dopo un lungo silenzio, Jules dice, "Mi dispiace davvero che ti sia capitata questa cosa."

"Anche a me," dice Amy. "Non riesco ad immaginare…"

"Avrei voluto saperlo," dice Camille, asciugandosi con delicatezza le lacrime. "Avrei cercato di aiutarti, in qualche modo."

Le sorrido. "Significa molto per me. Non c'era niente che nessuno potesse fare."

"Um, dovremmo andarcene e lasciarti in pace." Rob si alza in piedi e tende una mano a Camille, che la afferra quasi a malincuore, o almeno così sembra. Probabilmente lei vuole restare, ma ha ragione lui. Avrei bisogno di un po' di tranquillità.

Li abbraccio tutti, lasciando per ultima mia sorella.

"Mi dispiace se ti senti ferita. Non era mia intenzione."

"Non si tratta di me," dice lei stoicamente.

"Mi chiami domani?"

"Lo farò."

Mentre Eric li accompagna alle scale, vado in cucina ed inizio a sistemare i piatti. Quando lui torna, sto mettendo i piatti nella lava-stoviglie.

"Lascialo fare a me, tesoro. Dovresti andare a farti un bagno caldo o qualcosa che possa aiutarti a rilassarti."

"Sto bene. Non mi dispiace farlo."

Mette le sue mani sulle mie. "Lascia che io mi prenda cura di te." Con un leggero strattone, mi convince a seguirlo mentre cammina all'indietro in direzione del bagno, dove prepara una vasca d'acqua calda e la riempie con le mie perle da bagno preferite, quelle che ha comprato per me dopo avergli detto della mia predilezione per il profumo della lavanda.

Una delle cose che amo di lui è la sua attenzione per le piccole cose, come la mia fragranza preferita. Dopo aver controllato la temperatura dell'acqua, mi aiuta a svestirmi e ad entrare nell'acqua da cui sale vapore, che mi regala una sensazione paradisiaca.

Dopo essermi sistemata, cerco la sua mano.

"Grazie."

"È un piacere."

"Mi dispiace di aver fatto una tale tragedia stasera."

"Non hai niente di cui scusarti. Capisco assolutamente quanto per te possa essere stato scioccante ascoltare quelle notizie."

Tiro leggermente la sua mano. "Vuoi venire qua dentro con me?"

Bacia il dorso della mia mano. "Goditi la vasca mentre io pulisco."

"Okay."

Lo osservo uscire dalla stanza, notando quell'insolito ingobbimento sulle sue spalle che mi fa capire che non sono l'unica ad essere stata distrutta dalla notizia della cattura di Al Khad.

ERIC

LASCIO IL BAGNO E VADO DIRETTAMENTE ALL'ANGOLO BAR CHE avevamo organizzato prima della cena su un tavolino in salotto. Mi verso un drink. Non sono neppure sicuro di cosa sto bevendo esattamente, ma cosa importa? Vedere Ava andare a pezzi poco fa mi ha lasciato turbato e disorientato.

Nella mia mente si affollano ipotesi, una più spaventosa dell'altra. E se John fosse stato coinvolto nel raid e adesso potesse tornare a casa per riprendere la vita che aveva messo in pausa cinque anni fa? E se volesse indietro Ava? Lei andrebbe con lui? E se lui fosse una delle persone uccise durante l'irruzione? Lei avrà mai un attimo di vera pace senza sapere mai cosa ne è stato di lui?

Non riesco a sopportare queste congetture. Sono stato così incredibilmente felice con lei in questi ultimi mesi. Perfino la crisi coniugale dei miei genitori mi ha a stento toccato, perché ero così beatamente preso da Ava. Adesso che so come ci si sente ad essere innamorato di lei, ho un motivo per chiedermi se io sia mai stato veramente innamorato di Brittany. Non c'è paragone tra lei e Ava, che è, molto semplicemente, la persona migliore che io abbia mai conosciuto.

Lei è dolce, gentile, divertente, intelligente e così...così sexy, mi fa impazzire di desiderio. La mia mente vaga al momento in cui, prima, si è messa in ginocchio davanti a me... Mi sfugge un lamento al solo pensiero di perderla adesso che l'ho trovata. In qualche modo sono riuscito a sopravvivere a quello che ha fatto Brittany, ma se Ava mi lasciasse...

Dio, non so cosa mai farei senza di lei. E sono disgustato da me stesso perché mi sto preoccupando di me, quando non si tratta di me. Si tratta di lei e degli uomini che hanno rischiato tutto per catturare il figlio di puttana che ha ucciso così tante persone innocenti. Si tratta delle famiglie con il cuore a pezzi che ancora una volta si vedranno strappar via le croste dalle loro ferite, costretti a rivivere l'orrore. Si tratta delle famiglie dei soldati uccisi e del Paese che starà in guardia in attesa di vedere se i terroristi si vendicheranno contro di noi per aver eliminato il loro capo.

Decisamente non si tratta di me. Eppure soffro, mentre cerco di immaginare la vita senza Ava. Abbiamo bisogno di più tempo. Abbiamo avuto solo pochi mesi. Lui ha trascorso anni con lei...

"Basta. Adesso smettila." Mando giù l'ultimo dei miei drink - vodka, che quasi sempre mi fa venire il bruciore di stomaco - e porto il bicchiere con me in cucina, dove verso del Sauvignon Blanc per Ava e glielo porto in bagno. Lei fissa la parete mentre le lacrime le scendono lungo le guance.

Il suo dolore mi uccide. Darei qualsiasi cosa io abbia, tutto ciò che sono, pur di risparmiarle questa ennesima sofferenza.

Non voglio invadere la sua privacy, quindi indietreggio, portando il vino con me. Con l'energia nervosa che rimbalza dentro di me, mi tengo occupato pulendo la cucina. Ho bisogno di fare qualcosa per non perdere la testa mentre la cronaca continua inesorabilmente per ore dopo il primo annuncio della notizia. Dovrei spegnere la TV, ma non lo faccio. La lascio accesa e assorbo ogni nuovo dettaglio dell'attacco mentre viene comunicato.

La cucina è splendente quando Ava riemerge dal bagno, indossando l'accappatoio che lei ha portato qui il terzo fine settimana che abbiamo trascorso insieme. Si trova qui da allora, insieme a vestiti, scarpe e trucco. Adoro avere la sua roba ovunque, a casa mia, e sapere che la troverò qui la maggior parte delle sere, quando torno a casa dal lavoro, rannicchiata sul divano, mentre guarda il telegiornale.

Una volta l'ho presa in giro per la sua ossessione per i notiziari, ma quando ho visto il suo volto costernato, mi sono reso conto del mio errore. È ossessionata dai notiziari perché cerca qualsiasi traccia possa trovare di *lui*. Non l'ho più presa in giro per i notiziari.

Lei viene da me, il suo viso è arrossato dal calore del bagno ed i suoi capelli sono umidi sulle punte.

"Ti senti meglio?"

"Molto." Mi circonda con le sue braccia ed io faccio lo stesso, tenendola vicino a me, dove voglio che resti per sempre. Non posso dirglielo. Non ancora e certamente non ora che le mie motivazioni verrebbero messe in discussione. Ma è la verità. Voglio sposarla, avere dei bambini e una vita. Voglio fare tutto con lei, e sono terrorizzato all'idea che l'uomo del suo passato possa stare per tornare e portarla via da me.

In questo senso, si tratta molto di me.

CAPITOLO DICIOTTO

MILES

Skylar ed io lasciamo l'edificio di Eric e iniziamo a camminare attraverso Tribeca senza avere in mente alcuna destinazione. È un fresco sabato sera autunnale e le strade sono piene di gente che va in giro, sorride, ride, mentre si dirige da qualche parte. Mentre le persone ci passano accanto, sento per caso qualcuno nominare Al Khad. Qualcuno ci dice che ci sono dei festeggiamenti in corso a Times Square.

La sua cattura sarà l'evento dell'anno e darà nuovamente risalto ai servizi sul bombardamento della nave proprio ora che la mia vita ha ripreso a tornare ad una parvenza di normalità, o meglio la nuova normalità che ho ritrovato negli anni da quando ho perso Emmie.

Stasera è stata una bella serata. Una magnifica serata. Fin quando il passato non è riemerso per ricordarmi che non c'è modo di sfuggirgli.

Dovrei dire qualcosa a Skylar, ma non so cosa. La nostra conversazione è andata avanti senza sforzo per ore e adesso non riesco a pensare a niente da poter dire.

"Guarda." Lei indica l'Empire State Building illuminato di rosso, bianco e blu.

La vista di quella dimostrazione di vicinanza al nostro Paese, ai nostri militari ed alle vittime del bombardamento della nave mi commuove profondamente.

"È bello sapere che la gente non ha dimenticato," dico.

"Non dimenticheremo mai."

Annuisco in segno di ringraziamento. Le emozioni che si agitano dentro di me mi rendono impossibile parlare.

Ad Emmie piacerebbe Skylar. È un pensiero bizzarro, ma i miei pensieri vagano ovunque.

Camminiamo a lungo. Vicino a Times Square sentiamo i festeggiamenti che si stanno svolgendo e vediamo gli schermi che trasmettono i servizi sul raid che ha sconfitto Al Khad. Osservo con un senso di distaccata consapevolezza che la gente è felice di queste notizie.

La mano di Skylar sul mio braccio mi guida lontano dalla folla.

"Ho aspettato così tanto questo momento," le dico. "Non sono sicuro di cosa ne farò dell'energia che ho dedicato alla mia sete di vendetta."

"La indirizzerai di nuovo verso qualcosa di proficuo una volta che avrai avuto la possibilità di assorbirla."

"Suppongo di sì."

"È ciò che hai fatto finora, no? Ti sei concentrato sugli affari e sul lavoro e sul sostenere l'associazione dei famigliari."

"Ci ho provato."

"E ci sei riuscito, stando a quanto Ava mi ha raccontato di te."

"Cos'altro ti ha detto?" le chiedo, divertito all'idea che loro due abbiano parlato di me prima di stasera.

"Che ti ammira molto e che noi due abbiamo molto in comune."

"Mi è dispiaciuto sapere di tua sorella."

Prima non avevamo affrontato argomenti seri, ma adesso che il tono della serata è cambiato, pare giusto parlarne.

"Grazie."

"Come si chiamava?"

"Teegan. Era più piccola di me di cinque anni, e io la adoravo. Perderla mi ha quasi distrutta."

"Conosco quella sensazione."

Lei mi guarda. "Dovrei essere onesta e dirti che ho letto di te molto prima di conoscere Ava."

"È vero?"

Annuendo, lei dice, "Ho letto di te e di Emerson e del tuo impegno ammirevole per preservare la sua memoria."

"Lei avrebbe fatto lo stesso se su quella nave mi fossi trovato io."

"Mi dispiace davvero tanto che tu l'abbia persa in quel modo."

"Grazie. Dispiace anche a me. Ogni volta che c'è un qualche sviluppo nella vicenda, sembra sempre tutto nuovo, appena accaduto."

"Non so come tu faccia a sopportare di doverlo rivivere continuamente."

"A volte non riesco a sopportarlo. Sono felice che abbiano preso Al Khad, non fraintendermi. Ma non avevo voglia di pensare a questo schifo, stasera. Volevo concentrarmi sul fatto di aver incontrato qualcuno che mi interessa per la prima volta da quando ho perso Emmie."

Lei abbassa lo sguardo, ma non prima che io riesca a cogliere il lieve rossore sulle sue guance.

"Sono stato troppo sfacciato?"

"Per niente. È stato dolce."

"Sono incredibilmente fuori allenamento."

"Stai andando bene." Lei mi prende la mano e mi guarda. "Per quello che può valere, anche io sono interessata a te. Solo per fartelo sapere."

"Vale molto, e mi fa piacere sapere che non sono solo io a provare interesse." Camminiamo per un altro isolato e le sono immensamente grato per la sua compagnia e la sua onestà. "Vuoi bere qualcosa?"

"Certo."

Mi accorgo che abbiamo camminato fino a Murray Hill. Ci infiliamo in un pub irlandese e troviamo dei posti a sedere lungo la parete. È affollato, quindi siamo costretti a sederci l'uno vicino all'altra, non che la cosa mi dispiaccia. Dopo aver ordinato delle birre alla spina, la cingo con il mio braccio affinché non venga sbalzata via dal suo sgabello dai giovanotti turbolenti accanto a lei.

"Non è un posto che favorisce la conversazione," dico, con le labbra vicine al suo orecchio, in maniera tale che possa sentirmi nonostante il trio che sta suonando musica irlandese ad alto volume.

Lei mi rivolge un ampio sorriso. "Non mi lamento."

All'inizio pensavo che lei assomigliasse a Emmie, ma dopo un esame più accurato, ho stabilito che la loro somiglianza si limita ai colori, che sono simili. Inspiro il profumo particolare dei capelli di Skylar. Non sono mai stato così vicino a una donna da quando Emmie è morta. Spero che lei approverebbe il fatto che io vada avanti dopo tutto questo tempo.

In realtà, sarebbe furiosa vedendo che ci ho messo così tanto tempo. La mia Emmie era veramente pragmatica.

Mi accorgo che la TV nel bar è sintonizzata sul servizio su Al Khad.

Skylar vede che sto guardando, con dolcezza posa la sua mano sul mio viso e lo volta delicatamente dal televisore. "Guarda me invece della TV."

Fisso i suoi occhi, che hanno una sfumatura dorata di marrone, e immediatamente avverto un senso di sollievo dalla follia che ruota intorno alla cattura di Al Khad. Il rumore che ci circonda sfuma in un rombo sordo. Mi chino più vicino a lei, senza decidere consapevolmente di farlo. Le mie labbra si poggiano sulle sue e la sua mano si posa attorno al mio collo. Per un tempo lunghissimo, ci limitiamo a respirare la stessa aria, vivi nella nostra piccola bolla in cui niente è importante, a parte noi due. Lei interrompe il bacio ma tiene la mano sul mio collo.

Noto il colorito roseo delle sue guance, il luccichio dei suoi capelli neri, il suo labbro inferiore umido e un'onda di desiderio mi coglie di sorpresa. È passato così tanto tempo dall'ultima volta che ho provato qualcosa che assomigliasse al desiderio che ho quasi dimenticato come ci si sente.

Ci viene servito un secondo giro di birre e ci separiamo per prendere i boccali dalla cameriera.

Le passo un biglietto da venti dollari e le dico di tenere il resto.

Skylar ed io guardiamo il gruppo che suona, ascoltiamo la musica e beviamo le nostre birre, ma non riesco a pensare ad altro che a baciarla di nuovo e a quanto dovrò aspettare prima di poterlo fare.

Quando il suo boccale è a metà, lo posa. "Vuoi andare via da qui?"

Poso il mio boccale accanto al suo. "Assolutamente sì."

Si alza e mi porge la mano. La afferro e lascio che sia lei a guidarmi attraverso la folla. Quando siamo di nuovo in strada, l'aria fresca è un gradito sollievo dal calore del bar. Guardo dove ci troviamo e mi balena un pensiero. "Vuoi vedere il mio ufficio?" È più vicino delle nostre rispettive case.

"Mi piacerebbe."

Infilo la sua mano nella mia e percorriamo i sei isolati e i due viali in silenzio. Nell'ingresso dell'edificio del mio ufficio, mostro il mio badge all'addetto alla sicurezza, che sblocca l'ascensore per noi.

"Grazie."

"Di niente, Signor Ferguson."

"Se gli addetti alla sicurezza del turno di notte sanno il tuo nome, probabilmente lavori troppo," dice Skylar prendendomi in giro quando siamo nell'ascensore. Ci stiamo ancora tenendo per mano.

"Effettivamente lavoro troppo, ma probabilmente lui mi conosce per via della pubblicità che ho ricevuto dall'azione legale."

"Anche io lavoro troppo."

Mi piace che lei mi aiuti a restare concentrato sul qui e ora. "Io so perché lo faccio. Qual è la tua scusa?"

"Il più delle volte è perché non ho niente di meglio da fare."

Faccio un passo verso di lei, avvicinandomi fin quando i nostri corpi quasi si toccano. "E se avessi qualcosa di meglio da fare? Continueresti a lavorare troppo?"

Lei mi guarda e scuote la testa. "Neanche per sogno."

Ho dimenticato come ci si sente ad essere attratti da una donna. Il mio corpo è come una gamba che si è addormentata e che improvvisamente è tornata a vivere. Una sensazione come di punture di spillo si diffonde giù lungo la mia schiena e su per le gambe. Il mio cuore batte a un ritmo lento e costante. Mi sento senza fiato e stordito. E sono duro. Per un po' di tempo mi ero chiesto se la mia virilità non fosse morta insieme a Emmie. È un sollievo sapere che sono ancora molto vivo, anche se ho avuto ragione di credere che quella parte di me fosse morta con lei.

Il campanello dell'ascensore che è arrivato al nostro piano pone fine a quel momento carico di tensione. La guido dall'ascensore alle porte di vetro con il nostro logo.

Apro la porta e disattivo il sistema di allarme. "Questo è il luogo in cui accade la magia." La conduco dalla reception al mio ufficio, nell'angolo in fondo a sinistra. "L'ufficio del mio socio Alex è lì." Faccio un gesto in direzione della porta chiusa alla mia destra. "Ma lui viaggia molto, lo vediamo di rado. Lui si occupa dello sviluppo degli affari mentre io controllo la realizzazione della campagna."

Il chiarore delle luci degli edifici adiacenti fa sì che io non debba accendere le luci per farle vedere il mio ufficio.

"Benvenuta nella mia casa lontano da casa."

"Dove si trova la tua vera casa?"

"A Chelsea."

"Non lontano da Tribeca."

"Bello, come è sistemato, huh?"

Voglio che lei osservi la vista, ma è più interessata a guardare me.

"Di solito odio gli appuntamenti combinati," dice.

"È così?"

Annuisce, dicendo, "Sono sempre un disastro."

"Sempre?"

"*Erano* sempre un disastro."

"Se sapessi quante persone hanno provato a sistemarmi da quando è morta Emmie, rideresti."

"Le persone vogliono dare una mano."

"Lo so. Sono stato incredibilmente ben supportato da familiari e amici che mi hanno aiutato a sopravvivere ai giorni più bui della mia vita. Non so dove sarei oggi senza di loro.

"E dove sei oggi?"

"Sono in compagnia di una donna bellissima e sexy che mi ha ricordato, stasera, che, nonostante il mio passato doloroso, sono ancora molto vivo."

"Esattamente quanto vivo?"

La cingo con le mie braccia e la tengo stretta contro la mia erezione.

"Oh, bene. Molto vivo, effettivamente."

Ho sorriso talmente tanto stanotte che mi fa male la faccia, un ulteriore elemento che mi ricorda quanto tempo è passato dall'ultima volta in cui ho avuto qualcosa per cui sorridere.

Lei mi circonda il collo con le braccia e mi attira a sé per un altro casto bacio che mi fa venire voglia di supplicare per averne di più.

Come se potesse leggere i miei pensieri, la sua bocca si schiude e la sua lingua cerca la mia. Quasi svengo per il flusso di sangue in direzione del mio inguine.

Il mio cappotto scivola formando un cumulo sul pavimento. Lei interrompe il bacio per sbarazzarsi del suo cappotto, che atterra accanto al mio.

"Divano?" chiede.

Al mio cervello assetato di sangue ci vuole un secondo per capire, ma poi mi ritrovo ad annuire e finiamo sul divano di pelle in un groviglio di braccia, gambe e baci con la lingua. Mi rendo conto che mi ha sbottonato la camicia quando sento la sua mano sul mio petto.

Tremo sotto il suo tocco, e mi tornano in mente i ricordi, l'ultima notte con Emmie, prima che partisse per la crociera con i suoi genitori ed io tornassi a casa a Minneapolis per stare con mio padre. Non voglio pensarci adesso, ma i ricordi sono implacabili.

Mi allontano da Sky.

"Miles? Stai bene?"

"Io…" Non so cosa dirle. Lo voglio. Lo voglio terribilmente, ma non sono sicuro di essere pronto.

"Vieni qua," dice, tendendomi le braccia.

Poggio la testa sul suo petto e lei passa le dita fra i miei capelli in una carezza piacevole che mi aiuta a calmarmi.

"Mi dispiace."

"Non devi dispiacerti. Mi sono goduta pienamente ogni minuto di questa serata, o forse dovrei dire della scorsa serata, dato che è passata la mezzanotte."

"Che cosa fai stasera?" le chiedo.

"Non ho programmi."

"Adesso sì, se vuoi, ovviamente."

"Voglio."

Sapere che ci sarà un'altra occasione mi aiuta a rilassarmi nel suo abbraccio. Piuttosto che contrastare i ricordi che si sono insinuati nel nostro momento speciale, rimugino su di essi. Voglio ricordare Emmie e il mio amore ardente per lei. Voglio sentirmi ancora in quel modo.

Forse adesso che Al Khad è stato catturato posso dirottare la mia sete di vendetta verso qualcosa di più proficuo, come ha suggerito Sky.

Forse posso investire quelle energie in una nuova relazione.

Probabilmente è giunto il momento. Dopo tanto tempo, se sono sincero e se questa serata è un qualche segno di ciò che verrà, ho finalmente trovato qualcuno che valga lo sforzo che farò per provarci di nuovo.

CAPITOLO DICIANNOVE

AVA

Non sono sicura di cosa mi aspettassi dopo la cattura di Al Khad, ma per settimane dopo l'accaduto ho vissuto in un singolare limbo, in attesa di qualcosa. Ma non succede niente e la mia vita va avanti nello stesso modo in cui lo faceva prima di quella serata. I nomi e le fotografie dei militari uccisi nell'attacco alla fine sono stati pubblicati e nessuno di loro è John. Dopo una settimana di servizi ininterrotti, ventiquattr'ore su ventiquattro sul raid e sulla cattura dell'uomo più ricercato sulla Terra, anche i canali dei notiziari hanno dovuto voltare pagina non essendoci altro che potessero dire al riguardo per il momento.

Il governo degli Stati Uniti ha rifiutato di rendere noto dove viene trattenuto Al Khad o cosa succederà in seguito. A parte un intensificato livello di terrore e i cittadini in massima allerta contro eventuali attacchi di ritorsione, non si dice più nulla su Al Khad.

Parlo di questo stato di limbo durante una delle mie sedute regolari con Jessica.

"Ogni volta che il telefono squilla e compare un numero che non conosco, il mio cuore si ferma perché penso, è questo? Sarà lui che mi sta chiamando?”

“Quindi ti aspetti ancora di sentirlo?”

“Razionalmente, no. Ma il mio numero di telefono non è cambiato. Non è fuori dalla sfera del possibile che lui possa chiamarmi.”

“Ci speri, Ava? Vuoi che torni per stare di nuovo con lui?”

“No, non ci spero come facevo un tempo. Più di ogni altra cosa, voglio delle risposte. Se è ancora vivo, voglio sapere dove è stato per tutto questo tempo, perché non mi ha mai detto che sarebbe potuto sparire per anni o perché si è impegnato con me, prima di tutto, se una tale evenienza era possibile.”

Mi asciugo le lacrime che scendono lungo le mie guance, facendomi infuriare. Ho pianto più nelle ultime settimane di quanto io abbia fatto da quando ho iniziato a dire alle persone di John. Per quanto vorrei poter fingere diversamente, la cattura di Al Khad per me è stata una battuta d'arresto.

Anche Eric lo ha notato, ma non ha fatto altro che sostenermi.

“Sono domande assolutamente ragionevoli,” dice Jessica con delicatezza. È sempre così incredibilmente carina con me, anche se ancora dice cose che sono difficili da ascoltare. “Chiunque vorrebbe quelle risposte. Sei troppo dura con te stessa se pensi che non sia ragionevole, da parte tua, voler sapere quelle cose.”

“Sono preoccupata per Eric.”

“Come mai?”

“È veramente difficile per lui. Tenta di nasconderlo, ma ha paura che io possa lasciarlo come ha fatto la sua ex fidanzata.”

“Tu non gli farai mai ciò che gli ha fatto lei,” afferma Jessica con fermezza. La prima volta che le ho raccontato ciò che Brittany aveva fatto a Eric, inizialmente era rimasta scioccata e senza parole. “Sento tante cose terribili in questa stanza, ma quello è a un livello tutto suo. Lui deve sapere che non accadrà con te.”

“Penso che lui sia preoccupato che possano accadere altre cose terribili.”

“Lascia che io ti chieda una cosa...Se John ti chiamasse proprio ora e implorasse il tuo perdono, cosa faresti?”

"Io...Non lo so. Mi farebbe così tanto piacere sapere che sta bene che probabilmente perderei la testa."

"Dopo di ciò...che altro? Lo rivorresti indietro?"

"Io...No, non penso. No. Assolutamente no."

Jessica solleva un sopracciglio. "Non pensi? Assolutamente no?"

"Non accadrà, quindi a che serve fare ipotesi?"

"E se accade, Ava? Probabilmente dovresti avere un piano per sapere come affrontare la cosa."

"Non accadrà. L'unica cosa che avrebbe potuto fare per tutto questo tempo era dare la caccia ad Al Khad. Lo hanno preso, ma ancora non c'è traccia di John. È inutile giocare al gioco del *cosa faresti se.*"

Lei mi lancia un'occhiata scettica ma grazie a Dio non porta avanti quell'interrogatorio. Me ne vado sentendomi giù di corda e arrabbiata, non con lei, ma con John. Come sarebbe, mi chiedo, vivere una vita nella quale lo spettro di John non incombesse ogni minuto? È passato così tanto tempo da quando non dovevo chiedermi dove lui si trovasse, che adesso il chiedermelo è diventato una sorta di lavoro part-time. Sono così stufa di questa cosa, stufa di lui e stufa dell'intera situazione. Sono stanca di parlarne, cosa che ho fatto spesso adesso che la gente sa di lui.

Camille mi ha implorato di parlarne ai miei genitori, cosa che ho fatto estremamente controvoglia il Giorno del Ringraziamento. I miei genitori mi hanno sorpresa con la loro reazione empatica.

"Sapevo che c'era qualcosa che non andava." ha detto Mamma. "Una madre sa queste cose."

"Mi dispiace che tu non ce lo abbia detto prima," ha detto papà. "Avrei voluto che noi potessimo supportarti maggiormente."

"Non hai pensato di chiedergli cosa facesse nell'esercito?" ha chiesto Mamma timidamente.

"Avevo ventun anni ed ero pazzamente innamorata per la prima volta nella mia vita. Non sapevo che avrei dovuto fare delle domande."

Li ho rassicurati circa il fatto che non c'era nulla che loro o altri avrebbero potuto fare per rendere questa situazione più semplice per me. Ma il giorno dopo sono tornata in città da Eric con uno stato d'animo ancor più a brandelli dopo la confessione che ho fatto ai miei genitori.

Dopo aver trascorso una vacanza piacevole con suo padre ed i suoi fratelli, Eric era di ottimo umore e ancora una volta mi ha aiutata a rimettermi in sesto senza nemmeno apparire intento nel provarci.

Adesso abbiamo davanti il nostro primo Natale insieme e abbiamo preso un enorme albero per il loft che abbiamo decorato insieme. Abbiamo organizzato insieme una festa di Natale per i nostri amici e la nostra famiglia che è stata un enorme successo.

Miles è venuto con Sky, che non riusciva a non guardarlo senza sprizzare gioia.

Tutti in ufficio parlano del suo cambiamento, ma io sono la sola a sapere che ha incontrato qualcuno di speciale. Adoro il fatto di sapere qualcosa che nessuno dei miei colleghi sa sul capo che tutti amiamo.

Di recente, dopo una serie di drink dopo un'altra lunga giornata nel circuito della pubblicità, gli ho chiesto perché non volesse che nessuno sapesse della sua nuova relazione.

"Sono stato un importante portavoce per l'associazione dei familiari," ha detto, con aria addolorata. "Così tanti di loro hanno perso genitori, fratelli e figli. Persone che non potranno mai essere rimpiazzate."

"Miles, nessuno di quelli che ti conoscono potrà mai pensare che hai rimpiazzato Emmie. Sanno che non è possibile."

"In più, sono felice in un modo che per molti di loro è impossibile."

"Non ti invidierebbero per questo, sapendo che hai sofferto insieme a loro."

"Forse no, ma preferirei aspettare a farmi vedere in pubblico con Sky fin quando il clamore dell'azione legale non si sarà placato."

"Probabilmente ci vorrà un po'."

"Non andiamo di fretta."

Mi chiedo se lei la pensi allo stesso modo o se si stia allineando a ciò che vuole lui.

Per la vigilia di Natale siamo invitati ad una festa nell'appartamento di Rob e Camille e sono entusiasta che abbiano invitato anche Miles e Sky, che si sono uniti, in via non ufficiale, al nostro branco in città. Facciamo qualcosa in gruppo almeno una volta ogni fine settimana, cosa che lascia a me e a Eric almeno una sera da trascorrere insieme da soli.

Mi piace essere di nuovo in coppia, e in particolare adoro condividere la mia vita con Eric. Praticamente conviviamo nel loft e ultimamente ha suggerito di rinunciare al mio appartamento e di renderlo ufficiale. Ma non abbiamo ancora preso veramente questa decisione, o meglio io non l'ho ancora fatto.

C'è qualcosa che mi trattiene dall'impegnarmi completamente ad andare a vivere con lui. Forse è perché l'ultima volta che sono andata a vivere con un ragazzo, alla fine è andata malissimo.

Eric e io trascorriamo il pomeriggio insieme incartando i regali e facendo l'amore. All'ultimo minuto ci trasciniamo fuori dal letto per farci una doccia e cambiarci per la festa.

"Due ore al massimo e poi torneremo a casa," dice mentre io incarto gli stuzzichini che ho preparato prima.

"Perché questa fretta?"

"Babbo Natale non arriverà fin quando non ci saremo addormentati," dice facendomi l'occhiolino. Indossa una camicia a scacchi rossa che sembrerebbe pacchiana indosso a chiunque altro. Ma addosso a lui, è raffinata, o almeno lo è fin quando non aggiunge una cravatta ricoperta di tanti piccoli Babbo Natale.

"Sapevo già che eri un fanatico del Natale? Mi sembra una cosa che avrei dovuto sapere prima."

"La mia piccola è uno Scrooge sotto mentite spoglie? Mi sembra una cosa che avrei dovuto sapere prima."

Gli sistemo la cravatta e regolo il nodo prima di posare le mie mani sul suo petto.

"Negli ultimi anni il Natale è stato duro per me. Spero che riusciremo a creare dei nuovi ricordi quest'anno."

Lui mi cinge la vita con il braccio e mi bacia. "È questo il piano."

Prendiamo un Uber che ci porta a casa di Rob e Camille e arriviamo contemporaneamente a Miles e Sky. Sono tutti di buonumore mentre ci scambiamo regali scherzosi e beviamo liquore allo zabaione che va giù troppo velocemente.

"Non ubriacarti," sussurra Eric nel mio orecchio dopo circa un'ora alla festa. "Abbiamo dei programmi per dopo."

"Che programmi abbiamo?"

Mi bacia sul naso. "Te lo dirò dopo, ma vacci piano con il liquore allo zabaione."

"Guastafeste."

"Vedremo se lo dirai dopo."

Nel mio orecchio, dice "E...P.S., quel maglione è così sexy che non riesco a guardarti senza sentirmi in imbarazzo."

"Questo coso vecchio?" Ho comprato quel maglioncino di cachemire bianco con il collo ad anello in saldo a Nordstrom e questa è la prima volta che lo indosso.

Il suo grugnito sommesso mi fa ridere. Rido molto in questi giorni. C'è stato un tempo in cui ho avuto buoni motivi per chiedermi se avrei mai riso ancora, ma rimanere seria con Eric è impossibile. È così incessantemente allegro, ottimista e divertente. Con un dito gli faccio cenno di avvicinarsi.

"Che c'è?" mi chiede, inclinando la testa più vicino a me in maniera tale da riuscire a sentirmi nonostante il chiasso.

"Voglio solo che tu sappia che ti amo e che voglio ringraziarti."

"Per cosa?"

"Per avermi rimessa in sesto durante quest'anno."

"Oh, tesoro," dice dolcemente, "tu hai fatto lo stesso con me." Si porta alle labbra le nostre mani intrecciate e bacia il dorso della mia. "Andiamo via di qui."

"Siamo stati soltanto un'ora."

"Non posso più aspettare."

"Cosa?"

"Vieni con me e te lo dirò."

Perplessa dalla sua aria misteriosa e ardente di curiosità, lo aiuto ad intavolare le nostre scuse. Riceviamo parecchi insulti dai nostri amici e dalle nostre famiglie per il nostro congedarci precocemente. Quando siamo fuori, Eric mi avvolge con il suo braccio. "Camminiamo."

Ho lasciato i piatti che ho portato da Camille, quindi possiamo viaggiare leggeri sulla strada verso casa. Anche se fa freddo, l'aria è rinfrescante. Sta cadendo una neve leggera, che rende l'atmosfera ancora ancora più magica.

"Come si fa a non amare il Natale a New York?" chiede Eric, canticchiando *It's Beginning to Look a Lot Like Christmas.*"

"Devo ammettere che le finestre addobbate a festa, il verde, la neve e il senso di attesa sono contagiosi."

"Voglio che questo sia il Natale migliore che tu abbia mai avuto."

"Lo è già."

Mi bacia sulla guancia e accelera il passo finché non gli dico di rallentare perché non riesco a stargli dietro.

Facendomi prendere un colpo, mi prende tra le sue braccia e mi porta in braccio per tutto l'ultimo isolato fino a casa sua, dove mi incarica di aprire porte e serrature.

"Mettimi giù prima di stirarti qualcosa e di rovinare le tue vacanze, e le mie."

"Non ancora," dice, portandomi dentro l'appartamento e depositandomi sul divano.

Mi aiuta a sfilarmi il cappotto e lo lancia, insieme al suo, su una sedia lì vicino.

Poi si inginocchia di fronte a me, mentre la grande stanza è illuminata solo dalle luci bianche scintillanti dell'albero. Mi prende le mani, le bacia entrambe e poi bacia le mie labbra. "Sei la cosa migliore che mi sia mai capitata, Ava. Mi sono innamorato così perdutamente di te che tu sei tutto ciò a cui penso, anche quando dovrei pensare ad altro. Ci sei solo tu. Proprio quando avevo perso le speranze di trovarti, tu eri lì, al matrimonio di mio fratello, così bella, dolce e con tutto ciò che io ho sempre desiderato."

Le lacrime scorrono incontrollabili sul mio volto mentre lo ascolto aprirmi il suo cuore. Gli accarezzo il viso e i capelli e lo bacio.

"Io voglio questo," dice, "solo questo, tu ed io, per sempre. Vuoi sposarmi, Ava?"

"Sì." Non esito neanche per un secondo ad accettare la sua proposta sincera. "Ti amo così tanto e ho amato ogni minuto che abbiamo trascorso insieme."

Lui appoggia la sua fronte sulla mia e si lascia sfuggire un profondo sospiro.

"Non eri preoccupato che io potessi dire di no, non è vero?"

"No, ma sono sollevato che tu abbia detto di sì."

"Non hai nulla di cui preoccuparti quando si tratta di me. Io sono tutta tua."

Ci abbracciamo e ci baciamo come se i baci fossero sul punto di essere dichiarati fuorilegge. E quando finalmente ci separiamo per riprendere fiato, lui sussulta. "Ho dimenticato la parte più importante!" Frugando tra i cuscini del divano, tira fuori una scatolina color blu Tiffany che apre mostrandomi un incredibile anello di diamanti.

Mi copro la bocca mentre una cascata di lacrime scende lungo il mio viso, quando lo osservo infilare l'anello alla mia mano sinistra. "Ecco. Adesso è ufficiale. Spero ti piaccia. Se non ti piace…"

Lo bacio. "Lo adoro, e ti amo. Non vedo l'ora di sposarti." Io e mia sorella saremo sposate a due fratelli. Non è divertente? I miei genitori saranno entusiasti. Loro adorano Eric. Daremo loro la bella notizia di persona domani, quando andremo a cena a Purchase dai miei genitori insieme a Rob, Camille, Amy, Jules e il Signor Tilden.

Eric mi abbraccia talmente forte che respiro a fatica, ma non voglio che mi lasci andare mai. Poi mi raggiunge sul divano, dove festeggiamo il nostro fidanzamento fino alle prime luci dell'alba.

"Buon Natale dolce Ava," mi sussurra prima che io mi arrenda, finalmente, al richiamo del sonno.

"Buon Natale, Eric."

Mi addormento con un sorriso sul volto, ma sogno un soldato malinconico con i capelli scuri e gli occhi di un azzurro intenso che mi insegue in un labirinto senza inizio, senza fine e senza via d'uscita.

CAPITOLO VENTI

ERIC

La definizione di gioia è "una sensazione di grande piacere e felicità." Lo so perché l'ho cercata il giorno dopo che io e Ava ci siamo fidanzati. Un tempo pensavo che non sarei mai più stato in grado di provare gioia autentica, ma Ava mi ha dimostrato il contrario. Le sarò riconoscente a vita per avermi restituito la fiducia nell'umanità.

È giusto che Rob e Camille siano i primi a sapere della nostra grande notizia, perché sono loro il motivo per cui ci siamo incontrati la prima volta. Li andiamo a prendere per andare a Purchase e, una volta che si sono sistemati sul sedile posteriore della mia auto, Ava si volta e mostra il suo gioiello.

Camille si lascia sfuggire un urlo terrificante che ci fa scoppiare a ridere.

"*Gesù*, ragazza," borbotta Rob strofinandosi l'orecchio.

Prendendo la mano di Ava, Camille dà una bella occhiata all'anello. "Ben fatto, Eric. È magnifico."

"Lo adoro," dice Ava, guardandomi raggiante.

Mi fa molto piacere che sia felice dell'anello. È stata un'agonia scegliere quale prenderle e ne ho avuto per un mese mentre facevo il conto alla rovescia per la vigilia di Natale. Ai ragazzi viene detto di non dare mai gli anelli di fidanzamento a Natale o ai compleanni perché contano come regali che la donna finisce per tenersi se la relazione va male. Se questa relazione dovesse andare male, lei può tenere l'anello. Sarebbe l'ultima delle mie preoccupazioni.

L'ultima cosa cui voglio pensare adesso è la peggiore delle mie ipotesi. Oggi voglio sguazzare nella gioia che provo per aver trovato la mia anima gemella, la compagna perfetta e la donna dei miei sogni.

Rob mi dà una stretta sulla spalla, "Congratulazioni, amico. Sono felice per te."

"Grazie," dico, sorridendo a mio fratello dallo specchietto retrovisore.

Ava e Camille chiacchierano durante tutto il viaggio verso Purchase di matrimoni, wedding planner e di locali per matrimoni.

"Preparati," borbotta Rob quando si fermano per riprendere fiato. "Sarà tutto-matrimonio-per-tutto-il-tempo fino al grande giorno."

"Stai tranquillo, Rob," dice Camille. "Quando tutto ciò che devi fare è presentarti in completo e dire 'Lo voglio', non puoi ridere di tutto il processo."

"Sii felice del fatto che non stai per sposare un avvocato," dice Rob. "Almeno avrai una possibilità di vincere veramente in una discussione."

"Ava ed io non litighiamo," dico, stringendole la mano. Il litigio più grande che abbiamo avuto da quando stiamo insieme è stato sul modo in cui caricare la lavastoviglie. Lei è una selezionatrice. Nel suo mondo, l'argenteria deve essere separata per tipologia in scompartimenti diversi durante il carico, cosa che io ritengo una perdita di tempo. Che importa se separi prima o dopo? Secondo la mia amata, è molto importante. Io mi rifiuto di separare. Lei si rifiuta di gettare le posate nel cestino, volente o nolente, incurante di come io lo farei a modo mio. L'ho beccata mentre risistemava quello che avevo messo dentro io, cosa che ci ha portati a bisticciare di nuovo.

A quanto pare, io russo quando bevo, cosa che lei risolve dandomi dei colpetti fin quando non mi sveglio e mi giro.

Come potete vedere, stare con Ava è terribilmente difficile, ma siamo riusciti a farcela nonostante le nostre "differenze". Siamo d'accordo su tutto ciò che conta. Le nostre priorità sono allineate. Teniamo moltissimo alle nostre famiglie e ai nostri amici, alla nostra comunità e alla nostra carriera. Ad entrambi noi piace devolvere il nostro tempo libero al volontariato per cause importanti, come la banca del cibo locale o i programmi doposcuola per i bambini di famiglie disagiate.

Ava è riuscita a coinvolgere il suo intero ufficio, perfino Catty Caitlyn, nel dedicare un sabato ad imbiancare un centro comunitario che porta avanti programmi per i giovani a rischio. Ho dato una mano anche io, principalmente perché non avevo voglia di stare una giornata intera senza di lei.

Sì, sono pazzo di lei fino a questo punto, ma chi se ne frega! Mi rende felice e a me piace essere felice. È un enorme passo avanti dal punto in cui mi trovavo l'anno scorso, quando non sapevo che fine avrei fatto o come sarei sopravvissuto a ciò che Brittany mi aveva fatto. Dopo i mesi che ho trascorso con Ava, Brittany sembra solo un brutto sogno che ha avuto qualcun altro.

Arriviamo a casa dei genitori di Ava e diamo la notizia alle nostre famiglie, che ne sono entusiaste.

"Questo è per le sorelle che sposano i fratelli," dice suo padre, facendo un brindisi durante la cena.

"Sentite, sentite." Mio padre solleva il bicchiere verso di noi. "Sono felice per entrambi voi due."

"Quando sarà il grande giorno?" chiede Jules ad Ava.

"Non ne abbiamo ancora parlato, ma forse l'estate prossima?" Mi guarda in cerca di conferma.

"Qualsiasi cosa tu decida, per me va bene."

"Attento," dice. "Una frase del genere costituisce un precedente pericoloso."

Sua moglie gli dà uno schiaffo in testa, facendo ridere tutti. "Stai *zitto*, Rob."

"Devo ricominciare ad uscire con la gente," dice Amy durante il dolce. "È l'unica cosa che voi due abbiate mai fatto meglio di me."

"*Come ti pare!*" dice Rob, alzando gli occhi al cielo.

"Noi abbiamo fatto *tutto* meglio di te."

"Um, no," dice Amy, indignata. "Non è vero. Chi si è diplomata con i voti più alti alla scuola superiore fra noi tre? Chi si è qualificata per le Olimpiadi giovanili nella ginnastica? Chi è stata la prima a fare abbastanza soldi da potersi comprare la macchina?" Amy si porta una mano accanto all'orecchio. "Cosa? Nessun commento da parte dei miei compagni di utero?"

Faccio una smorfia. "Non parlare di uteri durante la cena di Natale."

"Il Natale ha *assolutamente* a che fare con l'utero," ribatte Amy.

"Se dobbiamo parlare di parti del corpo femminili," dice Rob, con uno sguardo esultante, "allora…"

Qualsiasi cosa avesse intenzione di dire viene attutito dalla mano di Camille sulla sua bocca. "Non ho idea di come intendeva finire quella frase e io, per prima, non voglio saperlo."

Rob le mordicchia la mano e Camille si scioglie ridacchiando.

È un bel primo giorno del miglior Natale che io abbia mai avuto, anche se l'evidente assenza di mia madre rende queste vacanze molto diverse da quelle cui sono abituato. Ma niente può guastare il mio umore oggi. O almeno credo.

AVA

STO VOLANDO IN ALTO DALLA SCORSA NOTTE E DOPO LA GIORNATA meravigliosa con le nostre famiglie. L'emozione per il nostro fidanzamento e il parlare dei preparativi del nostro matrimonio oggi mi hanno consumata. Finché non torniamo a casa, non mi rendo conto di non aver mai dato a Eric i regali che ho comprato per lui, che sono sotto il nostro albero da settimane.

"Vieni ad aprire i tuoi regali," gli dico, prendendogli la mano per condurlo al divano.

"Anche io ho qualcosa per te."

"Mi hai dato un anello! Direi che è abbastanza."

"Quello era un regalo per la vita, non un regalo di Natale."

Adora la cornice che gli ho preso per il suo ufficio e che ho riem-

pito con tonnellate di foto di noi due insieme, e lui vuole vedere ogni
foto prima di passare al regalo successivo, un dipinto incorniciato con
le seguenti parole scritte in un bellissimo carattere corsivo:

"Quando ero sul fondo, tu eri lì e mi hai sollevato."

"Lo adoro, Ava," dice con voce sommessa. "Potrei dire lo stesso
di te."

"Pensavo che potremmo trovare un posto in cui metterlo dal quale
possiamo godercelo entrambi."

"In camera da letto."

"Per me va bene."

Mi cinge con un braccio e mi bacia. "Grazie. Non solo per questo,
ma per tutto."

Sorrido e ricambio il suo bacio. "Idem."

I miei regali per lui includono dei posti a bordo campo per veder
giocare i suoi amati Knicks contro i Lakers al Madison Square Garden.

"Come hai fatto a trovare i posti a bordo campo?" mi chiede, chiaramente entusiasta del regalo.

"Una sola parola: Miles."

"Lo amo, quasi quanto amo te. È favoloso. Grazie!"

La sua felicità è la mia felicità. È veramente così semplice.

Lui mi ha preso i biglietti per andare a vedere "Hello, Dolly" a
Broadway e la mia prima T-shirt in assoluto con scritto "I Love NY",
che lui ha detto che dovevo per forza avere in qualità di abitante ufficiale della città di New York. L'ultima cosa che mi dà è la lingerie più
sexy che io abbia mai avuto, di La Perla.

"Non vedo l'ora di vedertela addosso."

"Non ci penso proprio a farti aspettare."

Lanciandogli uno sguardo provocante, mi alzo e vado in camera a
cambiarmi. La camicia da notte a baby-doll in pizzo color nero e
lavanda non lascia veramente nulla all'immaginazione, cosa che, naturalmente, è lo scopo principale. Indosso il perizoma abbinato e
completo il tutto con un paio di tacchi a spillo. Ancheggio un po'
mentre sfilo per Eric.

Mi fissa con gli occhi in fiamme. Roteando le dita, mi invita a
girarmi e a mostrargli la schiena.

Gli sorrido da sopra la mia spalla. "Che cosa ne pensi?"

"Penso," dice lentamente, "Che devo essere il ragazzo più fortunato che sia mai esistito."

Gironzolo fino ad arrivare da lui, e puntellandomi sulle ginocchia sopra di lui, gli salgo sopra e faccio scorrere le mie dita fra i suoi capelli.

"La fortuna è di entrambi."

Lui afferra il mio sedere e mi attira stretta contro la sua erezione. "Nah. Io sono molto più fortunato di quanto lo sia tu."

"Assolutamente no."

"Mmm," dice, baciandomi. "Assolutamente sì."

La "discussione" finisce in un pareggio, mentre entrambi "vinciamo" facendo l'amore proprio qui, mentre io sono sopra di lui. Sento il suo amore per me in ogni bacio, ogni carezza ed ogni spinta profonda del suo pene. Tra le sue braccia, riesco a lasciar andare ogni cosa e a donarmi completamente a lui. Non posso credere che fare l'amore sia diventato perfino più intenso da quando siamo fidanzati, ma è qualcosa che deve essere detto riguardo all'impegnarsi.

Dopo, restiamo sdraiati sul divano mentre le luci dell'albero di Natale proiettano un bagliore soffuso e romantico su di noi. Fuori il vento ulula e la neve prevista per stanotte inizia a cadere.

"Questo è il Natale migliore che io abbia mai avuto," gli dico, accarezzandogli il braccio con la mano.

"Prima stavo pensando la stessa cosa. Dovremo impegnarci tantissimo per fare meglio di questo Natale."

"Sono pronta per questa sfida, se lo sei anche tu."

"Abbiamo una vita intera di giorni di Natale da aspettare con ansia, e affronterò volentieri questa sfida."

Sono sul punto di appisolarmi quando il mio cellulare vibra per un messaggio che ignoro.

Di qualsiasi cosa si tratti, può aspettare fino a domani. Poi vibra altre tre volte in rapida successione e inizio a temere che ci sia qualcosa che non va. "Fammi controllare"

Eric mi lascia andare così prendo il cellulare sul tavolino. I messaggi sono di Miles:

Ava? Sei sveglia?

Hai visto il notiziario?

Ava?

Accendi la Tv.

Fisso a lungo il telefono, dilaniata tra il desiderio di sapere cosa è successo ed il desiderio di non saperlo. Questo è stato il giorno migliore della mia vita e non voglio che niente lo rovini. Non molto tempo fa un messaggio del genere mi avrebbe fatta volare in cerca del telecomando. Adesso, non voglio sapere. Ma Miles può vedere che ho letto i messaggi, così gli rispondo.

Sto andando a dormire. Che succede?

Mi risponde immediatamente. *I collaboratori di Al Khad hanno divulgato una registrazione che mostra come i soldati americani hanno attaccato la sua famiglia e altri civili. Hanno scoperto i commando degli Stati Uniti che hanno organizzato il raid. È su tutti i notiziari. Puoi vedere le loro facce...*

La voce di Eric è roca per via del sonno. "Che succede?" Poiché non rispondo, si tira su, poggiandosi su un gomito. "Tesoro, stai tremando. Che cosa c'è che non va?"

Gli passo il mio telefono per fargli leggere i messaggi di Miles.

"Oh mio Dio. Vuoi vedere il video?"

"Io...Non lo so. Una parte di me vorrebbe, ma una parte più grande di me non vuole."

"Vuoi che guardi io al posto tuo?"

Una volta gli ho mostrato una foto di John, quindi sarebbe in grado di riconoscerlo. "Io...Non so cosa fare."

"Farò qualsiasi cosa tu vuoi che io faccia."

"Per ora abbracciami e basta. È ciò di cui ho bisogno."

"Non c'è altro che vorrei fare più volentieri."

Mi volto verso di lui e lascio che mi avvolga con il suo amore ed il suo calore, che riesce ad alleviare moltissimo il tremito incontrollabile che mi fa sentire debole.

"Sono proprio qui, tesoro, e sarò sempre qui, qualsiasi cosa accada. Ti amo così tanto. Niente più ti farà soffrire, non fin quando io avrò respiro."

Quando chiudo gli occhi, le lacrime escono dagli angoli. Sono distrutta dalla possibilità di accendere la TV e vederlo, che sarebbe semplice come premere il tasto di accensione, dall'idea che la maggior parte delle domande che mi hanno tormentata per anni potrebbero trovare risposta in pochi minuti. Questa possibilità mi ha completamente paralizzata nell'indecisione.

"Dimmi cosa posso fare per te," dice Eric dopo un lungo silenzio.

È questione di pochi minuti, mi diventa chiaro che non avrò mai pace finché non avrò visto, anche se provo a convincermi di poter aspettare fino a domani. Potrebbe essere vero, ma per quanto vorrei evitare questo ulteriore sviluppo, non posso. Devo sapere.

"Ti dispiacerebbe se io accendessi la TV?"

"Naturalmente no." Mi lascia alzare e avvolge una coperta attorno a entrambi noi due mentre prendo il telecomando.

Le mie mani tremano mentre accendo la TV e mi sintonizzo sul canale della CNN, sul quale enormi lettere rosse annunciano le notizie dell'Ultim'Ora.

Dopo pochi minuti di ascolto degli opinionisti che analizzano la situazione, il conduttore dice, "Per i telespettatori che si sono appena sintonizzati, l'organizzazione di Al Khad ha pubblicato un video della sicurezza che mostra il raid del commando nel complesso in cui il terrorista era nascosto insieme alla sua famiglia e ai suoi più stretti collaboratori. Dobbiamo avvisarvi che parti del video sono difficili da vedere e che non sono adatte ai bambini."

Il network mostra solo frammenti del video, e la cosa è più irritante che qualsiasi altra.

"Ho trovato il video completo online," dice Eric, girando il suo PC portatile verso di me.

Guardo il video pervasa da un sentimento di terrore e di attesa. Vedo uomini in mimetica con pesanti giubbotti antiproiettile sul loro petto, i volti coperti da una specie di vernice, armi che aprono la strada mentre entrano nell'edificio da ogni lato, un attacco ben coordinato che coglie di sorpresa gli occupanti.

Colpi di arma da fuoco esplodono in una furia di fiamme e di suoni.

Le donne urlano e si precipitano sopra i loro figli.

Una donna che brandisce un coltello si avvicina al commando e viene colpita a morte.

Altre urla, parole in una lingua che non riconosco, suppliche di pietà che sono riconoscibili in qualsiasi lingua.

Afferro la mano di Eric e la tengo stretta mentre osservo l'attacco che si svolge con una ricerca metodica in tutte le stanze, altri colpi d'arma da fuoco, urla in inglese, altre grida… Se non sapessi la verità, penserei che sto guardando un film d'azione e non una tragedia realmente accaduta. Sembra surreale.

Non riesco a vedere i volti degli Americani, solo le loro schiene. Sta accadendo tutto talmente in fretta che non riesco a capire molto di ciò che vedo sullo schermo.

Una donna spara a uno dei soldati del commando americano e viene subito giustiziata da uno dei suoi colleghi.

"Portalo fuori di qui," urla qualcuno.

Un altro dei militari si gira e un volto che non riconosco viene esposto alla vista di tutto il mondo, mentre si prende cura del fratello caduto a terra.

Gli altri vanno avanti, riversandosi su una rampa di scale e rispondendo al fuoco con una raffica di proiettili.

Sono così spaventata che respiro a fatica. Ho aspettato tutto questo tempo per scoprire cosa ne è stato di John solo per osservare mentre viene ucciso? Non sono sicura che riuscirei a sopravvivere a una cosa del genere. Vorrei guardare qualsiasi cosa tranne la televisione, ma non riesco a costringermi a distogliere lo sguardo.

"Respira, Ava" dice Eric, con le labbra che sfiorano la pelle febbricitante del mio viso.

Costringo l'aria a scendere nei miei polmoni mentre assisto alla perlustrazione sistematica del secondo piano.

Si sente un urlo, esplodono altri colpi di arma da fuoco, un altro dei soldati viene colpito e qualcuno grida, "L'ho preso! Qui dentro!"

Per qualche secondo, tutto ciò che si vede sullo schermo sono fiamme, urla, esplosioni che colpiscono l'edificio e la telecamera che sta filmando ciò che accade sotto di essa. Quando la polvere si posa e il fumo si dissolve, due uomini riemergono dalla stanza dove tutto è accaduto. Trascinano un terzo uomo, che è Al Khad.

Uno dei due uomini con lui è John.

Mi lascio sfuggire un grido angosciante.

"Oh mio Dio," sussurra Eric stringendo la presa su di me.

I singhiozzi mi scuotono mentre guardo lui e i suoi colleghi che lottano per trascinare Al Khad nel corridoio e poi sulle scale, dove vengono accolti da altri colpi di arma da fuoco.

John cade a terra e io urlo.

Eric è lì, le sue braccia attorno a me, le sue parole dolci e incoraggianti anche se non riescono a penetrare la nebbia che avvolge il mio cervello.

Ho appena assistito alla sua uccisione? È morto e non hanno mai pubblicato il suo nome? John West è veramente il suo nome? Non sopporto più di guardare. Isterica e inconsolabile, affondo il volto nel petto di Eric.

Come sottofondo sento i giornalisti intenti a sviscerare ciò che abbiamo appena visto, come se avessimo bisogno del loro aiuto per comprenderlo. L'unica cosa che voglio sapere è l'unica cosa che non possono dirmi.

CAPITOLO VENTUNO

AVA

Le ore successive trascorrono in un turbinio di lacrime, confusione e panico. Sono completamente a pezzi.

A un certo punto, Eric deve aver chiamato mia sorella, perché lei e Rob arrivano, anche se a quel punto è notte fonda.

Camille si siede con me, mentre Eric si confida con suo fratello.

"Posso portarti qualcosa?" chiede mia sorella.

Scuoto la testa. Non saprei cosa chiedere. Sono stordita, terrorizzata e angosciata e ho paura che la mia reazione a quest'ultima notizia possa rovinare il mio rapporto con Eric. Quest'ultimo pensiero mi fa singhiozzare di nuovo. Non posso perdere anche lui. Non posso proprio.

"Ava, tesoro," dice Camille, sembrando disperata. "Non sappiamo ancora niente. Per quanto ne sappiamo, potrebbe stare bene."

"Eric..."

"Che mi dici di lui?"

"Questo è troppo per lui. Lo so."

"No," risponde Camille. "Assolutamente no. Ti adora. Camminerebbe sul fuoco per te."

Vorrei crederci, ma, a poco più di ventiquattro ore da quando ho accettato la sua proposta, sto piangendo per il mio ex ragazzo. Di nuovo. Potrebbe essere più di quanto un uomo possa sopportare, anche per uno che mi adora alla follia.

Viene a sedersi sul tavolino di fronte a me, il viso rigato dalla tensione, gli occhi rossi di stanchezza. "Rob ha un'idea di cui voglio parlarti," dice.

"Quale idea?" Mi asciugo il viso e cerco di non pensare a quanto sia rosso e gonfio. Abbiamo veramente fatto l'amore proprio qui su questo divano solo poche ore fa?

"Nostro padre conosce il vicepresidente. In passato hanno fatto la campagna elettorale insieme e sono rimasti in contatto. Rob vuole chiamare papà e chiedergli di contattare il vicepresidente per vedere cosa possiamo scoprire per te. Ma solo se lo vuoi."

È questo che voglio? Non lo so.

"Ava," dice Camille con lo stesso tono gentile che usa con me da quando è arrivata. "Lascia che Rob faccia la telefonata. Starai meglio quando saprai la verità."

"Davvero?" Le chiedo con un tono che non merita. Ma non posso farci niente. "Starò meglio se lo so?"

Camille guarda Eric, cercando delle risposte che non ha nessuno di noi.

"Mi dispiace," le dico. "Non voglio essere brusca con te."

"Sii come devi essere. Non preoccuparti per me."

Un giorno, tra molti giorni, dovrò ringraziarla per il suo sostegno.

"Che cosa vuoi che facciamo, tesoro?" chiede Eric, tenendomi per mano.

"Io... Chiama tuo padre. Vedi cosa può scoprire."

Mi bacia la fronte. "Ok." Lascia le mie mani e si alza per parlare con Rob.

Mi appoggio a Camille, chiedendomi quanto dovrò aspettare prima di sapere cosa è successo a John.

.   .   .

LE RISPOSTE SONO DIFFICILI DA TROVARE QUANDO TUTTO È CHIUSO PER le vacanze. Con il mio ufficio chiuso per tutta la settimana, non ho niente per tenere occupata la mia mente inquieta, mentre aspetto di sapere qualcosa, qualsiasi cosa, in merito a ciò che il governatore Tilden ha richiesto per me.

Una cosa che non è chiusa per le vacanze sono i social media. Su Twitter si scatenano con le speculazioni sul raid, sugli uomini i cui volti sono stati resi pubblici e sul desiderio famelico di informazioni, così diffuso nell'era digitale. Su consiglio di mia sorella e di Eric, mi tengo alla larga da tutti i social media.

Mentre aspetto, sono circondata da familiari e amici ben intenzionati che mi vogliono aiutare, ma non c'è niente che possano fare per alleviare la tensione che mi rende impossibile mangiare o dormire o comportarmi normalmente.

Sky chiama Jessica, che sottrae un po' di tempo alla sua famiglia per trascorrere un paio d'ore con me, cercando di aiutarmi a superare quest'ultima battuta d'arresto. Come sempre, parlare con lei mi aiuta, ma non allevia il terribile stress che mi accompagna quando sono sveglia. Anche quando dormo, sono perseguitata da sogni inquietanti in cui cerco John in un labirinto senza fine, ma non riesco a trovarlo.

Passo una quantità smisurata di tempo a immaginare i possibili scenari.

Nel primo scenario, John è stato ucciso quella notte in Afghanistan.

Nel secondo, è sopravvissuto ma è stato ferito così gravemente che non può mettersi in contatto con me.

Nel terzo, è stato ferito ma si è ripreso nei mesi successivi, e ha scelto di non contattarmi.

Stranamente, è l'ultima opzione quella che mi provoca più dolore. Che possa essere là fuori, da qualche parte, tornato dal dispiegamento di cinque anni, e che non si sia mai preoccupato di farmelo sapere, è in qualche modo peggiore della possibilità che possa essere morto.

Sono così stanca di immaginare scenari. Sono stufa di essere ossessionata da lui. Sono stanca che i pensieri di lui affoghino tutto il resto. Dovrei organizzare un matrimonio e immaginare il mio futuro con il mio fidanzato meraviglioso, ed eccomi ancora una volta impantanata nell'incubo del passato. Mi trascino fuori dal letto ed entro nella doccia per la prima volta dopo giorni.

L'acqua calda allevia lo sforzo e la tensione che mi hanno invaso. Mi lavo e metto il balsamo sui capelli, mi rado le gambe e ne esco sentendomi me stessa, come non lo ero dalla notte di Natale.

Eric e io avevamo dei piani per questa settimana di vacanza insieme, la *staycation* l'abbiamo chiamata. Abbiamo una lista di film che vogliamo vedere, ristoranti che vogliamo provare e progetti per il matrimonio. Mi asciugo i capelli, applico una quantità minima di trucco per essere presentabile e mi vesto con un maglione e dei jeans che, secondo Eric, fanno cose meravigliose per il mio culo.

Esco dalla camera da letto e trovo Eric seduto al bar, il suo portatile aperto e una tazza di caffè accanto a lui. Posso dire di averlo colto di sorpresa, quando gli avvolgo le braccia da dietro e gli bacio il collo.

"Ehi, piccola. Hai un buon profumo."

"Mi dispiace."

"Per cosa?"

"Aver perso la testa, essermi nascosta, non aver fatto la doccia, aver dormito tutto il giorno... Per cominciare. Ho rovinato la nostra *staycation*, ma adesso basta. Andiamo al cinema."

"Non siamo obbligati, Ava , se non te la senti."

"Me la sento. Voglio uscire da qui e seguire i piani che abbiamo fatto per questa settimana. Stare seduti a rimuginare non serve a niente. Per favore, vuoi venire al cinema con me?"

Si gira verso di me e mi accarezza il viso. "Verrei in capo al mondo con te."

Sorrido per la prima volta dopo giorni. "E quando torneremo a casa, ti mostrerò quanto il tuo amore e il tuo sostegno abbiano significato per me."

Il suo sopracciglio si solleva. "Mostrarmi come, esattamente?"

"Dovrai aspettare e vedere."

"Non è giusto."

Contenta della sua reazione e del ritorno di una parvenza di normalità tra noi, mi allontano da lui, guardandomi alle spalle. "Prima andiamo al cinema, prima torniamo a casa..."

Salta dallo sgabello, che si rovescia con uno schianto enorme. "Figlio di puttana," borbotta mentre io scoppio a ridere.

È bello ridere, scherzare con lui, stare con lui. Mi fa sentire bene, sempre. Anche nei momenti peggiori.

"Mi fai un favore?" Gli chiedo dopo che ha sistemato lo sgabello e mi ha raggiunto nell'atrio per indossare il cappotto.

"Qualsiasi cosa".

"Lasci il tuo telefono a casa?" Spengo il mio e lo metto sul tavolo dove teniamo le chiavi.

"Volentieri." Lui spegne il suo, lo sistema accanto al mio e mi segue fuori, per qualche ora lontani dallo stress dell'attesa.

Eric mi lascia scegliere il film e io scelgo la cosa più divertente che riesco a trovare. L'umorismo è puerile, ma le risate sono terapeutiche. Dopo il film andiamo a cena e proviamo un nuovo locale italiano di cui abbiamo sentito parlare molto bene e che si trova nel quartiere. Le risate, il cibo, il vino e la buona compagnia funzionano bene per lenire ciò che mi affligge. Durante la cena, abbiamo la prima vera conversazione sul nostro matrimonio. Non mi sorprende che siamo d'accordo sul fatto che vogliamo una cerimonia raccolta e intima, forse su una spiaggia, al più tardi la prossima estate.

Torniamo a casa di buon umore. Volendo rimanere nella bolla in cui siamo stati da quando siamo usciti, lasciamo i nostri telefoni sul tavolo e andiamo a letto, entrambi desiderosi di riconnetterci fisicamente oltre che emotivamente.

Eric è incredibilmente tenero con me, come se sapesse quanto sono ancora fragile, nonostante lo sforzo che ho fatto oggi. Mi sfiora con le sue mani e le sue labbra e mi rivolge parole che mi fanno aggrappare a lui, la mia roccia nella tempesta.

"Ti avevo promesso una ricompensa, quindi non mi sembra giusto," gli dico.

"Fare l'amore con te è l'unica ricompensa di cui avrò mai bisogno." Afferra i miei fianchi ed entra lentamente dentro di me, rivolgendomi uno sguardo carico di amore e affetto e desiderio così intenso da togliermi il respiro. "Ti amo così tanto. Più di quanto tu possa immaginare."

"Anch'io ti amo."

Sembra sollevato nel sentirlo, e mi addolora sapere che ha sofferto insieme a me in questi giorni, ma in modo diverso. Ha avuto motivo di dubitare che io sia ancora impegnata con lui, con noi. Voglio che sappia che lo sono, che lo sarò sempre, che niente e nessuno potrà mai cambiare ciò che provo per lui.

Gli do tutto quello che ho. È tutto suo. Ogni parte di me è sua.

Veniamo insieme, ansimando e aggrappandoci l'uno all'altro, aggrappandoci all'unica cosa che ha senso per entrambi. Poi, sentendomi al sicuro nel conforto dell'abbraccio amorevole di Eric, cado in un sonno profondo e senza sogni.

ERIC

MI SVEGLIO PERCHÉ QUALCUNO BUSSA ALLA PORTA. DORMIVO COSÌ profondamente che ci vuole un attimo perché il mio corpo stia al passo con il mio cervello. Poi mi allontano da Ava e mi infilo i pantaloni della tuta prima di andare a vedere chi diavolo stia bussando alla mia porta - e come diavolo hanno fatto ad entrare senza che io gli abbia aperto il portone.

Nello spioncino, vedo la faccia scontrosa di mio fratello e apro la porta per farlo entrare.

"Che *cazzo*, Eric!" esclama Rob, precipitandosi dentro casa. "Perché avete i telefoni spenti?"

Mi strofino il viso, cercando ancora di svegliarmi. "Li abbiamo spenti ieri. Ava voleva prendersi una pausa."

"È da ieri sera che cerco di chiamarti."

Il mio stomaco si contrae per il terrore. Voglio tornare indietro, spingerlo fuori dalla porta e richiudere tutte quelle serrature per tenere fuori qualsiasi cosa sia venuto a dirmi.

"Il *suo* ragazzo... è vivo".

Voglio urlare che non è il suo ragazzo. Sono *io* il suo ragazzo. Ma non lo dico. Non dico nulla mentre cerco di elaborare cosa significa che lui è vivo e che non ha cercato di mettersi in contatto con lei. Cosa significherà per lei? O meglio, cosa significherà per *noi*?

"Che altro?"

"Questo è tutto. Questo è tutto quello che ci hanno detto. Papà ha cercato di avere più informazioni, ma il vicepresidente gli ha detto che tutto ciò che riguarda il raid è ancora riservato, anche se la controparte ha rilasciato quel video. A quanto pare, il vicepresidente ha dovuto fare una richiesta speciale allo Stato Maggiore per ottenere queste poche informazioni."

"Quindi non le diranno dove si trova?"

Rob scuote la testa. "No."

"È una cazzata."

"Hai ragione."

Guardo verso la camera da letto, dove Ava sta dormendo. Ho il terrore di doverle dire questo. È stato un tale sollievo vederla tornare ieri, in qualche modo, alla normalità. Questa notizia la farà tornare indietro - di nuovo - e non posso sopportarlo né per lei né per me.

"Stai bene?" mi chiede Rob, guardandomi con il tipo di sensibilità che proviene da una vita passata a prendersi cura l'uno dell'altro.

"Sto... non so come mi sento. Voglio sostenerla, capisci?"

Lui annuisce. "Certo che lo vuoi."

"Ma ho una paura fottuta che lui ritorni a ballare il valzer nella sua vita e lei se ne vada con lui, come se io non fossi mai esistito." È la prima volta che do voce alla mia paura più profonda e odio quanto sono egoista a preoccuparmi di me stesso, quando tutta la mia attenzione dovrebbe essere rivolta a lei e a quello che sta affrontando.

"Eric... Mio Dio. Non succederà."

"E tu come fai a saperlo?"

"Lei ti ama. È evidente agli occhi di tutti. È pazza di te. Non andrà da nessuna parte."

"Lei una volta era pazza anche di lui."

"Ne è passata di acqua sotto i ponti da allora. Non è possibile che provi gli stessi sentimenti di un tempo."

"Quel tipo è un eroe nazionale. Come posso competere con lui?"

"Non devi competere con lui. Non c'è competizione. Lui l'ha lasciata. Tu no. Hai vinto tu."

"Se solo fosse così semplice. Non l'ha lasciata perché lo voleva. Ha dedicato anni della sua vita a rendere questo mondo un posto più sicuro per tutti. Dannazione, io stesso sono mezzo innamorato di lui per quello che ha fatto per tutti noi."

Rob scoppia a ridere.

"Dimmi che questo non si trasformerà in una seconda Brittany," dico, avendo bisogno delle sue rassicurazioni.

"Non esiste, cazzo. Ava non è affatto come quella stronza. Se succedesse la cosa peggiore possibile, almeno avrebbe la decenza di dirtelo in faccia."

Le sue parole sono come una freccia acuminata al mio cuore, di cui lui si rende subito conto.

"Questo non succederà, fratello." Dice quello che ho bisogno di sentire, ma vedo che anche lui è preoccupato e questo non aiuta. Neanche un po'.

"Grazie per essere venuto, e scusa se ti ho fatto preoccupare."

"Nessun problema. Che cosa succederà adesso?"

"Le dirò quello che hai scoperto e partiamo da lì." Spero di sembrare forte e sicuro di me, perché sto tremando dentro.

Posso ingannare molte persone. Rob non è fra di esse. Mi mette le mani sulle spalle e mi costringe a guardarlo negli occhi. "Lei ti ama. Potrebbe peggiorare prima di migliorare, ma alla fine della giornata, andrà tutto bene. Mi hai capito?"

Annuisco perché è quello che ha bisogno che faccia per potermi lasciare.

Con un atteggiamento che gli appartiene poco, Rob mi abbraccia e mi bacia la guancia. "Sono qui se hai bisogno di me."

"Grazie." Sono ridicolmente commosso dalla sua insolita dimostrazione di affetto.

Dirigendosi verso la porta, dice: "Oh, e accendi il tuo cazzo di telefono." La porta si chiude dietro di lui, lasciandomi solo con le mie paure. Faccio uno sforzo immane per tenerle sotto controllo prima di tornare in camera da letto. Non voglio che Ava sappia quanto sono nervoso. Voglio che veda fiducia e forza quando mi guarda, non paura.

Non posso mai mostrarle la paura.

Vado in camera, scivolo nel letto accanto a lei, mi accoccolo contro il suo corpo caldo e le bacio la spalla. Odio doverlo fare, ma non posso risparmiarle la verità, anche se le farà male.

"Dov'eri?" chiede, con un tono brusco a causa del sonno. Non dormiva bene da giorni fino a ieri sera, quando non si è mossa per nove ore.

"È passato Rob."

"Come mai?"

"I nostri telefoni erano ancora spenti e lui aveva delle novità."

Come se fosse stata folgorata, il suo corpo si irrigidisce. Si gira verso di me, spostandosi i capelli dal viso. "Qualunque cosa sia, dilla e basta. Dillo, Eric. Ti prego..."

"È vivo."

CAPITOLO VENTIDUE

JOHN

Il dolore è l'unica costante della mia vita. Mi fa male ogni parte del corpo, specialmente la parte che non c'è più. Il dolore fantasma, qualcosa che un tempo avrei definito come una stronzata, è peggio dell'agonia fisica, ma anche quella non ha niente a che vedere con la disperazione emotiva che mi affligge come una febbre che non se ne andrà mai.

Cinque anni, nove mesi e diciotto giorni.

Ecco quanto tempo è passato da quando ho visto Ava, l'ho tenuta tra le mie braccia, ho baciato le sue labbra, mi sono perso nel suo dolce corpo e mi sono sentito completo in un modo che non ho mai provato né prima né dopo.

Sono intrappolato in un incubo creato da me e iniziato la notte in cui l'ho incontrata in uno squallido bar fuori dalla base e che, da allora, è continuato ogni notte, soprattutto le oltre duemila notti che ho trascorso lontano da lei, dovendo preoccuparmi ogni minuto se sta bene, se mi odia, se ha qualcun altro. Non la biasimerei se mi odiasse. Me lo merito e lo ammetto. Ma il pensiero di lei con qualcun altro mi uccide in un modo che il proiettile di un nemico non ha fatto, anche se ci è andato vicino.

La notte dell'incursione mi hanno sparato alla coscia, il proiettile mi ha colpito all'arteria femorale. Da quello che mi è stato detto molto più tardi, sono quasi morto dissanguato sull'elicottero. Un laccio emostatico applicato da uno dei medici mi ha salvato la vita, ma alla fine ho perso la gamba e sono quasi morto una seconda volta per un'infezione che mi ha devastato per un mese intero.

Non ricordo nulla di tutto questo. Mi hanno detto che è stata una benedizione. Abbiamo preso Al Khad. Questa è la prima cosa che mi hanno riferito quando ho ripreso conoscenza. Dovrebbe essere l'unica cosa che conta, ma non ha più importanza. Ho dato a quel figlio di puttana tutto il tempo che potrà mai avere da me. Ho sentito che l'abbiamo lasciato vivere, ma per me è morto.

È passato un altro mese prima che fossi abbastanza forte per la fisioterapia, che è stata una vera e propria tortura, peggio di qualsiasi cosa abbia mai sopportato, anche lasciare Ava, sapendo che potrei non vederla mai più.

Mi rifiuto di contattarla finché non sarò abbastanza forte per stare di nuovo in piedi. Mi avvicino sempre di più a quel momento. Le mie forze stanno tornando, lentamente, fottutamente lentamente. Ma stanno tornando. Ogni giorno che passa, mi sento meno invalido del giorno prima. Ogni giorno che passa è un giorno in meno che mi separa da quando sarò pronto per lei.

L'ufficiale di collegamento della Marina che mi è stato assegnato mi ha portato un nuovo cellulare, che sta sul tavolo della mia stanza nell'ospedale per la riabilitazione, torturandomi all'idea di quanto sarebbe facile prenderlo, digitare quel numero che conosco a memoria e sentire la sua voce, come la luce alla fine del tunnel più lungo e più buio.

Ma non voglio che lei mi veda così, l'ombra dell'uomo che ero una volta. Voglio tornare da lei integro, o integro come potrò mai essere dopo aver perso una gamba. Voglio essere forte e capace e pronto a perorare la mia causa con lei.

Non mi faccio illusioni. Affronto una battaglia in salita quando si tratta di lei. Ho fatto una cosa terribile, tremenda, orribile nei suoi confronti facendomi coinvolgere quando sapevo che un giorno avrei dovuto lasciarla. Certamente non mi sarei mai aspettato una missione per più di cinque anni sulle aspre colline di uno degli spazi più ostili del pianeta.

Se sei anni fa avessi saputo quello che so ora, avrei evitato di passare accanto alla dolce ragazza nel corridoio fuori dai bagni. Mi sarei scusato per la mia goffaggine e sarei andato avanti con la mia vita, senza sapere cosa mi sarei perso. Le avrei risparmiato me e quello che le ho fatto passare.

Ma non le sono passato accanto. Invece, ho sottoposto entrambi al tipo di tortura che di solito si trova nelle mani del nemico. Non posso immaginare cosa abbia dovuto affrontare durante la mia assenza, ma di sicuro so cosa ho sopportato io preoccupandomi di cosa ne è stato di lei, cosa ha fatto quando me ne sono andato e non sono più tornato.

Lei non mi deve niente. Meno di niente, se devo essere sincero. Sono pronto a tutto e a niente, o almeno così mi dico. Potrebbe rifiutarsi di vedermi, e penso di poterlo sopportare. Ma nel frattempo, lei è la mia ispirazione, l'unica ragione per cui sto lottando così duramente per recuperare la mia mobilità.

Tutto quello che faccio è per lei. Per la possibilità che forse, solo forse, lei senta ancora un briciolo di quello che provava una volta, prima che io distruggessi la nostra storia. Mi rifiuto di tornare da lei finché non sarò in grado di prendermi cura di me stesso. Sono già stato abbastanza un peso per lei.

Sono a letto con le tende tirate per ripararmi dal sole del tardo pomeriggio, sento gli occhi pesanti mentre cerco di rilassare i muscoli che tremano violentemente. Il dolore all'arto mancante è quasi insopportabile, ma nelle ultime settimane ho rifiutato i narcotici. Non mi piace il modo in cui mi fanno sentire né il fatto che io abbia cominciato ardentemente a desiderarne di più.

Apro gli occhi perché qualcuno bussa alla porta. Di solito non mi danno fastidio dopo le estenuanti sessioni quotidiane di fisioterapia . Molte volte dormo fino all'ora di cena, perché sono esausto.

"Avanti."

Il collegamento, un capitano di corvetta dai capelli scuri di nome Muncie, infila la testa nella porta. Non ricordo il suo nome, anche se me l'ha detto una volta. È un tipo abbastanza simpatico e ha cercato di essere utile, ma più che altro mi infastidisce con il suo ottimismo e le sue stronzate.

La Marina degli Stati Uniti può succhiarmi il cazzo per quanto mi riguarda. Anche se non avessi perso una gamba e non avessi dovuto affrontare il congedo medico, avrei chiuso con la mia "carriera" navale. Da quello che mi è stato detto, sono stato promosso due volte mentre ero via, e apparentemente, ora sono un capitano. Un maledetto O-6. Un tempo, quel grado sarebbe stato un sogno che si avverava. Ora, non me ne potrebbe fregare di meno neanche se ci provassi.

"Pensavo fossi andato a casa per le vacanze," dico.

"Infatti, ma sono tornato prima, signore."

Provo una certa inquietudine chiedendomi cosa l'abbia fatto tornare prima e cosa abbia a che fare con me. "Che cosa vuoi?"

"Ha un minuto, signore?"

La domanda mi fa incazzare. Ho *tutti* i minuti del mondo e lui lo sa, cazzo. "Smettila di gironzolare. O entri o vaffanculo."

Entra. "Mi hanno detto che oggi è di buon umore, signore."

"Questo sono io di buon umore, e smettila di chiamarmi signore quando siamo solo noi due." Lo rendo nervoso, e una parte malata di me ne gode. Mi prendo le mie emozioni quando posso.

"Mi dispiace disturbarla, signore, ma dobbiamo parlare."

"Di cosa?"

"Ci sono stati alcuni sviluppi nella, ehm , situazione, e mi hanno chiesto di aggiornarla."

Non mi piace come suona, ma mi rifiuto di rendergli il lavoro più facile, quindi aspetto che continui.

"L'insediamento di Al Khad ha pubblicato un video," dice, palesemente addolorato per ragioni che non riesco a comprendere.

"E allora?"

"Mostrava il raid. *Tutto* il raid."

Come se un fulmine fosse sceso dall'alto e mi avesse colpito in pieno petto, capisco cosa sta dicendo. Ho un televisore in camera mia, ma non lo accendo mai, e Muncie lo sa. È tutto quello che posso fare per mangiare, dormire e respirare tra una sessione e l'altra di fisioterapia.

Ava... Oh Dio, no.

Stringendo i denti, chiedo: "Quanto tempo fa è uscito il video?"

"Quattro giorni."

Chiudendo gli occhi, respiro attraverso il naso mentre il dolore rimbalza in ogni spazio dentro di me, lasciando un nuovo dolore lancinante nel mio petto. "Suppongo mi si veda nel video?"

"Sì, signore."

"Vengo mostrato quando cado?"

"Sì, signore."

Aspiro un respiro affannoso, immaginando Ava che mi vede per la prima volta dopo anni e poi mi guarda mentre vengo colpito da un colpo di pistola. L'ha visto? Poteva dire che ero io? Le è importato che mi abbiano sparato? Si sta chiedendo dove sono? Pensa ancora a me ogni minuto di ogni giorno come io penso a lei?

"È stata inoltrata una richiesta di informazioni su di lei attraverso i canali ufficiali."

Questa notizia quasi mi ferma il cuore. "Che tipo di richiesta?"

"È arrivata dal governatore di New York tramite il vicepresidente e lo Stato Maggiore."

Cerco di capire quello che sta dicendo. "Qual è stata la risposta che hanno ricevuto?"

"Che lei è vivo."

"Tutto qui?"

"La missione rimane riservata nonostante la diffusione del video."

Ava è l'unica persona nella mia vita a cui interesserebbe abbastanza da chiedere, quindi la richiesta doveva venire da lei. E ora sa che sono vivo, che la mia missione è stata completata mesi fa, e non mi sono preoccupato di contattarla.

Porca di quella puttana.

Non potevo aggiungerla al mio elenco di persone da contattare se mi fosse successo qualcosa, perché non avrei mai dovuto farmi coinvolgere da lei. Ma lei si preoccupa abbastanza da chiedere di me.

Questo pensiero mi solleva il morale come nient'altro potrebbe mai fare.

"È tutto?" chiedo a Muncie, volendo che se ne vada.

"Considerando l'uscita del video," dice esitante, "le alte gerarchie hanno deciso di abbracciare l'opportunità di gettare una luce positiva sulla Marina."

"Di che cazzo stai parlando?"

"Il pubblico americano chiede a gran voce più informazioni sulla coraggiosa squadra di SEAL che ha abbattuto Al Khad. Numerosi media hanno presentato richiesta di libertà d'informazione per saperne di più sui tre militari del video. Poiché siete già stati compromessi, nei prossimi giorni rilasceranno i vostri nomi, i vostri gradi e le vostre città d'origine, e il Pentagono si sta preparando a declassificare alcuni dettagli della missione, quel tanto che basta per celebrare la vittoria senza compromettere altre operazioni in corso."

"In altre parole, getteranno me e gli altri in pasto agli squali per togliersi i media di torno."

"Qualcosa del genere, signore."

"E se dicessi di no?"

"Purtroppo non è un'opzione, signore."

La Marina mi tiene ancora per le palle, e lo sappiamo entrambi.

"Mi dispiace molto per questo. Se fosse per me, non le chiederei mai questo oltre a tutto quello che ha già sacrificato."

Ci vuole tutto quello che ho per non sparare al messaggero, per ricordare a me stesso che non è colpa sua. Niente di tutto questo è colpa sua. L'organizzazione di Al Khad, una propaggine di Al-Qaeda, era stata considerata come una minaccia di basso livello fino a quando la mente ha inviato un messaggio al mondo facendo esplodere una nave da crociera battente bandiera statunitense.

"Che altro?"

Dopo settimane in cui lui è stato il mio unico collegamento con il mondo esterno, conosco le sue espressioni. Quando il suo sopracciglio sinistro si contrae, c'è dell'altro, di solito cose che non vorrebbe dirmi. Come quando ha portato la notizia che ero finalmente abbastanza forte da sentire che Jonesy e Tito erano stati uccisi durante il raid. L'ho cacciato via, non volendo che mi vedesse singhiozzare impotente per due delle poche persone al mondo che amavo.

"Quindi, um, la sua faccia ha fatto scalpore sui social media da quando il video è stato rilasciato. La gente vuole sapere chi è. Vogliono conoscere la sua storia. È così raro che le forze speciali possano parlare pubblicamente di un'operazione come questa."

Non è *raro*. È *inaudito*. Siamo addestrati a non parlare mai con nessuno di quello che facciamo, figuriamoci con i media. Va contro tutto ciò in cui credo anche solo considerare una cosa del genere. Ma a quanto pare, non dipende da me.

Dopo un lungo e scomodo silenzio, almeno spero che sia scomodo per lui, si schiarisce la gola. "Um, signore?"

"Cosa?"

"Cosa vuole che risponda?"

"Faremo finta che io abbia una scelta? Perché se ce l'ho, la mia *scelta* è di non dire niente a nessuno." Il pensiero di parlare di tutto questo mi fa star male fisicamente, e sto già abbastanza male.

"Sarà molto... difficile... per lei muoversi liberamente dopo che sarà uscito da qui. Sarà riconosciuto." Si schiarisce di nuovo la voce. "Ovunque lei andrà."

Dannazione... Tutto quello che voglio è tornare a casa dalla mia ragazza e cercare di far finta che gli ultimi sei anni non siano mai trascorsi.

Ci metto più tempo a organizzare i miei pensieri di quanto ne impiegassi prima di perdere metà del mio sangue e combattere un'infezione mortale. Cerco di elaborare tutto quello che mi ha detto e di dargli una parvenza di ordine che abbia un senso.

Sono stato scoperto. La Marina vuole capitalizzare il "successo" della nostra missione, se così si può chiamare, quando due dei nostri uomini migliori sono morti. Probabilmente vogliono trasformarmi in un video di reclutamento per altri giovani sfortunati che cercano una "direzione" nelle loro vite che solo la Marina può dare loro.

Muncie si sposta da un piede all'altro. "Signore?"

Chiudo gli occhi e giro la testa per non guardarlo. "Puoi dire loro che farò un'intervista secondo le loro modalità, e poi non ne parlerò mai più pubblicamente. L'intervista non può avvenire prima di trenta giorni da oggi."

Questo mi darà un mese per lavorare per tornare in piedi e rintracciare Ava prima di essere costretto a rendere pubblica la mia storia.

"Vorranno..."

"Questa è la mia unica offerta. Possono prenderla o lasciarla."

Dopo una lunga pausa, dice: "Glielo farò sapere". Le suole dei suoi Boondockers scricchiolano contro le piastrelle mentre lascia la stanza, la porta si chiude dietro di lui. Quando rimango da solo, fisso il telefono sul tavolo, la mia ansia aumenta come se il telefono fosse una granata.

Darei la mia vita per sentire la sua voce e provare di nuovo le sue carezze. È stata la prima persona a dimostrarmi tenerezza, ad amarmi veramente, e il pensiero di lei mi ha tenuto in vita in più di un'occasione dall'ultima volta che l'ho vista.

Vorrei che non fosse così importante per me essere abbastanza forte da meritarla prima di rientrare nella sua vita. Devo anche essere abbastanza forte per sopravvivere se lei non mi vuole più. Non sono sicuro che un altro mese sarà sufficiente per prepararmi a questa possibilità, ma è tutto quello che ho.

CAPITOLO VENTITRÉ

AVA

John è vivo. John è vivo e non mi ha contattato. Nelle ultime tre settimane, da quando ho scoperto che è vivo, questi pensieri hanno afflitto le mie giornate improduttive e le mie notti insonni. Sono addolorata, come lo sarei stata se mi avessero detto che era morto quella notte nel complesso di Al Khad. L'uomo che ho passato sei anni a piangere non si preoccupa di me abbastanza da avere la decenza di farmi sapere che è vivo.

Insieme al mio dolore, sono piena di rabbia e amarezza per gli anni che gli ho dedicato, anni che non riavrò mai più. Il suo nome e quello degli altri due uomini mostrati nel video sono stati resi noti , insieme alle loro età e alla città d'origine, ma non è stata resa pubblica nessun'altra informazione su di loro. John, che ora ha trentasette anni, ha indicato come sua città natale San Diego.

Mentre il mondo impazzisce cercando di capire chi sia, io lo odio con una ferocia che mi spaventa. Non ho mai odiato nessuno o qualcosa come odio lui.

Sono al lavoro, sto contando le ore che mancano al mio appuntamento con Jessica, che è stata via con la sua famiglia per un lungo viaggio in Europa. Da quando ho scoperto che John è vivo, ci siamo viste una volta su FaceTime, ma la sessione è stata interrotta più volte dai suoi figli, che avevano bisogno di lei. Io ho molto bisogno di lei e non vedo l'ora di trascorrere due ore ininterrotte con lei dopo il lavoro.

Carlos appare alla mia scrivania con in mano un latte macchiato, me lo porge con un gesto plateale e io accetto con un sorriso riconoscente. Sa che c'è qualcosa in me che non va, ma non sa cosa. Oltre a Miles, è il mio migliore amico al lavoro, ma non gli ho mai parlato di John.

"Hai un aspetto orribile".

"Accidenti, grazie." Anche se ho fatto di tutto per tenere il mio dolore per me, non mi sorprende che la gente si accorga delle conseguenze che sta avendo su di me.

Buttarmi nel lavoro e nell'organizzazione del matrimonio mi ha aiutato. Ho chiarito a quelli che sanno che non voglio più parlare di John o del raid o del video. Ne ho avuto abbastanza. Per fortuna, le persone più vicine a me rispettano i miei desideri e non ne hanno parlato.

Ma sanno che sto soffrendo, specialmente Eric, che mi osserva come un falco quando pensa di non essere visto. È preoccupato, e odio il fatto che lo sia. Odio John per aver fatto questo all'uomo che è stato la mia roccia dal giorno in cui l'ho incontrato e che non merita di vivere all'ombra di qualcuno che non ha mai tenuto a me come io tenevo a lui.

Questa è stata la cosa più difficile di tutte da accettare. Mi ritrovo ancora una volta a rivivere ogni minuto che ho passato con John, a smontare le cose che ha detto e fatto, a cercare segni che mi stava usando o che passava solo il tempo con me. I ricordi cominciano a diventare confusi. Suppongo che questo fosse destinato a succedere dopo quasi sei anni di separazione e, mentre una parte di me vuole dimenticare, il dimenticare aggiunge solo dolore al dolore.

"Spero che tu sappia che sono qui per te se hai bisogno di un amico," dice Carlos, con le sopracciglia aggrottate, esprimendo un'insolita preoccupazione. Carlos non è un tipo serio, quindi quello sguardo è quasi divertente su di lui.

"Lo apprezzo, ma sto bene. Davvero".

"Va bene, allora."

"Grazie per il latte macchiato."

"Quando vuoi."

Decisa a portare a termine qualcosa, mi immergo nel briefing per la stampa che sto preparando per conto dell'associazione dei famigliari. Anche se ora ho altri clienti, passo ancora la maggior parte del mio tempo a lavorare con Miles e l'associazione. La causa civile si sta muovendo a una velocità insolita, e l'interesse per il caso è ai massimi storici da quando è stato pubblicato il video. Dopo aver lavorato a stretto contatto con il gruppo per così tanti mesi, posso rispondere alle loro domande senza dover pensare troppo. Passo un paio d'ore immersa profondamente nel mio lavoro, il che è un gradito sollievo dai miei pensieri.

Mi sto stiracchiando per essere stata seduta per lungo tempo, quando l'interfono sulla mia scrivania suona annunciandomi una chiamata di Miles.

"Ehi, che succede?"

"Puoi venire un istante?"

Guardo l'orologio e vedo che mancano novanta minuti al mio appuntamento. "Certo. Arrivo subito." Stampo il briefing, prendo un quaderno e una penna e mi dirigo verso il suo ufficio. Keith non è alla sua scrivania, quindi busso alla porta aperta.

"Entra, Ava."

Miles si alza e fa il giro della scrivania, gesticolando verso le poltrone davanti alla finestra. "Posso offrirti qualcosa?"

"Sono a posto, grazie."

È una persona completamente diversa da quando si è messo con Sky, e mi piace vedere questo suo nuovo lato, quello più spensierato e felice. Ammiro anche il fatto che, nonostante sia innamorato di Sky, non si è mai tirato indietro nel suo lavoro a favore degli Emerson e dell'associazione dei famigliari. Si siede accanto a me, ma non parla.

"Che cosa c'è?"

"È quello che volevo chiedere a te."

Con quell'unica frase, mi rendo conto che questo incontro è stato richiesto dal mio amico Miles e non dal mio capo. Abbasso lo sguardo sul pavimento.

"Ava..."

"Sto cercando di superarlo, Miles. Preferirei non parlarne, se per te va bene." Parlarne con Jessica sarà già abbastanza difficile per un giorno.

"Sono preoccupato per te. Non sei più la stessa da quando hai scoperto..."

"Che l'uomo che una volta amavo con tutto il cuore è vivo e non ha avuto la decenza di dirmelo di persona?"

Lo sguardo che mi lancia è carico di empatia e di pietà. Odio la pietà quasi quanto odio John.

"Mi chiedevo solo se forse è possibile che lui *non possa* contattarti per qualche motivo."

Ci ho pensato. Certo che l'ho fatto, ma sono passate settimane da quando il video è stato pubblicato, e se gli è rimasta un'anima, sicuramente saprà che vedere la sua faccia mi manderebbe in tilt. Come ha potuto *non* cercare di contattarmi dopo che quel video è stato reso pubblico? "Tutto è possibile," rispondo a Miles.

"Vorrei poter fare qualcosa per te. Ho esaurito i contatti che ho per cercare di ottenere maggiori informazioni, ma il Pentagono è più teso di un tamburo quando si tratta di fornire i dettagli sugli uomini coinvolti nel raid."

"Io... non sapevo che l'avessi fatto. Grazie per averci provato."

"Non ho fatto niente."

"Non è *niente* per me."

Sembra addolorato, quando aggiunge: "Se avessi scoperto che Emmie era là fuori da qualche parte e non mi aveva contattato..." Scuote la testa. "Non riesco nemmeno a immaginare come mi sarei sentito."

"È una tortura," dico, senza mezzi termini. "Vorrei potermi semplicemente dimenticare di lui e andare avanti con la mia vita, ma..."

"Non puoi. Non lo farai mai."

"No, non lo farò."

"Almeno io ho chiuso, sapendo che se n'è andata e non tornerà. Tu sei rimasta bloccata in questo orribile limbo per così tanto tempo."

"Lo odio per questo," dico dolcemente. "Diceva di amarmi. Come ha potuto farmi questo?" Mi odio per aver versato altre lacrime per qualcuno che ha dimostrato di non meritarle.

Miles mi mette un braccio intorno e cerca di offrirmi conforto. "Mi dispiace, Ava. Tutti quelli che tengono a te farebbero qualsiasi cosa per aiutarti a ritrovare un po' di pace".

"Sarebbe bello." Mi asciugo il viso e lotto per ricompormi. "Parliamo del briefing."

"Non dobbiamo farlo se non te la senti."

"Sto bene e oggi ho fatto dei buoni progressi". Passiamo la mezz'ora seguente a mettere a punto la risposta dell'associazione all'ultima serie di richieste dei media. Ogni volta che c'è uno sviluppo, il nostro carico di lavoro triplica. È stato più folle che mai dalla cattura di Al Khad e dalla pubblicazione del video.

"Sembra tutto perfetto. Passa tutto a Dawkins per assicurarti che gli vada bene prima di rilasciarlo."

"Lo farò."

"Fammi sapere se ha qualche richiesta irragionevole, e lo terrò a freno."

"A volte penso che gestirlo sia il tuo incarico più grande in questa azienda."

"Lo è sicuramente."

Miles è la voce della ragione per conto delle famiglie, che lo rispettano molto.

"Arriverà un giorno in cui questa storia non sarà più la storia delle nostre vite?" Non so bene da dove venga la domanda, ma l'ho posta prima di poter riflettere se fosse il caso o meno.

"Sì, credo che quel giorno arriverà, ma non sarà presto." Quello che intende, ma non dice, è che con Al Khad che affronterà un processo nei prossimi anni, la causa civile contro il governo procederà come un rinnovato interesse per un memoriale permanente alle vittime, la storia ha "gambe", come diciamo nel nostro mestiere.

"Lo so," rispondo, sospirando.

La sua mano sul mio braccio mi porta a guardarlo, notando l'espressione intensa sul suo bel viso. "Non deve essere la storia della *tua* vita, Ava. Possiamo toglierti questo cliente, così non dovrai più averci a che fare ogni giorno. Anche se mi dispiacerebbe fare a meno dei tuoi preziosi contributi, ma capirei perfettamente se è troppo per te."

"Prima o poi potrei accettare la tua offerta." Il lavoro, che era così importante per me quando non conoscevo il destino di John, ha perso parte del suo splendore ora che so che è vivo. Ho perso la connessione personale alla causa che alimentava la mia passione per essa.

"Basta dire una parola e cambieremo. Senza fare domande."

"Grazie, Miles. Sei stato un grande amico per me in questi ultimi mesi. Non potrò mai ringraziarti abbastanza per le opportunità professionali e il tuo sostegno. Ha significato molto per me."

"Potrei dire lo stesso a te…e ti sono debitore per sempre per avermi fatto conoscere Sky."

"Sono contenta che tu sia felice con lei."

"Sono più che felice. Sono follemente innamorato, ed è così bello andare avanti con la mia vita dopo un periodo così lungo di terribile oscurità."

Le sue parole penetrano la nebbia di dolore che mi ha circondato per settimane, ricordandomi che sono già andata avanti con la mia vita, e scoprire che John è vivo non cambia nulla di ciò che conta veramente per me. Sono follemente innamorata di Eric, ed è ora di mettere il passato al suo posto e concentrarmi completamente sul futuro con lui.

"Sì," dico a Miles. "È una bella sensazione andare avanti". Si vede che lo sorprendo quando mi chino a baciargli la guancia. "Grazie."

"Per cosa?"

"Per aver detto esattamente quello che avevo bisogno di sentire."

"Va bene…"

"Ho permesso al passato di risucchiarmi di nuovo nella tana del coniglio in queste ultime settimane. Quando è troppo, è troppo. È ora di superare l'oscurità e di concentrarmi sul futuro."

"Sono felice di sentirtelo dire."

"Sono contenta di averlo finalmente capito. Ci vediamo domani?"

"Sarò qui."

Lo lascio con un sorriso e torno al mio cubicolo, dove prendo il telefono e mando un messaggio a Jessica.

Mi dispiace, ho avuto un contrattempo e oggi non posso venire.

Vuoi rimandare? Posso inserirti domani alla stessa ora.

Rifletto per un po' prima di rispondere. *No, grazie. Ho deciso che non voglio più parlarne. Ho chiuso.*

Ava... Sei sicura che sia saggio?

Potrebbe essere la cosa più saggia che abbia mai fatto. Starò bene. Te lo prometto.

Mi chiami se cambia qualcosa?

Assolutamente sì. Grazie di tutto. Sei stata una parte importante della squadra che ha rimesso insieme tutti i miei pezzi.

È stato un piacere. Dovresti sapere che ti ammiro più di chiunque altro abbia mai conosciuto, e sarò qui se mai avessi bisogno di me.

Le tue parole gentili mi fanno venire le lacrime agli occhi. Non sono sicura di meritarmelo, ma grazie lo stesso.

Ti meriti ogni cosa buona. Sii gentile con te stessa e sii felice.

Questo è quello che voglio fare! Ti terrò aggiornata.

Non vedo l'ora. xo

Esco dall'ufficio e prendo un taxi, ansiosa di tornare a casa da Eric. Gli mando un messaggio durante il tragitto. *Stasera ti preparerò la cena. Tutto quello che vuoi...*

Non avevi un appuntamento con Jessica stasera?

Cancellato.

Tutto bene?

Sì! Allora, la cena...

Qual è l'occasione?

Nessuna occasione.

È il mio genere preferito.

Sorridendo, digito la mia risposta. *Quando sarai a casa?*

Parto ora perché la mia fidanzata mi sta preparando la cena.

Sei un uomo fortunato.

E lo so.

Cosa ti va di mangiare?
Sorprendimi.
Va bene, a tra poco.
Ti amo.
Ti amo anch'io.

CAPITOLO VENTIQUATTRO

ERIC

Il suo messaggio è la cosa migliore che mi sia capitata nelle ultime settimane. Sembra la vecchia se stessa e non la donna distrutta che ha cercato così tanto di nascondere il suo dolore a me e a tutti quelli che le vogliono bene. Mando un messaggio a sua sorella.

Ava sembra stare meglio... Non ne sono ancora sicuro al 100%. Ma ti farò sapere.

Grazie a Dio. Tienimi aggiornata.

Ecco a cosa siamo arrivati. Sto parlando con sua sorella e i suoi amici alle sue spalle perché siamo stati tutti così preoccupati. Scoprire che John è vivo ma non l'ha contattata, ha spezzato qualcosa dentro di lei, anche se non l'ha mai detto. Non era necessario. Nonostante i suoi sforzi per nasconderlo a me e a tutti gli altri, è stato ovvio come il naso a patata sul suo viso che il suo cuore è spezzato, di nuovo.

Vederla curare un cuore spezzato a causa di un altro ragazzo è stato straziante per me, ma continuo a ripetermi che non si tratta di me. Si tratta di lei. Si tratta solo di lei.

Rob dice che in parte si tratta di me, ma io non mi preoccupo di me stesso. Mi importa solo di lei e di cercare di farle superare questa battuta d'arresto per tornare alla nostra vita.

Rob ha deciso di candidarsi al Congresso e mi ha chiesto di gestire la sua campagna. Gli ho detto che ci avrei pensato, ma sono stato così concentrato su Ava che non ho avuto nemmeno due secondi per riflettere sulla sua offerta. Una parte di me vorrebbe che non si candidasse, ma non glielo direi mai. Fin da quando eravamo molto giovani, ha avuto grandi ambizioni politiche e non voglio trattenerlo. Ma dopo lo scandalo del divorzio dei nostri genitori, penso che la gente abbia bisogno di prendersi una pausa dalla famiglia Tilden.

Prendo la metropolitana per tornare a casa e sto camminando verso il mio palazzo, quando vedo Ava che esce dal negozio all'angolo, con le braccia cariche di coloratissime borse riciclabili della spesa. Corro verso di lei e, quando mi vede arrivare, il suo viso si illumina di puro piacere, una vista così gradita per me, che quasi inciampo sui miei stessi piedi. Non vedevo niente che assomigliasse alla gioia da più tempo di quanto io non voglia ammettere. Ho cominciato a chiedermi se fosse persa per sempre nel suo dolore e nella sua disperazione. Vederla sorridere e fare lo sforzo di preparare un pasto per noi... non riesco a trovare le parole per descrivere quanto questo mi renda felice.

Le prendo le borse e la bacio. Il suo splendido viso è rosso per il freddo e i suoi occhi sono raggianti per l'eccitazione. Voglio sapere cosa è successo oggi, ma ho così paura di far scoppiare la fragile bolla che mi trattengo dal chiedere. Mentre lei si occupa di aprire la porta, io porto le borse su per le scale e le deposito sul bancone della cucina.

"Grazie mille," dice lei. "Il tuo tempismo, come sempre, è impeccabile."

Sorrido alla battuta che fa allusione al fatto che siamo diventati molto bravi a raggiungere insieme l'orgasmo. Siccome lei sorride, è felice e fa riferimento ai nostri orgasmi simultanei, le metto le braccia intorno e la porto dentro per un bacio migliore di quello sulla strada. Il mio cuore inizia a battere forte quando lei apre la sua bocca alla mia lingua e avvolge le sue braccia intorno al mio collo.

Mi perdo in lei e nel bacio, grato di riaverla tra le mie braccia, dopo essermi soffermato sulla terribile distanza che si è formata tra noi dopo

che ho dovuto darle la notizia di John, o Colui che non deve essere
nominato, come lo chiamo io. Mi rendo conto che mi sto eccitando e
non solo per il bacio.

Con le mie labbra ancora sulle sue, mi tolgo il cappotto, lo lascio
cadere a terra e poi vedo il suo, prima le tolgo la sciarpa colorata dal
collo, quindi il cappotto e lo aggiungo al mucchio sul pavimento.

"Eric," dice lei, sembrando senza fiato.

Apro gli occhi per scrutarla, notando le sue labbra gonfie e le
guance arrossate. "Cosa, tesoro?"

"Andiamo a letto."

"E la cena?"

"Più tardi?"

"Più tardi va bene." Dovremmo sistemare la spesa, ma avverto un
bisogno impellente di fare l'amore con lei. "Aggrappati a me".

"Perché..."

Afferrando il suo sedere sexy, la sollevo, facendola strillare per la
sorpresa mentre avvolge le sue gambe intorno alla mia vita. Comincia
a ridere, ma soffoco la sua risata con altri baci profondi mentre ci dirigiamo in camera da letto. Mi bacia con l'entusiasmo che mi aspetto
da lei.

Ho cercato di concederle lo spazio per elaborare il suo dolore, ma è
stato difficile mantenere le distanze, specialmente dopo che ci siamo
impegnati così profondamente l'uno con l'altra. Averla di nuovo tra le
mie braccia è l'unica cosa di cui ho bisogno per essere felice. La
spoglio lentamente, sfiorandola con riverenza, sperando di trasmettere
tutto ciò che lei significa per me attraverso ogni carezza e ogni bacio.
Lei è diventata tutto il mio mondo e vederla soffrire è stato straziante
per me, soprattutto perché non c'è niente che io possa fare per migliorare la situazione.

Ho telefonato a mio padre tutti i giorni, pregandolo di usare ogni
contatto che ha a disposizione per ottenere più informazioni sull'
Uomo che non deve essere nominato, così Ava può finalmente avere le
risposte di cui ha bisogno per continuare la sua vita. Papà ha chiesto
tutti i favori che gli spettano, ma non è stato in grado di sapere niente
di più di quello che sanno tutti. La mia frustrazione non è mai stata così

grande come nelle ultime settimane, vedendola scivolare sempre più
lontano da me ogni giorno che passava.

Mi sono sentito sempre più incapace di poterla raggiungere, il che
mi ha ricordato fin troppo le conseguenze del disastro di Brittany.

Slaccio la chiusura anteriore del suo reggiseno e spingo le coppe da
una parte per scoprire i suoi seni pieni e rotondi e capezzoli rosa chiaro
che diventano turgidi a contatto con l'aria fresca. Piegando la testa,
prendo il suo capezzolo sinistro nella mia bocca, lo blocco contro i
miei denti con la lingua e inizio a succhiare.

I suoi fianchi si sollevano dal letto, le sue dita mi afferrano i capelli
e il suo capezzolo diventa più duro sotto la mia lingua. "Così dolce,"
sussurro. Amo tutto di lei: la sua pelle morbida come la seta, il suo
sapore, il suo profumo, il suo entusiasmo. Non ho mai desiderato
nessuna donna come faccio con lei, e ho deciso di dimostrarglielo
baciandola finché non si contorce sotto di me.

Sollevo le sue gambe sulle mie spalle e la apro alla mia lingua,
esplorando la sua carne sensibile mentre muovo le mie dita dentro di
lei, scatenando un orgasmo che mi arriva come un dolce sollievo
perché lei è ancora con me, è ancora capace di lasciarsi andare con me.
Mi riempie di speranza il fatto che oggi abbia voltato pagina e si sia
lasciata l'oscurità alle spalle.

"Eric," dice senza fiato subito dopo aver raggiunto l'orgasmo.

"Cosa, tesoro?"

"Ho bisogno di te. Ti prego..."

Sentire che ha bisogno di me fa scattare qualcosa di primordiale in
me. Mi tolgo i vestiti con le dita annaspanti e scendo sopra di lei,
fissando i suoi occhi spalancati e aperti mentre mi faccio strada nella
sua stretta umidità. "Ti amo. Più di ogni altra cosa al mondo."

"Anch'io ti amo."

Le sue parole sono un balsamo che lenisce le paure che mi hanno
tenuto sveglio notte dopo notte, torturandomi con i "se". Lei è qui,
proprio qui tra le mie braccia, dove appartiene e si sta donando a me
senza riserve.

Guardandola negli occhi mentre mi muovo dentro di lei, sento una
connessione con lei che è profonda come l'anima. Tocca ogni parte di

me e mi fa desiderare di avere le parole per spiegarle cosa significhi per me, quanto sia diventata importante. Dato che non ho le parole, cerco di mostrarglielo, dandole tutto quello che ho finché non viene con un grido strozzato. Ormai conosco i segnali e so quando lasciare andare il mio stretto controllo per venire insieme.

Quel momento di totale unità è la cosa più vicina alla religione che seguo nella mia vita. Mi fa credere in poteri superiori, nel cielo e negli angeli proprio qui su questa Terra.

Per molto tempo dopo, rimaniamo uniti, abbracciati mentre i nostri corpi si raffreddano, il desiderio per il momento saziato. Mi sembra una specie di ritorno a casa, essere di nuovo vicino a lei dopo tante settimane di incertezza.

"Ho pensato al nostro matrimonio," dice, rompendo il lungo silenzio.

"Davvero?" È il primo accenno che fa ai nostri progetti da quella terribile mattina di tre settimane fa.

"Uh-huh. Che ne pensi di una tenda sul prato di Croton?"

Ho notato che usa la parola abbreviata della nostra famiglia per "casa", e mi fa piacere sentirla parlare come una "Tilden".

"Sarebbe strano organizzarlo dopo quello che è successo con tua madre l'estate scorsa?"

"No. Lì ci sono milioni di ricordi, la maggior parte dei quali belli." Nessuno di noi parla con nostra madre da mesi. Spero che la sua nuova vita valga quello a cui ha rinunciato per averla, ma per il resto, penso raramente a lei.

"Come potremmo fare per il parcheggio?" Chiede Ava.

Faccio scorrere la mia mano lungo il suo braccio. "Potremmo usare il parcheggio del liceo e fare la spola."

"Quindi ti piace l'idea?"

"La adoro."

"Ho guardato il sito web della città, e se lo facciamo il 3 luglio, avremo i fuochi d'artificio, con le congratulazioni della città."

"Sarebbe divertente."

"Hai da fare il 3 luglio?"

"Comincia a sembrare che potrei ."

Il suo sorriso illumina il suo viso e il mio mondo. "Quindi è un appuntamento?"

"È un appuntamento."

"Io... voglio solo ringraziarti per la pazienza che hai avuto con me in queste ultime settimane e anche prima. So che non è stato facile... Sei stato la mia roccia."

Sono profondamente commosso nel sentirle dire questo. "Voglio esserci sempre per te, Ava. È stato così difficile vederti lottare con tutta questa situazione."

"Lo so, e mi dispiace se ti ho lasciato fuori da tutto questo o se ti ho abbandonato o..."

La bacio. "Shhh, non hai *niente* di cui dispiacerti."

"Andrà meglio ora. Te lo prometto."

Voglio ancora sapere cosa è cambiato, ma non lo chiedo. Qualunque cosa sia stata, lei sembra aver fatto pace con la situazione, quindi cosa importa come è successo?

"L'unica cosa che conta per me sei tu e il tuo benessere. Io sono felice se lo sei anche tu."

"Ogni giorno mi reputo veramente fortunata per essere stata messa in coppia con te al matrimonio di mia sorella, ma mai come in queste ultime settimane."

"Non importa cosa succede, tesoro, io sono qui con te e non vado da nessuna parte."

Mi abbraccia. "Questo significa tutto per me."

AVA

Con la data fissata per il nostro matrimonio e il padre di Eric completamente d'accordo con il nostro piano di occupare la sua casa e il suo cortile, mi immergo completamente nella pianificazione del matrimonio, mettendo da parte tutto tranne Eric e il lavoro. Evito i notiziari, internet e tutto ciò che potrebbe provocare una battuta d'arresto. Mi sento di nuovo forte, concentrata, determinata a continuare ad andare avanti e a lasciarmi alle spalle il dolore del passato.

Una settimana dopo aver fissato la data, invitiamo Rob e Camille a cena in un ristorante a cinque stelle che richiede abiti, cravatte e abbigliamento da cocktail per le donne. Siamo tutti vestiti bene e di buon umore mentre discutiamo del matrimonio.

Dopo che ci è stato servito un giro di drink, guardo Eric, che annuisce. "Il motivo per cui vi abbiamo chiesto di venire qua stasera è che vorremmo chiedervi di ricambiare il favore ed essere il nostro testimone e la damigella d'onore."

Camille emette uno strillo che attira l'attenzione perturbata degli altri commensali e del personale in smoking.

Rob le mette una mano sulla bocca.

"Mi devi cinquanta dollari," dice al marito, con la voce attutita dalla mano di lui.

"Avete scommesso sul perché volevamo vedervi stasera?" chiede Eric.

"Ovvio," risponde Camille. "Scommettiamo su tutto. Di solito vinco io, e non sono mai stata così felice di avere ragione come in questo momento."

"Questo significa che accettate?" chiedo.

"Ovvio," rispondono insieme.

"Certo!," dice Rob. "Sarebbe un onore."

"Dovremmo andare tutti insieme da qualche parte per il weekend dell'addio al celibato e nubilato," suggerisce Camille.

"Niente affatto," controbatte Rob. "Niente ragazze all'addio al celibato, solo spogliarelliste."

Eric ride, e suo fratello gli offre il cinque.

"Fallo e sei morto," lo minaccio ridendo.

"Scusa, fratello. Ti lascio a bocca asciutta per questa volta."

"Già frustato, e non sei ancora sposato."

"Stai zitto, Rob," dice Camille, "o ti ritroverai tu a bocca asciutta. E sottolineo asciutta."

Rob rivolge a sua moglie un sorriso a denti stretti. "Sì, cara."

Camille rivolge gli occhi al cielo e solleva il bicchiere. "Alle sorelle che sposano i fratelli!"

"Ai nostri figli che saranno cugini due volte," aggiunge Eric.

Non ci avevo pensato, ma quanto sarebbe bello? Brindiamo e facciamo altri brindisi sciocchi che ci fanno ridere. Ho paura che di questo passo ci cacceranno prima di mangiare.

"A proposito di sorelle che sposano fratelli," dice Rob, "ho detto a uno dei giornalisti del *New York Times* che si occupa di papà che mio fratello sta per sposare la sorella di Camille e vogliono fare un articolo sui figli del governatore che sposano due sorelle."

"Che figata!" dice Camille. "Non me l'avevi detto!"

"A dire il vero, me ne sono dimenticato fino ad ora. Che ne pensate, ragazzi?"

Lancio un'occhiata a Eric.

"Sarebbe un po' di pubblicità positiva per la famiglia e per la tua campagna dopo il tremendo scandalo dei nostri genitori," dice.

"È quello che penso anche io," dice Rob.

"Ma solo se Ava è d'accordo," continua Eric, guardandomi. "So quanto sei riservata."

"A me va bene," gli dico. "Quando vogliono farlo?"

"Il giornalista ha detto che ci si butteranno a capofitto se diamo il via libera," dice Rob, "quindi probabilmente abbastanza presto. Vi farò sapere".

Il giorno dopo, io ed Eric incontriamo due fornitori di catering e scegliamo il secondo perché sembra avere l'atmosfera rilassata che cerchiamo, mentre il primo voleva trasformare il nostro matrimonio in una cerimonia di alta società.

Il fine settimana successivo mia madre viene in città per andare a vedere l'abito da sposa con me e Camille. Trovo il vestito che voglio nel primo posto in cui andiamo e mi rifiuto di provarne altri dopo aver trovato "quello giusto". È semplice, elegante e di classe, con un intricato lavoro di perline sul corpetto che lo trasforma in un abito da sposa.

"Non devi decidere niente oggi," dice la mamma.

"Questo è quello giusto. È esattamente quello che voglio." Cerco di immaginarmi mentre cammino verso Eric indossando quel vestito, e lo vedo così chiaramente. Lo amerà tanto quanto me.

"Bene," dice mia madre "È stato facile."

"Puoi dirlo forte, mamma," aggiunge Camille. "Non è affatto come me."

"L'hai detto tu," risponde la mamma, sorridendo. "Non io."

"Visto che abbiamo il resto della giornata tutta per noi, possiamo passarla ad aiutare Camille a scegliere il suo vestito." Ho detto a Camille, Jules, Amy e Sky di scegliere degli abiti da cocktail di colore blu scuro dello stile che vogliono.

"Un giorno non sarà sufficiente," dice la mamma, facendoci ridere.

Ci divertiamo così tanto che la mamma decide di trascorrere la notte nella stanza degli ospiti a casa di Eric per scegliere gli inviti la domenica, prima che lei torni a casa.

Quella sera, a letto, Eric si rifiuta di avvicinarsi a me perché mia madre sta dormendo nella stanza accanto. Naturalmente, quando si presenta una sfida, cerco di vincere il gioco per convincerlo che si sta comportando da sciocco.

"Lei sa che dormiamo insieme e che facciamo s-e-s-s-o."

"Zitta. Lasciami in pace e vai a dormire."

Soffoco il bisogno impellente di ridere a squarciagola. È così dannatamente carino, divertente e dolce. Sedendomi sul letto, tiro l'orlo della maglietta che mi ha detto che dovevo indossare a letto perché abbiamo un ospite. Lui ha indossato una maglietta infilata nei pantaloni del pigiama di flanella.

"Che cosa stai facendo?" sussurra.

"Ho caldo." Mi sventolo il viso per fare scena.

"Tu che hai freddo in piena estate, hai improvvisamente caldo?"

"Sto andando a fuoco." Sollevo la maglietta sopra la testa e la butto via. "Così va meglio." Raccogliendo i capelli in una coda di cavallo, li tengo su con una mano e continuo a sventolarmi con l'altra. "Hai alzato il riscaldamento?"

"Pensi che non sappia cosa stai tramando?"

"Cosa sto tramando?"

"Stai cercando di farmi crollare."

"Perché dovrei farlo? Io ti amo. Non voglio farti crollare."

Ridendo dolcemente, dice: "Sì, lo vuoi."

Lascio scendere i miei capelli e striscio attraverso l'ampia distesa di letto che lui ha messo per la prima volta tra di noi.

I suoi occhi, illuminati dalla luce della strada che entra da fuori, brillano di desiderio. "Vai via."

Sorridendo, mi chino su di lui e comincio a baciargli il collo. "No."

"Sì," dice, sembrando più disperato mentre mi muovo verso il suo addome.

"Costringimi."

Affonda le mani nei miei capelli ma non fa nulla per spostarmi. "Ava..."

"Hmm?"

"Che cosa stai facendo?"

Gli tiro la maglietta. "Rompo il sigillo."

"Non con tua madre qui."

"Sì, con mia madre qui."

"Sai che non posso resisterti."

"Allora perché ci provi?"

Ansima quando glielo prendo in bocca. "Ava."

"Shhh, non vuoi che lei senta, vero?"

"Pensavo mi amassi."

"Ti amo così tanto. Più di ogni altra cosa". Percependo la sua resa, decido di mostrargli quanto.

CAPITOLO VENTICINQUE

ERIC

Ava si è buttata a capofitto nell'organizzazione del matrimonio con un ritmo febbrile che mi preoccupa. Ho paura che stia usando il nostro matrimonio per affrontare l'*altra* cosa di cui non parliamo mai. Non fraintendetemi... sono entusiasta che sia eccitata per il matrimonio e che sia presa dai dettagli dell'organizzazione. Tutto ciò che mi interessa è la sua felicità e vedere i suoi occhi brillare di gioia mentre divora le riviste di abiti da sposa e spunta le voci dalla sua lunga lista di cose da fare. Ma, sotto sotto, mi preoccupo che la cosa di cui non parliamo mai sia dormiente, come una creatura in un oceano profondo e oscuro, in attesa di venire a galla e mettere di nuovo a soqquadro le nostre vite.

Mi preoccupo incessantemente per lei, tanto che faccio l'insolito passo di chiedere a Camille di incontrarmi per pranzo perché ho bisogno di parlarne con qualcuno e di sapere se sono l'unico a temere che la frenesia del matrimonio possa essere solo una copertura.

Camille entra nel ristorante con i capelli spettinati dal vento e le guance rosse per la brezza vivace di marzo.

La saluto e lei si fa strada tra i tavoli per raggiungermi. Mi alzo in piedi e le bacio la guancia. "Grazie per avermi incontrato."

"Nessun problema."

"Come va il lavoro?" le domando, non volendo affrontare subito il motivo di questo incontro.

"È molto... gratificante. Mi piace molto. Potrò godermelo veramente quando avrò superato l'esame di stato e potrò lasciarmi alle spalle lo studio ininterrotto."

"Ce la farai."

"Immagino che lo vedremo, no?"

Il cameriere viene a prendere le nostre ordinazioni. Io ordino un panino al pastrami, che in realtà non voglio, e lei un'insalata.

"Che succede, Eric? Va tutto bene?"

"Sì, va tutto benissimo. Ho solo..." Giocherello con il bicchiere d'acqua e mi costringo a dirlo a voce alta, a esprimere le mie preoccupazioni a qualcuno che la conosce quasi quanto me. "Come ti sembra Ava?"

"Sta molto bene. Ieri sera stavo giusto dicendo a Rob che sembra di nuovo la vecchia se stessa. È super eccitata per il matrimonio."

"Lo so." Osservo la finestra, dove i passanti camminano di corsa, muovendosi velocemente per il freddo. Questo inverno ci tiene nella sua morsa fino all'ultimo secondo possibile.

"Non pensi che sia una buona cosa?"

"Lo è. È solo che mi chiedo se non stia usando il matrimonio per evitare di affrontare l'altro argomento." Ecco. L'ho detto. La mia paura non è più un pensiero privato. È sul tavolo pronta per essere smontata e analizzata.

Lei mi fissa, a bocca aperta. "Lo pensi veramente?"

"Non so cosa pensare."

"Tutte le spose impazziscono per i preparativi del proprio matrimonio. Ava non è diversa dalle altre."

"Ava *è* diversa, ed entrambi sappiamo che non fa parte del suo carattere pianificare ogni istante del matrimonio. Tu potresti fare una cosa del genere, senza offesa."

Camille agita una mano. "Nessuna offesa. È vero."

"Ma non è da Ava preoccuparsi così tanto dei centrotavola e dell'illuminazione da rimanere sveglia tutta la notte per cercare delle alternative."

Camille ci riflette un attimo, e, quando solleva lo sguardo verso di me, vedo preoccupazione. "Ha fatto questo? È rimasta sveglia tutta la notte?"

"Più di una volta."

"E tu pensi che sia collegato in qualche modo a... l'altra cosa?"

"Ho paura che possa essere il modo che ha scelto per affrontare la notizia che lui è vivo. Non credo che si renda conto che lo stia facendo, ma è come se usasse il matrimonio per soffocare i suoi pensieri su di lui."

"Eric... lei ti ama. Non vede l'ora di sposarti."

"Lo so. Non dubito neanche per un istante che mi ami e che sia eccitata per il matrimonio. Non è quello che sto dicendo." Mi prendo un minuto per raccogliere i miei pensieri. "Sento che questa sua ossessione per il matrimonio non è da lei, ma poi mi chiedo se la conosco abbastanza bene per fare questa osservazione. Ed è per questo che ti ho chiamato."

"La conosci bene come tutti, ma è... insolito, credo si possa dire, che si preoccupi così tanto dei dettagli."

"Quindi sei d'accordo che è leggermente preoccupante?"

"Leggermente."

Il pranzo è servito, io mangio il pastrami mentre lei mangia l'insalata. Mi fa male lo stomaco e non potrei essere meno interessato a mangiare.

Bevo un sorso d'acqua, desiderando che possa lavare via il nodo che ha preso residenza fissa nella mia gola. "Quando ha scoperto che era vivo, è stata depressa per settimane, ma poi, un giorno, è stato come se avesse deciso di fregarsene del fatto che lui sia sopravvissuto all'incursione ma non l'abbia contattata. Quella sera è tornata a casa entusiasta per preparare la cena e sembrava fare uno sforzo concertato per tornare in pista con me e tutto il resto. Non ha mai più fatto il suo

nome o detto niente su di lui, quando invece dovrebbe chiedersi dove
sia e perché non si sia mai preoccupato di contattarla, capisci?"

Camille annuisce. "Come potrebbe non chiederselo?"

"Esattamente."

Il silenzio regna pesante tra di noi mentre continuiamo a fingere di
mangiare.

Il cameriere arriva e si ferma un istante accorgendosi che abbiamo
a malapena toccato il cibo. "Va tutto bene?"

No, non proprio. "Sì, siamo a posto così. Grazie."

"Che cosa facciamo?" chiede Camille con un tono di voce debole
che non le appartiene. Questo mi fa capire quanto sia preoccupata e sto
male per averle scaricato addosso le mie preoccupazioni.

"Non lo so. Non è che posso andare subito a chiederle se sta
usando il nostro matrimonio per mascherare la sua disperazione per
lui."

"No, non puoi proprio farlo." Lei batte i polpastrelli sul tavolo per
qualche minuto. "Ma quello che potresti fare è portarla via per un fine
settimana senza pensare all'organizzazione del matrimonio, solo voi
due che trascorrete del tempo insieme."

"Mi piace l'idea. Mi piace molto."

"Fuori città c'è un albergo che lei adora. Ci siamo andati una volta
con i nostri genitori per incontrare alcuni amici per un fine settimana.
Ti mando l'indirizzo."

"Sarebbe fantastico. Grazie."

"Forse puoi convincerla ad aprirsi con te mentre siete via."

"Lo spero." Ha infilato i suoi sentimenti per John in una scatola
piena di dettagli del matrimonio che la tengono così impegnata che non
ha tempo per pensare a lui. Ne sono sicuro, e, mentre amo l'idea di
portarla via da tutto questo per un fine settimana, ho una paura disperata di quello che potrebbe succedere se lui uscisse da quella scatola.

CAMILLE

"LO FARÀ A PEZZI," ESCLAMA ROB, QUANDO GLI RACCONTO DEL MIO pranzo con Eric. "Sento che succederà e non c'è niente che possiamo fare per impedirlo." Siamo sui sedili posteriori di un Uber mentre andiamo a una raccolta di fondi per la sua campagna, organizzata dai sostenitori di lunga data di suo padre.

Io indietreggio di fronte alla sua certezza. "Lei *non* lo farà a pezzi. Non dire così."

"Perché non dovrei dirlo? Tutti gli altri lo stanno già pensando."

"*Chi* lo sta pensando?" chiedo, sorpresa di sentire una cosa del genere.

"Jules, Amy, mio padre. Da quando abbiamo saputo che il ragazzo per cui si è disperata per tutto questo tempo è vivo, ci siamo preoccupati che lei potesse fa crollare Eric."

"Non succederà."

"Come fai a saperlo, Camille? Che cosa farà se questo tizio... *John*... compare di nuovo e la rivuole? È stato là fuori a combattere per il nostro paese per tutto questo tempo. È un fottuto eroe nazionale. Come può Eric competere con tutto ciò?"

"Non è una competizione. Ava *ama* Eric. Lei stessa ti direbbe che lui le ha salvato la vita più di una volta."

"Io credo che lei lo ami. Lo credo davvero. Lo vediamo tutti. Ma questo non significa che resterà con Eric se l'altro ragazzo la rivuole."

Mi sento raggelare fino alle ossa sentendo la sua certezza che Ava si allontanerebbe da Eric dopo tutto quello che hanno condiviso e che sono stati l'uno per l'altra. "Se non altro, Ava ha dimostrato di essere una persona leale rimanendo fedele all'uomo che ha amato per più di *cinque anni,* quando non sapeva nemmeno che fosse vivo."

"È una persona molto leale, tesoro. È questo il punto."

"Hai capito male, Rob. Lei non farebbe mai una cosa del genere a Eric." Il solo pensiero mi fa rabbrividire. Che cosa significherebbe per il mio matrimonio se mia sorella spezzasse il cuore del fratello di mio marito? Il solo pensiero mi fa star male.

"Non voglio essere duro con Ava. È un tesoro. E ne ha passate tante. La ammiro tanto quanto mi piace. Ma ho paura per mio fratello, in questa situazione. L'hai visto dopo Brittany..." Scuote la testa, con un'espressione cupa. "Sai quanto è stato terribile. Se va male con Ava..."

"Non succederà."

"Spero che tu abbia ragione. Lo spero veramente."

Anche io. L'alternativa è inimmaginabile.

Ava

SONO ECCITATA MENTRE ERIC GUIDA FUORI DALLA CITTÀ POCO DOPO mezzogiorno di un venerdì di fine marzo. Abbiamo entrambi preso mezza giornata per partire prima dell'ora di punta. Non mi ha detto dove stiamo andando, ha detto solo che vuole andarsene per il fine settimana e trascorrere un po' di tempo da solo con me.

Mi piace questa idea. Siamo stati entrambi così impegnati nelle ultime settimane che è stato difficile trovare un po' di tempo solo per noi due. La settimana scorsa abbiamo incontrato il reporter del *New York Times* e abbiamo posato con Rob e Camille per il fotografo che hanno mandato.

L'articolo dovrebbe essere pubblicato sull'edizione di questa domenica. Tutti al lavoro sono entusiasti dell'articolo, soprattutto Rob per la pubblicità positiva per la sua campagna dopo un anno difficile per la loro famiglia. Abbiamo anche festeggiato Camille che ha superato l'esame di abilitazione al primo tentativo, non che qualcuno di noi ne sia rimasto sorpreso.

Eric mi chiesto di scegliere la musica per il viaggio e ho messo i Nirvana a tutto volume.

Lui abbassa un po' il volume. "Mi farai saltare le casse."

"Rammollito."

La sua bocca si apre per lo stupore, facendomi ridere mentre ballo sul mio sedile al ritmo delle canzoni della mia gioventù. Adoravo il genere Grunge al liceo.

Amo il fatto che Eric abbia organizzato questo weekend solo per noi e che io possa dirgli qualsiasi cosa senza dovermi preoccupare che reagisca male. Non l'ho mai potuto fare con nessuno, nemmeno con John, che poteva essere sensibile agli insulti percepiti.

John.

Perché sto pensando a lui quando sto vivendo una fuga romantica con Eric? Non ho spazio nel mio cervello o tempo nella mia vita per lui. Quella fase è finita. Finita. Finita. Ora ho una vita completamente nuova ed è lì che la mia attenzione si concentra.

"Siamo già arrivati?" chiedo a Eric, sentendomi irrequieta a causa dei miei pensieri che vagano in un territorio pericoloso.

Lui solleva gli occhi al cielo. "Ti avevo detto che ci sarebbero volute alcune ore."

È un tempo lungo e non c'è niente che mi tenga occupata se non la musica e il paesaggio. All'improvviso sento la pelle calda, come l'unica volta in vita mia che mi è venuta l'orticaria. Avevo tredici anni, durante un pigiama party con gli amici, quando la mia pelle si è improvvisamente ribellata. Più tardi, hanno scoperto che avevo avuto una reazione allergica al detersivo che la madre del mio amico aveva usato sulla coperta che mi era stata data, ma ora mi chiedo se sia questo il caso. Non l'ho più avuta né ho più provato quel caratteristico calore pungente.

Bevo un sorso dalla mia bottiglia d'acqua, sperando che il liquido fresco mi aiuti. Mi sento la gola stretta, tanto che comincio a preoccuparmi. "Eric."

"Cosa c'è tesoro?"

"Non mi sento bene."

Lui mi guarda. "Cos'hai sulla faccia?"

Abbasso frettolosamente la visiera e guardo il mio riflesso. Ho delle macchie rosse su tutto il viso. "Benadryl." Ricordo quello che mi hanno dato al pronto soccorso la prima volta che è successo. "Ho bisogno del Benadryl."

Eric prende l'uscita successiva, trova una farmacia e si ferma nel parcheggio. Salta fuori dalla macchina e corre dentro mentre io mi concentro sulla respirazione e cerco di non grattarmi la pelle che mi prude. Torna dopo un attimo e mi lascia cadere in mano delle pillole che ingoio con avidi sorsi d'acqua. Chiudo gli occhi e attendo con impazienza che il farmaco faccia effetto.

Eric mi accarezza i capelli e mi offre tutto il conforto possibile. "Dobbiamo andare in ospedale, tesoro?"

Scuoto la testa. "Sto bene."

Ci vogliono circa trenta minuti prima che la mia gola cominci a schiarirsi e il violento bisogno di grattarmi scompaia. Apro gli occhi e lo trovo a fissarmi con la preoccupazione incisa sul suo bel viso. Odio il fatto che continuo a dargli motivo di guardarmi in quel modo. "Scusa."

"Non c'è bisogno che ti scusi. Ti senti meglio?"

"Sì. Però ci vorrà un po' prima che le macchie rosse se ne vadano."

"A cosa è dovuto?"

"Non lo so," gli rispondo, anche se non è vero. So esattamente cosa l'ha provocato, ma non capisco il motivo. L'ultima volta è stato il detersivo, o almeno così credevamo.

"È già successo prima?"

"Una volta, quando avevo tredici anni."

"Vuoi tornare a casa?"

"No! Per niente. A meno che..."

"Cosa?"

"Capirei se tu non volessi farti vedere con me che ho delle chiazze rosse su tutta la faccia."

"Non me ne frega un cazzo di questo. Basta che tu stia bene, è questo che mi interessa."

"Sto bene." Gli dico quello che ha bisogno di sentire, ma quest'incidente mi ha innervosito. Ho cercato in tutti i modi di andare avanti con la mia vita dopo aver saputo che John è vivo, ma il pensiero di trascorrere qualche giorno senza un'attività frenetica che mi tenga occupata mi ha provocato uno sfogo di orticaria. Non posso negare la connessione, per quanto lo desideri.

Odio il modo in cui mi sento quando penso a lui. Odio sapere che è là fuori da qualche parte, di ritorno dalla sua lunga missione, e che non potrebbe importarmi di meno, non che io voglia sentirlo. Non lo voglio. Non voglio avere niente a che fare con lui. Voglio che se ne vada e mi lasci in pace una volta per tutte. Voglio essere libera da lui.

Libera. Come sarebbe? Sono stata ossessionata dal chiedermi cosa ne è stato di lui per così tanto tempo che non riesco a ricordare com'era vivere in un altro modo.

Il Benadryl mi fa venire sonno. Voglio passare questo tempo con Eric, ma non riesco a tenere gli occhi aperti.

CAPITOLO VENTISEI

AVA

Sento Eric sussurrare il mio nome. Sembra che sia lontano, ma poi sento la sua mano sulla mia spalla che mi scuote dolcemente.

"Ava, tesoro, svegliati."

Le mie palpebre pesano un quintale, o almeno così sembra. Le apro a forza e metto a fuoco una grande casa vittoriana. Ha qualcosa di familiare.

"Siamo arrivati."

"Dove siamo?"

"Al Fairlawn Inn. Camille mi ha detto che ci sei già stata e che ti è piaciuto molto."

"Sì! Una volta con i nostri genitori. Mi è piaciuto molto. È fantastico, Eric. Grazie mille."

"Sono contento che tu sia felice. Ti senti meglio?"

"Molto meglio. Mi dispiace di essere crollata. È stato il Benadryl."

"Nessun problema, ma mi sei mancata." Sorride e mi bacia il dorso della mano. "Vuoi entrare e vedere se è come te lo ricordi?"

"Uh-huh." Sono così commossa dal pensiero che ha avuto portandomi in un posto che mi avrebbe fatto piacere rivedere. L'interno è proprio come me lo ricordavo, intimo e accogliente con un arredamento in stile antico. Ci viene mostrata la nostra stanza, che presenta un letto a barca con una trapunta floreale e un baldacchino. "L'ultima volta che sono stata qui, ho dovuto dividere il letto con Camille." Appoggio una mano sul suo petto, sentendo il battito costante del suo cuore sotto il palmo della mia mano. "Sono molto più contenta di condividerlo con te."

"Lo spero."

La sua risposta mi fa ridere e mi riprometto di focalizzare tutta la mia concentrazione e la mia attenzione su di lui questo fine settimana. Questo è il minimo che merita dopo essersi dato tanto da fare per organizzare una fuga romantica solo per noi due.

Trascorriamo il pomeriggio a fare un'escursione sui sentieri che circondano l'albergo e consumiamo una deliziosa cena in un ristorante vicino nel centro di Hunter. È una giornata deliziosa e rilassante che si conclude con un bagno nella vasca su piedini del nostro bagno. Siamo uno di fronte all'altro e lui tiene i miei piedi in grembo, massaggiandone la parte inferiore.

"Grazie per tutto questo," gli dico. "Ne avevo veramente bisogno."

"Ultimamente hai dato fondo a tutte le tue energie."

"Lo so." Non dovrei essere sorpresa che l'abbia notato. Si accorge di tutto quando si tratta di me. "Mi dispiace se ti sei sentito trascurato."

"Non è così. Non preoccuparti per me. Ma mi sono preoccupato per te."

"Davvero? Perché?"

Sembra scegliere le parole con cura. "Sei stata molto... *assorbita* dal matrimonio."

"Sai che la maggior parte delle persone al giorno d'oggi sono fidanzate da *almeno* diciotto mesi prima di sposarsi? Un fidanzamento di sei mesi è quasi impensabile. C'è molto da fare in poco tempo."

"Mi rendo conto che è molto e voglio che il nostro grande giorno sia perfetto per entrambi, ma ho paura che il tuo entusiasmo per il matrimonio nasca da un altro motivo."

"Quale altro motivo?" Faccio finta di niente, ma avverto la tensione che sale. Lui lo sa. Certo che lo sa. Sa tutto.

Inclinando la testa, mi guarda implorante. "Ava..."

Non so che cosa dire.

"Non devi temere nulla con me. Non mi sentirò in pericolo se vorrai parlare di lui."

"Non voglio."

Eric non parla, ma mi guarda senza battere ciglio per un tempo così lungo che mi fa cedere con la sua tenerezza.

"Lui è l'*ultima* cosa di cui voglio parlare. Sono *stanca* di parlare di lui. Sono stanca di vedere la sua faccia *dappertutto,* dopo non averla vista da *nessuna parte* per anni. Sono stufa delle congetture su chi sia e su dove si trovi. Ne ho abbastanza di sentirmi una stupida per essermi preoccupata così tanto e per così tanto tempo quando è chiaro che non gliene frega niente di me. È questo che vuoi sapere?"

"È un buon inizio."

"Non voglio pensare a niente di tutto ciò. Voglio pensare a te, a me e al nostro matrimonio. Voglio dirti che vorrei smettere presto di prendere la pillola, così possiamo provare subito ad avere un bambino."

I suoi occhi si allargano per lo stupore. "Veramente?"

"Sì, lo voglio. Voglio essere una mamma. Voglio una famiglia con te. Se anche tu lo vuoi ancora."

"Lo voglio. Lo sai che lo voglio."

"Se sono troppo concentrata sul nostro matrimonio, è perché è a quello che *voglio* pensare. Non a quell'altra roba."

"Capisco, ma non voglio che tu possa pensare di non poter parlare delle altre cose con me o che devi nascondermele."

"Sei stato così incredibile in tutta questa situazione. Non so se sarei stata in grado di gestirla da sola, se non ci fossi stato tu a tenermi la mano."

Sedendosi, prende la mia mano e ne bacia il dorso. "La tua è la mia mano preferita da tenere e io per te ci sarò sempre, Ava. Nella buona e nella cattiva sorte. Questo è quello che ho giurato."

"Non voglio più momenti brutti," sussurro, sentendo gli occhi che si riempiono di lacrime. "Sono così stanca di essere triste. Tu mi rendi felice. Il matrimonio mi rende felice. Se mi tengo occupata con queste cose, non c'è spazio per la tristezza."

"Sai che sono sempre felice di tenerti occupata."

Scoppio a ridere anche se mi asciugo le lacrime.

Lui si alza e mi raggiunge. "Andiamocene da qui prima che ti trasformi in una vecchia prugna rinsecchita".

"Non possiamo permetterlo. Mi devo sposare tra un po'."

"Sì, e lo sposo non ha firmato per avere una vecchia prugna secca."

Torniamo a letto e ci restiamo fino al pomeriggio seguente, ridendo, parlando, facendo l'amore e facendo progetti. Sentendo il bisogno di mangiare qualcosa e di bere un caffè, andiamo in città per un brunch e trascorriamo il resto della giornata tra i negozi di antiquariato, la libreria e le gallerie.

Nel cinema della città viene proiettato un film che volevamo vedere, così compriamo i biglietti per lo spettacolo delle cinque e poi andiamo a cena.

È una fuga rilassante e stimolante e quando partiamo per ritornare in città verso mezzogiorno della domenica, lo faccio determinata a non lasciare che il matrimonio diventi più importante della mia relazione con Eric. Uscendo da Hunter, prendiamo una copia del *New York Times* della domenica e ci soffermiamo a leggere l'articolo su noi quattro.

"È una bella foto di tutti noi," dice Eric. "Dovremmo incorniciarla per loro."

"E per noi."

"Due copie, certo."

Rob e Camille inviano un messaggio per condividere la loro gioia per l'articolo e le foto. Un bel cambiamento nella storia della nostra famiglia, recita il messaggio.

Io rispondo a nome mio e di Eric e dico che ci sono piaciuti molto l'articolo e le foto.

"Grazie per questo weekend," dico a Eric quando siamo in viaggio sull'autostrada verso la città. "Era proprio quello di cui avevo bisogno."

"Non c'è di che, ed è stato veramente un piacere." Scuote le sopracciglia in modo che non mi sfugga il doppio senso.

"Dopo questo fine settimana," dico, accarezzandogli la gamba, "dovresti essere a posto con il sesso per il prossimo mese o due."

"Ummm... Aspetta. Che cosa?"

Scoppio a ridere. La sua espressione è assolutamente esilarante. Sto ridendo così tanto che quasi non sento suonare il mio telefono. Rispondo alla telefonata di mia madre poco prima che scatti la segreteria telefonica.

"Ehi, mamma. Che succede?"

"Ava..."

"Mamma? C'è qualcosa che non va?"

"Tesoro, sono appena stati qui degli agenti dell'NCIS."

"Cosa? Perché? Che cosa volevano?"

"È per John, tesoro. Ti sta cercando."

JOHN

Ci sono voluti ventisette giorni, ma ora sono in grado di stare in piedi per cinque minuti di seguito grazie alla protesi che sto imparando a sopportare. Mi hanno detto che col tempo riuscirò a stare in piedi per periodi più lunghi, ma per ora, cinque minuti è tutto quello che posso tollerare. Mi hanno anche detto che sto anticipando i tempi sulla tabella di marcia del mio recupero. Tutto quello che so è che il dolore è lancinante, ho ancora un aspetto terribile e non ho più tempo.

L'intervista con *60 Minutes* è stata fissata tra una settimana a partire da domenica.

Devo vedere Ava prima di andare sulla TV nazionale a raccontare la mia storia. Circa tre settimane fa, ho deciso che non posso chiamarla di punto in bianco dopo quasi sei anni. Più che altro, ho paura che mi mandi al diavolo, riattacchi e non mi parli più. Non posso correre questo rischio.

Ho usato il telefono per cercarla online e non ho trovato traccia di una Ava Lucas a San Diego. Non è mai stata sui social media perché doveva occuparsene molto al lavoro, quindi è un vicolo cieco. Ho chiesto a Muncie di andare a casa nostra e scoprire se abita ancora lì.

Muncie è tornato e ha detto che l'amministratore gli ha riferito che lei se n'è andata quasi un anno fa e non ha lasciato un indirizzo a cui inviare la posta. Questa è la migliore notizia che ho avuto da anni.

"Voglio che tu la trovi," dico a Muncie, rincuorato dal fatto che Ava abbia atteso cinque anni per lasciare la nostra casa.

"E come dovrei fare, signore?"

"Che ci pensino quelli dell'NCIS".

"Non credo che si occupino di rintracciare le ex fidanzate."

"Vogliono che rilasci quell'intervista a *60 Minutes*, giusto?"

"Quindi sta dicendo..."

"Se non trovano la mia ragazza, non ci sarà nessuna intervista".

È così che ho coinvolto il NCIS nella ricerca di Ava. Non ci è voluto molto perché sapevo che era di Purchase, New York, e che i suoi genitori risiedevano lì, almeno quando la conoscevo io.

"È a New York City, signore," mi riferisce Muncie per telefono, una domenica sera.

"Che altro?"

"Ci ha chiesto di trovarla. L'abbiamo trovata. È tutto quello che ho. Vuole il suo indirizzo?"

"Sì."

Me lo detta e io me lo appunto. "Voglio che tu vada lì."

"*Cosa*? Vuole che vada a New York a cercare la sua ex? Ehm, signore?"

"Non è la mia ex." O almeno non lo era quando l'ho vista l'ultima volta. No, lei era il sole, la luna, le stelle, tutta la mia vita. La cosa migliore che mi fosse mai capitata. Non c'era niente di "ex". "Non avevi detto che la Marina ti aveva messo a mia disposizione per occuparti di qualsiasi cosa avessi bisogno?"

"Sì, ma..."

"Ho *bisogno* di vederla e di parlare con lei prima di rendere pubblica la mia storia. Ci sono cose... che lei dovrebbe sapere da me." Ho bisogno di *lei*. Devo vederla, per scoprire se quello che avevamo esiste ancora. Devo sapere se mi ama ancora come una volta.

"Perché non può chiamarla? Non ha il suo numero?"

"Ce l'ho, ma..." Non posso dirgli che ho paura che non risponda alla telefonata. "Sarebbe meglio che tu andassi da lei e le dicessi che ho bisogno di vederla. Che è urgente."

Rimane in silenzio così a lungo che temo che abbia chiuso la telefonata.

"Muncie?"

"Sì, sono qui."

"Per favore. Non ti chiederei una cosa del genere se non avessi veramente bisogno di vederla."

"Ci andrò domani," risponde a malincuore.

"Ci andrai? Veramente?"

"Sì, signore. Ho detto che lo farò, e lo farò."

"Le dirai che ho bisogno di vederla? E farai in modo di farla venire qua?"

"Farò quello che posso, signore," risponde, sospirando profondamente. "È tutto quello che posso prometterle finché non avrò parlato con i miei superiori."

"Certo, c'è quell'intervista che vogliono che rilasci...".

"Capisco la sua posizione, signore."

"Non voglio che mi veda in ospedale. Prenota un albergo o un posto diverso da qui. Anzi, conosco il posto giusto." Gli do il nome dell'hotel che voglio. "Prenota una suite."

"C'è altro, signore?"

"No, basta così. Basta che ti sbrighi a farlo, d'accordo?"

"Sì, signore. Capisco la sua urgenza."

"Non puoi capire la mia urgenza, Muncie."

"No, signore, certo che non posso. La chiamerò domani sera."

"Aspetterò." Sono così eccitato dalla possibilità di vederla presto che non riesco a dormire. Resto sveglio tutta la notte, fissando il soffitto, rivivendo ogni minuto che ho passato con lei, la felicità che ho conosciuto tra le sue braccia, l'amore travolgente che ho provato per lei e che ho ricevuto in cambio da lei. Non ho mai provato nulla di simile, e vivere senza ciò, senza di *lei*, per tutto questo tempo, è stata la peggior forma di tortura. Lo rifarei per consegnare Al Khad alla giustizia, ma ho pagato un prezzo molto alto per quella vittoria, e anche Ava.

Ho bisogno della possibilità di scusarmi con lei, di provare a spiegare... spero e prego solo che lei voglia vedermi e che mi dia la possibilità di farlo.

CAPITOLO VENTISETTE

ERIC

È in uno stato di shock. Da quando ha ricevuto la telefonata di sua madre e ha sentito che John la sta cercando, non ha quasi più rivolto una parola a me o a sua sorella o a nessuno degli amici che sono venuti a stare con lei dopo che ho detto loro la notizia.

Non sappiamo cosa fare per lei.

Lasciandola alle cure di sua sorella, porto il suo telefono in bagno e chiamo la sua terapeuta, Jessica, e la aggiorno sugli ultimi sviluppi.

"Non so che cosa fare per lei. Nessuno di noi sa che cosa fare."

"Verrei lì, ma ho due bambini a pezzi con la gastroenterite e l'ultima cosa di cui avete bisogno è essere esposti a questo."

"Vero."

"Aspettala, Eric. Lascia che ti parli lei quando sarà pronta."

"Sto cercando di non farne una questione personale, ma mentirei se dicessi che non sono un po' spaventato da questo sviluppo inaspettato."

"È completamente comprensibile."

"So che sei la sua terapeuta e non la mia, ma rispondi a questa domanda: cosa diavolo farò se lei torna da lui?" Dirlo ad alta voce, dare voce alla mia più grande paura, mi fa star male.

"Stai correndo troppo."

"Hai ragione. Però lui è l'uomo che Ava ha aspettato per quasi sei anni: ora che ha la possibilità di rivederlo, e se gli desse un'occhiata e si dimenticasse di me?" Il fatto che mi stia sfogando con una donna che conosco appena è la dimostrazione della disperazione che non oserei mai mostrare a nessun altro. Devo essere forte per Ava, e lo sarò. Non appena smetterò di dare di matto per quello che significa per me.

"Per quanto possa essere difficile, devi vivere questa situazione un minuto alla volta. Occupati di quello che hai davanti e non di quello che potrebbe succedere. Non mi è permesso parlare della terapia di Ava, come sai, ma una cosa posso dirti: lei ti vuole molto bene e parla spesso di quanto tu sia stato fondamentale per rimettere in sesto la sua vita."

"Mi fa piacere sentirlo." Non è niente che non sappia, ma inizio a chiedermi se tutto quello che sono stato per lei sia stato solo un diversivo fino a quando non tornerà da lei l'uomo che vuole veramente.

"È la verità, Eric. Tienitela stretta, qualunque cosa accada."

"Lo farò. Grazie per avermi dedicato il tuo tempo."

"Per favore, chiedi ad Ava di chiamarmi se posso essere d'aiuto. Sono a sua disposizione in qualsiasi momento, e mi dispiace di non poter venire lì."

"Va tutto bene. Capisco perfettamente, e lo farà anche lei. Ti terrò informata."

Molto tempo dopo aver terminato la telefonata, rimango seduto sul letto, gli avambracci sulle ginocchia, la testa piegata per alleviare parte della tensione che si è formata alla base del collo. *John mi sta cercando*, ha detto. Cinque parole che hanno capovolto il mio mondo e l'hanno fatta ripiombare nell'incubo da cui ha cercato di fuggire con tanta fatica.

Non è giusto per nessuno di noi due. Che diritto ha lui di tornare dopo tutto questo tempo, pensando che può schioccare le dita e che lei sarà pronta a correre da lui? Non riesce a pensare che lei ha una vita? Che qualcuno la ama? Che lei non è più seduta ad aspettarlo?

Non appena avverto questi pensieri, mi sento un mostro. Quell'uomo ha dato *anni* della sua vita per proteggere tutti noi. Ha sacrificato più di quanto io o chiunque altro io conosca potremmo mai fare. Dovrebbe avere tutto quello che vuole. Tranne Ava. Non può averla. Lei è mia.

Il mio telefono vibra per l'arrivo di un messaggio da un numero che non riconosco. Ci clicco sopra.

Ho sentito che ti sei fidanzato. Sono così felice per te. Nessuno merita di essere felice più di te.

Le mie dita volano sulla tastiera. *Chi sei?*

Brit. Ha inviato anche l'emoticon del bacio e un cuore.

Cancello il messaggio e blocco il numero. L'ultima cosa di cui ho bisogno in questo momento è sentirla. Quella che, solo pochi mesi fa, sarebbe stata una notizia bomba nella mia vita, ora non ha più importanza.

"Eric?" Amy è sulla porta. "Stai bene?"

Voglio dirle quello che ha bisogno di sentire, ma le parole mi si bloccano in gola, incastrate contro quel gigantesco nodo che non se ne va, non importa quanto cerchi di controllare le mie emozioni.

Amy entra nella stanza, chiude la porta dietro di sé e si siede sul letto accanto a me. Mi mette un braccio intorno alle spalle e io appoggio la testa su di lei. "Odio tutto questo per entrambi."

"Grazie."

"Ava sta chiedendo di te."

Le parole sono come una scossa elettrica che mi fa tirare su, marcare le mie difese e alzarmi per andare da lei.

Guardando di nuovo mia sorella, dico: "Brittany mi ha mandato un messaggio."

"*Cosa?*"

"Voleva congratularsi con me per il mio fidanzamento."

"Che cosa le hai risposto?"

"Ho cancellato il messaggio e l'ho bloccata."

"Quella stronza ha una bella faccia tosta. Questo è certo."

"Già. Anche il suo tempismo è perfetto."

"Lo è sempre stato."

"Non può succedere ancora, Amy. Non ce la faccio."

Si alza e viene da me, la sua mano sulla mia schiena, sostenendomi come ha fatto per tutta la nostra vita. "Tutto ciò che riguarda la tua relazione con Ava è diverso."

"Ma il risultato sarà lo stesso?"

"Non farti questo, Eric. Lei è fidanzata con *te*."

"Per ora." Mi fa male lo stomaco e mi martella la testa, come se avessi i postumi di una sbornia. Ma Ava chiede di me, quindi metto da parte le mie preoccupazioni per occuparmi di lei.

Camille è seduta con Ava sul divano. Si alza per lasciarmi il suo posto.

Mi siedo con Ava e le prendo la mano, che è gelata. La tengo fra le mie, il mio sguardo è attratto dal suo anello di fidanzamento. "Che cosa posso fare?" Le chiedo.

"Io... non so che cosa succederà adesso. Ma qualunque cosa sia, ti voglio qui con me. Va bene?"

"Sì, piccola. Va bene." Le sue parole dolci mi danno sollievo. Lui la sta cercando, ma lei vuole me. Le metto un braccio intorno e la tengo stretta a me mentre Camille, Rob, Amy e Jules guardano. Vogliono aiutare, ma nessuno di noi può ancora fare nulla.

Ora che John sa come trovare Ava, aspettiamo la sua prossima mossa.

ARRIVA ALLA MIA PORTA IL POMERIGGIO SEGUENTE SOTTO FORMA DI UN ufficiale della Marina di nome Muncie. Sia io che Ava ci siamo dati malati dal lavoro, e abbiamo trascorso la giornata in uno stato di inquietudine, aspettando qualcosa, ma senza sapere esattamente cosa.

Nessuno di noi ha dormito un cazzo la notte scorsa, e siamo stanchi e stressati. Faccio entrare Muncie e apro la porta del corridoio per aspettarlo.

Lui sale le scale, e la prima cosa che noto è l'uniforme cachi che indossa sotto un cappotto di lana blu. Allungando la mano, dice: "David Muncie."

"Eric Tilden."

"Grazie per avermi ricevuto."

"Direi che non è stato un problema, ma..."

Ha la decenza di sembrare addolorato. "La signora Lucas è in casa?"

"Sì. Si accomodi." Mi faccio da parte per farlo entrare e faccio un gesto verso il divano, dove Ava è seduta con le gambe sotto di lei e una coperta sulle ginocchia. "Ava, questo è David Muncie."

"Buongiorno," risponde lei, esitando.

"Grazie per aver accettato di incontrarmi," dice lui, prendendo posto sulla sedia accanto a lei.

"Ho quasi paura di quello che è venuto a dirmi."

Anche io ho paura, e apprezzo che lei lo dica per entrambi. Mi siedo accanto ad Ava, ma non la sfioro.

"Sono qui per conto del capitano John West, della Marina degli Stati Uniti. Sono il collegamento incaricato di assisterlo dopo che è rimasto ferito nell'incursione nel villaggio di Al Khad."

"Dove è stato da allora?" chiede lei.

"In ospedale, signora. Sono stato autorizzato a dirle che gli hanno sparato alla gamba, e il proiettile ha colpito l'arteria femorale, ferendolo gravemente. La gamba era troppo danneggiata per essere salvata."

Ava geme, il suono è così lieve da essere quasi impercettibile, ma io lo sento.

"Circa quattro settimane dopo l'intervento, ha contratto un'infezione che lo ha fatto cadere in coma per oltre un mese. Per un po', non siamo stati sicuri che potesse sopravvivere, ma si è ripreso, e attualmente si trova in un ospedale per la riabilitazione nella zona di San Diego."

Oh, mio Dio. È stato in ospedale. Ecco perché non ha avuto sue notizie.

Ava prende la mia mano e la stringe.

"Posso chiedere," dice Muncie, "se voi due siete..."

"Siamo fidanzati," gli rispondo e vedo comparire sul volto del militare un'espressione di delusione.

"Capisco," dice lui.

Veramente? Vorrei chiederglielo. Capisci che lei è innamorata di qualcun altro, e che questo tizio del suo passato non ha alcun diritto di presentarsi dopo tutto questo tempo e di volerla vedere?

"John... ora sta bene?" chiede Ava timidamente.

"Sta migliorando sempre di più." Dopo una lunga pausa, lui sgancia la bomba. "Gli piacerebbe molto poterla incontrare."

AVA

PER ANNI HO ASPETTATO DI SENTIRE QUESTE PAROLE. *JOHN VUOLE vedermi*. Ma mi rimbalzano addosso come proiettili di gomma, dolorosi ma non penetranti.

Accanto a me, il corpo di Eric è rigido per la tensione. Mi tiene la mano così stretta che mi fa male. Tutta questa situazione lo sta uccidendo, e mi dispiace. Non vorrei mai causargli dolore, ma sentire che l'uomo che una volta amavo è quasi morto non una, ma due volte, per servire il nostro paese e che ora vuole vedermi, lo ferisce profondamente.

Volevo sapere perché John non mi avesse chiamato. Ora lo so. Era perché non poteva, e questo è molto più facile da accettare che pensare che non volesse.

"Signora Lucas," dice Muncie gentilmente, "sono pronto ad accompagnarla a San Diego, stasera stessa, e a farle incontrare il capitano West domani. Ha in programma di rilasciare un'intervista a *60 Minutes* alla fine di questa settimana, e vorrebbe avere l'opportunità di parlare con lei prima di rendere pubblica la sua storia."

Potrei vedere John domani.

Guardo Eric, che sta fissando il muro dietro Muncie. "Eric."

Lui mi guarda.

"Che cosa dovrei fare?"

"Non posso dirtelo, tesoro, ma ti sosterrò qualsiasi cosa tu decida di fare."

"Verresti con me se andassi a San Diego?"

"Se tu lo volessi."

"Certo che lo vorrei."

"Le dispiacerebbe scusarci un attimo?" domanda Eric a Muncie.

"Certamente. Prendetevi tutto il tempo che vi serve."

Eric si alza e mi dà un leggero strattone per portarmi con lui.

Le mie gambe sono gommose sotto di me mentre entriamo nella nostra camera da letto e chiudiamo la porta.

Mi mette le braccia intorno e mi abbraccia. "Ne avevo bisogno, così ho pensato che anche tu potessi averne bisogno."

"Ne ho tanto bisogno."

"Non riesco a immaginare quello che devi pensare e provare."

"La mia mente sta correndo, e anche il mio cuore."

La sua mano scivola sulla mia schiena. "Non devi fare nulla che tu non voglia fare, Ava."

"Lo so."

"E non devi decidere niente in questo momento. Potresti chiedere a Muncie di chiamarti domattina, così avrai il tempo di elaborare tutto quello che ti ha detto."

"Sarebbe bello."

"Vuoi che glielo dica io?"

Annuisco. "Grazie."

"Qualsiasi cosa ti serva." Mi bacia la fronte. "Torno subito."

Eric esce dalla camera e chiude la porta, ma sento le loro voci nella stanza accanto. Sento la porta dell'appartamento aprirsi e poi chiudersi.

Se n'è andato, ma mi ha lasciata sconvolta dalle informazioni che mi ha fornito su John, informazioni che ho desiderato per così tanto tempo. E ora... Oh Dio, non so cosa farci.

Eric torna in camera e si siede accanto a me, prendendomi la mano e tenendola come fa da quasi un anno a questa parte. Non dice niente, ma so che anche lui deve essere sconvolto.

"Dimmi che cosa devo fare."

"Vorrei poterlo fare, ma questa deve essere una tua decisione. Tutto quello che posso fare è dirti che sono qui e che non vado da nessuna parte."

"Non ti arrabbierai se voglio vederlo?"

"Dio, no, Ava. Capirei perfettamente."

Lui dice e fa tutte le cose giuste, ma posso vedere quanto siano pesanti le conseguenze di questa situazione su di lui.

"Potremmo sdraiarci per un po'? Ho bisogno di appoggiare la testa."

"Tutto quello che vuoi." Mi aiuta ad alzarmi e mi tiene il piumone finché non mi ci sistemo sotto.

Sembra che non riesca a scaldarmi, qualunque cosa faccia.

Si mette accanto a me e allunga le braccia.

Mi accoccolo a lui, appoggiando la testa sul suo petto. Il battito costante del suo cuore mi calma e mi tranquillizza. "Mi dispiace che stia succedendo tutto questo, specialmente ora."

"Non si tratta di me, Ava. Si tratta di te. E di lui."

"Non c'è nessun me e lui, non più." Lo credo veramente, ma ogni volta che penso a come sarebbe rivedere John, il mio cuore batte forte. Non sono sicura se batte per l'eccitazione o per la paura, ma che cosa importa? "Potrebbe essere meglio... se solo non lo vedessi."

"È questo che vuoi?"

"Non lo so. Una parte di me vorrebbe lasciare il passato nel passato, ma poi penso a quello che gli è successo e che come minimo potrei fargli la cortesia..."

"Non parlare di cortesia nei suoi confronti." Il tono di Eric è più tagliente di quanto abbia mai sentito da lui. "Non *ti* ha fatto la più elementare delle cortesie, quindi non gliela devi. Se vuoi vederlo o hai bisogno di vederlo per chiudere, è una cosa. Ma non farlo per cortesia nei suoi confronti."

Il tono teso della sua voce mi dice molto su come si senta, e il suo dolore mi uccide.

"Mi dispiace."

"Ti prego, non dispiacerti, Ava. Non è colpa tua e nemmeno sua. È solo una situazione difficile, non importa da quale prospettiva la si guardi."

"Non ho intenzione di vederlo".

"Davvero?"

"Davvero. Non è nel mio interesse, né nel tuo."

"Non si tratta di me."

"Si tratta di *noi*. Ho lavorato duramente per dimenticarlo e andare avanti. Vederlo sarebbe un grande passo indietro."

"Ma potrebbe anche darti l'opportunità di chiudere, cosa che finora non hai avuto."

"So che è vivo e che è al sicuro, e questo è più di quanto abbia saputo finora. Questo è il motivo per chiudere di cui ho bisogno."

"Non vuoi sapere *perché* ha fatto le cose che ha fatto?"

"Che importanza ha adesso? Non cambierebbe nulla per me". Alzo la testa per vedere il suo viso. "Sei d'accordo con me, vero?"

"Io lo voglio."

"Che cosa significa?"

"Per quanto voglia proteggerti dall'essere ferita di nuovo, ho paura che rimpiangerai per sempre di non averlo visto. Perché non gli concedi mezz'ora in modo che tu possa andare avanti per il resto della tua vita con quel capitolo chiuso per sempre e lasciato al suo posto?"

Appoggiando di nuovo la mia testa sul suo petto, ci rifletto un attimo. Se solo il pensiero di vedere John non mi terrorizzasse. Trenta minuti con lui annullerebbero tutto il duro lavoro che ho fatto per andare avanti? Questa è la mia paura più grande, ma Eric ha ragione. Sarò mai veramente in pace se non lo vedo?

CAPITOLO VENTOTTO

JOHN

Aspetto tutto il giorno di sentire Muncie e, quando finalmente chiama alle dieci, mi precipito al telefono. "L'hai vista?"

"Sì, l'ho vista."

Voglio chiedergli tutto: com'è fatta, cosa ha detto, dove vive. "E?"

"Signore..."

Il mio cuore sprofonda sentendo il modo in cui dice quella singola parola. "*Cosa?*"

"È fidanzata e sta per sposarsi."

Vorrei urlare. *No, no, no.* Non può essere fidanzata con qualcun altro. Non posso sentirlo. Anche se... che cosa mi aspettavo? Ava è una donna bellissima e meravigliosa. Naturalmente non è rimasta seduta ad aspettarmi. Ma comunque, ho mantenuto la speranza che potesse averlo fatto, speranza che ora è stata delusa.

"Signore? È ancora lì?"

"Sono qui." Stringo i denti. "Chi è il tizio?"

"Si chiama Eric Tilden. Sembra un tipo abbastanza simpatico. Ho fatto una ricerca su di lui ed è il figlio del governatore di New York. C'era un articolo su di loro sul *New York Times* perché la sorella di Ava ha sposato il fratello di lui. È così che si sono conosciuti: al matrimonio che si è tenuto lo scorso giugno."

Giugno scorso. Lei è rimasta single fino al giugno scorso. Non stanno insieme da tanto tempo. "Lei... è... felice?"

"Sono stato con lei solo per poco tempo, ma direi che sembra felice, anche se scossa dal fatto che lei voglia vederla."

Il mio cuore sprofonda. "Non viene, allora?" All'inizio della giornata ho chiesto a qualcuno di tagliarmi i capelli e ho rasato la barba che ho lasciato crescere durante il mio ricovero. Ho fatto sapere alla mia unità che volevo che sulla mia divisa blu fosse appuntato il mio nuovo grado e che mi venisse portata per poterla incontrare in uniforme. Lei non mi ha mai visto in uniforme.

"Ha chiesto che le lasciassi la notte per riflettere."

Avevo creato nella mia mente l'immagine di lei che urlava di gioia alla notizia portata da Muncie, pregandolo di portarla subito da me, per andare avanti con il resto delle nostre vite. Mi sento come se avessi ingoiato un macigno di dieci tonnellate ora che so che non ha esattamente fatto i salti di gioia nel sentire che volevo vederla.

"Mi dispiace molto di non avere notizie migliori, signore."

Non sopporto la sua pietà. "Non si preoccupi. Mi faccia sapere quando la sentirà domani."

"Lo farò."

Chiudo la chiamata prima che possa dire qualcosa che mi faccia sentire peggio di quanto già non mi senta. Sono come un palloncino che è stato sgonfiato. Ogni minuto che ho passato in questo inferno, cercando di recuperare la mia mobilità, è stato con il pensiero di lei in mente. Lei era la luce alla fine del tunnel, la pentola d'oro alla fine dell'arcobaleno.

Non ho mai pensato alla possibilità che lei non volesse vedermi. Forse avrei dovuto farlo. So che quello che le ho fatto è stato inconcepibile, ma mai in un milione di anni mi sarei aspettato che la missione durasse così a lungo. Anche perché, quando ho accettato l'assegnazione alla task force, sapevo che dispiegamenti di anni erano una possibilità remota.

Questo prima che Al Khad entrasse nelle nostre vite e cambiasse le carte in tavola.

Mi avvicino alla finestra per guardare il mondo che è andato avanti senza di me. Sei anni sono tanti per stare via. Mi sento come uno straniero in un paese che non riconosco più. E senza Ava, non ho idea di quale sia il mio posto. Lei è la mia casa, l'unica vera casa che abbia mai avuto, l'unica casa in cui sarei voluto tornare dal giorno in cui sono partito.

Senza di lei, non ho niente.

Meno di niente.

Le lacrime mi bruciano gli occhi mentre il dolore peggiore che abbia mai provato attacca il mio cuore, rendendo quasi impossibile respirare. Non posso pensare di andare avanti senza di lei. Lei è stata la mia ragione di vita.

Non ho versato una sola lacrima da quando ho perso la gamba. Anche durante la dolorosa riabilitazione, non sono crollato. Ma questo...

Questo mi fa star male.

Sposto la sedia verso il tavolo vicino al mio letto e spingo il pulsante per chiamare l'infermiera, tenendo la sedia rivolta verso le finestre in modo che non veda il mio viso o le mie lacrime.

"Salve," dice allegramente un'infermiera quando entra nella mia stanza qualche minuto dopo. "Che cosa posso fare per lei, capitano West?"

"Vorrei qualcosa per il dolore, per favore."

"Pensavo che non volesse più gli antidolorifici."

"Ho cambiato idea." Vorrei urlarle di *darmi quelle cazzo di pillole*, ma non lo faccio. In qualche modo riesco a contenermi. A malapena.

"Torno subito."

Non se ne va per molto, ma sembra un'eternità prima che ritorni con bicchierino con le medicine. Questa volta fa il giro del letto, mi porge il bicchierino e un bicchiere d'acqua mentre mi guarda troppo da vicino.

Prendo le pillole, le mando giù con l'acqua e chiudo gli occhi, pregando di avere un po' di tregua dal dolore lancinante al petto.

"Sta bene?" chiede l'infermiera.

Annuisco.

"Mi piacciono il taglio di capelli e la rasatura. Sta benissimo."

È stato tutto inutile se Ava non viene. "Grazie."

Mi stringe la spalla. "La lascio riposare un po'. Suoni se ha bisogno di qualcos'altro."

Annuisco per farle sapere che l'ho sentita. L'unica cosa che voglio o di cui ho bisogno è l'unica cosa che lei non può darmi.

AVA

SONO STATA SVEGLIA TUTTA LA NOTTE, GIRANDOMI, RIGIRANDOMI, camminando. Un minuto prima sono sicura di aver preso la decisione giusta di non vedere John, e il minuto dopo mi metto di nuovo in discussione. I fatti mi scorrono nella testa come un film a cui non posso sfuggire:

Ha perso una gamba.

È quasi morto per la perdita di sangue.

È quasi morto una seconda volta per un'infezione.

Vuole vedermi.

Dopo tutto quello che ha sopportato, come posso non accettare la sua richiesta?

Ma che dire di quello che ho sopportato io? Anche quello conta qualcosa.

E poi decido di non andare. Almeno per il momento.

L'alba fa capolino tra gli edifici del nostro quartiere, un luogo dove mi sono sentita al sicuro per mettermi a mio agio e ricominciare. Dove si sentirà a suo agio ora John? Dove ricomincerà la sua vita?

Dio, devo vederlo, anche se non è nel mio interesse. Ho bisogno di sapere che sta bene e che starà bene. Come potrò mai trovare una pace da chiamare mia finché non farò i conti con il passato?

Sono in piedi davanti alle grandi finestre che guardano l'Hudson e il New Jersey in lontananza quando Eric mi raggiunge, mette le sue mani sulle mie spalle e appoggia il suo mento sulla mia testa.

"Hai dormito un po'?" chiede.

"No. Tu?"

"Non molto. A che cosa stai pensando?"

"Che devo vederlo, anche se probabilmente non dovrei."

Dopo una lunga pausa, dice: "Allora è quello che faremo."

TRE ORE DOPO, ERIC ED IO SALIAMO A BORDO DI UN JET MILITARE elegante e ci prepariamo a partire da Teterboro. Siamo stati trattati come dei VIP, il che è alquanto sorprendente. Lo dico a Muncie, che è entrato in azione non appena Eric lo ha chiamato stamattina. Eric si è occupato di far sapere a Trevor che non andrò a lavoro e di dire ai nostri amici più stretti dove stiamo andando e perché.

"Siete dei VIP," risponde Muncie. "La Marina mi ha incaricato di occuparmi di qualsiasi cosa abbia bisogno il capitano West."

Prima che io possa elaborare questa informazione o il fatto che io sia uno dei bisogni del capitano West, il mio telefono suona perché arriva un messaggio di Miles. *Sei nei miei pensieri durante questo viaggio difficile. Qualunque cosa accada, hai il mio affetto e il mio sostegno.*

Le sue parole mi fanno venire le lacrime agli occhi, ma del resto, tutto mi fa piangere. Le mie emozioni sono così crude che quando Eric mi ha preparato il caffè, la sua incrollabile gentilezza mi ha quasi fatto piangere. Riesce a capire che sono sul filo del rasoio tra il tenere duro e il crollare.

Quando il pilota annuncia che siamo prossimi al decollo, Eric mi prende la mano e la tiene stretta. Mentre ci alziamo in volo, darei qualsiasi cosa per essere in viaggio verso il lavoro. C'è così tanto da dire per una giornata noiosa e di routine in cui non succede niente di straordinario.

Non appena ho questo pensiero, mi sento immediatamente egoista. Tante persone, compreso il mio caro amico Miles, darebbero qualsiasi cosa per vedere le persone che hanno perso sulla nave e i membri dell'esercito che sono morti combattendo l'organizzazione di Al Khad. Ricordo la commessa di Bloomingdale, e come ha toccato la spilla sul bavero che porta in onore dei suoi genitori defunti. Penso a Dawkins e alla sua instancabile ricerca di giustizia per conto di sua figlia e di suo genero.

Cosa non darebbero per avere la possibilità che è stata data a me. Non ho il diritto di sentirmi distrutta per l'opportunità di vedere John. Devo prenderla per la benedizione che è e cogliere questo momento per celebrare la grande vittoria che John ha contribuito a ottenere per il nostro paese e per coloro che hanno perso i loro cari sulla nave e in guerra.

Mi sono quasi convinta che andrà tutto bene. Che potrò vederlo, parlargli, avere risposte alle mie tante domande, ringraziarlo, forse abbracciarlo e poi andare avanti con la mia vita, la mia nuova vita, quella che sono stata costretta a crearmi dopo che lui se n'è andato e non è più tornato.

Eric è così teso che il suo corpo è rigido sul sedile accanto al mio. Guarda dritto davanti a sé senza battere le palpebre mentre mastica l'interno della guancia, una cosa che fa quando gli passano molte cose per la testa.

Gli sfioro il viso per fargli notare che lo sta facendo, e lui contraccambia con un lieve sorriso di gratitudine. Gli fa sempre male dopo averlo fatto, ma dice che non si accorge che lo sta facendo finché non gli fa male. Non voglio che soffra, e queste montagne russe su cui mi trovo dalla notte della cattura di Al Khad lo hanno ferito. Lo hanno riempito di insicurezze e di preoccupazioni su di me e sulla nostra relazione, e odio questa sensazione che gli faccio vivere. La odio per entrambi, ma la odio soprattutto per lui.

Voglio che si senta sicuro di me. Stiamo pianificando il nostro matrimonio. Questo dovrebbe essere il momento più felice della nostra vita, ma eccoci qua su un aereo che vola per tremila miglia per affrontare il mio passato. È troppo da chiedere a chiunque, specialmente a qualcuno che è sopravvissuto a quello che ha fatto lui.

"Odio che questo stia accadendo ora," sussurro in modo che solo lui possa sentire.

"Che cosa vuoi dire?"

"Questo dovrebbe essere un momento felice per noi."

Sfiora la mia guancia con il suo indice. "Sono felice di essere ovunque tu sia."

"Tu sai sempre cosa dirmi."

"Perché ti amo."

"Anch'io ti amo."

"Lo so, piccola," dice, sospirando mentre appoggia la testa contro il sedile.

"Mi dirai come ti senti? La verità?"

"Sono un po' stanco dopo una notte agitata."

"E?"

"Più o meno così."

Dall'altra parte del corridoio, Muncie indossa le cuffie e ha gli occhi chiusi, ma io abbasso la voce comunque. "Dimmi la verità."

Rimane in silenzio per molto tempo, ma non distolgo mai lo sguardo. "Che cosa vuoi che ti dica? Che sto impazzendo al pensiero che tu gli dia un'occhiata e ti dimentichi di me? Perché non mi aggiungerei mai al peso che già devi sopportare ammettendo una cosa del genere."

Ricaccio indietro altre lacrime. "Questo non succederà."

"Come lo sai?"

"Perché non è quello che voglio." Gli stringo la mano. "Ho quello che voglio proprio qui."

"Spero che lo penserai ancora, dopo averlo visto."

"Sì, Eric." Dopo aver sentito le sue preoccupazioni, voglio dire al pilota di girare l'aereo e portarci a casa.

JOHN

Sta arrivando.

Muncie mi ha svegliato prima dell'alba con la notizia che me la porterà oggi. Non so cosa sia cambiato tra ieri e oggi, ma voglio solo Ava.

Ho già fatto la doccia e mi sono rasato e sto aspettando che una delle infermiere venga ad aiutarmi a indossare la mia uniforme. Posso fare quasi tutto da solo, ma ho bisogno di aiuto con la protesi e i pantaloni, il che mi fa impazzire. Non ho mai immaginato uno scenario in cui avrei avuto bisogno dell'aiuto di qualcuno per indossare i pantaloni, ma questa è la mia realtà. Per ora, comunque.

Fare il bagno mi lascia esausto. Dovendo attendere delle ore che qualcuno della mia unità venga per accompagnarmi all'hotel dove incontrerò Ava, mi sposto sulla poltrona reclinabile e cerco di rilassarmi in modo che i miei muscoli la smettano di tremare così violentemente. Non voglio che lei mi veda malato o debole. Voglio che veda il soldato forte e saldo che ha contribuito a catturare l'uomo più ricercato del mondo.

Sono così eccitato che non mi aspetto di dormire, ma mi appisolo comunque e mi sveglio quando l'infermiera a cui ho chiesto aiuto entra nella stanza.

"Ho sentito che oggi uscirà per un po'," dice.

Si chiama Hailey, ed è la mia preferita tra le infermiere perché non mi tratta mai come se fossi meno di quello che ero. Il suo approccio pragmatico alla mia situazione è un gradito sollievo a confronto con quello degli altri, che si comportano come se fossi speciale quando so di non esserlo. Ero solo un ragazzo che stava facendo il suo lavoro. Non ho chiesto notorietà o fama o nessuna delle attenzioni che sto ricevendo da quando il video è stato pubblicato dai seguaci di Al Khad.

Non voglio niente di tutto questo. Voglio solo Ava. Voglio tornare alla vita che avevo prima dell'inferno degli ultimi sei anni. Voglio una macchina del tempo.

"Sì," rispondo a Hailey. "Vado a vedere il mio amore, Ava, per la prima volta in sei anni."

"Oh mio Dio! Non sapevo che avesse qualcuno di speciale. Dov'è stata mentre era qui dentro?".

"Ho aspettato a contattarla finché non fossi stato più forte."

"Deve essere così eccitato all'idea di vederla."

"Lo sono." Non le dico che la mia Ava ha un fidanzato. Lui non esiste per me. La mia attenzione è su di lei e solo su di lei.

"Bene, allora andiamo a farci belli." Prende dall'armadio l'uniforme che la mia unità mi ha mandato e mi aiuta ad indossarla.

Per la prima volta, vedo la quarta striscia sulla manica e avverto una sensazione di puro orgoglio per aver raggiunto il grado di capitano. Guardo con piacere il tridente che mi identifica come un SEAL e i nastri che raccontano la storia del mio onorato servizio.

"Voglio la mia gamba," le dico, arrossendo per l'imbarazzo.

"Certo."

Ci vogliono circa quindici minuti che mi lasciano ulteriormente esausto, ma essere di nuovo in uniforme fa grandi cose per il mio morale. Questa uniforme mi ha salvato la vita in più di un modo, e non la guarderò mai in altro modo se non con orgoglio, nonostante la fine della mia carriera.

Alzo lo sguardo verso di lei. "Posso chiederle una cosa e sarà sincera?".

"Certo."

"Ho un aspetto orribile? Non c'è problema. Può dirmelo."

"Niente affatto. È molto bello."

"Non sembro malato o debole o..."

"Nessuna di queste cose. Non credo che lei abbia idea di quanto tutti noi siamo interessati a lei. Non solo qui, ma tutta la nazione sta parlando di lei e di quello che ha fatto."

"Lo odio." Scuoto la testa. "Stavo solo facendo il mio lavoro. Non ho mai firmato per essere qualcosa di più."

"Lei è un eroe nazionale, capitano West. Può essere un eroe riluttante, ma è comunque un eroe." Fa una pausa, sembra che stia cercando di controllare le sue emozioni. "Quando ripenso a quel giorno... quando la nave è stata bombardata e al puro orrore, ricordo le povere famiglie che hanno perso i loro cari e il loro terribile dolore. Il mio cuore si è spezzato per loro. Quello che avete fatto lei e i suoi compagni... Avete ottenuto *giustizia* per loro, per le persone che sono morte. Abbiamo verso di voi un debito di gratitudine che non potrà mai essere ripagato."

"Grazie," rispondo, commosso dalle sue parole e dalla passione che c'è dietro.

"Tutti nel Paese provano ciò che provo io."

"Non so come affrontare la cosa."

"Lo capirà un passo alla volta. Il primo passo è vedere la sua Ava". Spazzola i pelucchi dalla giacca della mia uniforme e mi rivolge un'occhiata di valutazione. "Penso che lei sia pronto."

Ho farfalle grandi come gabbiani nello stomaco mentre lei mi aiuta a salire sulla sedia a rotelle. "Ho bisogno anche delle mie stampelle. Voglio che mi veda in piedi, non seduto su questa sedia."

Hailey prende le stampelle e me le porge. "Vado a controllare che la macchina sia arrivata e poi torno a prenderla."

"Sarà meglio che sia qui," dico, riferendomi al guardiamarina che Muncie ha assegnato al mio trasporto. "Dovrebbe aspettarmi di sotto."

"Lo verifico e torno subito."

Mi lascia da solo con i miei pensieri per qualche altro minuto. Chiudo gli occhi e penso ad Ava, tornando a quel primo incontro fuori dai bagni in quell'orribile bar che Sanchez aveva scelto per festeggiare la sua promozione, all'ultima volta che l'ho vista il giorno dell'attacco e a tutto quello che è successo nel frattempo . Ricordo con precisione la prima volta che ho visto il suo bellissimo viso. È un momento che ho rivissuto ogni giorno dall'ultima volta che l'ho vista.

I due anni che ho passato con lei sono stati i migliori della mia vita, ma ho anche dei rimpianti. Tanti rimpianti, e oggi li condividerò con lei. Ha il diritto di sapere la verità, anche se mi ucciderà dire parole che spezzeranno il suo cuore e il mio.

Non avrei mai dovuto farmi coinvolgere da lei.

Le ho detto cose di me che non erano vere e le ho nascosto altre cose che aveva il diritto di sapere. L'ho amata così tanto che la cosa mi ha reso egoista. Sono ancora egoista quando si tratta di lei. Non me ne frega un cazzo se ha un fidanzato o una nuova vita che non include me. La rivoglio, e sono pronto a lottare per lei tanto quanto ho lottato per trovare Al Khad. Questa lotta, la lotta per l'amore della mia vita, è la più importante di tutte.

CAPITOLO VENTINOVE

JOHN

Hailey ritorna qualche minuto dopo. "Il guardiamarina Bidlack è qui. È pronto?"

"Sì." Sono pronto come non lo sarò mai. Infilo il berretto dell'uniforme sotto un braccio e tengo le stampelle con l'altra mano.

Hailey apre la porta e poi viene a prendermi, spingendo la mia sedia in un corridoio fiancheggiato da medici, infermieri, fisioterapisti e altro personale dell'ospedale che scoppia in un applauso alla mia vista.

Molti di loro sono in lacrime mentre passo.

Sono sbalordito. Non posso credere che l'abbiano fatto, soprattutto perché negli ultimi due mesi sono stato uno stronzo furioso con molti di loro. Questo ora non sembra avere importanza, perché mi salutano in un modo che non dimenticherò mai.

Il rumore dei loro applausi mi segue fino agli ascensori.

Guardo Hailey e la sorprendo mentre si asciuga le lacrime. "Sei stata tu."

Lei scuote la testa. "Tutti volevano essere qui per lei."

"Grazie mille." La mia voce è roca per l'emozione. In questi giorni sono come un filo elettrico, provo così tante emozioni nell'arco di una giornata che riesco a malapena ad elaborarle prima che un altro giorno mi arrivi addosso con un milione di nuove emozioni. E questo giorno promette di essere finora il più emozionante.

Nell'atrio incontriamo il guardiamarina Bidlack, che mi stringe la mano e mi ringrazia per il mio servizio prima di caricarmi nel furgone accessibile ai disabili. Questa ora è la mia vita, penso, mentre vengo sollevato nel retro del furgone con una piattaforma.

Respingo immediatamente questo pensiero. È la mia vita finché non mi abituo alla protesi e non riesco a stare in piedi per più di qualche minuto alla volta. La sedia è temporanea, così come le stampelle. Il mio team di fisioterapisti dice che sarò in grado di correre, sciare, andare in bicicletta e fare tutte le cose che facevo prima di subire l'amputazione. È difficile immaginarlo quando sto ancora lavorando per stare in piedi, ma loro sanno meglio di me cosa aspettarsi.

Durante il tragitto verso l'hotel, mi immergo nel paesaggio, desideroso di vedere punti di riferimento familiari di San Diego, il luogo in cui ho vissuto più a lungo che in qualsiasi altro posto nella mia vita nomade. Ava e San Diego sono la mia casa.

Arriviamo al Fairmont Grand Del Mar e i ricordi tornano a galla. Avevamo dovuto lasciare il nostro appartamento per tre giorni mentre veniva pitturato, e ho sorpreso Ava con una mini fuga nell'hotel a cinque stelle. Non sono preparato all'impeto di emozioni che mi assale quando i dettagli in stile spagnolo si presentano alla mia vista, ricordandomi di essere stato qui con lei.

Una cosa del genere non mi avrebbe mai fatto soffocare prima, ma ora...

"Capitano?" Bidlack apre le portiere. "È pronto, signore?"

"Sì, andiamo." Dopo che mi ha fatto scendere a livello della strada, gli dico: "Vai dritto verso gli ascensori. Non fermarti per nessun motivo."

"Sì, signore."

Muncie si è occupato di registrarmi a suo nome e ha incaricato Bidlack di ritirare la chiave prima di venire a prendermi. Non voglio che nessuno sappia che sono qui, quindi tengo gli occhi bassi e lo sguardo distolto, sperando che nessuno mi riconosca. Arriviamo fino agli ascensori quando una donna sussulta.

"Lei è quel Navy SEAL!".

"Signora, per favore, lasci al capitano West la sua privacy," dice Bidlack, sorprendendomi di brutto.

"Certo," dice lei, indietreggiando. "Mi scusi. Grazie per il suo servizio."

Bidlack mi spinge dentro e le porte si chiudono dietro di me.

Alzo lo sguardo verso di lui. "Ben fatto, guardiamarina."

"Il comandante Muncie mi ha detto che mi avrebbe fatto degradare a marinaio semplice se avessi permesso a qualcuno di disturbarla."

Questo mi fa ridere. Buon vecchio Muncie. Gli sono debitore dopo quello che ha fatto per me in questi ultimi giorni.

"Non stava scherzando," dice Bidlack seriamente. È così giovane. Non ricordo di essere mai stato così giovane, probabilmente perché non lo ero.

Quando arriviamo al piano, mi fa uscire dall'ascensore e mi guida verso la stanza. La suite è proprio come quella che avevamo l'ultima volta che siamo stati qui.

"È di suo gradimento, signore?"

"Sì, grazie, Bidlack." Indico una sedia. "Mi faccia sedere lì, e poi metta la sedia a rotelle in camera da letto, se vuole."

"Sì, signore."

Quando mi sono sistemato sulla sedia con le stampelle appoggiate al braccio, fa rotolare la sedia in camera da letto e sparisce.

Qualcuno bussa alla porta, facendomi fermare il cuore. Non è ancora il momento. Non dovrebbe essere ancora qui.

Bidlack fa entrare un cameriere del servizio in camera con una brocca di acqua ghiacciata. Porta la brocca al tavolo, mi versa un bicchiere e lascia un secondo bicchiere vuoto accanto alla brocca. Quello è per Ava.

Ava.

Dio, Ava... Sbrigati. Ti prego, sbrigati. Ho bisogno così tanto di vederti.

"Il Comandante Muncie ha pensato che avrebbe apprezzato dell'acqua. Ha detto di ordinare qualsiasi altra cosa lei possa desiderare."

"L'acqua va bene. Grazie."

"C'è qualcos'altro che posso fare per lei?"

"Non ora."

"Ha il mio numero da chiamare quando sarà pronto a tornare in ospedale?"

"Sì."

"Aspetterò la sua chiamata, signore. E posso dire, visto che ne ho la possibilità, che è un onore e un privilegio averla conosciuta." Saluta e si gira per andarsene prima che io possa alzare il braccio per ricambiare il saluto. Non riesco a ricordare l'ultima volta che sono stato salutato. Le cortesie che diamo per scontate qui negli Stati Uniti erano l'ultima delle nostre preoccupazioni sul campo.

Il volo di Ava dovrebbe atterrare nei prossimi minuti. Sono trenta minuti di viaggio dall'aeroporto all'hotel. Muncie dovrebbe mandarmi un messaggio quando atterrano. Prendo il telefono dalla tasca e lo tengo in mano, fissandolo fino a quando non prende vita dieci minuti dopo.

Atterrati Il fidanzato è con lei...

"Cazzo. No." Gli rispondo con un sms. *Per favore, chiedile di venire da me da sola.*

Farò quello che posso.

Avvisami quando siete vicini.

Va bene.

Voglio essere in piedi quando entra nella stanza.

La mezz'ora passa così lentamente che mi chiedo se l'orologio si stia muovendo all'indietro invece che in avanti. Fisso così intensamente il mio telefono che mi si annebbia la vista. Dopo quasi sei anni, gli ultimi trenta minuti sono i più difficili perché so che lei è vicina, più vicina a me di quanto lo sia stata dall'ultima volta che l'ho vista.

Il telefono si illumina con un messaggio da Muncie. *Nell'atrio. Sta arrivando da sola.*

Metto il telefono in tasca e prendo le stampelle, sforzandomi di tirarmi su con i muscoli che non funzionano più come prima. Una cosa che una volta sarebbe stata così facile, ora richiede tutta la mia forza.

Tengo la maggior parte del mio peso sulla gamba sana e mi aggrappo allo schienale alto di una poltrona finché non raggiungo l'equilibrio. Appoggio attentamente le stampelle sul lato anteriore della sedia, tenendole a portata di mano. Spazzolo via le pieghe dalla mia uniforme, mentre il mio cuore batte e la mia bocca si secca.

Aspetto tenendo lo sguardo fisso verso la porta.

AVA

Muncie mi porge una chiave elettronica e il numero della stanza. "Non sarà in grado di aprire la porta, quindi usi questa."

"Perché non può aprire la porta?"

"Non cammina ancora bene." Esita, sembra dover decidere qualcosa. "Era di vitale importanza per lui che fosse in grado di stare in piedi prima di vederla. Questo è tutto quello che può fare finora. Alla fine, sarà in grado di fare tutto quello che faceva prima, ma ora... Stare in piedi è un grande risultato."

Mentre prendo la chiave elettronica, mi accorgo che mi tremano le mani. Guardo Eric. Da quando Muncie mi ha detto che John vuole vedermi da sola, Eric non ha detto una parola. Il suo corpo è così teso che ho paura di toccarlo.

Muncie gli porge una chiave elettronica per una stanza su un altro piano. "Le sue valigie saranno consegnate lì. Quando è pronta," mi dice, "può salire. Il capitano West la sta aspettando." Se ne va.

Il capitano West la sta aspettando.

È surreale che John sia in questo hotel ad aspettare di vedermi e che abbia scelto proprio questo posto per la nostra riunione. Non dico a Eric che siamo qui perché una volta io e John vi abbiamo trascorso un bellissimo weekend mentre il nostro appartamento veniva dipinto.

Sollevo lo sguardo verso Eric. "Ora vado. Ci vediamo dopo nell'altra stanza?"

Lui annuisce e mette le sue mani sulle mie spalle prima di appoggiare la sua fronte alla mia. "Stai bene?"

"Non lo so. Tu?"

"Uguale. Vorrei poter venire con te."

"Anch'io, ma sarebbe meglio se..."

"Capisco. Non ti preoccupare. Vai a fare quello che devi fare e dopo vieni da me, va bene?"

"Va bene." Ho un groppo grande come il Texas in gola.

"Ti amo, Ava."

"Ti amo anch'io." Ho paura di muovermi, paura di lasciarlo, paura di vedere John e affrontare i ricordi dolorosi. Ho paura di respirare.

"Vai finché posso ancora permettertelo." Le sue mani si abbassano lungo i suoi fianchi e fa un passo indietro.

Voglio aggrapparmi a lui, implorarlo di non andare, ma non posso fargli questo. È già così straziante per lui. Cerco di immaginare come mi sentirei se fossimo venuti qua per fargli incontrare Brittany. Non sarei stata in grado di gestire tutto, certamente non con la stessa grazia con cui lui sta gestendo ciò.

Ingoio il groppo in gola e costringo i miei piedi a muoversi, a camminare verso l'ascensore, a spingere la freccia "Su", a entrare e a spingere il numero. Tengo lo sguardo basso per non vedere Eric, ma so che mi sta guardando.

Sono distrutta dal suo dolore. Questo lo sta uccidendo, ma è venuto comunque con me, mi ha tenuto la mano per sei ore durante il volo e mi ha lasciata solo quando ha dovuto. Pensavo di capire la parola *agonia*, ma non ho mai provato questa emozione in un modo così lancinante come adesso, guardando i numeri che salgono sul pannello sopra le porte. Ogni numero mi porta più vicino a John.

Le porte si aprono e quasi si richiudono prima che io me ne accorga e faccia un passo avanti per scendere. Vado nel panico per un secondo, pensando di aver dimenticato il numero della stanza, ma poi mi ricordo e seguo le indicazioni. In piedi davanti alla porta dove John mi aspetta, sono incapace di muovermi o respirare o pensare o fare altro se non fissare la porta.

Non sarà in grado di aprire la porta...

Stare in piedi è un grande risultato.

Tengo la chiave elettronica sul cerchio nero della porta e guardo la luce verde che si accende. Verde significa via. Spingo la porta.

Lui è in piedi a circa tre metri da me.

La prima cosa che noto è l'uniforme. Non sono sicura di cosa mi aspettassi, ma non era il rigido promemoria del perché siamo qui, perché questo è successo, dove è stato, perché è dovuto andare. Nel giro di pochi secondi, i miei occhi viaggiano dal suo petto al suo viso, e poi sto piangendo e mi muovo verso di lui, attratta da lui nello stesso modo in cui lo sono sempre stata.

Sono tra le sue braccia e lui mi tiene proprio come faceva una volta: con fermezza, con amore, perfettamente. Seppellisce il suo viso tra i miei capelli e mi odora.

"Ava," sussurra, "la mia splendida Ava. Mi dispiace. Sono così, così dispiaciuto. Ti amo così tanto. Non ho mai smesso. Neanche per un secondo." Le parole sgorgano da lui, come se avesse paura che non gli dia la possibilità di dire tutto ciò che ha bisogno di dire. "Ho pensato a te ogni giorno. Tutto quello che ho fatto è stato per tornare a casa da te."

Singhiozzo, mi aggrappo a lui e lo ascolto. Ascolto ogni parola che dice, ognuna di esse è una freccia per il mio cuore martoriato.

Anche il suo viso è bagnato dalle lacrime e accorgermi di ciò mi mette quasi in ginocchio. Non l'ho mai visto piangere prima, mentre lui mi prendeva in giro perché piangevo per le pubblicità sdolcinate.

Rimaniamo così per molto tempo. Non ho idea di quanto tempo passi prima che io cominci a percepire che è stanco. Non voglio lasciarlo andare, ma il suo corpo sta tremando.

"Siediti," gli dico.

"Ho bisogno di aiuto."

Quelle tre piccole parole sembrano costargli molto.

Gli tengo un braccio intorno alla vita e sostengo il suo peso mentre percorriamo la breve distanza fino al divano.

Quando si è seduto, noto che il suo viso è diventato bianco dal dolore. "Che cosa posso fare?" chiedo, sedendomi accanto a lui.

Lui scuote la testa. "Non volevo che mi vedessi così."

"L'unica cosa che conta è che tu sia vivo."

"Ha importanza, Ava? Ha ancora importanza?"

"Importa molto." Mi viene in mente che non sarà così semplice come volevo che fosse. Non si tratta di chiudere, ma di riaprire ferite chiuse di recente che non sono mai guarite veramente.

"Ho così tante cose che voglio dirti." Prende la mia mano e mi guarda negli occhi, il suo sguardo dagli occhi blu mi è familiare come qualsiasi altra cosa nella mia vita. "A cominciare dal fatto che mi dispiace. Mi odio per averti fatto questo, l'ultima persona che dovrebbe essere trattata nel modo in cui ho trattato te, la cosa più preziosa della mia vita."

Le lacrime scorrono sul mio viso. Non riesco a fermarle. Sta dicendo tutto quello che ho desiderato sentire per anni, che non sono stata una pazza ad aspettarlo o a piangerlo o a desiderarlo.

"Quella prima notte che ci siamo incontrati... non avrei mai dovuto partire con te o restare con te o innamorarmi di te. Ma era già troppo tardi. Quel primo istante nel corridoio fuori dai bagni... Dopo, era troppo tardi."

"Per cosa?"

"Per andarmene. È successo così in fretta per me. È stato come essere colpito da un fulmine."

Riesco a malapena a vedere attraverso le mie lacrime.

"Non mi era permesso avere una ragazza, Ava. Era contro le regole. E le ho infrante tutte perché non riuscivo a lasciarti." Dopo una pausa, dice: "Ci ho provato un paio di volte."

Questo mi stordisce. "Quando?"

"Ti ricordi quel fine settimana che sono andato in Messico con la mia unità?"

Annuendo, mi asciugo le lacrime dal viso.

"Non sono andato in Messico. Sono andato a cercare un appartamento. Ero a tanto così dal firmare un contratto d'affitto, ma non sono riuscito a farlo. Sono tornato a casa da te. Un'altra volta, ho fatto le valigie mentre tu eri al lavoro. Volevo lasciarti un biglietto per dirti che avevo conosciuto un'altra. Volevo che tu fossi così arrabbiata da non venirmi dietro".

"Io... non capisco."

"Non dovevamo avere legami, ma tu non sei mai stato questo per me. Tu eri *tutto* per me. Non sono riuscito a lasciarti finché non ho avuto altra scelta che andarmene."

"Ho cercato di trovarti. Dopo che te ne sei andato... sono andata alla base e ho chiesto alla gente, ma nessuno aveva mai sentito il tuo nome. Non sono riuscita a trovarti da nessuna parte, nemmeno online."

"Non esisto online - o non esistevo fino a quando il Pentagono ha pubblicato il mio nome dopo che il video è stato reso pubblico." Le parole si tingono di amarezza. "Vogliono che rilasci un'intervista a *60 Minutes* che andrà in onda la prossima settimana. Per questo volevo vederti ora, per dirtelo prima di doverlo dire a tutti gli altri".

"Dopo il video, ho pensato che avrei potuto avere tue notizie. Perché non mi hai chiamato?"

"All'inizio era perché ero davvero incasinato, e poi perché avevo paura che non avresti risposto alla mia telefonata."

"È stato mesi fa." Mi costringo a guardarlo in faccia. È magro e scavato, ma è la stessa faccia che ha infestato i miei sogni. "Perché ci è voluto così tanto?"

"Non volevo tornare da te come uno storpio."

"Perché pensavi che mi sarebbe importato?"

"No, perché importava a *me*." Prende la mia mano sinistra e si concentra sul mio anello di fidanzamento. "Muncie mi ha detto che sei fidanzata."

Annuisco, il mio cuore batte così forte che lo sento riecheggiare nelle orecchie.

"Chi è lui?"

"Eric... Lui è..." Tiro indietro la mano e mi verso un bicchiere d'acqua dalla brocca sul tavolo. Bevo un sorso e poi un altro.

Per un tempo lunghissimo, lui fissa il pavimento mentre io mi chiedo cosa stia pensando.

"Sono rimasta a San Diego fino a maggio scorso. Io... *ti* ho dato cinque anni. Ti ho dato cinque anni, e poi... non potevo più farlo, John. Non ce l'ho fatta e basta."

Lui annuisce ma non dice nulla.

“John...”. Posando quei penetranti occhi blu su di me, dice: “Sono arrivato troppo tardi, allora?”

L’espressione distrutta sul suo viso mi spezza di nuovo il cuore. “Io... io lo amo. Lui era lì per me.”

“E io no.”

Non posso più rimanere seduta. Mi alzo e comincio a camminare mentre il suo sguardo mi segue. “Non sapevo nemmeno se eri vivo! Ogni giorno, per anni, ho scrutato i notiziari alla ricerca di qualcosa, *qualsiasi cosa*, che mi desse speranza o mi fornisse una chiusura o qualcosa, ma non c’era mai una sola cosa su di te. Ho aspettato per cinque anni. *Cinque anni*, John.” La mia voce si blocca con un singhiozzo. “Sono stata da sola per tutto quel tempo, finché ho pensato che sarei *impazzita* se non avessi messo in atto un cambiamento.”

“Vieni qua,” dice lui.

Scuoto la testa. Ho paura di avvicinarmi a lui. Sta smontando la mia vita, accuratamente ricostruita, una frase alla volta.

Mi tende una mano. “Per favore. Non posso venire da te.”

Ritorno al mio posto sul divano, ma non prendo la sua mano. Tengo le braccia incrociate come se questo, in qualche modo, mi proteggesse.

“Ho capito. Ti ho fatto passare l’inferno. Mi dispiacerà sempre per questo. Tutto quello che è successo è al cento per cento colpa mia.”

“No, è stata colpa di Al Khad.”

Scrollando le spalle, dice: “Una buona parte è stata anche mia.”

“Non tutto quello che è successo è stato brutto,” sussurro, asciugandomi altre lacrime. “Per molto tempo è stata la cosa più bella che mi fosse mai capitata.”

“Finché non lo è più stata.”

Non riesco a pensare a una cosa da dire che non sia sbagliata. Non è che se ne sia andato perché lo voleva. “Sapevi che potevi stare via più di cinque anni?”

“Dannazione, no. Ci avevano detto che erano possibili missioni prolungate, ma niente del genere.”

“Tuo... tuo padre deve essere molto orgoglioso.”

Il suo viso perde ogni espressione. "Non so chi sia mio padre, Ava."

"Ma hai detto che era un generale, che sei cresciuto ovunque."

"Sono cresciuto dappertutto, perché ero nel sistema. Il sistema dell'affidamento. Da piccolo avevo un sacco di problemi, e un giudice mi disse che potevo andare in prigione o nell'esercito. Mi fece scegliere. Ho scelto la Marina. Non ho una famiglia di cui parlare. Solo tu e le persone con cui ho servito. La mia mancanza di legami mi ha reso un candidato ideale per il lavoro che mi è stato chiesto di fare."

Solo tu...

Solo tu...

Solo tu...

Sentire che non ha nessun altro spezza qualcosa dentro di me. "Mi hai mentito su così tante cose."

"Solo perché dovevo. Non perché volevo."

In un certo senso, lo capisco, ma non mi piace. "La mia terapeuta ha detto che sei un eroe nazionale per quello che hai fatto e che hai sacrificato per tutti noi. Ma quello che hai fatto a me non è stato affatto un gesto eroico."

"Lo ammetto liberamente. Ho guardato la cronaca iniziale dell'attacco, e quando ho ricevuto la chiamata dal mio comando, tutto quello a cui riuscivo a pensare eri tu e quello che ti sarebbe successo. Stavo male per questo, ma la nostra missione, il mio ruolo in essa, tutto ciò che riguarda la mia vita professionale era ed è riservato. Non avrei potuto dirtelo nemmeno se avessi voluto."

"Avresti potuto. Hai scelto di non farlo."

"No, piccola," dice dolcemente. "Ho scelto di proteggerti non dandoti informazioni che potevano essere usate contro di te dalle persone che stavamo cercando di catturare."

Sentendo questo, indietreggio. "Come avrebbero potuto usarle contro di me? Non sapevano nemmeno che esistessi."

"Non ero disposto a correre il minimo rischio per la tua sicurezza."

"Invece hai quasi rovinato la mia vita."

"Mi pentirò sempre del dolore che ti ho causato, Ava. Hai tutto il diritto di odiarmi. Non ti biasimerei se lo facessi."

"Vorrei che fosse così. Sarebbe molto più facile dirti di andare dritto all'inferno."

"Se è questo che vuoi fare, cercherò di capire. Ma se c'è una possibilità... una qualsiasi possibilità che tu possa ancora amarmi come ti amo io, che tu possa trovare nel tuo cuore la forza di perdonarmi e di darmi un'altra possibilità... Non c'è niente che io desideri di più dell'opportunità di sistemare le cose con te. Per tutto il tempo che sono stato lontano, ho sognato la vita che avremmo potuto avere al mio rientro a casa. Sono stato congedato per motivi medici dalla Marina con una pensione completa. Avremmo le risorse per fare quello che vogliamo, ovunque vogliamo. Tutto ciò di cui ho bisogno per essere felice sei tu, Ava."

"No." Scuoto la testa come se la parola da sola non bastasse a farlo capire. Tengo lo sguardo fisso sulle quattro strisce dorate sulla sua manica. "Non hai il diritto di farmi questo. Sono finalmente serena, ho una relazione sana con un uomo che mi adora. Mi ha rimesso a posto e mi ha aiutato a trovare una nuova vita. Mi dispiace, ma no. Non posso tornare indietro."

Dopo un silenzio apparentemente infinito, dice: "Va bene." Dalla tasca estrae un pezzo di carta che mi porge. "Il mio nuovo numero di telefono."

"Non mi servirà, John."

"Prendilo comunque. Se cambi idea..."

Prendo il foglio e lo metto in tasca. "Io... dovrei andare."

Lui annuisce ma non mi guarda.

Non so se dovrei abbracciarlo o se lui accetterebbe il gesto.

"Posso chiederti una cosa?" dice.

"Certo..."

"Se non avessi lui, te ne andresti lo stesso?"

"Non si tratta di lui, John. Riguarda noi, e troppa acqua è passata sotto i ponti per tornare a quello che eravamo sei anni fa." Ecco che arrivano di nuovo le maledette lacrime. "Per molto tempo avrei dato qualsiasi cosa per sentire le cose che mi hai detto oggi. Ma ora... non ho altra scelta che andare avanti."

"Grazie per aver fatto tutta questa strada per incontrarmi."

"Grazie per i tuoi straordinari sacrifici al servizio del nostro paese. Non dimenticherò mai te o il tempo che abbiamo passato insieme." La mia voce si spezza. "Io... ne ho amato ogni minuto". Mi precipito verso la porta perché devo andarmene da qui prima di crollare. E ho bisogno di muovermi velocemente prima di perdere la mia determinazione.

"Ava." Il suo grido accorato è più di quanto possa sopportare. "Ti prego, non andare. Non lasciarmi."

Apro la porta e aspetto che si chiuda dietro di me prima di scivolare a terra con i miei singhiozzi straziati che riecheggiano nel corridoio vuoto.

CAPITOLO TRENTA

ERIC

Ecco come deve essere una tortura. È trascorsa quasi un'ora e Ava non è ancora tornata. Mi sento come un animale in gabbia mentre mi muovo nella stanza d'albergo, cercando di resistere all'impulso di lanciare un grosso fermacarte verso la finestra a vetri.

Non ce la faccio. Non posso rimanere in questa stanza un minuto di più. Se lei torna e io non sono qui, mi chiamerà.

Prendo l'ascensore per l'atrio e trovo il bar. "Maker's Mark," dico al barista. "Liscio."

"Arriva subito, signore".

Mi mette il drink davanti e io lo prendo al volo, mandandone giù la metà al primo sorso.

"Vuole addebitarlo sulla sua stanza o aprire un conto?".

Prendo il portafoglio e gli passo una carta di credito. "Aprire un conto, per favore."

Sono così teso che i miei muscoli sembrano immersi nel cemento. Nemmeno le terribili conseguenze della mia rottura con Brittany possono essere paragonate a questo inferno. Che cosa farò se mi dice che tornerà da lui?

Tiro fuori il mio telefono, mi assicuro di non avere nuovi messaggi e poi chiamo Rob.

"Ehi," dice lui, rispondendo al primo squillo. "Come va?"

"Lei è con lui adesso."

"Ah Dio, Eric," risponde, sospirando profondamente.

"Sto morendo, Rob. Non riesco a gestire la situazione. Quel tipo è un fottuto eroe nazionale. Non posso competere con lui."

"*Tu* sei stato il *suo* eroe."

Il telefono suona. È lei. "Devo andare. Mi sta chiamando."

"Tieni duro."

"Grazie." Prendo la telefonata di Ava. "Tesoro."

"Dove sei?"

"Al bar. Salgo tra un minuto."

"Voglio andare a casa, Eric."

Faccio segno al barista di pagare il conto. "Allora è quello che faremo. Arrivo subito." Scarabocchio la mia firma, prendo la carta e corro verso l'ascensore. Entro nella stanza pochi minuti dopo e mi fermo alla vista dei suoi occhi rossi e gonfi di pianto. "Piccola."

Viene verso di me e io la abbraccio.

Ho così tante domande, ma non dico nulla. Seguo il suo esempio e non parlo.

"Possiamo andare a casa? Per favore?"

"Sì. Andiamo." Prendo la sua borsa e la mia e le tengo un braccio intorno mentre la accompagno all'ingresso, dove chiedo al facchino di chiamarci un taxi. Mi chiedo se dovrei far sapere a Muncie che ce ne stiamo andando, ma decido che non è un mio problema.

"State facendo il check-out?" chiede il facchino.

"Sì, abbiamo finito qui". Gli do il numero della nostra stanza e lui prende nota prima di fare segno a un taxi.

"Aeroporto, per favore," dico al tassista.

In macchina, metto il mio braccio intorno a lei che si accoccola su di me. C'è traffico a quest'ora del giorno, e non sono nemmeno sicuro che riusciremo a prendere un volo, ma dato che stiamo andando nella più grande città del paese, sono ottimista. Ogni compagnia aerea vola verso New York.

Se mi concentro sui dettagli, non impazzirò cercando di non farle cento domande a cui lei non vorrà rispondere. Invece, faccio quello che mi riesce meglio. La abbraccio, la amo e mi prendo cura di lei. Non sono mai stato più bravo in qualcosa nella mia vita di quanto lo sia ad amare Ava.

Finiamo su un volo notturno per il maledetto JFK. Odio volare lì e dover combattere con il traffico verso la città, ma non c'era un volo per La Guardia e la mia fidanzata vuole tornare a casa. Arriveremo alle cinque e mezzo del mattino, ora della costa orientale. Speriamo di poter dormire sull'aereo.

"C'è la possibilità di un upgrade?" Chiedo all'addetta alla biglietteria.

Lei guarda nel computer e trova due posti in prima classe.

Le consegno la mia carta di credito.

Ava sta al mio fianco e sorprendo l'addetta che le lancia degli sguardi furtivi, chiedendosi forse il motivo del suo viso devastato. Raggiungo Ava, la abbraccio e fisso la donna con uno sguardo che spero la incoraggi a sbrigarsi, cazzo.

"C'è una sala o un posto dove possiamo aspettare?" chiedo.

Lei mi dà un pass giornaliero per il club della compagnia aerea e aspettiamo lì finché il nostro volo non viene chiamato.

Ava non dice una parola finché non siamo allacciati ai sedili nella parte anteriore dell'aereo. "Grazie."

"Qualsiasi cosa ti serva ." Alzo il bracciolo tra i nostri sedili e la metto comoda sul mio petto.

"Non ho ancora le parole."

"Va bene così. Tieniti stretta a me e tutto andrà bene". Ma mentre le dico quello che ha bisogno di sentire, mi preoccupo che niente possa più andar bene.

JOHN

Dopo che Ava se n'è andata, mi sbottono la giacca dell'uniforme e la tolgo, gettandola sulla sedia che mi teneva in piedi mentre la aspettavo. Allento la cravatta e slaccio il primo bottone della camicia. È stato tutto inutile. È tutto quello che riesco a pensare ora che lei è stata qui e se n'è andata, lasciando il suo profumo a tormentarmi.

Tutto quello che ho fatto per recuperare la mia salute in modo da poter tornare da lei ormai non ha più importanza. Avrà mai più importanza qualcosa ora che l'ho persa?

Mando un messaggio a Muncie. *Prendimi una bottiglia di vodka e portamela in camera.* Non ho idea di dove sia, ma è meglio che sia da qualche parte in questo hotel o lo manderò davanti alla corte marziale.

Il telefono suona con la sua risposta. *Gliela porto subito, signore.*

Un quarto d'ora dopo, sento il clic della porta prima che si apra per farlo entrare. Sta portando la bottiglia richiesta, e vedo la sua espressione cambiare quando si rende conto che Ava non c'è più. Mette la bottiglia sul tavolo.

"Ora vattene."

"Signore..."

"Muncie, ho detto di andare via, cazzo. Questo è un ordine."

Se ne va via, cazzo.

Quando la porta si chiude dietro di lui, apro la bottiglia e bevo attaccandomi ad essa. Non bevo nulla da sei anni, ad eccezione del torcibudella preparato da Tito al campo che ci aveva quasi tutti uccisi. La vodka va giù facilmente e mi arriva dritta alla testa. Sento l'euforia quasi all'istante, ma il sollievo... quello richiede più tempo. Metà della bottiglia, in effetti.

Mi sento come se fossi appena sceso da un aereo senza paracadute e la terra stesse per venirmi incontro. L'atterraggio farà un male cane.

Che cosa faccio ora che non ho più il pensiero di lei a farmi andare avanti? Dove trovo la speranza ora che lei mi ha dato la sua risposta e non è quella per cui ho pregato per tutto questo tempo? Anche dopo aver saputo che si era fidanzata, ho continuato a sperare che una volta che mi avesse visto, sarebbe stato come se i sei anni in cui siamo stati lontani non fossero mai trascorsi.

Pura illusione. Sono passati, e lei è andata avanti senza di me. Che scelta aveva quando non ero in grado di darle nemmeno il minimo motivo di continuare a fidarsi di me?

La seconda metà della bottiglia va giù più facilmente della prima.

Non ricordo di essere finito a faccia in giù sul divano, ma è lì che mi trovo quando Muncie mi scuote la mattina dopo.

I ricordi di ieri tornano a galla, ricordandomi che ho perso Ava per sempre. Non voglio andare avanti senza di lei. "Lasciami in pace, Muncie."

"Non posso farlo, signore."

"Ti sto ordinando di lasciarmi in pace."

"Lo capisco, signore, ma non la lascerò. Siamo tutti preoccupati per lei."

"Chi si preoccupa per me?" Io non ho nessuno.

"I medici e le infermiere dell'ospedale, per esempio. Il suo comando."

"A loro non importa di me. Vogliono solo che faccia quell'intervista."

"Signore, tutta la nazione si preoccupa per lei. Il Pentagono ha ricevuto più richieste di informazioni su di lei di chiunque altro negli ultimi anni. La gente tiene molto a lei."

Non mi interessa quella gente. L'unica di cui mi importa non mi vuole più, e ora devo trovare un modo per convivere con questo, per vivere senza di lei.

Non ci riesco.

Chiudendo gli occhi, desidero l'oblio che mi ha dato la vodka. "Per favore, vai, Muncie."

"No, signore," dice dolcemente. "Non la lascio."

Sono ben consapevole che sto dando un pessimo esempio, e che la mia condotta è molto sconveniente per un ufficiale del mio grado e della mia statura. Non me ne frega un cazzo di niente ora che Ava se n'è andata per sempre.

La testa mi martella e la mia bocca ha il sapore di una carogna, ma il dolore al petto potrebbe fare quello che un proiettile alla gamba non è riuscito a fare.

Potrebbe benissimo uccidermi.

AVA

ATTERRIAMO A NEW YORK TRA RAFFICHE DI NEVE E IL VENTO ululante che rende molto accidentato l'atterraggio al JFK. Eric mi tiene la mano come ha fatto per tutta la notte mentre volavamo attraverso il Paese verso casa. Apprezzo che non mi abbia fatto domande. Non posso parlarne. Non ancora.

Sono perseguitata dal pensiero dell'ora trascorsa con John. Chiudo gli occhi e vedo il suo viso, i suoi caratteristici occhi blu, le devastazioni della sua malattia. Sento la sua voce, che mi implora di dargli la possibilità di rimetterci insieme.

Per favore, non andare. Non lasciarmi.

Credevo di sapere come ci si sente quando si spezza il cuore, ma, voltargli le spalle mentre mi implorava di restare, mi ha distrutto. Mi sento svuotata, sventrata. Non so come andare avanti da questo momento. Riesco a malapena a respirare attraverso il dolore.

Pensavo che, vedendolo, avrei chiuso per sempre, ma non è quello che ho ottenuto.

Rimpiangerò per sempre il dolore che ti ho causato, Ava.

Non ero disposto a correre il minimo rischio per la tua sicurezza.

Se c'è una possibilità... una qualsiasi possibilità che tu possa ancora amarmi come ti amo io, che tu possa trovare nel tuo cuore la forza di perdonarmi e di darmi un'altra possibilità...

Non c'è niente che desideri di più dell'opportunità di sistemare le cose con te.

Per tutto il tempo che sono stato via, ho sognato la vita che avremmo potuto avere al mio rientro a casa.

Tutto ciò di cui ho bisogno per essere felice sei tu, Ava.

Per favore, non andare. Non lasciarmi.

"Ava?"

La voce di Eric mi riporta al presente per rendermi conto che siamo arrivati al nostro gate ed è ora di scendere dall'aereo. Armeggio con la cintura di sicurezza finché non si sgancia.

Con in mano le nostre borse, aspetta che io raccolga le mie cose e mi fa cenno di precederlo.

L'assistente di volo ci augura una buona giornata.

Non ho niente da dire.

"Grazie," dice Eric. "Anche a lei".

La sua mano sulla mia schiena mi fa avanzare tra la folla del JFK fino al marciapiede, dove aspettiamo in una lunga fila per un taxi.

Il vento gelido mi sferza il viso, facendomi lacrimare gli occhi, ma sono così intorpidita che sento a malapena il freddo.

Il traffico dell'ora di punta allunga un viaggio già di per sé lungo.

Arriviamo a casa di Eric alle sette e mezza e arranchiamo su per le scale come due profughi che tornano a casa dopo una scarpinata nel deserto senza acqua. Voglio fare una doccia e andare a letto. Mi prendo il tempo di mandare un messaggio a Trevor per fargli sapere che sarò fuori anche oggi.

Lui sa cosa sta succedendo e mi risponde subito. *Prenditi tutto il tempo che ti serve.*

Il mio telefono è pieno di messaggi di mia sorella, mia madre, Jules, Amy, Miles e Skylar, tutti che mi controllano. Vogliono sapere come sono andate le cose con John, ma non posso affrontare le loro domande. Non ora.

Eric mi segue in camera da letto e mette la mia borsa nell'armadio. "Che cosa ti serve?"

"Una doccia e poi vado a dormire per un po'. Se devi andare al lavoro, va bene."

"Non vado da nessuna parte."

"Io... mi dispiace di non poterne parlare..."

"Non devi." Mi accarezza il viso e poi mi bacia la guancia. "Fai tutto ciò di cui hai bisogno. Io sarò proprio qui."

"Ha significato molto per me il fatto che tu abbia fatto questo viaggio con me."

"Sono con te, ragazza," risponde, forzando un sorriso. "Fino alla fine."

"Grazie." Vado in bagno e apro l'acqua per scaldarmi mentre mi tolgo i vestiti che ho indossato per vedere John. Non potrò mai più guardare la tunica che amavo tanto senza sentire lui che mi implora di non andare via.

Mentre entro nella doccia, cedo alle emozioni che ribollono con singhiozzi disperati.

CAPITOLO TRENTUNO

ERIC

Camille ha cercato di chiamarmi tutta la notte ed è l'unico motivo per cui rispondo ora alla sua chiamata, mentre Ava è sotto la doccia.

"Ciao."

"Oh, Eric. Grazie a Dio hai riposto finalmente. Stavo impazzendo a preoccuparmi per voi due. Come sta?"

"Non bene, Camille. Per niente bene."

"Cosa è successo?"

"Non lo so. Non ha parlato molto da quando è tornata dall'incontro con lui."

"Quindi non sai che cosa è successo?"

"No. Posso solo dirti che ha detto che voleva tornare a casa. Così siamo tornati."

"E adesso?"

"Non lo so. Non so niente."

"Mi dispiace. Sono così..."

"Lo so. Lo sono anch'io".

"Mi farai sapere se c'è qualcosa che posso fare?"

"Sì. Lo farò."

"Va bene, allora. Dille che le voglio bene ."

"Farò anche questo. Ci sentiamo presto." Dopo aver chiuso la telefonata, spengo il telefono. Non posso farlo altre dieci volte con tutti quelli che vorranno sapere come è andato l'incontro di Ava con John. Camille può occuparsi di aggiornare tutti. Non so cosa fare con me stesso e con la tensione che mi attanaglia tenendomi come in pugno. Voglio essere presente per Ava, ma lei è così chiusa che non c'è modo di raggiungerla.

La doccia si chiude, e qualche minuto dopo, la camera da letto si oscura quando lei chiude le tende contro la prima luce del mattino.

Entro, indosso una tuta e una maglietta e mi stendo nel letto accanto a lei. "Posso fare qualcosa per te?"

"No, grazie."

Non so cos'altro dire, così per molto tempo rimango sdraiato e fisso il soffitto mentre la luce del giorno filtra tra le tende. Sono troppo agitato per dormire, così mi alzo e sbrigo del lavoro, qualcosa di cui mi posso occupare senza pensare. Verso mezzogiorno, accendo il mio telefono e comincio a gestire la sfilza di messaggi di amici e familiari, che chiedono di Ava e di me.

Non sono sicuro di cosa dire, così dico loro che stiamo entrambi bene e li ringrazio per aver chiesto come stiamo.

Ava dorme tutto il giorno e fino a notte fonda.

Ordino una pizza che mangio da solo, mentre mi chiedo se dovrei svegliarla per mangiare qualcosa. Ma decido di non disturbarla.

Non si sveglia neanche quando mi metto a letto verso le dieci, è esausta sotto molti punti di vista. È proprio accanto a me nel letto, ma è così lontana che potrebbe anche essere ancora in California.

Non mi aspetto di dormire, ma la mia sveglia mi sveglia alle sei e mezza come ogni giorno feriale. Mi guardo intorno e trovo il letto accanto a me vuoto e mi alzo per vedere dov'è lei. La trovo in cucina, vestita per il lavoro con una gonna aderente e una camicetta su misura. I suoi capelli scendono in onde che le ricadono sulla schiena mentre prepara la sua solita ciotola di porridge d'avena per la giornata di lavoro.

Quando mi vede, alza lo sguardo e mi fa un piccolo sorriso. "Buon-giorno. Ho preparato il caffè".

"Grazie." Mi verso una tazza e la studio, cercando delle fessure nella sua corazza, ma non ce ne sono. Ha l'aspetto che ha sempre nelle mattine di lavoro. "Quindi stai andando al lavoro?"

Annuendo, dice: "Devo. Sono rimasta così indietro. Non dimenti-care che alle sei abbiamo l'appuntamento con il pasticcere. Puoi farcela, vero?"

È surreale, almeno per me, parlare del nostro matrimonio dopo quello che è successo nelle ultime 48 ore. Ma se lei vuole far finta di niente, allora credo che faremo così. Per ora, comunque.

"Certo."

AVA

Tenermi occupata mi ha salvato in passato, quindi mi tuffo nel lavoro con una concentrazione unica che impedisce al mio cervello di deviare verso situazioni malsane. Trevor mi ha chiesto di mettere insieme una proposta per un potenziale nuovo cliente, una catena di gioiellerie locali che spera di fronteggiare i marchi nazionali.

Sto raccogliendo idee su come differenziare la loro da alcune delle marche più conosciute quando Miles appare alla mia scrivania. Il suo cambiamento degli ultimi mesi può essere definito notevole. Sorride più spesso, ride e ogni tanto fa delle battute. Sul bavero del suo abito indossa ancora la spilla dell'associazione dei famigliari per ricordare Emmie, ma il suo atteggiamento è notevolmente più spensierato di quando l'ho conosciuto.

"Che cosa c'è?" Gli chiedo.

"È quello che voglio sapere. Non pensavo che oggi saresti venuta."

"Perché no? Io lavoro qui." Non posso parlarne. Non voglio parlarne.

Quando sembra capirlo, si schiarisce la gola. "Ho delle novità sulla causa."

"Che tipo di novità?"

"Del tipo in cui il governo offre un accordo."

"Davvero? È un accordo decente?"

"Ha la nostra attenzione."

"Sono davvero felice di sentirlo. È la cosa giusta da fare."

"Dovresti sentirti molto orgogliosa del lavoro che hai svolto per aiutarci ad arrivare fino a qui, Ava. Ha fatto la differenza."

"È stato un onore partecipare. Grazie per la fiducia che hai riposto in me."

"La mia fiducia era ben riposta. Ho parlato con Trevor e siamo entrambi d'accordo che vorremmo promuoverti a dirigente senior dell'account. Sempre se sei interessata."

Non molto tempo fa, una promozione di quella portata sarebbe stata una notizia enorme. Oggi, permea a malapena il torpore. "Wow, è... è incredibile. Grazie!"

"Non ringraziarmi. Ti sei fatta il culo e ci hai dimostrato di avere la stoffa per cose molto più grandi da queste parti. Se è questo che vuoi."

"Sì. Amo lavorare qui e apprezzo la nuova opportunità." La settimana scorsa ci avrei messo un secondo a gongolare per la promozione rispetto a Catty Caitlyn. Ora? Non mi interessa.

"Ottimo. Mi metterò d'accordo con Trevor e fisserò un incontro con entrambi per la fine di questa settimana per spostare alcune cose e farvi iniziare. Congratulazioni."

"Grazie, Miles. Per tutto."

"Anche a te. Ho un grande debito di gratitudine nei tuoi confronti su diversi fronti, e se questo accordo si farà, festeggeremo."

"Mi sembra una buona idea."

"Ti lascio tornare al tuo lavoro."

"Tienimi informata."

"Lo farò."

Lo guardo allontanarsi, notando che si comporta diversamente da quando l'ho conosciuto, il che mi fa molto piacere. Si merita una seconda possibilità di essere felice.

Cerco di tornare a quello che stavo facendo con la proposta, ma la mia mente vaga.

Per favore, non andare. Non lasciarmi.

Dove si trova ora, mi chiedo. Sta bene? Ha degli amici o dei compagni o qualcuno che lo sostiene? O è solo? Non posso sopportare di pensare a lui o alle cose che ha detto o al modo in cui mi ha pregato di restare. Fissando la finestra, faccio girare l'anello di fidanzamento sul mio dito senza rendermi conto di quello che sto facendo.

Carlos appare, mette una tazza da asporto sulla mia scrivania e si allontana lentamente, come se avesse paura che io possa mordere o altro. Deduco che ha saputo del mio coinvolgimento con il celebre capitano che ha aiutato ad abbattere un mostro.

"Grazie."

"Di niente. Se c'è qualcosa che posso fare..."

Sorrido e scuoto la testa.

"Ok, allora." Fa un piccolo cenno di saluto e se ne va.

Mi ha portato un caffellatte scremato che va giù facilmente. Sono fortunata ad avere degli amici e dei parenti che si preoccupano per me in questo modo, ma tutta questa attenzione mi mette a disagio. Non posso sopportare di pensare alla conversazione con John, figuriamoci riviverla cento volte condividendola con tutti quelli che sono interessati.

Voglio tornare a chi ero e a cosa stavo facendo prima che Muncie si presentasse da Eric l'altra sera. Voglio concentrarmi sul mio matrimonio, su Eric, sul mio lavoro e sulla nostra vita in città. Questo è ciò che ha senso per me.

Alle cinque e mezzo, lascio l'ufficio e prendo un taxi che mi porta alla pasticceria dove incontrerò Eric per scegliere la nostra torta nuziale. Solo la settimana scorsa ero così presa da ogni dettaglio del matrimonio. Ora, sto forzando me stessa per ogni singola decisione, sperando che il torpore alla fine lasci la presa.

Se continuo a spingere in avanti come ho fatto da quando sono arrivata a New York, supererò quest'ultima battuta d'arresto, o almeno così ripeto a me stessa.

Per favore, non andare. Non lasciarmi.

Mi accascio contro la portiera del taxi mentre i pensieri di lui mi tornano in mente. Il suo aspetto nella sua uniforme. Gli occhi blu intensi che mi fissavano con tanto amore. Lo sforzo che ha fatto per alzarsi e salutarmi. Le parole che ha detto. Le suppliche che mi ha rivolto.

Non riesco a togliermelo dalla mente, per quanto cerchi di rimanere concentrata sulla mia nuova vita.

"Signora?"

La voce dell'autista mi trascina fuori dai miei pensieri.

"Siamo arrivati."

Dal finestrino vedo l'ingresso della pasticceria. Pago la corsa con la carta di credito.

"Le serve una ricevuta?"

"No, grazie." Raccolgo le mie cose e scendo dal taxi. Dentro, Eric mi sta aspettando alla reception. Sembra sollevato di vedermi, e odio il fatto di avergli dato motivo di dubitare della mia presenza.

"Ciao, piccola," dice, salutandomi con un bacio. "Com'è andata la tua giornata?"

"Impegnata. La tua?"

"Lo stesso".

Potrebbe anche esserci un elefante di due tonnellate tra noi. L'elefante viene con noi nella sala riunioni, dove è esposta un'ampia varietà di torte nuziali. I campioni delle torte vere e proprie sono sui piatti.

"Sei il fratello di Amy, giusto?" dice Deborah, la proprietaria, rivolgendosi a Eric.

"Uno di loro.".

"La conosco tramite i Benson."

Mentre loro due parlano, io cammino per la stanza, cercando di concentrarmi sulle torte e non sulla voce nella mia testa che mi implora di non andarmene. Rimango in piedi a lungo, fissando una torta decorata con dei fiori veri. È la torta più bella che abbia mai visto, ma non sto pensando al mio matrimonio, alla torta o a Eric.

No, sono di nuovo in una stanza d'albergo di San Diego con un uomo in uniforme che non può stare a lungo sulla sua nuova protesi. Mi sta implorando di perdonarlo per quello che mi ha fatto e mi chiede di non andare via. Vedo i suoi occhi blu, così concentrati su di me come lo erano sempre quando stavamo insieme.

"Ava?"

Mi rendo conto che Eric sta parlando con me e sta cercando di attirare la mia attenzione. "Scusa," dico, sorridendogli. "Che cosa hai detto?"

"Deborah stava spiegando le varie opzioni. Vuoi venire a sederti?"

No, non voglio. Non voglio sedermi o parlare di torte o pensare a qualcosa di così banale come un matrimonio quando John è là fuori da qualche parte, mentre cerca di imparare di nuovo a camminare. Niente nella mia vita ha senso per me dopo averlo visto.

Ma non dico queste cose. Piuttosto, faccio il giro del tavolo e mi siedo accanto a Eric, che mi guarda preoccupato e forse con un po' di timore, come se sentisse che sto andando a pezzi e non sapesse come fermarmi.

La presentazione di Deborah è accurata, e mi avrebbe interessato molto una settimana fa. Oggi, non riesco a trovare l'entusiasmo.

Suggerisce di assaggiare ognuno dei vari sapori, ma non ci riesco. Proprio non ci riesco.

"Non mi sento bene," le dico.

"Oh, mi dispiace."

"Sarebbe possibile fissare un altro appuntamento per la degustazione?" chiede Eric.

"Non ho un posto libero per le prossime sei settimane."

Questo è quanto abbiamo aspettato per questo appuntamento.

"Allora potremmo aver bisogno di trovare qualcun altro," dice Eric. "Il nostro matrimonio è il 3 luglio. Dobbiamo decidere molto prima di sei settimane da adesso."

"Lasciatemi controllare con la mia assistente e vediamo che cosa possiamo fare." Si alza e lascia la stanza.

"Che cosa c'è che non va, Ava?" mi domanda Eric, quando restiamo da soli.

"Non lo so, ma l'odore qui dentro mi fa star male".

"Vuoi aspettare fuori mentre fisso un altro appuntamento?"

"Sì, grazie." Prendo il cappotto e la borsa e mi dirigo verso la porta, uscendo all'aria fresca che è un sollievo dall'aria troppo dolce all'interno della pasticceria.

Mi appoggio all'edificio e faccio respiri profondi.

Eric esce dalla pasticceria , indossando il cappotto mentre cammina. "Che cosa è successo là dentro? Credevo che fossi entusiasta di scegliere la torta."

"Lo *ero*. Lo sono. Faceva caldo e l'odore... era opprimente."

"No, non è vero. Era l'odore che dovrebbe avere una pasticceria."

Mi rendo conto che è arrabbiato con me, ed è la prima volta.

"Vogliamo parlare di quello che sta realmente accadendo qui, o vogliamo far finta che ti abbia fatto star male l'odore della torta?"

"Io... te l'ho detto..."

"In realtà non mi hai detto nulla. Invece, mi hai lasciato a tormentarmi per due giorni chiedendomi che cosa fosse successo a San Diego mentre tu cercavi di far finta che tutto andasse bene, quando sappiamo entrambi che non è così."

Non riesco a pensare a una sola cosa da dire.

Sbuffando di disgusto - o di quello che io prendo per disgusto - fa cenno a un taxi e mi tiene la portiera.

Scivolo sul sedile di vinile crepato per fargli spazio.

Eric sale e dà il suo indirizzo all'autista.

Partiamo come un proiettile nel traffico.

Eric si siede a un metro da me, ma fissa fuori dal finestrino del lato passeggero per tutto il tragitto verso casa. Quando arriviamo a Tribeca, Eric paga il taxi, mi tiene lo sportello e mi segue su per le scale.

Una volta entrati a casa, appendiamo i cappotti.

"Devo sapere una cosa," dice, rompendo il lungo e insolito silenzio.

"Che cosa?"

"Vuoi stare con lui? È per questo che hai chiuso con me da quando lo hai visto?"

"No! Non è quello che voglio, e non ho chiuso con te."

"Sì, Ava, l'hai fatto. Sei qui, fisicamente, ma non sei qui in nessun altro modo. Sei distante da me migliaia di chilometri."

"Sto cercando di elaborare tutto questo. Mi dispiace di non essere stata in grado di parlarne con te o che tu abbia pensato tutto ciò."

Con un tono più morbido e conciliante, dice: "Devi parlarmi di San

Diego. Sto impazzendo cercando di capire che cosa ci stia succedendo."

"Mi dispiace di averti fatto questo. È stato davvero... difficile rivederlo e vederlo sminuito dalla sua ferita".

Eric mi prende la mano e mi accompagna al divano, dove ci sediamo insieme.

"Ha detto delle cose..."

"Che tipo di cose?"

Guardo il pavimento. "Gli dispiace per quello che mi ha fatto passare. Ha detto che non avrebbe mai dovuto mettersi con me e che in realtà ha cercato di andarsene un paio di volte, ma non è riuscito a farlo."

Ricacciando indietro le lacrime, mi costringo a continuare perché Eric merita di sapere queste cose. "Mentre era via, ha pensato a me ogni giorno, mi ama ancora e vuole una possibilità di sistemare le cose tra di noi. Gli ho raccontato di te e della nostra relazione e che siamo fidanzati. Gli ho detto come hai rimesso insieme i miei pezzi e che la mia vita è qui con te ora. E poi, quando sono dovuta andare, lui ha detto... mi ha chiesto..."

"Che cosa, tesoro? Che cosa ha detto?"

"Mi ha pregato di non lasciarlo". Mi sento morire dentro mentre dico quelle parole e sento la sua voce nella mia testa, che mi supplica mentre mi allontano.

"Dio, Ava." Eric mi mette un braccio intorno e mi incoraggia a poggiare la testa sul suo petto. "Non mi stupisce che tu sia così sconvolta da quando siamo tornati a casa."

"Non voglio essere sconvolta. Non voglio più pensare a lui. Voglio pensare a te, al matrimonio e alla nostra vita, ma tutto quello che sento è lui che mi implora di non andare. Io... non sapevo che fosse cresciuto nel sistema di affidamento. Non credo che abbia qualcun altro." Stringo gli occhi per evitare di piangere. "Mi ha spezzato il cuore un'altra volta."

Eric mi stringe a sé e mi massaggia la schiena. "Troveremo un modo per superare tutto questo insieme. Andrà tutto bene. Te lo prometto."

"Come? Come andrà bene?"

"Non lo so, ma troveremo una soluzione. Forse dovremmo parlare con Jessica. Potrebbe aiutarci."

"Va bene."

"Vuoi che la chiami?"

"Ti dispiacerebbe?"

"Affatto."

Prende il mio telefono e digita il codice che gli ho dato molto tempo fa. Eric e io non abbiamo segreti tra di noi, quindi è un sollievo avergli detto quello che è successo con John, anche se ci ha ferito entrambi.

Mi appoggio di nuovo contro lo schienale del divano e chiudo gli occhi. Lo sento parlare al telefono, ma non presto attenzione a quello che dice. Conosco già la storia. Non ho bisogno di sentirla di nuovo. Sono così stanca che potrei dormire per una settimana e non sarebbe abbastanza.

Eric torna sul divano. "Sarà qui tra mezz'ora."

"Lei? Davvero?"

Lui annuisce. "Ha detto che sei uno dei suoi VIP. Se chiami, lei molla tutto per te, e ha detto che stasera suo marito è al cinema con i bambini, quindi è libera."

"E probabilmente ha di meglio da fare che ascoltare la mia storia triste."

"Non è una storia strappalacrime, Ava. Sei sopravvissuta a una delle cose più difficili che chiunque io conosca abbia affrontato, con grazia, classe e determinazione. Tutti quelli che ti conoscono ammirano il modo in cui hai gestito una situazione inimmaginabile."

"È molto carino da parte tua, ma non mi sento degna di questo tipo di ammirazione."

"Beh, peccato," dice lui con un sorriso da presa in giro. "Ti sei data per vinta."

"Non voglio più sentirmi così, Eric."

"Lo so, tesoro."

CAPITOLO TRENTADUE

AVA

Restiamo seduti vicini fino a quando il campanello suona per annunciare l'arrivo di Jessica. Eric si alza per farla entrare.

Jessica entra e si precipita da me, abbracciandomi come una vecchia amica.

"Grazie per essere venuta."

"Te l'ho già detto: sarò qui tutte le volte che avrai bisogno di me."

"Eric ti ha raccontato le ultime novità?"

"Sì, e mentre venivo qua ho cercato di immaginare come deve essere stato per te rivederlo e sentire ciò che ti ha detto". Sospira. "Non sono riuscita a immaginarlo."

Eric si siede accanto a me e prende la mia mano.

"Non riesco a togliermelo dalla testa."

"E non lo farai, probabilmente per un bel po' di tempo."

Questa non è esattamente una buona notizia per me.

"Raccontami che cosa è successo. Ho bisogno di sentire i dettagli."

Rivivo l'ora trascorsa con John, dal momento in cui sono arrivata fino all'istante in cui me ne sono andata. "Ho scoperto delle cose di lui che prima non sapevo. Mi aveva detto che suo padre era un ufficiale, ma non è vero. È cresciuto in affidamento e, dopo il liceo, si è arruolato nella Marina, quando un giudice gli ha offerto questo o la prigione. L'hanno mandato all'università e l'hanno reclutato per un incarico speciale perché non aveva legami personali. Non ho mai saputo, fino a quando l'ho visto l'altro giorno, che io ero tutto quello che aveva."

"E ora ti senti in colpa per averlo lasciato proprio adesso che sta affrontando una convalescenza lunga e faticosa. Ho ragione?"

Lascio alla mia Jessica il compito di centrare il nocciolo della questione. "Sì, hai ragione. Sto malissimo."

"Non è una tua responsabilità, Ava."

"Lo so, ma..."

"Nessun ma. Lui non è una tua responsabilità. Voglio che tu me lo ripeta. Non è una mia responsabilità."

"Non è una mia responsabilità."

"Dillo di nuovo."

"Non è una mia responsabilità."

"Hai bisogno di ripeterlo ancora, o lo stai assimilando?"

"Comincia a entrarmi in testa."

"E tu capisci che nessuno qui ha delle colpe, se non il terrorista che ha deciso di far saltare in aria una nave da crociera e, insieme a essa, la vita di migliaia di persone, compresa la tua, vero?"

Dare la colpa ad Al Khad è meglio che incolpare John per aver fatto il suo lavoro e per aver servito il suo paese. "Sto cercando di capirlo. È un lavoro in corso d'opera."

"Ti sei chiesta cosa ne fosse stato di John. Ora lo sai. Ti sei chiesta cosa provasse veramente per te. Ora lo sai. Ti sei chiesta come ti saresti sentita quando o se lo avessi rivisto. Ora lo sai. Cos'altro hai bisogno di sapere?"

"N-niente. Ho tutte le risposte di cui avevo bisogno."

"Allora è il momento di andare avanti. A meno che..." Lancia un'occhiata a Eric. "Non so bene come dirlo..."

Non è da lei esitare. "Dillo e basta. Qualunque cosa sia."

"A meno che tu non preferisca stare con John piuttosto che con Eric," dice lei, rivolgendo lo sguardo verso Eric. "Scusa."

Sembra che gli abbiano dato un pugno.

"Non è lui quello che voglio."

"Ne sei sicura?" chiede Jessica.

"Sì." John è il passato. Eric è il presente e il futuro. Non ho dubbi su questo.

"Sei davvero sicura, Ava?" chiede Eric. "Non voglio che tu sia divisa tra me e lui mentre stiamo organizzando il nostro matrimonio. Se vuoi rimandarlo, possiamo farlo, ma ho bisogno che tu sia assolutamente certa che io sia quello che vuoi prima di impegnarti con me."

Lo guardo e vedo tutto quello che lui è stato per me da quel giorno dello scorso giugno quando, mi ha salvato la vita con una fetta di pizza al formaggio. Mi ha sostenuta, supportata, aiutata a rimettere insieme i pezzi e non ha mai vacillato nella sua devozione per me, anche quando un uomo più debole avrebbe sicuramente detto basta.

Lo vedo in ginocchio con le luci dell'albero di Natale che scintillano dietro di lui, chiedendomi di trascorrere il resto della mia vita con lui. Lo vedo mentre mi tiene indietro i capelli mentre stavo male quando Al Khad è stato catturato e mentre chiede favori per scoprire se John è ancora vivo dopo la diffusione del video. Lo vedo comprare dei biglietti di prima classe per riportarmi a casa il più velocemente e comodamente possibile e non fare una sola domanda anche quando doveva averne molte. Mi ha già dato prova di sé in ogni modo possibile. Ora è il momento che io ricambi il favore.

"Sono assolutamente certa che tu sei quello che voglio," gli rispondo.

Il suo sollievo è palese e palpabile.

"Mi dispiace di averti dato motivo di dubitarne."

Eric mi abbraccia forte. "Non dispiacerti. Se sei qui con me, ho tutto ciò che voglio e di cui ho bisogno."

Jessica si tampona gli occhi.

Io chiudo i miei e ringrazio la mia buona stella che Eric Tilden mi abbia trovato quando l'ha fatto e che mi ami come fa lui. Spero che col tempo smetterò di sentire la voce di John che mi implora di restare e di dargli un'altra possibilità. Condividere il mio dilemma con Eric e Jessica mi ha aiutato a vederlo in prospettiva e a liberarmi dalle catene del passato.

Voglio concentrarmi sul presente e sul bellissimo futuro che si prospetta per me ed Eric.

"Penso," dice Jessica mentre continuiamo ad abbracciarci, "che il mio lavoro qui sia finito. Non alzarti. Vado da sola e verrò a trovarti domani."

Jessica se ne va, e io mi aggrappo ancora a Eric, il mio porto nella tempesta, il mio amore. "Ti amo così tanto," sussurro. "Non avrò mai le parole per spiegartelo come si deve."

"Credo di saperlo, perché io provo la stessa cosa per te."

Non mi illudo che il cammino sarà facile o che improvvisamente smetterò di pensare a John o di soffrire per le cose che mi ha detto. Ma ho preso la mia decisione, e provo un senso di pace.

EPILOGO

AVA

Quattro giorni prima del mio matrimonio, torno a casa presto dopo il lavoro - il mio ultimo giorno per due settimane. Oggi pomeriggio Miles, Trevor e Carlos hanno organizzato una festa per me e c'era fin troppo champagne. Sono un po' brilla e super eccitata per l'inizio dei festeggiamenti.

Il lavoro è stato pazzesco da quando l'associazione dei famigliari si è accordata con il governo. Molti funzionari sono stati costretti a riconoscere che avrebbero potuto fare di più per impedire l'attacco, il che era l'obiettivo principale della causa. I duecento milioni di danni che sono stati assegnati sono quasi irrilevanti per le famiglie.

Mi sono trasferita da Eric a maggio, la stessa settimana in cui Sky si è trasferita da Miles, ma il loft di Eric lo sentivo un po' come casa mia già prima che mi trasferissi ufficialmente.

Ora sono più forte di quanto lo fossi qualche mese fa. Sono rimasta stupita di quanto sia liberatorio non doversi più preoccupare di John. Mi sono tolta dalle spalle un peso enorme ora che so che è al sicuro e sulla strada per un pieno recupero. Penso ancora spesso a lui e spero che stia bene, ma il mio cuore e la mia mente non sono più prigionieri di un passato su cui non avevo controllo.

Il mio cuore e la mia mente sono completamente presi da Eric, dal nostro matrimonio e dalla nostra prossima luna di miele in Spagna e alle Isole Canarie. Come Jessica aveva previsto, non è successo da un giorno all'altro, ma con il passare delle settimane, mi sono ritrovata a pensare sempre meno alle cose che John mi ha detto in quella stanza d'albergo. Non sono più perseguitata dalle sue parole di addio. Sono andata avanti con successo ricordando a me stessa più e più volte che, per quanto un tempo lo amassi, lui non è una mia responsabilità.

Il mio telefono suona per una chiamata da un numero che non riconosco. Quasi lo ignoro, ma a causa della nuova frenesia dell'attenzione dei media per l'associazione dei famigliari da quando la causa è stata risolta, rispondo. "Ava Lucas".

"Sono il capitano di corvetta David Muncie. Ci siamo conosciuti qualche mese fa..."

"Sì, mi ricordo". Come se potessi mai dimenticare. "Che cosa posso fare per lei?"

"Mi dispiace disturbarla, ma non sapevo chi altro chiamare. Il capitano West non ha davvero nessun altro."

Il mio cuore affonda insieme al resto di me quando mi siedo sul divano. "Che cosa c'è che non va?" *Non è una mia responsabilità. Non è una mia responsabilità. Non una mia responsabilità.*

"Ha rinunciato alla fisioterapia. Non vuole parlare con nessuno, e la maggior parte dei giorni non si alza dal letto. Si è rifiutato di fare l'intervista a *60 Minutes*. È in un brutto stato."

Mi ero chiesta il motivo per il quale l'intervista di cui mi aveva parlato non fosse mai andata in onda. Ma non posso sentire questo quattro giorni prima del mio matrimonio. Proprio non posso. "Che cosa ha a che fare con me?" *Non è una mia responsabilità.*

"Mi chiedevo se lei fosse disposta a fargli una telefonata. Potrebbe aiutarlo, sentirla."

Non è una mia responsabilità. "Io... mi sposo. Tra quattro giorni."

"Mi dispiace tanto. Non importa. Troveremo qualcosa da soli."

"Aspetti..." La mia mente corre quando rifletto sulle implicazioni di parlare di nuovo con John, specialmente ora. *Non è una mia respon-sabilità, ma come posso sentire che sta male e non fare nulla?* "Pensa davvero che sarebbe d'aiuto se lo chiamassi?" Vorrei che Eric fosse qui per dirmi cosa dovrei fare secondo lui.

"Lo penso davvero, altrimenti non glielo chiederei. Non è più lo stesso da quando vi siete incontrati."

I miei occhi bruciano per le lacrime, e sono spaventata, veramente terrorizzata, da un'eventuale battuta d'arresto dopo che ho lavorato così duramente per arrivare a un buon punto. "Lo chiamerò. Quando sarebbe un buon momento?"

"Che cosa sta facendo adesso? Sono all'ospedale e potrei incoraggiarlo a rispondere al telefono. È stato così sommerso dai media e da altre richieste che ha smesso di rispondere."

Non ho idea se sto facendo la cosa giusta o no, ma non posso prendermi il tempo di pensarci fino in fondo. "Ora va bene."

"Ha il numero?"

"Sì." Mi alzo per prendere il foglio che John mi ha dato dal portafoglio dove l'ho messo dopo averlo visto. Per tutto questo tempo ho saputo che era lì, ma non l'ho mai toccato.

"Mi dia cinque minuti," dice Muncie.

"Va bene."

La linea cade, e io torno sul divano, dove mi siedo a fissare il telefono per i cinque minuti più lunghi della mia vita. Poi digito il numero e lo ascolto squillare due volte prima che Muncie risponda. "Per favore, resti in linea per il capitano West." In sottofondo, sento litigare. Sento Muncie dire: "Prenda questa dannata chiamata."

"*Cosa?*" John ringhia.

"Sono io. Ava."

"Ava?" Sembra un bambino a Natale, e il mio cuore soffre per lui e per me e per tutto quello che una volta eravamo l'uno per l'altra.

Mi costringo a rimanere concentrata sullo scopo di questa chiamata. "Ho sentito che stai dando del filo da torcere a tutti."

"Ava..." Un senso di agonia viene trasmesso nel modo in cui dice il mio nome.

Combattendo il sovraccarico emotivo, mi concentro sullo scopo di questa chiamata. "John, ascoltami. Devi fare quello che ti dicono i dottori, così potrai guarire e uscire da lì. Non vuoi uscire?" La domanda è accolta dal silenzio. "John?"

"Sono qui."

"Non vuoi uscire da lì?"

"Sì, lo voglio."

"Allora devi fare quello che ti dicono. Puoi farlo?"

"Sì, posso farlo."

"Stai dicendo quello che voglio sentire così ti lascio in pace?".

"Non voglio che mi lasci in pace. Ho passato sei anni a cercare di tornare da te. L'ultima cosa che voglio è che tu mi lasci in pace."

Forse ho interpretato male tutto questo. Forse non deve essere tutto o niente. "Se ti chiamo ogni tanto per sapere come stai, ti alzerai dal letto e farai la terapia?"

"Mi chiamerai davvero?"

"Solo se farai quello che ti viene detto."

"Lo farò."

"Questo non significa... Mi sposo lo stesso. Tra quattro giorni, in realtà."

"Lo so. L'ho letto sul giornale."

Oh Dio, la rubrica di *Vows*. "Voglio che tu stia bene."

"Tutti vogliono qualcosa da me da quando hanno pubblicato il mio nome. Non so come gestire tutto questo. I giornalisti... sono implacabili. Ho persino ricevuto delle offerte di sponsorizzazione. Continuo a pensare che tu sappia cosa fare."

"Vuoi che trovi qualcuno che ti aiuti a gestire la cosa?" Penso subito a Jules. Non può essere la FergusonMain. Non può proprio.

"Lo faresti? Sarebbe fantastico."

"Ti farò chiamare da qualcuno da New York la prossima settimana. Prenderai la chiamata?"

"Risponderò alla telefonata."

"Ho delle cose tue. Vuoi che te le mandi?"

"Potrei parlarne con te quando uscirò da qui e capirò dove andrò?"

"Certo."

"Ava..."

"Cosa?"

"Sei felice con lui? Davvero felice?"

La mia vita con Eric mi scorre nella mente come il miglior film che abbia mai visto. "Lo sono davvero."

"Va bene," dice, sospirando.

"Stammi bene, John."

"Sii felice, Ava."

Premo il pulsante "Fine Chiamata" e mi asciugo le lacrime. Sento di aver fatto la cosa giusta chiamandolo. Se questo era tutto ciò che poteva servire per rimetterlo in carreggiata, era il minimo che potessi fare.

Respiro profondamente e inspiro. Sto bene. Più che bene. Sono felice e innamorata di un uomo straordinario che presto sarà mio marito.

Non vedo l'ora.

QUATTRO GIORNI DOPO IO E ERIC CI SPOSIAMO, SUL PRATO DELLA CASA di famiglia sull'Hudson. Abbiamo la splendida giornata estiva che speravamo, e il matrimonio è proprio quello che volevamo: informale, rilassato e divertente. Siamo circondati dalle persone che amiamo di più, e non ho una sola riserva o dubbio mentre mio padre mi accompagna all'altare verso il mio nuovo marito. Lui è tutto ciò che potrei mai desiderare o di cui avrei bisogno.

Quando Eric ha parlato a sua madre del matrimonio, lei ha detto che l'unico modo in cui avrebbe partecipato era se avesse potuto portare il suo nuovo compagno. Eric ha risposto che dato che il suo nuovo uomo non era stato invitato, gli dispiaceva che lei non potesse venire.

Dopo la cerimonia, Eric mi sorprende con un pezzo di pizza al formaggio su un piatto, facendomi ridere mentre i nostri ospiti guardano confusi. Non c'è problema. Non devono capirlo. È il nostro scherzo personale, e il ricordo del primo giorno che abbiamo passato insieme, poco più di un anno fa, rende la giornata di oggi ancora più speciale.

Dopo che gli ho raccontato della chiamata di Muncie e di come ho parlato con John, Eric ha detto che gli andava bene che facessi il nome di John a Jules, che è stata entusiasta della possibilità di lavorare con l'uomo del momento e ha promesso di prendersi cura di lui. Le ho chiesto di risparmiarmi i dettagli, cosa che ha accettato di fare. È meglio così.

Eric e Amy hanno preso un congedo dal loro lavoro per gestire la campagna di Rob. I media hanno divorato la notizia che i tre gemelli Tilden sono di nuovo insieme per far eleggere Rob, e c'è stata molta copertura positiva dei loro successi individuali. Nessuno parla più molto di come è finito il matrimonio dei loro genitori, il che è un sollievo per tutti noi.

Rob ha buone possibilità di essere eletto al Congresso a novembre, e nessuno è più contento del governatore. Ieri sera, alla cena di prova, ha brindato a me ed Eric, definendoci dei sopravvissuti che meritano ogni cosa buona. Sono stata più che felice di brindare a questo.

Il nostro primo ballo come marito e moglie è sulle note di "You Are the Best Thing", una canzone jazz, che amiamo entrambi, di Ray Lamontagne. Mio marito, Eric, mi guarda, il suo sorriso illumina gli splendidi occhi che mi osservano con amore e adorazione.

"Sei felice, tesoro?" chiedo .

"Molto felice. E tu?"

Annuendo, rispondo: "Se ho te, ho tutto."

"Hai sicuramente me."

E ho il mio lieto fine, finalmente.

RINGRAZIAMENTI

Grazie per aver letto *Cinque anni dopo*! L'idea della storia di Ava mi è
venuta in mente all'inizio del 2017. Ci ho riflettuto così tanto che, alla
fine del 2017, ho dovuto interrompere la mia regolare programmazione
per SCRIVERE il libro che richiedeva la mia attenzione. A volte è così
che funziona la musa! Posso dirle-ma i lettori vogliono più Gansett o
Fatal-e lei risponde: "Peccato, questo è quello che stiamo scrivendo
ora. Fattene una ragione". Lei è il capo e io faccio quello che mi dice.
Dato che raramente mi porta fuori strada, ho scritto questo libro tra
novembre e dicembre del 2017. Poi ho avuto la grande idea di farlo
tradurre in francese e tedesco in modo che i miei lettori di quei paesi
potessero averlo contemporaneamente a tutti gli altri, spingendo la data
di pubblicazione a ottobre del 2018. Voglio ringraziare i miei fantastici
partner editoriali alla Kensington Books per aver gestito la distribu-
zione delle edizioni tascabili con copertina rigida e Andi Arndt e Joe
Arden per aver narrato l'incredibile edizione audio, che vale la pena
ascoltare sia che siate fan degli audiolibri o meno. Sono due delle voci
più popolari che lavorano nel campo del romanticismo oggi, e sono
entusiasta di averli legati a questo progetto. Avere un libro in stampa,
la sua versione e-book, audio, le versioni tradotte in francese e tedesco
NELLO STESSO GIORNO è il Santo Graal dell'editoria indipendente,

e non potrei essere più entusiasta di pubblicare *Cinque anni dopo* per i miei lettori e i miei ascoltatori di tutto il mondo. Spero che la storia di Ava vi sia piaciuta tanto quanto a me è piaciuto scriverla, e aspettate il seguito, *One Year Home*, con John, in uscita la prossima estate.

Tante persone mi aiutano a fare quello che faccio, incluso mio marito, Dan Force, e la mia incredibile squadra che lavora dietro le quinte, Julie Cupp, Lisa Cafferty, Holly Sullivan, Isabel Sullivan, Nikki Colquhoun, Anne Woodall, Kara Conrad, Linda Ingmanson, Joyce Lamb, Jessica Estep e Jules Bernard. Dico sempre che non potrei fare quello che faccio senza di loro, ma è vero al 1000 per cento, specialmente con questo libro, lavorando sulla copertina per renderlo disponibile in tre lingue, nell'edizione stampata, e-book e audio nello stesso giorno. GO TEAM JACK!

Il ringraziamento più grande va ai miei lettori, che ogni giorno realizzano i miei sogni con il loro amore per me e per i miei libri. Avere amici lettori in tutto il mondo è un dono che non do mai per scontato. Non ho mai sentito l'amore dei miei lettori più profondamente dell'estate scorsa dopo aver perso il mio amato papà. Grazie per aver sempre sostenuto me e la mia musa in questo incredibile viaggio.

Con tanto amore,
Marie

ALTRI LIBRI DI MARIE FORCE

Serie Gansett Island

Libro 1: Ritorno a Gansett Island

Libro 2: Ricominciare a Gansett Island

Libro 3: Innamorarsi a Gansett Island

Libro 4: Magia a Gansett Island: Gansett Island

Serie Quantum

Libro 1: Virtuous

Libro 2: Valorous

Libro 3: Victorious

Libro 4: Rapturous

Libro 5: Ravenous

L'AUTRICE

Marie Force è l'autrice di best-seller del *New York Times*. Ha scritto romanzi contemporanei, romanzi rosa, thriller e romanzi erotici. Le sue serie comprendono Gansett Island, Fatal, Treading Water, Butler Vermont, Quantum e Miami Nights.

I suoi libri hanno venduto oltre 10 milioni di copie in tutto il mondo, sono stati tradotti in più di dodici lingue e sono comparsi più di 30 volte tra i best-seller del *New York Times*. È anche una delle autrici più vendute di *USA Today* e del *Wall Street Journal*, così come dello Spiegel in Germania.

I suoi obiettivi nella vita sono semplici: far crescere due giovani adulti felici, in salute e produttivi, continuare a scrivere libri fin quando potrà e non trovarsi mai su un volo che possa finire sui giornali.

Iscrivetevi alla mailing list di Marie per avere notizie suoi nuovi libri e sulle sue prossime partecipazioni a eventi nella vostra zona. Seguitela su Facebook e su Instagram. Unitevi a uno dei numerosi gruppi di lettura di Marie. Contattatela all'indirizzo e-mail marie@marieforce.com.